I0735131

# Lord Desdichado

SERIE
LORES MALDITOS 5

## SYDNEY JANE BAILY

cat whisker press
Boston

**cat whisker press, Boston, MA**
1° Edición Impresa en Español
Copyright © 2022 Sydney Jane Baily
Traductora: Helena Ramos



ISBN: 978-1-957421-10-0

Título original: Lord Misery
©2019 Sydney Jane Baily

**Gracias por comprar esta novela**

# Dedicatoria

A mi madre, Beryl Baily
*Eres la fuente original y constante de amor en mi vida.*
*Todo lo que puedo decir es ¡gracias!*

# Agradecimientos

Quiero agradecer la ayuda de Perry, mi mejor amigo, por ser él mismo: siempre feliz, a pesar de un mundo injusto. Su espíritu me mantuvo escribiendo incluso cuando quería parar.

# Capítulo 1



*1851, Jonling Hall, Sheffield, Inglaterra*

Jameson oyó los golpecitos en la puerta de su esposa y los ignoró. Sin duda, una de las criadas había vuelto para limpiar algo o para llevarse las flores muertas. Él se tumbó en la cama de ella después de quitarse las botas, pues sabía que a ella iba molestarle que él tuviera sus Hessians sobre el cobertor de satén.

Las cortinas estaban echadas, aunque era mediodía. Era un lugar tranquilo, fresco, silencioso. Como una morgue o un cementerio.

¡No! No debía permitir que sus pensamientos fuesen por ese camino. No otra vez, no hoy, el día del cumpleaños de ella. Un día hermoso para una hermosa mujer. Su perfecta esposa.

*Toc-toc.*

Quería gritar algo vulgar y hacer que el intruso se fuera. Pero esa no era su manera. Incluso después de todo lo que había pasado. Además, no tenía que dejar entrar a nadie, ni salir. Eso era lo bueno de ser dueño de su propia casa. Realmente, como el señor de la mansión.

Hizo una mueca ante la idea. Nadie mencionaba al bastardo de una mansión, pero, en verdad, eso era él. Y nada iba a cambiar ese hecho, ni siquiera que su primo, el conde de Lindsey, le hubiese cedido generosamente el título familiar de vizconde.

Nada podría cambiar las cosas, excepto que él pudiese resucitar a los muertos.

*Toc-toc.*

Se pasó el brazo por la cara. Entonces se permitió imaginar que era su Esmera quien estaba al otro lado de la puerta, queriendo entrar. Su cabello sedoso, como una rica tinta negra que fluía entre sus dedos cuando él los tocaba, sus ojos oscuros, que brillaban con pensamientos ocultos, y sus labios carnosos, que revelan su exótico origen, siempre cálidos y dignos de ser besados, todo se convirtió en polvo.

—Adelante —dijo en voz lo bastante alta como para que la criada pudiera oírlo.

La puerta emitió un ligero chirrido al abrirse. Jameson recordó que había tenido la intención de engrasar él mismo las bisagras, aunque Esmera nunca dijera que le molestaran. Ahora, como para todo lo demás, era demasiado tarde.

Demasiado tarde.

—¿Milord? —preguntó una voz grave.

No era la criada, sino su mayordomo. El señor Wynn era un magnífico mayordomo, pero no hacía caso del constante recordatorio de Jameson de llamarle «señor» o «señor Turner». Él no había nacido como lord, ni siquiera como hijo legítimo, y nunca se sentiría como tal. Lo único que el título de vizconde había hecho por él era ganarse a Esmera. De no ser así, los padres de ella nunca habrían permitido su unión.

—¿Sí?

—Tiene una visita, milord.

—Querrá decir señor Wynn. Y no, no la tengo. Es imposible, ya que no recibo a nadie.

Francamente, no le importaba si volvía a ver a alguien. Ni siquiera se veía a sí mismo estos días, al tener los espejos cubiertos con paños. Aún así, por el tacto de su barba y su cabello, demasiado largos, sabía que su aspecto era desaliñado.

—Sin embargo, milord —insistió el señor Wynn—, tiene usted visita.

—¿Es lord Lindsey, o su esposa? —Jameson apenas podía soportar pensar en un hombre tan afortunado como para seguir teniendo a su esposa, pero su querido primo, Simon Devere, conde de Lindsey, e hijo de lord James Devere, hermano del padre de Jameson, era la única persona con la que este se había permitido lamentarse mientras estaba en la ciudad. Simon y la dulce Jenny Devere, lady Lindsey, habían llegado a Londres pocos días después de la tragedia, y se habían quedado con él durante los horrores que siguieron.

Un purgatorio de ropa negra y crespón, de funerales y entierros, de conmoción e incredulidad que aún no lo habían abandonado del todo. Habían pasado siete meses y una semana.

Unos años antes, Simon fue la primera persona a la que Jameson había contado su sombrío nacimiento, fruto de una relación ilícita entre su padre y una criada.

Tan trillado... Tan descuidado... ¡Tal y como era su padre, en pocas palabras!

Jameson y Simon se habían hecho amigos rápidamente después de que él al fin le revelara quién era su padre. En cierto modo, Jameson era similar a Tobías, su medio hermano y primo de Simon, con el que este había crecido, amado y con el que había ido a la guerra, para después ver cómo lo masacraban ante sus ojos en una celda de la selva birmana. Tobías Devere sí era hijo legítimo, y Jameson lamentaba no haber tenido nunca la oportunidad de conocerlo.

La mansión de Simon, Belton Manor, estaba justo al final del camino de Jonling Hall, la residencia de Jameson. De hecho, lady Lindsey se había puesto de parto en el propio comedor de Jonling Hall, justo después de que Jameson comprara la propiedad e invitara a sus vecinos para decirles que era en realidad su pariente. De eso hacía apenas tres años.

Cuando los tiempos eran más felices, no era raro que su primo se dejara caer por allí sin avisar. Sin embargo, desde el momento en que Jameson regresó de Londres como un viudo sin esperanzas, rechazó todos los intentos de Simon y Jenny de hacerle volver a la sociedad.

Tenían buenas intenciones, pero ser testigo de su felicidad le resultaba doloroso y, que hubiesen sido bendecidos con varios hijos, le recordaba a Jameson que ni él ni Esmera podrían ya serlo jamás.

Él era un hombre egoísta y miserable, que apenas podía soportarse a sí mismo, pero no podía hacer nada para evitarlo.

—Milord, es una joven, la señorita Darrow.

Jameson se apartó el brazo de la cara, abrió los ojos y miró el dosel azul que había sobre su cabeza. ¿Cuántas noches habían pasado él y Esmera aquí? No las suficientes. Ni mucho menos.

—Milord, ¿qué debo decirle?

El señor Wynn debería haberle dicho a la mujer que su señor no recibía a nadie. Esa era la orden permanente, después de todo.

—¿Cómo dijo que se llamaba?

—Señorita Darrow, milord.

Darrow. ¿Darrow? Su cerebro no era tan agudo como antes. A menudo estaba mareado por la falta de sueño y alimento.

—No está comiendo lo suficiente —le decía su ama de llaves, la señora Williams, cada vez que lo veía, por lo que él ya no la dejaba que lo viese. Comía algunos bocados de vez en cuando, pero todo le sabía a tiza y, a veces, incluso se sentía culpable de seguir comiendo mientras Esmera no podía.

Su mente divagaba a menudo por senderos que no tenían mucho sentido, pero que le hacían caer de nuevo en el abatimiento emocional, como si el accidente hubiera ocurrido ayer mismo. Sabía que si comía más y recuperaba las fuerzas, su mente volvería a ser como antes. Hacía unos años, había sido capaz de contar cartas con los mejores jugadores de Londres. Ahora, apenas podía recordar su edad, aunque estaba seguro de que debía de tener al menos cien años.

—Milord, ¿qué debo decirle?

—¿Por qué no le ha dicho de inmediato que no recibía visitas?

—Lo hice, milord, en vano.

—¿Qué quiere decir con «en vano»?

—Quiero decir, milord, que la señorita Darrow no se va. Está en el salón, y ha dicho que se quedará allí hasta que hable con usted.

—¡Que se la lleve el diablo! Qué descaro! —exclamó Jameson, pero luego pensó durante unos segundos. Un momento, ¿era una amiga de su esposa? Tal vez tenía alguna bonita historia que contarle sobre Esmera.

Por un lado, quería conservar hasta la última pizca de su esencia, incluidos los recuerdos de otras personas sobre ella. Por otro, no estaba convencido de ser capaz de escuchar historias de tiempos más felices.

Gimiendo por el esfuerzo de moverse, sacó las piernas de la cama y se sentó con un movimiento suave, que le causó un ligero mareo. Sin duda, llevaba demasiado tiempo tumbado en la que consideraba la habitación de su mujer. La habían compartido durante las noches en las que ella no tenía migraña, la cual solía golpearla con demasiada frecuencia, provocando una necesidad de silencio y oscuridad absolutos. En ese caso, él pasaba la noche en su dormitorio, donde tenía su ropa y sus objetos de aseo.

No había dormido una noche en él desde su regreso de Londres. En realidad, no había dormido una noche entera en ningún sitio, y solo encontraba un poco de descanso en la alcoba de Esmera, en la que todavía intentaba captar el aroma de su opulento perfume almizclado. A veces, parecía salir de las almohadas. Otras veces, no podía olerla en absoluto.

Al levantar la vista, se encontró con la mirada compasiva de su mayordomo. Había olvidado que el hombre estaba allí. ¿Por qué estaba allí? Ah, sí, la señorita Darrow.

—Podríamos enviar a la señora Williams para que la espante —dijo Jameson.

El ama de llaves era una mujer temible, capaz de dejar temblando a las criadas y a los comerciantes por igual, si sentía un mínimo de desagrado por su comportamiento o sus mercancías. Esmera la había contratado y luego había dejado todo lo que tenía que ver con el funcionamiento de Jonling Hall a la eficiente mujer de mediana edad. Por lo tanto, su esposa era la única persona de la casa, incluido él mismo, que nunca había experimentado el disgusto de la señora Williams.

—Ya lo hice, milord —respondió el señor Wynn tras un pausa.

—¿Y? —Jameson trató de imaginar la horrible escena.

—La señorita Darrow dijo que no se iría sin verlo. Luego le dio la espalda a la señora Williams.

—¡Increíble! —Ahora, Jameson sentía curiosidad por conocer a esta dama que, al parecer, podía desafiar a un león en su guarida.

—¿Todavía tengo un valet? —No había visto al hombre durante años.

—No, milord, lo despidió hace meses.

—Cierto. Me he cuidado bastante bien yo solo durante años. No necesito a un valet que me incordie.

Jameson ignoró la forma en que la mirada de su mayordomo revoloteaba sobre él, captando cada detalle fuera de lugar, y se puso en pie poco a poco. Miró a la mesa que había a su lado y vio que el cepillo de su esposa seguía allí. Quedaban en él mechones de su cabello negro, pues él había ordenado que no se limpiara.

—Voy a verla —dijo con rigidez.

—Si Su Señoría tiene a bien bajar a su propia habitación —propuso el señor Wynn—, estaré encantado de... eh, asearle.

Jameson se llevó las manos a su pelo alborotado y se pasó los dedos por él, una, dos, tres veces. Luego se alisó con las manos su largo y desaliñado vello facial.

Ya está. Estaba tan presentable como quería estarlo.

Sin zapatos ni abrigo, vería a esta mujer.

—No es necesario, Winnie. Estoy listo para conocer a la señorita Darrow.

<hr>

A Maisie no le importaba esperar. Literalmente no tenía nada más que hacer en todo el día. Estaba alojada en casa de su tía, Anne Blackwood, junto con dos de sus primas: Jenny, que se había casado con el conde de Lindsey y vivía en Belton Manor, y Eleanor, la única hermana de los Blackwood que permanecía soltera. Así, la estancia de Maisie con ellas solía ser tranquila y relajante. En una palabra, dichosa.

Aparte de Jenny, ahora lady Lindsey, los parientes Blackwood de Maisie vivían en una casa de campo a las afueras del moderno pueblo de Sheffield. Para ella era un cambio agradable respecto al ruido, el bullicio, la suciedad y el humo de Londres. Y no era tan diferente de su casa familiar en Dumfries, Escocia, a solo un par de horas a caballo de la frontera inglesa y del infame Gretna Green.

Al haberse criado en el extremo sur de Escocia, Maisie podía conservar su acento escocés si lo deseaba, o matizarlo y sonar igual que cualquier señorita inglesa, como ella prefería, sobre todo, cuando estaba en Londres.

Después de una Temporada bastante agitada, e incluso aterradora, esta pausa pacífica era muy de su agrado. Aunque le encantaba la música, los deslumbrantes salones de baile y las pulidas pistas de baile, por no hablar de los elegantes caballeros, se había metido en algunos problemas hacia el final del calendario social, y se sintió aliviada cuando este llegó a su fin.

Algunos hombres no eran tan honrados o caballerosos como parecían.

En lugar de viajar primero a Dumfries y luego regresar al sur para visitar a Eleanor, Maisie había viajado con su tía y su prima desde Londres hasta Sheffield. Eleanor también se había alegrado de ver el final de otra ajetreada Temporada, ya que el entorno de la ciudad no concordaba con su amor por la naturaleza ni le permitía las horas de tranquilidad que le gustaba pasar leyendo y dibujando.

A Maisie no le importaba ser la más extrovertida de las dos, ya que formaban un buen equilibrio en la ciudad. Solo deseaba haber escuchado a su prima una noche en particular y haberse quedado a su lado, en vez de aventurarse por el pasillo con un señor sin escrúpulos.

Por suerte, todo eso quedó atrás.

Al llegar a Sheffield, Maisie había descubierto que el antes afable lord Turner se había convertido en un auténtico ermitaño, un viudo que sufría de una extrema melancolía, como lo había hecho durante la última Temporada.

En el pasado, cuando Maisie había venido a visitar a la rama Blackwood de su familia, se celebraban grandes fiestas en Belton Manor, que estaba a solo una milla de la casa de campo de los Blackwood. Naturalmente, Jenny, la condesa y hermana mayor de los Blackwood, invitaba a toda su familia, incluida Maisie, su prima. En más de una cena, el vizconde, lord Turner, y su encantadora esposa, entonces recién casados, habían asistido. Su Señoría incluso se había tomado el tiempo de charlar con ella y Eleanor sobre los temas más interesantes, como los salones de juego de Londres, algo que nadie más haría.

Además, les describió los clubes de caballeros, haciéndolas reír hasta que les dolió el costado con las historias de hombres que apostaban por todo, desde el color de los calcetines de sus compañeros de cena, hasta el tamaño de la próxima patata asada que saldría de la cocina, perdiendo fortunas de esta manera en un abrir y cerrar de ojos.

Todavía recordaba algunas de sus bromas dolorosamente absurdas.

—¿Cuándo es peligroso un reloj en la escalera? Cuando baja y da la una.

—¿Por qué el cumplido de una gallina sería un insulto? Porque sería un lenguaje de animal.

Maisie estaba en Londres cuando murió lady Turner. Una tragedia impactante e inesperada, de la que se habló durante todo un mes. Jenny y su marido, lord Lindsey fueron a Londres para estar al lado del afligido vizconde, ya que el conde era su primo

Después de un tiempo, tal vez dos semanas, los Lindsey y lord Turner se marcharon a Sheffield.

Desde que llegó al pueblo, Maisie había intentado ya dos veces presentar sus respetos en Jonling Hall, y dos veces se le había negado el poder hacerlo. Ella sabía lo que era el dolor, ya que había perdido a su madre cinco años atrás, cuando apenas tenía trece. Por supuesto, un padre no era lo mismo que un cónyuge, pero aun así, Maisie se había sentido sacudida hasta el fondo. Temía que lord Turner no se recuperara nunca.

Lady Turner, Esmera de nombre, el cual le parecía a Maisie encantador, era la mujer más llamativa que jamás había adornado un salón de baile londinense. No pretendía faltar al respeto a su propia prima, Maggie Blackwood, ahora condesa de Cambrey, que era considerada por muchos como una mujer impresionantemente bella, según la tradición clásica inglesa. Sin embargo, Esmera tenía el atractivo de lo extranjero y lo exótico.

De hecho, Esmera era todo lo que Maisie no era. Alta, de pelo negro, de piel aceitunada y muy bien formada. En una palabra, irresistible. Maisie era de estatura media, muy rubia, pálida y con tendencia a las manchas rosas en las mejillas.

Naturalmente, los hombres no habían podido apartar los ojos de Esmera, y Maisie se había sentido también atraída por la seductora mujer, solo con contemplar su singular aspecto y sus gestos, y escuchar su bonita voz.

Y la pareja, juntos, era un espectáculo para la vista. Resultaba evidente que los Turner estaban muy enamorados.

¡Pobre hombre!

Maisie solo quería expresarle sus condolencias y, si era posible, decirle que la vida debía continuar. Parecía cruel tal vez, pero la verdad absoluta era que todo continuaba, independientemente de la pena personal. Era como si el dolor hiciera que uno se quedara quieto en medio de un río que se movía con rapidez, mientras todos los demás seguían flotando río abajo.

Sin embargo, en algún momento había que volver a sumergirse y seguir flotando. No había otra opción y, desde luego, lo que había hecho lord Turner, intentando quedarse solo en la orilla del río, no era una alternativa. Como dijo Shakespeare, «Atrévete con tu valor y no fallarás».

Así, Maisie esperó a que Su Señoría bajara las escaleras. La tía Anne y la prima Eleanor estaban en Belton Manor con Jenny para pasar el día. Maisie iría allí después de haber visto a lord Turner.

Y estaba decidida a hacerlo.

Mientras tanto, recorrió cada centímetro de la oscura sala de estar, con sus pesadas cortinas cerradas por completo al mundo exterior. Había mirado un cuadro de un paisaje sobre el fuego, hasta que pudo describirlo con los ojos cerrados y observó el minutero de un reloj de pie dando vueltas y vueltas antes de acomodarse al fin en un cómodo sillón con orejas y dar una cabezada.

—¡Señorita Darrow! —Maisie dio un respingo al oír la voz que pronunciaba su nombre.

Por fin, allí estaba lord Turner, mirándola fijamente. O eso creía ella, ya que, aunque el caballero tenía el mismo pelo castaño y ojos azul grisáceos del vizconde, no se parecía al hombre que ella recordaba.

Este parecía venir del infierno, como escribió Shakespeare sobre César. O, por lo menos, había olvidado toda noción de aseo personal y acicalamiento.

Su corazón se conmovió por él al instante.

Al ponerse de pie, Maisie rogó por que no se le hubiera escapado un suave ronquido, tal y como su hermano Ned afirmaba que hacía para burlarse de ella. Peor sería que hubiera tenido la boca abierta y… ¡Dios no lo quiera! ¿Había estado babeando, aunque fuera un poco?

A pesar de que quizá llamaba la atención sobre el posible problema, Maisie fingió levantar la mano para tocarse el pelo con los dedos enguantados, para pasárselos en realidad por la mejilla.

«Seca», pensó con satisfacción.

—Lord Turner —lo saludó con una pequeña reverencia.

Él frunció el ceño.

—¿Es usted amiga de mi esposa?

—No, milord. Soy...

Antes de que ella pudiera terminar, él se dio la vuelta, dejándole ver su cabello casi hasta la mitad de la espalda, como un guerrero de las Highlands de antaño. Él ya estaba en el umbral de la puerta abierta antes de que ella encontrara su voz.

—Milord, ¿a dónde va?

—Regreso de donde vengo —dijo él sin girarse.

—¿Volverá?

—No. —Y salió de la habitación sin siquiera darle los buenos días.

Ella se apresuró a seguirle. Él ya había cruzado el vestíbulo de mármol y tenía un pie en el primer escalón de la escalera cuando ella le llamó.

—Todo el mundo puede dominar una pena menos el que la tiene.

Jameson se detuvo y se agarró con fuerza a la barandilla. Esta vez sí se giró y le dirigió una mirada torva.

—¿Qué está balbuceando?

—El poeta, milord, dijo...

Lord Turner la interrumpió.

—¿Me está citando a Shakespeare?

Podía parecer un bárbaro en ese momento, pero obviamente, no lo era.

Maisie lo atraería con delicadeza de vuelta al salón para que pudieran conversar. Le haría mucho bien socializar un poco, aunque su dolor fuera demasiado personal para expresarlo a una extraña.

—Así es. Solo deseo...

—Pues no lo haga —espetó—. Es tedioso.

Con eso, lord Turner continuó subiendo las escaleras y desapareció de su vista.

—*Hm* —murmuró para sí misma. Sería un hueso duro de roer, ciertamente. Sin duda, una nuez.

Sin embargo, había conseguido una victoria, aunque pequeña. Lo había hecho bajar  y, como dijo Shakespeare...

Cuando no se le ocurrió ninguna palabra relevante, Maisie se conformó con su propio estribillo personal: «Todo parecía mejor con gelatina».

Para ello, mientras el mayordomo llegaba para acompañarla a la salida, regresó al vestíbulo y encontró su pequeño cesto sobre una otomana empenachada. Lo cogió, se giró y se lo entregó al mayordomo de lord Turner.

—Un frasco de jalea de flores de cardo. Es de mi casa en Dumfries —le dijo—. Y un tarro de mermelada de fresa, hecha aquí mismo, en Sheffield.

El hombre miró lo que tenía ahora en sus manos, con una expresión de espanto, como si ella le hubiera entregado una cesta llena de serpientes.

—Por favor, dele esto a Su Señoría con mis condolencias. Espero que lo disfrute. Volveré pronto —prometió ella.

Al oír estas palabras, el mayordomo enarcó las cejas. Maisie sabía que él se moría de ganas de sugerirle que no lo hiciera.

—Sí, señorita —dijo el mayordomo al fin, con la voz entrecortada.

Y Maisie se dirigió hacia el brillante sol de una tarde de campo.

# Capítulo 2

Sintiéndose un poco decepcionada, Maisie se dirigió a encontrarse con sus primas. Tanto Eleanor como Jenny estaban en los extensos jardines traseros de Belton Manor. Su madre, la tía Anne, también estaba allí.

Jenny, lady Lindsey, era una amable anfitriona, y cada vez que Maisie venía de Dumfries o de Londres para alojarse en la casa de campo, a menudo era invitada a la finca. Vio a Eleanor sentada en la hierba con la cabeza baja y casi entre las flores, dibujando lo que tenía delante. La Temporada de su prima menor no había sido mucho mejor en cuanto a resultados que la de Maisie. Eleanor tampoco había conseguido ningún pretendiente, pero esta, al menos, no había conocido el lado más sórdido de los salones de baile de Londres, ni a un temible canalla que casi había sido la perdición de Maisie.

Jenny y la tía Anne estaban sentadas en un banco de piedra resguardado del sol. Una niñera atendía al pequeño heredero de los Lindsey y a sus hermanos gemelos más pequeños. Todo allí parecía maravilloso, pero lord Turner estaba sufriendo en su lúgubre Jonling Hall en un día tan espléndido. No sería tan terrible si Maisie no recordara el antiguo humor del vizconde y su sonrisa.

—¿Qué tal el paseo? —preguntó Jenny cuando Maisie se acercó.

—Perfectamente encantador. —¿Debía mencionar su desacertada visita? No había hecho nada malo, así que lo hizo—. Me detuve en Jonling Hall para ver a lord Turner.

Su tía sacudió la cabeza.

—Pobre hombre.

Eleanor levantó la vista de su dibujo.

—Tal vez Jonling Hall esté maldita. Primero, sir Tobías muere tan joven, luego, su hermano se muda a la casa y su esposa muere trágicamente.

—Lees demasiadas novelas góticas, querida hermana —comentó Jenny—. Tobías murió en una guerra muy lejos de Jonling Hall, así que, aunque es un suceso terrible, no es exactamente algo que uno pueda calificarlo como una maldición. En cuanto a lady Turner, por desgracia, hay demasiados accidentes de ese tipo.

—Es cierto —convino la tía Anne—. Los viajes en tren no son seguros por completo, aunque si se tiene en cuenta el número de ellos que circulan y los muchos kilómetros que se recorren cada día, es una maravilla que no haya más descarrilamientos.

—De todas formas —insistió Eleanor—, sigue siendo trágico, y creo que lord Turner debe sentirse maldito por perder a un medio hermano al que nunca llegó a conocer y luego a una esposa a la que apenas tuvo tiempo de amar.

—Los amantes siempre corren antes que el reloj —les recordó Maisie.

—Tú y tu Shakespeare —dijo Jenny—. Sin embargo, es cierto. No importa cuánto tiempo tengamos, nunca será suficiente para mí con Simon.

—Ni para mí con tu padre —añadió Anne, aunque Maisie se preguntó cómo su tía, que llevaba mucho tiempo viuda, podía seguir aferrándose a ese sentimiento después de que el barón se jugara su fortuna. Pero ese era el poder del amor. Y, por su parte, ella ansiaba experimentarlo.

De hecho, Maisie había creído que iba a hacer exactamente eso a principios de año durante la Temporada, pero se había equivocado. «El amor no se sacia, la lujuria como un glotón muere. El amor es todo verdad, la lujuria está llena de mentiras forjadas»[1]. Había sido la lujuria, aterradora y cruda, la que Maisie había encontrado en Londres.

Cuando entraron para la comida del mediodía, Simon Devere, lord Lindsey, se unió a ellas en el comedor, saludando a su esposa de forma tal vez demasiado apasionada para estar en compañía. Esto hizo que Maisie, junto con el resto de la familia de Jenny, sonriera. Sin embargo, una vez que habían terminado de comer el pollo asado y las patatas, cuando ella mencionó a lord Turner, el ambiente se volvió sombrío.

—Me pasaré por allí más tarde —ofreció Simon—. Jameson ha rechazado mis esfuerzos por atraerlo de nuevo a la sociedad cada vez que lo he intentado, pero no debería dejar que los asuntos de la hacienda me mantengan tan ocupado

---

[1] *Love surfeits not, lust like a glutton dies. Love is all truth, lust full of forged lies.* Verso del poema *Venus y Adonis,* de Shakespeare.

que olvide lo que está sufriendo mi primo en la puerta de al lado.

—¿Crees que podría venir a cenar? —preguntó Jenny a su marido.

—Intentaré animarle. Parecía un poco delgado la última vez que lo vi.

—Así es —coincidió Maisie. Todas las miradas se volvieron hacia ella. Se encogió de hombros—. Lo recuerdo como un hombre robusto y fuerte, que hacía una buena figura con su mujer en la pista de baile o montando a caballo. Ahora está mucho más delgado, incluso demacrado, y sus ojos parecen hundidos y tristes.

Jenny sacudió la cabeza.

—Debemos hacer algo.

—No se puede obligar a alguien a salir del dolor —dijo Simon—. Solo recuerda el estado en el que estaba cuando murió Toby.

—Eso te convierte en la persona perfecta para ayudarle —replicó Jenny—. Lo entiendes demasiado bien.

⁂

Jameson debería haber esperado otra visita después de la última. Las cosas no deseadas siempre ocurrían de dos en dos. ¿O eran de tres en tres?

Decidió que no lo recordaba, y bajó a su salón para saludar a su primo, lord Lindsey.

—Simon —dijo Jameson con una inclinación de cabeza.

—Por Dios, hombre, te estás consumiendo. Jenny me matará si no te llevo a nuestra casa para que disfrutes de una buena comida. Serviremos siete platos, ¿de acuerdo?

Jameson sacudió la cabeza.

—Eso está más allá de mi capacidad en este momento.

—Está bien —aceptó Simon—. Solo cinco.

—No, no me refiero a la cantidad de comida, me refiero a ir a tu casa. Por favor, dale a tu encantadora… esposa mis disculpas, pero no puedo aceptar. —La palabra esposa casi se le atragantó. ¡Maldita sea! ¿Por qué no le dejaba todo el mundo en paz?—. ¿Conoces a la señorita Darrow?

—Sí. Es la prima de mi esposa —dijo Simon.

—¿Por qué diablos vino a mi casa, molestando a un hombre de luto?

Simon frunció el ceño.

—Estoy seguro de que no quería hacer eso. ¿No la recuerdas? Habéis coincidido en más de una ocasión en mi casa.

Jameson se encogió de hombros y miró los ojos azul grisáceo como los suyos.

—No lo sé. Tal vez. Simplemente no la esperaba aquí, supongo. Dile que no vuelva a venir.

Contra todo pronóstico, su primo sonrió.

—No controlo lo que hace ninguna dama. Has estado casado. Seguro que me entiendes.

Jameson hizo una mueca. La forma en que Simon lo dijo fue como si hubiera tenido un par de zapatos dolorosos una vez y ahora recordara lo que se siente cuando le pellizcan los dedos de los pies.

—Sigo casado, y Esmera es mi mujer. Lo que pasa es que soy viudo.

Sin preguntar, Simon se dirigió al aparador y sirvió dos copas de brandy. Jameson no se había vuelto a dar el capricho, excepto la noche llena de lágrimas en Londres, en la que quiso poder beber hasta caer en el olvido y no despertarse.

Por desgracia, se había despertado sintiéndose enfermo y miserable. Tristeza y rabia: esas eran las únicas emociones que ya no sentía. Pero sí miedo. Miedo a que ocurriera algo terrible, incluso a Simon o a Jenny. Porque, ¿quién más le quedaba? Su madre se había ido, y estaba alejado por completo de su desagradable padre.

Jameson tomó el vaso que le ofrecía Simon y bebió un gran trago, contento de sentir la sensación de ardor.

—Veamos esto de otra manera —dijo su primo, sentándose en el sofá de enfrente—. Ya no puedes molestar a tu mujer. Entonces, ¿por qué no me ayudas? A Jenny le encantaría que vinieras a cenar mañana por la noche, y si no lo haces, me echará la culpa de no haberme esforzado lo suficiente. Es un pequeño favor el que te pido.

Jameson no pudo contener un gruñido de disgusto.

—Me estás presionando, y ambos sabemos que Jenny es la persona más dulce del mundo. Nunca te culparía de nada.

—No es cierto. Cada vez que uno de nuestros hijos se hace un rasguño, de alguna manera, es por mi culpa. El otro día, acabé de rodillas colocando cojines alrededor de una de las mesas de centro por si el pequeño Lionel se caía. Dos minutos después, el renacuajo estaba literalmente rodando por la escalera principal y disfrutando con ganas.

Jameson no pudo evitar sonreír, aunque se sintió extraño. De hecho, los músculos de sus mejillas protestaron ante el nuevo movimiento, ya que hacía mucho tiempo que no los utilizaba para tal fin. Le gustaban los chicos de Simon y su adorable niña, pero no quería verlos, y tampoco a sus felices padres.

—Por favor, ven —le instó Simon.

—Lo siento, no puedo. Pero dile a lady Lindsey que intentaré comer más t que no se preocupe.

Su primo suspiró.

—¿Hay algo que yo pueda hacer? ¿Algo que ayude a aliviar tu pena? A todos nos gustaba mucho Esmera, y sabemos que ella querría que vivieras tu vida tan bien como lo hacías antes de conocerla.

Jameson agarró el vaso con tanta fuerza que pensó que podría aplastarlo. Oír su nombre en los labios de Simon le causó una renovada tristeza. Quería llamar a su mujer por encima del hombro y hacer que entrara en la habitación, se sentara en el brazo del sofá o, mejor aún, en su regazo, se riera, charlara con Simon, aceptara ir a Belton Manor esa misma noche para disfrutar de una deliciosa cena y, tal vez, de unas charadas con Jenny después.

No es que ella hubiera querido relacionarse mucho con los Lindsey en vida, al menos, no en el campo.

Sheffield no era el entorno favorito de su esposa, pero normalmente lo toleraba con buena voluntad, mientras contaba los días hasta que pudieran ir a Londres, a Bath o incluso a Edimburgo. La tranquila oscuridad del campo la inquietaba después de haber crecido en el animado Madrid. La agitación de España en la década de 1830 envió a los padres de

Esmera, el señor y la señora Maradona, y a sus dos hijos pequeños a un camino de constante movimiento, primero a las grandes ciudades de Europa y luego a Gran Bretaña.

Cuando ella murió, Jameson tuvo la esperanza, por primera vez en su vida, de que el Cielo fuera real, pues quería que el alma de su esposa estuviera en ese lugar, con la brillante luz del sol o con las estrellas brillando como mil velas en un salón de baile. Le aterraba la idea de que su espíritu permaneciera en la tierra, en la silenciosa oscuridad del cementerio de Brompton, a las afueras del oeste de Londres, donde estaba enterrada.

Además, no recordaba ni una sola conversación en la que hubieran hablado de la calidad de la vida de él antes de ella o en la que hubieran contemplado cómo podría ser después. No se suponía que hubiera un después de Esmera. Su vida de casados siempre giró en torno a ellos, como pareja, y en lo que harían en el futuro.

Si él hubiera estado con ella cuando murió, entonces, tal vez las cosas habrían sido diferentes.

Jameson se puso en pie de un salto ante ese pensamiento, con el que se atormentaba casi a diario, y no supo dónde ir, salvo en busca de la jarra de brandy. Se sirvió una copa y luego se giró. Simon estaba mirándolo fijamente.

—¿Un poco más? —le preguntó Jameson.

—No, me iré en breve. Siento si te he molestado.

—No lo has hecho. No puedo estar más molesto de lo que ya estoy. —Jameson hizo una pausa. El sarcasmo era todo lo que le quedaba de humor, y eso no era algo agradable o social. Debería estar solo.

Simon también se puso en pie.

—Después de la muerte de Tobías y de mi cautiverio, sabes que tuve una especie de postración nerviosa, una enajenación mental de algún tipo. Esas no son mis palabras, sino las de un hombre inteligente de Alemania que me ayudó. Pasé demasiado tiempo solo en mi habitación durante meses después de regresar de Birmania. La pena y el miedo eran mis únicos compañeros.

—Lo sé. —Jameson también sabía lo que Simon le diría a continuación, pero le dejó hablar igualmente.

—Me temo que si alguien no hubiera insistido en que saliera de mi alcoba, todavía estaría allí.

—No solo alguien —le recordó Jameson—. Tu mujer.

—Jenny no era mi esposa entonces, solo otra persona a la que quería apartar, pero no me dejó languidecer. Es cierto que era una dama decididamente bonita que me obligaba a hacer cosas agradables, como dar un paseo con ella. Y sé que no soy tan atractivo...

Ambos se sonrieron con ironía.

«Dos sonrisas en un día», pensó Jameson. Su cara bien podría romperse.

—Pero voy a acosarte a diario para que vengas a comer con nosotros o a cenar —continuó Simon—. O simplemente podríamos ir a dar un paseo. Lo más seguro es que tu caballo favorito esté engordando, ya que tú estás adelgazando.

Jameson se bebió su segundo trago de un tirón y se atragantó.

Cuando terminó de toser, dejó el vaso en el suelo.

—Alguna vez iré a montar contigo. Comer en compañía me parece demasiado social, incluso irrespetuoso hacia Esmera.

—No lo es, pero lo entiendo. —Simon se dirigió a la puerta, y luego se volvió—. Mañana, entonces. Estaré aquí después del desayuno, y cabalgaremos como si el mismo diablo nos persiguiera.

◆

Fiel a su palabra, Simon apareció en Jonling Hall al día siguiente, y Jameson no tuvo más remedio que dejarle entrar.

—He considerado no bajar.

—No lo dudo —dijo su primo—. ¿Has comido algo? No quiero que te caigas del caballo y que este te arrastre por la finca. No quedaría nada bien.

Jameson reflexionó.

—En realidad, no. Creo que no he tomado nada desde el brandy.

Simon emitió un sonido de reprobación como el de un viejo y remilgado entrometido, y luego le mostró una cesta que llevaba oculta tras su espalda.

—Jenny insistió.

Jameson pudo oler los dulces bollos incluso antes de que Simon levantara el paño. Al mismo tiempo, se le hizo la boca agua y se le revolvió el estómago de hambre. Cogió uno, sintiendo que aún conservaba el calor de la cocina de Belton Manor, y lo devoró allí mismo, en el vestíbulo.

—Supongo que mi esposa eligió correctamente.

Ahí estaba de nuevo esa palabra, esposa, pero Jenny también era una amiga, así que Jameson ignoró el dolor que le causaba escucharla y asintió con la cabeza.

—Supongo que también tienes café ahí detrás.

—No —dijo Simon—. ¿Tomamos un poco antes de irnos?

—No importa. Si nos entretenemos, cambiaré de opinión, te lo prometo. —Jameson cogió la cesta, la puso sobre la otomana y cogió otro bollo azucarado—. Vamos a montar.

Salir a la luz del sol le pareció un desafío. Por un momento, se quedó parado en el escalón delantero, parpadeando y desorientado.

—Vamos —le instó Simon—. He parado en los establos primero. —Señaló hacia los dos caballos—. Tu montura está lista.

Llevar sus botas de montar favoritas le dio a Jameson una pequeña alegría, al igual que ver a su caballo castrado ensillado y listo. A la alegría le siguió una oleada de fuerte sentimiento de culpa, que se esforzó por aplacar, al mismo tiempo que se metía en la boca el suave panecillo dulce.

Su autorreproche era irracional. Lo sabía, pero lo sentía de todos modos, al igual que no podía evitar pensar que no debía disfrutar de nada mientras Esmera no pudiera hacerlo.

—¿Vienes?

Simon ya estaba unos metros por delante, y Jameson dudó. Podía adelantarse o volver a entrar corriendo, como quería hacer, y cerrar la puerta de golpe.

Pensó en su hermanastro muerto, que nunca tendría la oportunidad de volver a cabalgar. Intentó no pensar en su difunta esposa, que podría fruncir el ceño porque él deseara dar un buen paseo bajo el sol.

Y entonces se puso en marcha. En unos pocos pasos, estuvo al lado de su caballo, con el pie en el estribo, y luego sobre la gastada silla de montar.

Con un suspiro de alivio, estudió a Simon, también a lomos de su montura.

—Lo has conseguido, primo —dijo este—. Esa fue la parte difícil. Créeme, lo sé. —Y entonces Simon le ordenó a su caballo ponerse en marcha con los talones en las costillas y un silencioso «Adelante».

Jameson hizo lo mismo y, en cuanto estuvieron en el prado que había detrás de Jonling Hall, aumentaron el ritmo. Como él esperaba, galoparon a toda velocidad durante algunos tramos antes de volver a reducir la velocidad, para luego volver a cabalgar más rápido.

No hubo necesidad de palabras entre ellos ni con sus caballos. Era un ejercicio viejo y familiar que daba paz a su atormentado cerebro.

Montaron durante una hora, la mayor parte de ella en la propiedad de los Devere. Haciendo un amplio círculo, se dirigieron hacia el pueblo y atravesaron su bullicioso centro para emprender el camino de regreso.

—Parece que hay alguien en la residencia de los Blackwood —comentó Simon cuando pasaron por delante de una casa de tamaño moderado, pintada de blanco, de dos plantas y con jardineras en las ventanas.

Jameson la conocía, pero nunca había entrado en ella.

—¿Es ahí donde creció Jenny?

—Sí, con sus hermanas, aunque pasaban la mayor parte del año en Londres. Tras la muerte del barón Blackwood, tuvieron que vender su casa en la ciudad. Maggie vive en Bedfordshire, como recordarás, con mi buen amigo, el conde de Cambrey.

—Lo recuerdo. —Al menos, recordaba a la hermosa condesa y a su marido, aunque no dónde vivían.

Había cenado con ellos cuando la hermana mediana de los Blackwood vino a visitar a la familia de esta. Intentó no pensar en aquella cena, ya que Esmera le había echado una acalorada bronca cuando llegaron a casa. Ella pensaba que Maggie había sido irrespetuosa, y Jameson supuso que Esmera tenía un ataque de celos, a pesar de que Jameson no había presenciado ningún motivo para ello.

Esmera también imaginó que lord Cambrey podría haberla mirado demasiado tiempo. Jameson podía creer eso de casi cualquier hombre en lo que se refería a Esmera, y no lo culparía ni un poco. Sin embargo, lady Margaret Cambrey era increíblemente hermosa, la estrella de Londres antes de que llegara Esmera, y era obvio que el conde estaba enamorado de su esposa.

Cuando Jameson señaló ese hecho, Esmera montó en cólera y lo acusó de preferir a Maggie. Él pasó una deliciosa noche de apasionados encuentros amorosos, convenciéndola de lo contrario.

—Y la señorita Darrow, ¿está en Belton contigo y Jenny? —Jameson no podía imaginar por qué ella había aparecido en su cabeza, o por qué esa pregunta había salido, sin proponérselo, de sus labios.

—No, está en la casa de campo con lady Blackwood y Eleanor —le informó Simon mientras dejaban atrás la casa.

Como en realidad a Jameson no le importaba dónde residía, no preguntó nada más sobre la extraña joven que había irrumpido en su casa, negándose a marcharse y citándole a Shakespeare.

Como si la hubiera conjurado, de repente, oyó su voz. Hablaba en voz alta, como si lo hiciera con alguien que estaba lejos, y luego se rio.

Era una risa agradable y plena.

Él y Simon se miraron, ya que ella parecía estar delante de ellos, en una zona que se inclinaba con suavidad hacia un barranco. Era un lugar para pescar en los bajos del río que lo atravesaba, a la sombra de grandes robles que crecían cerca de sus orillas. Un lugar encantador.

Entonces oyó el grito de la mujer y su corazón comenzó a acelerarse, al tiempo que echaba a correr con su caballo en dirección a su angustia.

# Capítulo 3

Maisie chilló cuando Eleanor le arrojó una bellota a la cabeza. Y luego volvió a reírse.

—Deja de hacer eso, muchacha traviesa. Y asegúrate de no dejar caer ningún bicho en mi pelo.

Eleanor, que se había subido a un grueso roble, con ramas que colgaban sobre el río Don, se reía a carcajadas mientras sostenía una caña de pescar.

—Realmente puedo ver la carpa desde aquí —dijo Eleanor con deleite—. ¿Quieres darme unas cuantas lombrices más?

—¡Sabes que no!

De repente, el sonido de los cascos de los caballos anunció a dos jinetes.

—Es Simon —dijo Eleanor—. ¿Pero quién va con él?

Maisie lo supo al instante, pues, gracias a su breve encuentro con el dueño de Jonling Hall el día anterior, puedo reconocer su barba y pelo desaliñados.

—Es lord Turner —dijo ella.

—¿En serio? —dijo Eleanor, antes de dar un grito de sorpresa.

Maisie se levantó de un salto.

—¿Estás bien?

Maisie se sintió de pronto rodeada de caballos, aunque en realidad solo eran dos.

—¿Qué está pasando aquí? —preguntó lord Turner—. ¿Está herida?

—No lo estoy, gracias, pero... —Maisie se calló cuando una caña de pescar aterrizó a su lado, con un pez aún en el anzuelo, sobresaltando a los dos caballos. Entonces Eleanor se deslizó desde la rama del árbol.

Simon se rio.

—Debería haber sabido que estabas ahí arriba, monito.

Maisie seguía mirando al vizconde, cuya boca era una línea apretada.

—Oímos gritos —insistió lord Turner, sonando enfadado.

—A Eleanor se le cayó una bellota encima.

—Mi cuñada es un poco salvaje —señaló Simon.

—Solo se está divirtiendo un poco —defendió Maisie a su prima. ¿Por qué lord Turner parecía estar furioso?

—Así es —coincidió Eleanor, luego miró detrás de ella y jadeó—. Oh, querida, me he hecho un agujero en la falda. Mamá va a disgustarse mucho. Me resbalé en la última rama y casi me caigo del árbol.

—¿Qué? —El tono de Jameson se volvió más furioso—. ¿Se da cuenta de que podría haberse matado si se hubiera caído de cabeza? O, como mínimo, herirse de gravedad.

Los ojos de Eleanor se abrieron como platos.

—He escalado muchas veces, milord, sin lesionarme.

—Qué desconsideración por su parte —insistió él—. Simon, deberías poner fin a esto.

Eleanor parecía desconcertada, al igual que el conde.

Maisie se acercó al caballo del vizconde.

—No corresponde a lord Lindsey dar órdenes a mi prima, en mi opinión. Eleanor no es su esposa ni ha hecho nada malo.

—Entonces, usted es una inconsciente si no ve el peligro que corre una mujer subida a un árbol a gran altura, sobre todo, con faldas que podrían enredarse y causar accidentes. Como casi ha ocurrido.

Maisie se quedó en silencio. Supuso que le correspondía a Eleanor defender su práctica de trepar a los árboles. O quizá lord Lindsey debería contener a su amigo. Que ella dijera más sería visto como grosero y presuntuoso. Sin embargo...

—¿Es el hecho de que sea una mujer quien haya trepado lo que le molesta, o solo que alguien trepe? ¿Sería mejor que llevara pantalones? ¿O es que todo el mundo debería mantener los pies firmemente plantados en el suelo? ¿Nunca se subió a un árbol cuando era más joven, milord?

Simon tosió, y Maisie pensó que estaba disimulando una risa.

—Tal vez lord Turner tenga razón en que deberías mostrar un poco más de precaución, Eleanor —convino Simon—. Imagínate cómo afectaría a tu familia que te pasara algo.

Eleanor lanzó una mirada herida a su cuñado.

—No pasará nada.

—Nadie piensa que vaya a pasar nada —le espetó lord Turner con dureza—. Le deseo un buen día. —Con eso, ordenó a su caballo ponerse en marcha y se alejó.

Simon no lo siguió, tal vez porque su primo estaba cerca de Jonling Hall y su paseo había terminado. Maisie se sintió un poco contrariada.

—Lo siento —le dijo a Simon—. No debería haber dicho nada. —Era obvio que el hombre tenía miedo de que les pasara algo a los que estaban a su alrededor.

—Está bien —dijo Eleanor antes de que su cuñado pudiera hablar—. Te agradezco que me defiendas. En cualquier caso, no voy a restringir toda mi diversión por preocuparme de lo que pueda pasar. Esa no es forma de vivir. —Eleanor cogió su caña—. En cualquier caso, su mujer estaba haciendo algo perfectamente ordinario, montar en tren, no nada peligroso.

—Era la primera salida del vizconde —señaló Simon—. No creo que esperara oír a una mujer gritar o ver a otra caer de un árbol.

De nuevo, Maisie sintió una punzada de culpabilidad. Debería haberse mordido la lengua delante del viudo.

—Debería disculparme con él.

—No tienes nada de que  disculparte —dijo Eleanor.

—Y él tampoco querría que le importunaras —añadió el conde—. No es una compañía muy sociable en este momento.

—Sí, ya lo he descubierto. —Maisie se había sorprendido al ver a lord Turner cabalgando. No sabía por qué le importaba, ni por qué debía sentir un mínimo de felicidad por él, pero así era. Sin embargo, ser la causa de que él huyera de vuelta al santuario de su hogar, la molestaba en extremo.

Eleanor añadió su última captura a su cubo del pescado.

—Estoy lista para salir y enfrentarme a la ira de mamá por mi falda rota.

—Buenos días, entonces, señoras —dijo lord Lindsey y se marchó.

—Creo que me detendré en Jonling Hall y me disculparé a la vuelta.

Eleanor la miró un momento, ajustando su sombrero de paja.

—Pero Jonling Hall no está en el camino de vuelta.

—Me sentiré mejor si lo hago —insistió ella.

—Sé que te gusta que todo el mundo sea feliz como tú —dijo Eleanor—. Es un rasgo muy dulce. Haz lo que quieras, te veré luego para el té.

—Conociendo lo quisquilloso que es lord Turner, estoy segura de que estaré en casa mucho antes.

⁕

Jameson estaba en su estudio, la única habitación que frecuentaba además del dormitorio de Esmera. De vez en cuando, miraba la correspondencia, se ocupaba de sus pagos y cuentas, o leía alguno de los periódicos que se apilaban en una silla. La mayoría de las veces se sentaba y no miraba nada, como estaba haciendo en ese momento, cuando un golpe interrumpió su ensueño.

—Adelante.

—La señorita Darrow está en el salón, milord —dijo el señor Wynn al entrar.

—¡No me llame así! —le espetó Jameson, a la vez que se ponía en pie de un salto. Esta intromisión iba a terminar. ¡Hoy mismo!

Pasando por delante de su sorprendido mayordomo, recorrió el pasillo hasta llegar al espacioso salón, que aún conservaba los adornos de su difunto hermanastro.

Allí estaba ella, no dormida en una silla como la había descubierto en su anterior visita. En cambio, estaba de pie, frente a él, con las manos en la espalda y los ojos firmemente cerrados. Pensándolo bien, tal vez estaba durmiendo.

—¿Qué diablos está haciendo?

Sus párpados se abrieron, y él quedó sorprendido por sus ojos. Algunos dirían que eran marrones, pero tenían una claridad dorada con motas de color castaño oscuro. «Ojos de topacio», los llamaría algún idiota extravagante. Por suerte, él no era fantasioso ni idiota.

Pero cuando ella le dirigió una sonrisa encantadora, Jameson tuvo que reconocer que era bastante hermosa, aunque no deseaba ver la belleza en otro lugar que no fuera el recuerdo de Esmera. Al pensar en ella, se dio cuenta de que la belleza de la señorita Darrow era una comparación diluida con su aspecto oscuro y exótico, y se preparó para cualquier ablandamiento hacia la mujer viva que tenía delante.

—Ha venido muy rápido esta vez, milord, no lo esperaba. Estaba poniendo a prueba mi memoria sobre el hermoso paisaje.

—¿Probando su memoria? —¿A qué juego estaba jugando? ¿Por qué no se daba la vuelta y miraba el maldito cuadro?

—Sí, ayer estuve aquí tanto tiempo que me propuse memorizarlo. A la izquierda hay unos árboles muy frondosos, unas cuantas personas de aspecto griego y una estatua. Todas llevan túnicas. A lo lejos hay unas montañas de color gris violáceo. También hay una estructura en el fondo, quizá un templo, y en primer plano hay un río que sale de una cascada, pero está muy quieto, como un estanque, con gente y ganado alrededor. Me encantan los colores y la luz del sol sobre los árboles y la hierba.

Jameson desvió su mirada hacia el cuadro que había detrás de ella. Siguió mirándolo, una obra de arte que había dejado allí su hermanastro, aunque recordaba que su padre había dicho que estaba en ese lugar incluso antes de que Toby naciese, y que había sido comprado por el anterior conde de Lindsey, el padre de Simon. Sin embargo, nunca lo había mirado de cerca, y estaba seguro de que ni él ni Esmera habrían podido decir nada más sobre él, aparte de que era un paisaje italiano.

—¿Qué tal lo he hecho? —le preguntó la señorita Darrow.

Jameson se sintió molesto por su presencia y por el hecho de que ella conociera el cuadro tan íntimamente, mientras que su esposa ya no tendría nunca la oportunidad de hacerlo.

—Le ha faltado un elemento principal.

Ella se rió. Era un sonido agradable, lo que le molestó aún más. Era una falta de respeto reírse cerca de alguien que estaba de luto.

—No pude decirlo todo de un tirón —dijo Maisie—. También hay un puente de piedra, con zapatas de bloque muy gruesas, si es que esa es la palabra correcta. Y a lo lejos, en medio de una parte del río, hay otra estructura, quizá otro puente, pero con unas torres altas. Creo que el artista dejó que el espectador decidiera lo que es. ¿Conoce al pintor?

Jameson supuso que si miraba de cerca, podría ver un nombre inscrito en él.

—Algún italiano, quizá.

—Oh, no —le contradijo ella, dándose la vuelta para estudiar de nuevo el cuadro—. Creo que es francés. Una clásica escena arcádica de un pintor francés.

¡Suficiente!

—¿Disfruta llevando la contraria y entrometiéndose, como un gato entre un grupo de palomas?

El rostro de ella se nubló. Luego gimió con un sonido sorprendente y terrenal.

—Oh, no, milord, en absoluto. De hecho, he venido a ofrecer mis disculpas. No debería haber dicho lo que dije junto al río.

Jameson no podía recordar con precisión a qué se refería, pero sí recordaba que ella se había mostrado en desacuerdo con él respecto a la seguridad y el comportamiento adecuado.

—Parece que piensa que es aceptable que su prima se ponga en peligro.

Ella negó con la cabeza.

—Dejando a un lado mis pensamientos sobre Eleanor, que difieren de los suyos, no me parece aceptable molestar a un hombre afligido, sobre todo, en lo que se refiere al peligro para las mujeres, además de haberle preocupado al escuchar mi grito.

Jameson abrió y cerró la boca. ¿Qué podía decir frente a su razonable afirmación?

—No me gustaría que se preocupara por nosotras ni un solo instante —concluyó Maisie.

Si él admitía una pizca de preocupación, entonces tendría que admitir que le importaba, cosa que no hacía, eso era seguro.

—Expresé una preocupación normal por su prima, sobre todo porque es un familiar de mi primo y simplemente porque es un ser humano. Pero en realidad no me preocupo por ninguna de las dos, no personalmente. En resumen, me importa un higo usted, señorita Darrow. Puede gritar y chillar a gusto, mientras yo no tenga que escucharla.

Eso pareció colmar el vaso. Maisie tenía los labios apretados mientras lo observaba, aunque él creyó detectar un pequeño rechinar de dientes. Los delicados orificios nasales situados en el extremo de su pequeña y recta nariz se abrieron y sus pechos subieron y bajaron. Parecía estar tratando de abstenerse de responder.

Jameson cruzó los brazos sobre el pecho. La escena era la primera diversión que había tenido en meses, al margen del paseo con Simon. Ahora, podía alejarse y volver a su estudio y dejarla plantada en su salón. Sería una despedida cortante y perfecta.

Sin embargo, tenía una pequeña dosis de curiosidad, que nunca sería satisfecha si se alejaba en ese momento. Realmente quería saber qué diría ella a continuación.

—No, seré un modelo de paciencia —replicó al cabo de unos largos segundos—. No diré nada —declaró con un susurro tan ligero que él estaba seguro de que hablaba consigo misma.

—¿Qué está murmurando, señorita Darrow? ¿Estoy poniendo a prueba su paciencia?

—No, milord. Era del rey Lear. Si él pudo soportar las atrocidades que le hicieron, entonces yo puedo soportar sus francas palabras. ¿Llamará para que nos sirvan el té? Todavía hace una temperatura agradable en el exterior. Podríamos sentarnos en su terraza trasera.

Ahora fue el turno de que Jameson rechinase los dientes y respirara hondo.

—¿Desea tomar el té conmigo? —dijo él, cuando en realidad quería decirle que estaba más loca que una cabra.

Ella esbozó otra sonrisa ingenua, y algo dentro de él se movió, como el hielo que se quiebra en un estanque congelado durante el primer día cálido de la primavera. No le gustó nada. Le dolió físicamente.

De hecho, se preguntó si estaba sufriendo algún tipo de episodio visceral, un ataque de dispepsia, quizá.

—Creo que debería irse —dijo.

La sonrisa de Maisie se atenuó.

—Sinceramente, no creo que deba pasar día tras día solo.

—No le he pedido su opinión —le recordó él.

Como si no le hubiera escuchado, ella continuó:

—No puedo saber lo que es perder a un cónyuge. Sin embargo, sí sé lo que se siente al perder a un ser querido y, al final, después de pasar un tiempo de duelo, me reincorporé a la sociedad, aún vestida de luto, por supuesto, durante un año, ya que acababa de entrar en la adolescencia.

Jameson advirtió que ella frunció el ceño, quizá al darse cuenta de que él no llevaba nada negro, sino unos pantalones y chaqueta grises y una camisa blanca. Al principio, se había puesto ropa negra a diario, pero se sentía como si llevase un disfraz. Además, parecía que llevaba sus emociones por fuera para que todo el mundo las viera, dándoles permiso para darle el pésame, algo que había llegado a odiar.

Entonces, decidió ponerse solo el habitual brazalete negro, e incluso guantes negros, pero una vez que se retiró a Sheffield, ambas cosas se le antojaron una forma vistosa e ineficaz de experimentar su dolor. Y estaba solo. ¿Para qué hacer una exhibición?

En otros cinco meses, como viudo, se consideraría que había dejado de estar de luto. E incluso antes de eso, la tradición le permitía tomar una esposa cuando lo deseara. Qué extraño pensar que una nueva esposa se vería envuelta en seda y crepé negros, pero esa era también la etiqueta de su generación.

¿Qué aspecto tendría la señorita Darrow vestida de ese color? No le cabía la menor duda de que eso afectaría a su alegre carácter.

—¿No se marcha ya?

—¿Qué tal si primero tomamos el té? —propuso ella de nuevo—. ¿Ha probado mi mermelada? Puede ponerse sobre un bollo, pan o incluso una rebanada de pastel.

Jameson pensó que, después de todo, debía de estar loca, parloteando sobre mermelada y pastel.

—No tengo la menor idea de a qué se refiere.

Maisie suspiró.

—Ayer le dejé una cesta con conservas. ¿No la recibió? ¿Es posible que su mayordomo sea un goloso?

La idea de que el austero señor Wynn se fugara con un bote de mermelada le hizo gracia a Jameson, pero reprimió su buen humor, se frotó las sienes y cerró los ojos.

—¿Le duele la cabeza, milord?

Quiso pedirle que dejara de llamarle así, pero temió que la leve diferencia de su estatus social fuera lo único que le impidiera a ella darle órdenes a su antojo.

—No, pero si se queda, es muy probable que pronto tenga una fuerte jaqueca. Aunque no lo desee, le agradezco la mermelada —añadió a regañadientes—. Estoy seguro de que estará en alguna parte. Si estuviera en esta misma habitación, se la devolvería en el acto.

—Pero debe encontrarla y probarla. De verdad, es deliciosa. La jalea de flor de cardo es una receta de mi madre, y solo he traído unos tarros de Dumfries...

—Puede devolvérselos a su madre, por lo que a mí respecta. —Sabía que estaba siendo grosero, pero no podía evitarlo.

La joven que tenía delante era un blanco fácil para su ira contenida, y cuanto más insistía en quedarse donde no la querían y en hablar de cosas mundanas como su madre, de Dumfries y la jalea hecha con unas hierbas, mientras Esmera yacía en la tierra, más quería él arremeter contra ella.

«¿Cómo podía ser tan atrevida?».

Además, tenía un deseo irracional de llorar. Lo invadió en algún momento cuando la señorita Darrow quiso tomar el té con él y luego volvió a pensar en la tumba de su esposa. Si estuviera solo, se hundiría en la alfombra persa que había bajo sus pies y sollozaría.

—Mi madre —empezó ella, pero él levantó la mano.

—Cree que puede venir a mi casa y animarme de alguna manera, como si simplemente hubiera extraviado algo o hubiese perdido a mi perro. Quiero que me escuche e intente comprender la profundidad de mi miseria. La mía no es la historia de un hombre que amó a una mujer que no era la adecuada para él. La mía es la historia de un hombre que tuvo la esposa perfecta. La amé con todos sus defectos, si es que los tenía, aunque en este momento no pueda recordar ni uno solo.

—No quise...

—El día del funeral de mi esposa, sus padres y su hermano lloraron tanto que temí por ellos. Ese día no pude llorar. No me quedaban más lágrimas. —Enterrar a su vibrante Esmera había sido lo más duro que había hecho en su vida—. Frío —murmuró—. Las mujeres inglesas suelen ser de sangre fría, como los peces que pescaba su prima, y también son de corazón frío. Criaturas gélidas y sin pasión. —La miró a los ojos—. Todas y cada una de ustedes.

Él nunca había experimentado la pasión casi violenta con otra mujer que no fuera Esmera. Habían hecho el amor con avidez y voracidad, dejándolos totalmente agotados. A veces, casi se había asustado por la intensidad, y siempre estaba exhausto, pero satisfecho.

—Mi primo me ha dicho que ya nos conocíamos usted y yo —continuó Jameson—. Sin embargo, es una inglesa débil, sin vida, insípida, probablemente simpática, aunque sin chispa. No es de extrañar que no recuerde haberla conocido.

Ella lo miró en silencio, con sus bonitos ojos marrones del tamaño de un plato de comida, y su rostro se volvió aún más pálido ante sus duras palabras. Y a él no le importaba. Ella aún tenía más color en las mejillas que el que tenía su esposa cuando la vio en la morgue de Londres.

Y entonces, los ojos de la señorita Darrow se entrecerraron. Su cara de sorpresa enrojeció, y él se preguntó si había ido demasiado lejos.

# Capítulo 4

La señorita Darrow dio un paso hacia él y, por la pura animosidad que brillaba en sus ojos, Jameson se estremeció y casi dio un paso atrás antes de conseguir mantenerse firme. No estaba dispuesto a dejarse amedrentar.

—¡Es una bestia! Francamente, también huele como tal —despotricó ella—. Y habla como me imagino que hablaría un animal salvaje si pudiera hacerlo. Es una pena que usted sí pueda, porque no dudo de que un discurso más educado y agradable saldría de la boca de cualquier vaca o cerdo.

Ella se dirigió a la puerta del salón, y él la consideró bastante magnífica en su enfado, lo que le daba la razón a sus palabras sobre las mujeres inglesas frías y sin pasión. En la puerta, ella se volvió.

—Los hombres cuando se enojan golpean a quienes les desean lo mejor —espetó ella—. No, espere. Eso no se aplica en este caso, porque soy yo la que está enfadada, y desde luego usted no me desea lo mejor, ni siquiera me desea nada bueno.

Jameson observó a la señorita Darrow respirando con dificultad, una imagen perfecta de indignación, con sus ojos clavados en los de él mientras buscaba las palabras adecuadas.

—Ajá —dijo ella al fin, levantando la mano hacia el techo—. Demasiada tristeza ha congelado su sangre, y la melancolía es la nodriza del frenesí. Acto II, escena dos de *La fierecilla domada*.

—¿Es usted la fierecilla aquí? —replicó Jameson, con la esperanza de que ella siguiera hirviendo de rabia, pues así podría quedarse y seguir hablando. Su voz resonaba como si estuviera en el escenario. Su presencia, empujada a la ira, llenó la habitación de una vivacidad que hacía tiempo que le faltaba.

Y faltaba por una razón, porque su esposa estaba muerta.

No tenía por qué disfrutar de la compañía de otra mujer, ni siquiera si su disfrute consistía en provocar su mal genio.

Al darse cuenta de que sí quería que ella se quedara, Jameson dio un paso atrás, sorprendido por su propia debilidad.

¡Malditos sean todos! Apretó las manos y juró guardar silencio. No hablaría más con ella. Esa mujer debía irse de inmediato para que él pudiera... estar solo, como necesitaba.

Se limitó a descruzar los brazos, intentando parecer relajado e impasible ante ella, y esperó.

—Usted, milord, está en un frenesí de hostilidad contra mí y contra las mujeres inglesas en general, debido a su regodeo en la tristeza. Espero, por su bien, que encuentre una salida a su profunda melancolía. Pensé que podía ayudarle, pero veo que está más allá de mis escasas habilidades para animarle. Buenos días.

⁂

Maisie se sintió como un absoluto fracaso mientras caminaba hacia la casa de los Blackwood. Nunca debería haber intentado ayudar al hombre. Al menos, había podido disculparse por haberle irritado antes.

Justo antes de gritarle y llamarle bestia.

Gimió y se detuvo. Era una tonta entrometida. Si no le resultara tan fácil recordar cómo solía ser Jameson Turner, el hombre alegre, divertido y elegante con una sonrisa preciosa.

Suspiró. Él le había levantado el ánimo cada vez que había estado en su compañía, por muy lejana que fuera, y probablemente había pasado demasiado tiempo observándolo de reojo desde el otro lado de la habitación en la que se había encontrado con él.

Podía admitir, aunque solo fuera para sí misma, que había estado un poco enamorada, pero él se fue a Londres y se casó. Cuando ella conoció después a su bella esposa y vio lo felices que parecían, se alegró por él de corazón. A decir verdad, recordaba haber esperado un matrimonio igual de dichoso.

Jenny le había contado que lord Turner se sentía de alguna manera culpable de la muerte de su esposa, aunque él ni siquiera iba en el tren cuando este descarriló. Su tristeza, por lo tanto, era doble y estaba mezclada con amargura y autorrecriminación.

Maisie pensó en su propia madre. Por suerte, nunca tuvo que experimentar la terrible carga de la culpa, pues ella murió de gripe. Sin embargo, tenía dos amigas en Dumfries que habían quedado huérfanas al nacer, algo bastante común. Ambas jóvenes sentían temor por cuando ellas tuviesen que pasar por el mismo trance, y también se sentían culpables de haber causado la muerte de sus madres.

Sin embargo, eran más afortunadas que la chica londinense que había aparecido en los periódicos el verano anterior por haberse quitado la vida arrojándose al Támesis, agobiada por la culpa. Su padre la acusó durante catorce años del fallecimiento de su madre en el parto, hasta que la desdichada joven no pudo aguantar más y se lanzó al río.

Pobre Jameson Turner.

¿Y si, en cambio, él salvara una vida?

La idea surgió en la cabeza de Maisie, como si se la hubiera susurrado algún espíritu divino o tal vez un hada como la de la imaginación de Shakespeare en *El sueño de una noche de verano*.

Podía ver la sabiduría en ello, pero ¿cómo haría para llevar a cabo tal ocurrencia? ¿Debería mencionárselo a Eleanor? No quería que su noble idea se convirtiera en una broma, ya que esa no era su intención.

Maisie pasó el resto del día pensando en cómo podría poner en marcha su plan de curación. Para cuando se recostó sobre su almohada, ya había ideado el modo, inspirándose en la desafortunada chica de Londres.

—¿Vas a ir a Belton Manor hoy? —le preguntó Maisie a Eleanor durante el desayuno.

—No tenía pensado hacerlo, pero quizá vaya. ¿Por qué?

—Por ninguna razón en particular. Solo para dar un paseo. —Esperaba poder encontrarse con lord Lindsey e instarle a que volviera a cabalgar con lord Turner o averiguar cuándo podría ocurrir tal cosa.

—Tengo que devolver un libro a la biblioteca de Jenny, por si decidís ir —dijo lady Blackwood, haciendo sonar su periódico.

—Entonces está decidido —aceptó Eleanor.

Maisie necesitaba dos cosas para que su plan funcionara: tiempo a solas junto al río Don y que lord Turner volviera a montar a caballo cerca de allí. ¿Pero cómo iba a asegurarse de que lord Lindsey no la salvara él mismo?

Esperaba que la inspiración le llegara, pero si no era así, sabía que tendría que hacer partícipe a Eleanor de su plan.

Por eso, mientras caminaban hacia la majestuosa casa de Jenny, Maisie le contó a Eleanor lo que había estado pensando.

—¿No crees que salvar la vida de alguien le haría mucho bien a lord Turner? —le preguntó a esta.

Las cejas de Eleanor se fruncieron.

—Entiendo que lo que quieres decir. Sin embargo, no estoy segura de que salvar a alguien a quien no conoce ni le importa especialmente vaya a hacer nada para mitigar su irracional sentimiento de culpa por la muerte de lady Turner.

—Sin embargo, vale la pena intentarlo, ¿no estás de acuerdo?

—Supongo. —Eleanor, que tenía fama de amar las novelas góticas, puso una mirada emocionada en su encantador rostro—. Podría empujarte por una ventana desde la última planta de Belton Manor. Lord Turner podría atraparte cuando cayeras.

Las entrañas de Maisie se estremecieron con la idea de caer y, más precisamente, de dar con sus huesos en el suelo.

—No, no pensaba en algo tan peligroso, por si acaso lord Turner no está donde debe cuando llegue el momento.

—Cierto. ¿Tienes una idea de dónde debería ocurrir el gran rescate?

—De hecho la tengo. Si podemos determinar cuándo será la próxima vez que lord Lindsey vaya a cabalgar con él, entonces creo que mi plan funcionará. Porque una vez que estén a caballo, puedes acercarte a ellos con un mensaje de Jenny para que regresen a la mansión. Entonces lord Turner estará solo.

—¿Qué mensaje? No puedo preocupar a mi cuñado con un mensaje falso. Ni Jenny aprobará tal cosa si se lo decimos.

—No, no debemos decírselo a tu práctica hermana. Ella nos disuadirá, estoy segura. —Maisie reflexionó—. ¿Por qué no puede ser algo agradable lo que le atraiga, como que uno de los niños haga algo por primera vez? A las madres y a los padres les encantan ese tipo de cosas, ¿no crees?

Eleanor dio una palmada.

—Simon adora a sus hijos. Con un poco de suerte, uno de ellos hará o dirá algo, y yo saldré a caballo para decirle que vuelva a casa de inmediato.

—Si funciona, perfecto —dijo Maisie—. Si no, no pasa nada. —Excepto que podría mojarse un poco, pero era un riesgo que asumiría.

<hr>

Jameson sabía muy bien lo que hacía Simon al venir dos días seguidos. Su primo temía que si no lo acostumbraba a salir a diario, aunque solo fuera a montar a caballo, dejaría de lado sus Hessians y volvería al aislamiento.

En una palabra, el hombre iba a ser su niñera. Y seguro que Jenny le había propuesto la tarea.

Extrañamente, Jameson estaba agradecido. Cuando se enteró de que Simon había llegado, tardó menos de diez minutos en prepararse y bajar.

—¿No hay panecillos dulces? —le preguntó a Simon mientras montaban.

—Lo siento, no, solo una invitación a cenar, y habrá una comida mucho mejor que esos bollos pegajosos. ¿Podemos contar contigo esta noche? A Jenny le encantaría verte, y ella nunca vendría a entrometerse como hago yo.

—O como hace la señorita Darrow.

—¿Maisie ha vuelto a pasar por aquí? Lo siento. Hablaré con ella más tarde. Un hombre tiene derecho a su privacidad. —Entonces Simon hizo una pausa—. Excepto cuando se trata de cabalgar con su único primo, por supuesto.

¿Maisie? Jameson no creía conocer su nombre de pila, o no recordaba haberlo oído. Era un nombre ligero y alegre, que encajaba perfectamente con ella. Hasta el momento en que estalló indignada en su salón.

—No —respondió él—. Creo que ya la he disuadido de sobrepasar los límites de la audacia, al menos en lo que se refiere a venir a verme sin invitación.

—¿Qué has hecho? —preguntó Simon un poco preocupado, mientras trotaban a lo largo de la línea de la valla.

—¿Que qué he hecho? Deberías preguntar qué hizo ella.

—Bueno —dijo Simon—. ¿Qué hizo ella?

—Vino a mi casa después de nuestro breve encuentro ayer en el río para… —Jameson se interrumpió al recordar que ella había descrito su cuadro, y lo que pasó a continuación—. En realidad, creo que vino a disculparse.

—¡Qué descaro! —dijo Simon, y luego se echó a reír—. Quizá deberíamos llamar al sheriff. Oh, espera, en realidad se me considera el representante de la ley en Sheffield. La arrestaré yo mismo.

—Muy gracioso —comentó Jameson y pateó su caballo para alejarse al galope de su primo, cuya risa sonaba como un rebuzno. Jameson decidió no sacar a relucir su propio mal comportamiento del día anterior. Había insultado a la señorita Darrow, al mismo tiempo que a todas las florecientes damas de Gran Bretaña. Había sido más que grosero y ni siquiera estaba seguro de por qué. Definitivamente, tendría que disculparse la próxima vez que la viera.

Llevaban unos cuarenta minutos rodeando la finca, a través de la misma ruta que habían hecho el día anterior. Estaban cabalgando junto al río cuando la menor de las Blackwood se acercó a caballo. Jameson sintió un momento de ansiedad al verla montar, pero parecía estar sentada en la silla con firmeza.

—¡Saludos! —gritó ella, sonando positivamente medieval.

Simon detuvo su caballo.

—Eleanor, ¿hoy no has ido de pesca?

—No, estaba dibujando en Belton cuando la pequeña Pamela hizo algo adorable. Deberías ir a verlo de inmediato. —Luego, como si acabara de verlo, se dirigió a Jameson—. Buenos días, lord Turner. —Luego se volvió hacia Simon—. Ve a verlo ya.

—¿Qué es lo que ha hecho? —preguntó el conde.

—Oh, no puedo explicarlo. Tendrás que comprobarlo por ti mismo. —Y con eso, se dio la vuelta y se marchó al galope.

«Corre demasiado», pensó Jameson. Podía caer al suelo con facilidad. Debía de haber estado galopando durante un buen rato, a juzgar por el sudor de su caballo.

Simon lo miró y se encogió de hombros.

—Parece que espera que la siga. ¿Te importa?

—No, en absoluto. Puedo volver a casa desde aquí, niñera Devere.

—¡Ja! Te veré más tarde para cenar. Sobre las siete. —Y su primo instó a su caballo a correr.

—No he dicho que vaya a ir —replicó Jameson, pero Simon ya había empezado a galopar y, o bien no lo oyó, o fingió no hacerlo.

Jameson suspiró y continuó por el mismo camino a lo largo del río Don. ¿Qué podía haber hecho Pamela, de menos de un año o quizá ya casi dos, para que su padre fuera a buscarla? Podría averiguarlo más tarde si iba a cenar. Si le importase.

Ante la idea, todos sus sentimientos se rebelaron. No quería ir. ¿Cuál sería la carga emocional para él?

Podía imaginarse sentado en el amplio comedor de lord y lady Lindsey, con la silla a su lado dolorosamente vacía, Simon y Jenny turnándose para llenar los silencios como buenos anfitriones, y él deseando todo el tiempo estar en su casa. Sin duda, contaría los minutos hasta que pudiera volver a acostarse en la oscuridad y pensar en Esmera.

No podía ir a cenar, no podía soportar la...

Un grito rasgó el apacible silencio del campo y dispersó sus pensamientos. Exactamente igual que el día anterior, y sonando como si saliera de los mismos labios: Maisie Darrow. Solo que esta vez, Jameson sabía que Eleanor Blackwood no podía ser la causa.

Algo iba muy mal. Aceleró el paso de su caballo. Entonces ella volvió a gritar y él la vio.

¿Cómo se había metido en semejante lío?

Aunque no corría peligro de muerte, era evidente que estaba en apuros, ya que se encontraba en una pequeña barca de remos, inclinada precariamente hacia un lado y aferrada a una roca a unos quince metros dentro del río. La corriente no era muy rápida, pero el agua era demasiado profunda para que ella pudiera vadear hasta la orilla en caso de que se cayera de la barca.

—¡Señorita Darrow! —gritó él, desmontando de un salto y atando su caballo a una rama——. ¿Qué está haciendo?

Aunque ella no estaba en peligro inminente, a Jameson se le aceleró el pulso, ya que ella podía hundirse en cualquier momento bajo la superficie del plateado Don, y desaparecer de su vista.

—He perdido un remo —gritó Maisie—. Solo tengo uno. —Empezó a soltar la roca, tal vez para mostrarle el remo que le quedaba, y luego volvió a gritar cuando la barca estuvo a punto de volcar.

El sonido de una mujer gritando le heló la sangre.

—No debería inclinarse tanto. —¡Maldita sea! Tendría que nadar hasta ella. ¿Y luego qué? No podía remar con un solo remo ni arrastrar la barca.

—Me da miedo soltarme. La verdad es que es bastante poco profundo. Hay un banco de barro, creo, pero aun así...

—Ya voy, señorita Darrow. —Como no parecía haber ninguna amenaza inmediata, Jameson se detuvo para quitarse las botas de montar, remangarse los pantalones e incluso deshacerse de las medias. Se lo agradecería más tarde cuando...

—¡Maldita sea! —La voz de la señorita Darrow llegó hasta él mientras se ponía en pie. Había perdido el agarre de la escarpada roca y ahora estaba girando y a la deriva por el río sin poder controlar la barca.

—Use el remo para hacer girar la barca —le ordenó, encogiéndose de hombros para quitarse la chaqueta y arrojándola al suelo. Luego se pasó la camisa por la cabeza y la arrojó detrás de él antes de meterse en el río por la orilla de guijarros.

Tenía razón. Al principio no era muy profundo, y pudo caminar con el agua hasta las rodillas durante unos metros, pero ella se alejaba cada vez más de él. Además, ella parecía esforzarse por hacer lo que él decía, metiendo el remo y utilizándolo para hacer girar la proa de la barca de un lado a otro.

Luego, ella se puso de pie, apoyándose con el remo casi a fondo, tratando de hacer que el bote se inclinara a su voluntad.

—¡Siéntese! —le ordenó Jameson.

En ese momento, el fondo fangoso se desprendió y Jameson se hundió hasta la cintura. El agua estaba fresca, pero no gélida, lo cual a él no le importó, aunque habría preferido bañarse desnudo y no con la ropa puesta.

Sería mucho peor, por supuesto, para una mujer.

Entonces, como si le leyera la mente y decidiera demostrar que sus pensamientos eran ciertos, la señorita Darrow perdió el equilibrio por estirar demasiado los brazos y cayó por la borda, describiendo un arco ante los ojos de Jameson.

En pocas palabras, desapareció, como él había temido. Luego reapareció un instante después, agitándose y gritando lo bastante fuerte como para asustar a los peces.

Jameson se lanzó a nadar en su dirección, pero ella se hundió de nuevo. Salió a la superficie una vez más, esta vez sin gritar, solo con sus manos golpeando el agua y dando un par de jadeos de pánico. Luego, el silencio.

Solo le quedaban unos metros por recorrer, y Jameson los atravesó bajo el agua, esperando hacerlo en el sentido correcto. El río Don era más profundo allí, muy por encima de su cabeza, y ella, como era de esperar, se había sumergido como una piedra, una piedra pesada y cubierta de tela.

Jameson empujó con las piernas, con los pulmones amenazando con reventar, y por fin la alcanzó. No supo qué parte de ella alcanzó primero, pero en cuanto sus manos tocaron algo suave, la aferró con todas sus fuerzas mientras tiraba y tiraba.

Pateando con fuerza con los pies, supo que tenía que llegar hasta el fondo para poder sacarla a la superficie. Desesperadamente, él también necesitaba aire, pero permaneció bajo el agua tanto como ella.

O sobrevivían juntos, o él perdería el conocimiento antes de hundirse en el fondo limoso del río, donde se ahogaría junto con la irritante Maisie Darrow.

# Capítulo 5

Mientras Jameson nadaba, sintió que ella empezaba a mover los brazos y las piernas. Por Dios, la señorita Darrow estaba nadando con él, ¡no era un peso muerto después de todo!

Al cabo de unos instantes, sus pies tocaron el lecho del río y, por fin, pudo sujetarla por la cintura y desplazarse con más rapidez. Cuando su cabeza emergió fuera del agua, la empujó hacia arriba y delante de él para que ella también pudiera respirar.

Enseguida ambos habían salido a la superficie, con el agua hasta la cintura. Mientras él aspiraba grandes bocanadas de aire, ella tosía con fuerza. Sonaba como si le doliera, pero al menos él sabía que respiraba. La rodeó con sus brazos, temiendo dejarla ir. Cuando ella dejó de toser y empezó a jadear, Jameson supo que se recuperaría.

Aun así, Jameson se sorprendió de no haber tenido que inclinarla y tratar de vaciar sus pulmones del agua que había tragado, ni presionar su esbelto cuerpo para expulsar de su estómago la mitad del caudal del río que temía que se hubiera bebido.

—Ha aguantado muy bien la respiración —le dijo él cuando por fin pudo hablar.

Lo único que ella hizo fue asentir, sin poder decir nada todavía. Tenía sus dedos extendidos sobre el pecho desnudo de Jameson, en realidad, enhebrados a través de la mata de vello que lo cubría, y a medida que su pánico disminuía, él era cada vez más consciente de su toque íntimo.

Sus brazos seguían envolviéndola, sujetándola con un agarre inquebrantable.

«Casi como un abrazo de enamorados», pensó él, excepto por el terror.

Además, sus bonitos ojos estaban cerrados en lugar de mirarlo con adoración como lo haría un amante. Tratando de volver a pensar en lo mundano, consideró el estado de ella. Su sombrero, por ejemplo. Creía que llevaba uno cuando la vio, pero lo había perdido. Y al parecer, por el tacto de sus dedos, que le provocaron escalofríos, también había perdido los guantes.

¿Estaba ella trazando un patrón en su pecho?

Supuso que su siguiente preocupación debía ser si ella podría entrar en shock o coger un resfriado, nada de lo cual quería que ocurriera mientras estaba en el agua. Jameson respiró hondo de nuevo y la levantó en sus brazos, haciéndola gritar, esta vez de sorpresa, supuso él, ya que ella abrió los ojos de golpe y su mirada dorada se fijó en la suya.

¡Dios mío! Con sus faldas y enaguas empapadas, además de la ropa interior con volantes, las medias, la chaqueta y la camisa, tenía un peso sorprendente.

Jameson subió a trompicones por el inclinado lecho del río hasta el borde del agua, con los músculos de los brazos y las piernas ardiendo, y se desgarró la planta del pie tratando de despejar las rocas y los guijarros más pequeños y lisos para llegar al terreno más llano que tenía delante.

Casi la deja caer de culo, pero consiguió ponerla torpemente en pie antes de arrastrarla hasta la orilla cubierta de hierba, mientras él se deslizaba de rodillas, jadeando de nuevo.

Al diablo, tenía que tumbarse. Estirándose sobre su espalda, Jameson miró las frondosas ramas que había sobre su cabeza. Si se hubiera cuidado mejor, o incluso si hubiera comido un poco más durante el último año, habría podido realizar ese acto heroico sin prácticamente desmayarse. Después de todo, había llevado a su cuota de mujeres vestidas de la puerta a la cama y nunca antes se había sentido como si fuera a morir en el proceso.

Jadeó y miró al cielo. Luego cerró los ojos un momento para recuperarse, dejando que ella permaneciera de rodillas a su lado.

—¿Se encuentra bien, lord Turner? —le preguntó Maisie, como si solo hubieran dado un paseo por Pall Mall y él se hubiera quedado un poco sin aliento.

Ella sonaba bastante sana para haber estado a punto de ahogarse.

Jameson abrió los ojos y la vio mirándole fijamente. Su masa de pelo, mucho más oscuro cuando estaba mojado, colgaba suelta alrededor de su pálido rostro en una cortina desordenada, llegando incluso a su pecho mientras ella se inclinaba, con cara de preocupación. Había trozos de hierba del río atrapados en las madejas enmarañadas. Sus ojos eran dos espejos, y sus labios tenían un leve color púrpura. A pesar de que estaría congelada, su aspecto era inquietantemente bello.

Ese pensamiento le irritó sobremanera.

—¡¿Quiere parar?! Me está mojando. Es tan agradable como tener una rata medio ahogada posada en mi pecho o un perro mojado inclinado sobre mí.

Ella se estremeció y se sentó.

Bien, pensó él. Necesitaba un poco de distancia entre ellos. ¡Qué mujer tan molesta!

Jameson se imaginó que podría estar allí todo el día, descansando, escuchando los sonidos del río, que eran muy pocos, ahora que ella había dejado de gritar. Sin embargo, sintió que era su deber llevarla a casa.

Con un suspiro, Jameson se dio la vuelta y se puso en pie antes de tenderle la mano. Ella vaciló y luego puso la suya en la palma abierta de él, permitiéndole ponerla lentamente en pie. Sin mediar palabra, él le puso el brazo entre los suyos, muy consciente de su inapropiado estado al no llevar camisa, y se dirigió a su caballo, consciente del dolor que le palpitaba en la planta del pie izquierdo.

La señorita Darrow también caminaba de forma extraña y, cuando él miró hacia abajo, se dio cuenta de que había perdido un zapato. Un pequeño botín de cuero, para ser exactos. Como supuso que ella ya lo sabía, no se lo mencionó.

Pronto llegaron hasta el caballo. En ese momento, Jameson se acordó del bote de remos.

—¿De quién era el bote? —preguntó.

—De lady Blackwood. Sin embargo, solo Eleanor lo usa.

—¿Por qué estaba en él, entonces?

Ella dudó.

—Esa es una buena pregunta, milord.

Maisie no dijo nada más durante unos segundos, y luego añadió:

—Sabía que las vistas serían preciosas desde aquí.

—¿Las vistas de qué? —preguntó él.

—Del río, por supuesto.

No podía imaginársela a ella, ni a nadie, despertando y decidiendo remar río abajo para ver el mismo paisaje que se podía apreciar desde la seguridad de la orilla.

—¿Y lo eran? —le preguntó.

—¿Eran qué? —La señorita Darrow le miró, con el brazo todavía sujeto con fuerza al de Jameson, a pesar de que ahora estaban de pie sobre una hierba suave y perfectamente segura. Su otra mano recorría el brazo desnudo de él con aire distraído.

—Encantadoras —respondió él—. Quiero decir, las vistas del río, ¿ lo eran?

Maisie se encogió de hombros.

—Supongo que sí. —Luego le ofreció una amplia sonrisa que iluminó su rostro, a pesar de las manchas de agua turbia y los trozos de hierba pegados a sus mejillas—. Me ha salvado la vida, lord Turner. Le estoy eternamente agradecida. Si no fuera por usted, estaría... —dejó de hablar mientras miraba más allá de él hacia el Don.

Entonces, ella hizo un sonido extraño, como un hipo, y él se dio cuenta de que estaba llorando.

—Bueno, bueno, señorita Darrow. Estoy seguro de que habría encontrado la manera de salvarse.

En realidad, debido a sus pesadas capas de ropa, él lo dudaba mucho. Ambos sabían perfectamente que ella habría muerto si él no hubiera estado allí en ese momento.

—Tal vez debería invertir en uno de esos vestidos de baño que usan las damas en la playa, si pretende volver a navegar —dijo Jameson—. En cualquier caso, no debería subir sola a un bote.

Ella resopló y levantó la mano que tenía libre para ahogar sus lágrimas. Él tenía un pañuelo en el bolsillo del pantalón y lo sacó, empapado. Soltó el brazo de ella, y sacudió el pañuelo con exageración antes de dárselo.

Maisie dejó escapar una risita, como él pretendía, y el color volvió a sus mejillas.

—Gracias —dijo ella, con la voz un poco temblorosa.

La experiencia la había asustado, lo cual era bueno, en opinión de Jameson. A él le había asustado mucho.

—Con suerte, la señorita Blackwood podrá recuperar el bote.

—Estoy segura de ello. Ella dijo que hay un lugar donde siempre se queda atrapado en los bajíos, en la próxima curva. —Señaló a sus espaldas.

—¿De veras? —preguntó Jameson. Parecía un extraño tema de conversación para unas damas—. ¿Puede montar?

—Oh, no arruinaría el resto de su paseo —dijo ella, su mirada ahora fija en su pecho desnudo—. Puedo ir andando desde aquí.

¿Arruinar el resto del paseo? Jameson miró su ropa aún desparramada y luego la miró a ella.

¿Tenía esta mujer alguna idea del estado en que se encontraba? No podía dejarla caminar sin compañía hasta la casa de los Blackwood. Alguien podría tomarla por una reclusa fugada de Bedlam. Además, solo llevaba puesta una bota.

—Lo que quiero preguntar, señorita Darrow, es si es usted una jinete capaz. —Él comenzó a vestirse, dándose cuenta de que ella estaba observando cada uno de sus movimientos —la muy pícara— mientras se ponía la camisa antes de ponerse la chaqueta. Ya estaba más abrigado y tenía la intención de llevarla a casa enseguida para liberarla de su ropa empapada.

O mejor dicho, para que pudiera desvestirse ella misma. Y darse un baño. No con él, por supuesto. Sola. En la casa de los Blackwood.

Jameson apartó con rapidez sus pensamientos sobre desvestirse y bañarse. Se calzó las botas, hizo una mueca de dolor por el corte y se metió las medias en el bolsillo. Una vez que recuperó su autocontrol, se volvió hacia ella.

—No hay duda de que volverá a casa a caballo. La única cuestión es si debo preocuparme de que se caiga.

—Si insiste en que monte, milord, me complace informarle que soy una experimentada amazona. ¿Encajamos los dos en su montura?

—No —respondió él en un impulso. Lo último que pretendía era cabalgar por Sheffield con los brazos rodeando a una joven, o tenerla montada detrás mientras ella lo abrazaba con los suyos—. Monte usted. Yo iré a pie.

La tomó de la mano, y esperó a que ella pusiera su pie sobre sus palmas.

—Se siente extraño —dijo ella mientras lo hacía.

Sus sentimientos eran exactamente los mismos. Qué extraño era tener los dedos de los pies de la señorita Darrow asomando a través de sus medias rotas y tocando su piel. Ella levantó con habilidad la otra pierna sobre la silla de montar, preparada para subirse a horcajadas.

Cuando Jameson se alzó, sus ojos se acercaron a la rodilla expuesta de ella, vestida con lo que quedaba de sus medias y, por encima de estas, al muslo desnudo.

Algo dentro de él rugió cuando ella se apresuró a bajarse las faldas. Él tragó saliva. La ayudaría, pero tocarla en ese momento le parecía una idea increíblemente estúpida.

Se apartó, desató a su caballo de la rama y comenzó el camino hacia la casa de Blackwood, que por suerte estaba muy cerca.

Mientras caminaban hacia el *cottage*, Maisie decidió que debía romper el tenso silencio.

—De nuevo, le agradezco que me haya salvado. Fue algo valiente y caballeroso.

Jameson, que conducía el caballo, se encogió de hombros. Ella se quedó mirando sus anchos hombros.

¡Estupendo! Maisie apenas podía pensar en otra cosa que no fuera su torso después de verlo con el pecho desnudo.

De hecho, lo había tocado y sus manos se habían acercado a sus pezones planos. Y luego no pudo evitar acariciar su brazo bien definido.

Era magnífico, aunque había que reconocer que estaba un poco delgado. Nada que unas chuletas y unas patatas asadas no pudieran arreglar.

—Solo piense —añadió ella en voz más alta—, que sin usted, no estaría aquí en este momento.

Al oír eso, él pareció ponerse rígido, pero aun así, no dijo nada, y continuó caminando con decisión hacia Norman's Corner y la encantadora casita que Maisie prefería casi a cualquier otro lugar, excepto quizá a la de su padre en Dumfries.

La escapada había salido mal, admitió ella. Solo había esperado permanecer en la barca, aferrándose para salvar la vida mientras lord Turner la salvaba solo con pasear su caballo desde la orilla del río hasta la roca, como había hecho Eleanor cuando la había dejado allí. Maisie le habría entregado al caballero la cuerda atada a la proa y le habría dejado conducirla a un lugar seguro, profesándole después su eterna gratitud.

En lugar de eso, había perdido el agarre a la roca maldita, y entonces todo fue de mal en peor. Rápidamente, se había alejado demasiado para que lord Turner pudiera seguirla a caballo. De todos modos, ni siquiera lo había intentado. Se había lanzado a rescatarla, ¡sin camisa!

Y ella no había tenido que fingir que estaba a punto de ahogarse, porque casi había sucedido. No podía entender cómo había pasado de ser una obra de teatro a una realidad mortal, pero así fue. En un momento, estaba perfectamente a salvo en el pequeño bote, y al siguiente, el agua estaba empapando capa tras capa de su ropa y tirando de ella hacia abajo.

Se encontró impotente por completo para evitar hundirse. No solo eso, sino que no podía tocar el fondo, aunque esa era la dirección a la que se dirigía. Suponía que, al final, habría aterrizado en el lecho del río y luego habría intentado empujarse hacia arriba, pero dudaba mucho de que hubiera sido capaz de salir a la superficie antes de que sus ropas la arrastraran de nuevo.

Casi se había ahogado.

Las lágrimas volvieron a brotar ante su propia estupidez y empezó a temblar. Pensó en cómo se habría sentido Eleanor si hubiera ocurrido algo terrible, al haber sido su cómplice en esa treta. Y su hermano, Ned, el molesto idiota que era, también se habría enfadado.

¡Dios mío! Qué plan tan estúpido. Muchas cosas podrían haber salido mal. De hecho, tantas cosas habían salido mal... Y apenas podía imaginar la angustia que habría causado a lord Turner si ella hubiera perecido ante sus ojos. Le importara un bledo ella o no, él se habría sentido responsable al verla dar su último aliento.

Sería más cuidadosa en el futuro, y trataría de tomar un camino diferente para ayudarlo.

Si es que se le ocurría alguno.

—Lo siento —dijo él de pronto.

¿Sentía haberla salvado?

—¿Perdón? —dijo ella, esperando que no fuera eso lo que había querido decir. Se detuvieron ante la casa de campo y él la miró.

—Siento haberla insultado ayer. No es mi costumbre ser grosero con nadie. Tampoco dije la verdad. Sí recuerdo haberla conocido antes.

Y eso fue todo. Él no dijo nada más y ni siquiera pareció importarle si ella aceptaba sus disculpas o no. Además, ahora le había salvado la vida, unas cuantas palabras insultantes el día anterior apenas tenían importancia.

Maisie dejó que la ayudara a bajar, notando cómo lord Turner observaba sus piernas mientras ella se deslizaba por el costado del caballo hasta llegar a sus brazos. Cuando sus pies tocaron el suelo, sus faldas volvieron a su sitio, y la mirada de él se dirigió a su rostro.

—Ahora sí que está temblando. Debe de tener mucho frío. ¿Hay alguien aquí para ayudarla? —le preguntó.

—¿Ayudarme? —Seguían estando cerca, y las manos de él estaban en la parte superior de los brazos de ella. Maisie deseaba que él la rodeara de nuevo con sus brazos y la calentara. Porque tenía razón. Sentía como si sus miembros fueran de hielo.

En lugar de eso, él se apartó.

—Sí, ¿hay alguien en casa para prepararle un baño?

Maisie pensó que su tía estaba en casa, pero no Eleanor, probablemente, ya que no podía haber regresado aún de Belton Manor. En cualquier caso, incluso con personal limitado, tenían una sirvienta para ayudar a hervir agua para el baño.

—Estaré bien. Gracias.

Ella lo miró fijamente un momento más, y él le devolvió la mirada, como si hubiera algo más que quisiera decir.

¿Había logrado ella algo más aparte de casi matarse?

Supuso que sí, porque él no estaba diciendo nada bestial, ni insultándola a propósito para que se fuera, ni se estaba alejando de ella.

—Subir colinas empinadas requiere un ritmo lento al principio —le dijo Maisie.

—¿Perdón? —Él ladeó su hermosa cabeza—. No creo que un paso lento le haya servido hoy.

—Es cierto, milord. Me refería a nuestra floreciente amistad. —Sus dientes castañetearon al pronunciar la última palabra, que salió como un murmullo.

Jameson abrió los ojos de par en par y apretó la mandíbula.

Maisie se dio cuenta enseguida de que se había equivocado.

—No somos amigos, señorita Darrow. Nada de eso. Que tenga un buen día.

Acto seguido, el montó en su caballo y se marchó.

Maisie soltó un suspiro y entró en la casa de campo arrastrando sus faldas mojadas, que ondeaban alrededor de sus tobillos, más que dispuesta a salir de ellas y meterse en una bañera.

⁂

Jameson volvió a ensillar su caballo aquella tarde. Sería de mala educación no presentarse a la cena. A diferencia de Maisie Darrow, Simon y Jenny eran realmente buenos amigos, y también su familia.

Además, hacía muchos meses que no iba a Belton Manor. De hecho, la última vez, Esmera había ido de su brazo. Era cierto que ella había refunfuñado un poco en la tranquila cena campestre, tan insulsa comparada con una fiesta londinense, pero había ido por su bien.

Al fin y al cabo, recordaba él, cualquier fiesta era mejor que quedarse en casa, en Jonling Hall, donde ella solía decir que la asfixiaba su quietud.

Como una pesada manta.

Probablemente era la única manzana de la discordia entre ellos, el amor de ella por la bulliciosa y frenética vida de Londres y el disfrute de él por la pacífica tranquilidad de su casa de campo en Sheffield.

Acordaron dividir su tiempo en ambos lugares, aunque a menudo, su mujer le ganaba batiendo sus gruesas y oscuras pestañas, y él se encontraba de nuevo en Londres. En realidad no le importaba. Simplemente había pasado tantos años infelices allí, en los ruidosos clubes de juego, mientras se sentía desarraigado, sin rumbo, sin amor, de paso, un hijo bastardo no deseado que no podía encontrar su lugar en el mundo.

Jameson, que ya era siervo de su padre, había apostado en secreto en nombre de lord Devere, intentando desesperadamente ganar lo suficiente para pagar las deudas del anciano, pero fracasando en última instancia, ya que su padre nunca abandonaba su racha perdedora. Después de que su hermanastro muriera luchando en Birmania y su padre se derrumbara como un pastel poco hecho, Jameson volvió a empezar.

Y entonces conoció a Simon y Jenny, y encontró una familia por primera vez en su vida. Tras recibir su herencia como nuevo conde de Lindsey, Simon lo había solucionado todo, haciéndose cargo de las deudas de su tío y perdonando a Jameson, su primo recién descubierto, por su engaño.

Jameson nunca se había sentido más a gusto que en Jonling Hall. Y entonces, en una noche espectacular, puso sus ojos en Esmera Maradona, la mujer más exquisita que había tenido la suerte de conocer.

A pesar de su amor por su casa de campo, él había renunciado a un mes aquí o dos meses allá para vivir en el mundo acelerado que su esposa amaba. Podía entender por qué ella lo hacía. Era la niña mimada de la alta sociedad, con su aspecto exótico y su perfecto inglés, pero con un suave acento. Contaba historias de España a sus anfitriones y a los demás invitados, e incluso enseñaba a algunos de sus chefs más aventureros a cocinar la comida de su país.

Ella y Jameson disfrutaban de los manjares españoles traídos a buen precio. Rodeada de la élite social, el brillo de Esmera superaba con creces al de cualquiera de sus miembros. Sus ojos brillaban alegres y su rica voz sonaba con fuerza en la sala.

Para él, todos los demás palidecían en comparación, y nunca podría apartarla de tal felicidad. Daría cualquier cosa por poder volver a compartir una velada con ella.

Esa noche, Jameson cabalgó lentamente con su caballo hacia Belton Manor. Había hecho un esfuerzo, incluso para una simple cena con Jenny y Simon, habiéndose atado el pelo hacia atrás como un noble del siglo XVIII y permitiendo que el señor Wynn le afeitara la cara. Tenía que reconocer que ya se sentía un poco más civilizado.

Al entrar por la puerta principal, Jameson dio las gracias al mayordomo, el señor Binkley, que le cogió el sombrero y el abrigo con una breve reverencia. Luego, se dirigió al salón más pequeño, donde sabía que tomarían una copa antes de cenar.

Sin embargo, cuando vio a los ocupantes de la sala, Jameson se quedó paralizado en la puerta, con ganas de darse la vuelta y salir corriendo.

# Capítulo 6

Todas las miradas estaban puestas en Jameson, incluidas las de Jenny y Simon, así como las de lady Blackwood, la señorita Blackwood y la señorita Darrow. Las paredes parecían precipitarse hacia él, reduciendo la habitación al tamaño de un armario de escobas.

¿Qué podía hacer para escapar con alguna medida de civismo intacta? Su cerebro consideraba frenéticamente las opciones. Toser con fuerza mientras salía de la habitación como si tuviera un ataque de crup. O...

—Buenas noches, lord Turner —dijo Jenny, acercándose ya y cogiéndole del brazo como si supiera que estaba a punto de salir corriendo—. Le agradezco mucho que haya accedido a honrarnos con su presencia. Teníamos, como puede ver, un número impar para la cena, lo cual es molesto, como estoy segura de que sabe.

Sí, lo sabía. Todo el mundo sabía que los números importaban para las cenas. Pero en el campo, no se solía cumplir tan estrictamente. Cuando llevó por primera vez a Jenny y Simon a Jonling Hall, aún era soltero. Como lady Lindsey estaba embarazada en ese momento, supuso que el bebé, que resultó ser su primer hijo, contaba como un cuarto en la mesa.

Por desgracia, su pensamiento se dirigió a cómo la cantidad seguiría siendo extraña si Esmera aún viviera, y habría que añadir o quitar a alguien más de la fiesta.

—Sé que tiene cabeza para los números —dijo Jameson, que fue lo siguiente que se le ocurrió.

Jenny, hija mayor del barón Blackwood, había trabajado como contable, bajo una identidad oculta, para gente del pueblo y luego para Belton Manor cuando ella conoció a Simon.

—¿Le apetece una copa? —le preguntó Jenny, guiándole hacia el grupo.

Todos estaban de pie, así que probablemente acababan de llegar.

—Sí, por favor. —Su voz se apagó en la última palabra.

—Le serviré un poco de vino. —Simon se paró junto al aparador con una copa llena en la mano, que rápidamente le entregó a lady Blackwood.

—¿Por qué no se sientan? —dijo Jenny—. No son necesarias las presentaciones, lo cual es agradable.

Jameson tragó saliva y al fin dejó que su mirada se posara en cada uno de los presentes. Saludó a la viuda, a lady Blackwood y a Eleanor, antes de dirigirse a Maisie Darrow.

Teniendo en cuenta que la última vez que la había visto era una mujer empapada y desaliñada, con barro del río y trozos de hierba pegados, su transformación en unas pocas horas era casi milagrosa.

—Señorita Darrow —dijo inclinando con la cabeza—. Parece haber mejorado mucho.

Lady Blackwood emitió un sonido de sorpresa, y Eleanor tuvo el pobre sentido de reírse. Al parecer, no era consciente de la gravedad del incidente.

—Al igual que usted, lord Turner —dijo la señorita Darrow, golpeando su propia barbilla para referirse a la ausencia de barba de Jameson—. Bastante mejor. —Sus ojos marrones eran amistosos y su expresión, aprobatoria.

Para frustrar su indeseada reacción, Jameson casi deseó haberse quedado como estaba.

Simon repartió más bebidas, incluida una para Jameson, mientras Jenny preguntaba:

—¿En qué ha mejorado nuestra Maisie?

Al observarla atentamente, Jameson vio que sus mejillas adquirían un tono rosado. Eso era algo que no había presenciado con Esmera, su rubor, por lo que sus emociones a veces quedaban ocultas bajo su perfecta tez aceitunada.

—Hoy me he caído en el Don.

—¿Qué? —exclamó Jenny—. ¿Cómo? ¿Por qué?

Aquellas preguntas provocaron una pequeña risa en los labios de la señorita Darrow, los cuales Jameson se alegró de ver que habían perdido todo rastro de color púrpura y que ahora parecían sanos y rosados. Además, su labio inferior tenía un relleno donde se arqueaba, cosa que él no había notado antes, lo que hacía que su boca fuera muy atractiva.

—Estaba remando cerca de la curva, a las afueras del pueblo.

—¿Por qué? —preguntó Simon, sentándose al lado de su mujer.

Jameson dio un sorbo a su bebida, esperando la ridícula respuesta. Cuando está llegó, siguió sonando ridícula.

—Por las vistas desde el río.

Incluso Jenny se rio.

—Seguro que no son mejores que desde la orilla.

—No vale la pena el esfuerzo, seguramente —añadió Simon.

—Oh, los dos estáis equivocados —dijo Eleanor—. Puedes dibujar la escena más perfecta desde el río, mientras que no puedes ver nada en absoluto desde la orilla.

—¿Estabas dibujando? —preguntó Simon a Maisie.

—No. Solo mirando.

—¿Y cómo acabaste en el agua? —preguntó Jenny.

—Solo tenía un remo, ya ves. Y me estaba agarrando a una roca, cuando por suerte pasó lord Turner.

Jameson intercambió una mirada con Simon. La expresión de su primo contenía más de una pregunta.

—¿Pero por qué dejaste el otro remo en casa? —preguntó lady Blackwood.

¿Qué? Jameson estaba seguro de que la señora mayor no entendía lo sucedido, por lo que decidió resumir el incidente.

—La señorita Darrow remó cierta distancia, y entonces uno de los remos se le escapó de la mano. Tuvo el buen tino de sujetarse a una roca, pero, por desgracia, perdió tanto el agarre como el equilibrio. Le dije que no se pusiera en pie dentro del bote.

Jameson no pudo evitar dirigir a la señorita Darrow un movimiento de cabeza.

—Eso no tiene sentido —dijo lady Blackwood.

—Por supuesto que lo tiene, mamá —dijo Jenny—. Nadie debería ponerse de pie en un bote de remos.

—Ya lo sé, querida. Me refería a lo del remo. Porque, sin duda, había un remo apoyado junto al cobertizo cuando salí, pero ninguna barca. Más tarde, después de que Eleanor y George fueran a recuperar el bote con la carreta, había dos remos.

Jameson no sabía qué pensar de todo aquello.

—¿Quién es George?

—Nuestro ayudante —dijo lady Blackwood—. El hijo del cocinero. Creo que lo perderemos pronto, ya que necesita un trabajo mejor.

Jameson dejó que las mujeres Blackwood, incluida Jenny, discutieran todas sobre los méritos del joven George y sobre el lugar al que debería ir después, hasta que Simon interrumpió.

—Entonces, ¿cómo hiciste para remar con un solo remo? —le preguntó a Maisie, que estaba intercambiando una especie de mirada con Eleanor.

—Estoy segura de que te equivocas, mamá —dijo la menor de las Blackwood.

—Y yo estoy segura de que no —dijo su madre.

Jenny intervino, como buena anfitriona, para suavizar la batalla familiar.

—¿Por qué no nos cuentas lo que pasó después, querida Maisie?

Sin embargo, la señorita Darrow parecía un poco indecisa, incluso preocupada, así que Jameson continuó el relato.

—Con dos remos o sin ellos, cuando la encontré tenía uno solo, el cual le sugerí que utilizara para ayudar a dirigir el bote. La señorita Darrow se inclinó demasiado, se cayó y la saqué del turbio trago.

La mirada de Maisie voló hacia él.

—Lord Turner está siendo demasiado modesto. Me había hundido por completo y tenía graves dificultades para emerger a la superficie.

—Maisie —dijo Jenny, sentándose más recta e inclinándose hacia delante—. ¿Dices que te estabas ahogando?

Ella dudó. Jameson supuso que no quería preocupar demasiado a su familia.

—Sí —dijo Maisie al fin.

—¡¿Qué?! —exclamaron lady Blackwood y Eleanor al mismo tiempo—. No me lo habías dicho antes —insistió la mujer mayor—. Viniste y te bañaste, como si simplemente te hubieras caído.

—¿Estás segura? —preguntó Eleanor, mientras miraba a Jameson.

—Sí, señorita Blackwood. Puedo asegurarle que la señorita Darrow se hundió tres veces y no volvió a subir.

Eleanor palideció y abrazó a su prima.

Tras muchas palmaditas en la espalda, se separaron, y Maisie cogió su copa de vino, bebiéndosela de un solo trago. Entonces se dio cuenta de que él la miraba y volvió a sonrojarse.

Algo extraño estaba ocurriendo. De eso estaba seguro. Sin embargo, parecía que todo el suceso no traía más que angustia, como solían hacer los roces con la parca.

—No le demos más vueltas —se oyó decir, contra todo pronóstico—. La señorita Darrow está perfectamente seca y sana.

—¿Y tú estás bien? —añadió Simon, con una sonrisa interrogativa en su boca. Debía de ser porque se había afeitado la barba.

—Sí, gracias. Yo también lo estoy. Tal vez debamos suspender todos los paseos en barca al menos en un futuro inmediato.

Jenny asintió.

—¿Alguien más leyó por casualidad en los periódicos sobre la próxima carrera de yates de la Copa de las Cien Guineas? ¿Han hecho un recorrido alrededor de la Isla de Wight?

Eleanor dio una palmada.

—Me gustaría poder ir a verla. El Royal Yacht Squadron contra el New York Yacht Club, y cien libras esterlinas como premio. —Silbó de una manera muy poco femenina, lo que provocó en Jameson una clara sensación de diversión.

Él pensó que era un buen cambio de tema, excepto porque se trataba de barcos y agua. Se sentó con su bebida, dejando que Simon se la rellenara cuando lo necesitara. A nadie le importaba que hablara poco.

Por su parte, intentó no seguir pensando en cómo habría sido la velada si Esmera estuviera a su lado. Sin embargo, al tratar de no pensar en ello, seguía evocándola en su memoria.

A su esposa le gustaba sentarse en el sillón con orejas que lady Blackwood ocupaba ahora, y siempre pedía vino tinto. Cuando no se le hacía una pregunta directa, solía callar, tendiendo a parecer que su mente estaba en otra parte. No tocaba el piano, aunque tenía una buena voz para cantar si se le pedía. Y casi todas las noches terminaba con migraña justo a la hora del postre, por lo que se iban directamente después de la cena.

Esta noche, Jameson deseaba que Esmera estuviera allí junto con su dolor de cabeza para poder escaparse con ella al acabar de cenar y luego hacer el amor con ferocidad en su dormitorio.

Su mirada se posó en la señorita Darrow, que se había apagado tras la discusión sobre el bote. Tenía un aspecto sorprendentemente bueno, teniendo en cuenta su calvario. Muchas personas, hombres o mujeres, al tener un encuentro tan cercano con la muerte, podrían sentirse agotados o, como mínimo, no desearían salir a cenar esa misma noche.

Era evidente que se había bañado, se había lavado su dorada cabellera y había conseguido secarla, antes de peinarse con un estilo apropiado.

Con la curiosidad a flor de piel, Jameson tenía que saber algo. Acercándose más, para que solo ella pudiera oírlo, le preguntó:

—¿Cómo ha conseguido secarse todo el pelo?

Ella pareció sorprendida, pero luego sonrió, y su simple dulzura hizo que algo en el interior de Jameson se encendiera.

—Lady Blackwood tiene tres hijas, milord. ¿Se imagina a todas tratando de prepararse para un evento sin haber aprendido todos los trucos? Ella usó el fuelle conmigo, y mi pelo se secó en poco tiempo.

—Ingenioso —dijo él.

—Supongo que sabe cómo se hacen los tirabuzones —dijo ella.

—Sí. —A su mujer le gustaban, y hacía que su criada le hiciese unos más pequeños alrededor de las sienes, así como unos rizos más grandes, que le colgaban hasta la mitad de la espalda.

—Entonces conoce el secreto de envolver cada pelo alrededor de un sacacorchos y esperar...

—¿Qué? —Jameson había desviado la mirada al pensar en Esmera y ahora se fijó de nuevo en Maisie. Enseguida se dio cuenta de que ella le estaba tomando el pelo. Se rio.

—Eso llevaría mucho tiempo. Quizá debería presentarle el maravilloso invento de la pinza rizadora.

Maisie golpeó el borde de su copa de vino contra la de él, como si hubieran compartido un secreto.

¿Lo habían hecho? Él frunció el ceño. ¿Estaba ya coqueteando con otra mujer después de la muerte de Esmera?

Qué canalla tan increíble era, como si su voto el día de su boda no hubiera significado nada.

—Disculpen —dijo, poniéndose de pie, sin estar del todo seguro de lo que hacía, pero decidido a salir de la habitación.

Simon también se puso de pie.

—La cena está servida —dijo este, como si Jameson hubiera respondido a una llamada silenciosa.

Jenny miró a su marido, este señaló con un gesto a Jameson, quien los miró a ambos, miserablemente congelado en su sitio.

¿Debía suplicarles que lo liberaran de esta tortura?

—Seguro que está lista —convino Jenny, poniéndose en pie.

—Acompañaré a lady Lindsey —declaró Simon—. Lady Blackwood puede acompañar a la señorita Blackwood, y lord Turner puede escoltar a la señorita Maisie. No se sentirán defraudados por la comida.

—Nunca lo hacemos —insistió lady Blackwood mientras ella y Eleanor seguían a sus anfitriones.

Jameson estaba atrapado por completo. Era obvio que su primo no iba a ofrecerle la oportunidad de marcharse, y no podía simplemente irse. Tendría que acompañar a Maisie Darrow al comedor.

Cuando ella se levantó, él la tomó del brazo, recordando haber hecho lo mismo horas antes.

—Estamos en mejor estado que la última vez que la acompañé —señaló él.

—Efectivamente —asintió ella—. Yo tengo dos zapatos y usted lleva una camisa.

Jameson no pudo evitarlo. Se rio.

❖

Maisie adoraba el sonido de su risa. En verdad, prefería a lord Jameson Turner con el pecho desnudo, e imaginarlo así, allí en el salón de los Lindsey, la hacía sonreír. Su calidez cuando entró en el comedor fue una sensación bienvenida, ya que no había podido librarse del todo de la fría sensación de estar empapada, ni siquiera después de un baño caliente.

En realidad, algo dentro de ella se sintió un poco asustado por la gravedad de lo que había ocurrido, cuando nunca antes había contemplado una muerte prematura.

Era aleccionador. ¿Cuál habría sido el último pensamiento de lady Turner cuando el tren descarriló y volcó?

¿Había sido feliz hasta el terrible momento? Maisie esperaba que sí.

Su último pensamiento había sido que lord Turner venía a salvarla y que él era un ser humano decente.

—Todavía estoy un poco abrumada por lo que pasó hoy.

—Lo comprendo —dijo él, acercándole la silla.

—No somos hombre, mujer, hombre, mujer, esta noche —dijo Jenny cuando todos ocuparon los asientos asignados—, pero Eleanor a menudo se comporta de forma bastante masculina con su escalada de árboles y el tiro con arco y demás, así que se sentará en el lugar de un caballero.

—¡Qué grosería! —exclamó Eleanor, pero estaba sonriendo—. Las mujeres han practicado tiro con arco desde la época de los atenienses, y puedo montar a caballo tan bien como cualquier hombre. Incluso en el agua, y ya sabes lo difícil que es conseguir que un caballo pise de buen grado un río.

—De todos modos, ¿por qué llevarías tu caballo al río? —preguntó Jenny.

Maisie miró a Eleanor bruscamente, esperando que no revelase su estúpido plan, ya que sin que su prima arrastrara la pequeña barca hasta la roca detrás de su caballo, nada de la estratagema de Maisie se habría llevado a cabo.

Su prima se limitó a encogerse de hombros con delicadeza.

—Nunca se sabe cuándo será necesario vadear un arroyo o incluso un charco.

—¿Se puede vadear un charco? —preguntó lord Lindsey.

—Las patas de su caballo estaban muy mojadas hoy, señorita Blackwood —señaló lord Turner—. ¿Estuvo en el río?

¡Maldición! Maisie quería terminar con esa línea de preguntas y solo se le ocurrió una manera.

Alcanzando un humeante panecillo, interrumpió todo lo que Eleanor iba a decir con una pregunta:

—¿Por qué los panecillos calientes son como orugas?

Toda la mesa se quedó en silencio, hasta que Eleanor le siguió la corriente.

—¿Por qué lo dices?

—Porque hacen volar la mantequilla —le dijo Maisie, abriendo su panecillo mientras añadía una porción de mantequilla en su centro caliente y blando.

Nadie se rio, excepto su prima menor, que soltó una pequeña risita.

—¿Qué vamos a cenar? —preguntó Maisie a Jenny, manteniendo el control de la conversación, aunque para ello tuviera que hacer una pregunta un poco brusca.

—Ni siquiera yo, que apenas estoy en sociedad estos días, preguntaría algo así —dijo lord Turner, aunque sonó divertido.

Maisie inclinó la cabeza.

—Aquí todos somos familia, así que a nadie le importa.

Y era cierto. Maisie sabía que él estaba distanciado de su padre, lord James Devere, que vivía en South Wingfield con su segunda esposa, Lettie. Sin embargo, esperaba que lord Turner se sintiera reconfortado al saber que aquellos con los que cenaba esa noche se preocupaban por él. Lord Lindsey parecía tratarlo como a un hermano.

—Tenemos sopa de cebolla para empezar —dijo Jenny—, luego trucha, pollo y carne de res en hojaldre. Sé que la cocinera ha hecho ensalada y todo tipo de verduras también.

¿Y ahora qué más podía ella preguntar? Cuestionar de qué sería el pudín estaba fuera de lugar, y temía decir algo que recordase a lord Turner su vida sin su esposa.

—¿Por qué los pescaderos nunca son generosos? —preguntó él de pronto.

De nuevo, los ocupantes de la mesa guardaron silencio. Esta vez, Maisie preguntó:

—¿Por qué?

Lord Turner cogió su copa de vino y bebió un sorbo antes de responder:

—Porque su negocio les obliga a ser vendedores de pescado[2].

Su broma, a diferencia de la de ella, recibió una carcajada.

—¿Es un desafío? —preguntó lord Lindsey.

—Pregúntale a la señorita Darrow —respondió lord Turner.

Eleanor aplaudió dos veces, llamando la atención de todos.

—Yo tengo uno. ¿Listos?

—Sí —dijo Jenny, y luego se sentó mientras le ponían la sopa delante.

—¿Por qué la hierba es un ratón?

---

[2] Juego de palabras en inglés: "Vendedor de pescado" es "sellfish", homófona de avaro, "selfish".

—¿Por qué? —preguntó lady Blackwood, sonando como si lo hubiera oído antes.

Maisie se mordió el labio. Ella lo sabía, pero no le estropearía el chiste a Eleanor, no después de todo lo que su prima había hecho por ella.

Rápidamente, antes de que alguien pudiera resolver el misterio, Eleanor lo explicó.

—Porque se la come el gato. ¿Lo entiendes? El ganado y el gato...[3]

Luego se rio de su propia broma, lo que hizo que lord Lindsey se echara a reír también, quizá por lo absurdo de la conversación. Maisie consideró el contraste de la sala formal y exquisitamente decorada, que estaba, de hecho, muy oscura, con tres elegantes candelabros en lo alto y un cuadro demasiado grande del anterior conde detrás de la cabeza de lord Lindsey.

La mesa, ahora cubierta con un mantel y sin la mayoría de sus paneles extendidos, era casi lo bastante grande como para bailar un vals encima. Había visto a veintidós personas sentadas cómodamente en ella cuando estaba abierta del todo, pero se alegró mucho de la fiesta íntima de aquella noche.

Los Lindsey eran una pareja cariñosa y amable, y Maisie no podía estar más contenta de que su prima mayor hubiera encontrado un matrimonio tan perfecto.

—Ahora me toca a mí —dijo lady Blackwood—. Un petimetre le preguntó a su compañera en el salón de baile si

---

[3] Otro juego de palabras. "El gato se lo comerá" en inglés es homófono a "El ganado se lo comerá".

ella alguna vez se había perforado las orejas. ¿Sabéis lo que le respondió?

—No, ¿qué? —preguntó Jenny a su madre.

—No, pero me las he agujereado[4].

Maisie consideró esto un momento al igual que los demás. Luego, lord Turner se inclinó hacia ella:

—Creo que era una indirecta para el petimetre.

—Ya veo. —Maisie miró a su tía—. Muy bueno.

Lady Blackwood se encogió de hombros y volvió a su sopa de cebolla.

—Mi turno —dijo Jenny—. No soy muy buena con las bromas.

—No tanto como con los números —coincidió su marido.

—Pero lo intentaré —insistió ella—. ¿Por qué el bálsamo para los labios es como una buena carabina?

—¿Por qué? —preguntó Eleanor.

Jenny se echó a reír antes de poder hablar, evidentemente, divertida por su propio chiste.

—Vamos, querida —la instó lord Lindsey—. Cuéntanoslo para que todos podamos reírnos. Tal vez deberías empezar de nuevo.

—De acuerdo, lo haré. ¿Por qué es...? —se interrumpió y empezó a reírse, luego tomó aire y volvió a intentarlo—. ¿Por qué el bálsamo labial es como una buena chaperona?

Cuando ella volvió a reírse, Simon completó la respuesta:

---

[4] De nuevo, un juego de palabras. "Agujereado" en inglés es "bored", sinónimo de "aburrido".

—Porque mantiene alejados a los chicos[5].

Jenny dejó de reír de inmediato.

—¿Cómo has podido?

Todos estallaron en carcajadas.

—Fue una broma deliciosa, lady Lindsey —dijo lord Turner—. Aunque su marido la haya arruinado.

Jenny le sonrió.

—Está muy bien. En realidad no es diferente de cómo solemos terminar las frases del otro. Cuando uno lleva casado el tiempo suficiente... —Ella se calló de pronto, mortificada por su paso en falso.

Lord Turner dejó de moverse, y se llevó una cucharada de sopa a los labios.

---

[5] "Chicos" es "Chaps" en inglés, en alusión a "chaperon", o chaperona.

# Capítulo 7

Maisie reprimió un grito, temiendo que el hombre que estaba a su lado se levantara y se fuera.

En lugar de eso, Jameson miró su plato casi vacío y dejó la cuchara sobre él con un ruido seco.

—Lo siento mucho, Jameson —dijo Jenny—. He sido maleducada.

Maisie metió la mano por debajo de la mesa, sabiendo que con el mantel cubierto por todas las velas, la cristalería y los jarrones con flores de los jardines de Lindsey, nadie podría ver su movimiento, y tocó la pierna de lord Turner, dándole un reconfortante apretón.

Lo sintió saltar bajo sus dedos. Luego, con una leve inclinación de cabeza, que Maisie pensó que era para ella, él levantó la vista, directamente hacia Jenny.

—No hace falta que se disculpe —dijo Jameson—. He recordado otra broma, que la señorita Darrow sin duda disfrutará.

Maisie miró alrededor de la mesa mientras todos se relajaban.

—Por favor, cuéntenos, milord —dijo mientras retiraba la mano.

—Muy bien. ¿Quién es el mayor asesino de pollos de Shakespeare?

No pudo evitar reírse incluso antes de escuchar su conclusión, ya que la sola pregunta era graciosa.

—No tengo ni idea. ¿Quién?

Él se volvió hacia ella, y sus ojos azul grisáceos parecieron ver dentro de su corazón, que en ese momento rebosaba de afecto y preocupación por él.

—Macbeth —dijo—, porque asesinó a la mayoría de los infames[6].

—¡Muy fácil! —exclamó Maisie, y se rio más fuerte hasta que se le llenaron los ojos de lágrimas.

—Creo que lord Turner ha ganado la ronda —declaró lord Lindsey.

---

Jameson deseó no tener un mayordomo para poder cerrar la puerta de entrada, con fuerza y de un golpe. Que el señor Wynn le abriera a su regreso y que luego la cerrara suavemente tras él, no ayudaba a su estado de ánimo. Jameson quería dar un portazo.

La cena había sido horrible de principio a fin. Al menos, ya sabía que iba a serlo en cuanto viera a más gente además de Jenny y Simon. Sin estar preparado para la compañía de

---

[6] Juego de palabras sobre "infame", en inglés, "foul", homófona de "fowl", ave.

las Blackwood y la señorita Darrow, se había imaginado una velada insoportable.

En realidad, no había sido tan mala como había temido, pero le había hecho sentir profundamente la pérdida de su esposa en más de una ocasión. Sin embargo, al darse cuenta de que lady Blackwood también había perdido a su marido y de que la señorita Darrow y la señorita Blackwood aún no habían tenido cónyuges, en algún momento en torno al budín caliente de manzana, Jameson había aceptado que el dichoso estado del matrimonio era tan raro como fugaz.

En lugar de envidiar a Jenny y Simon, al final de la velada había temido por ellos. Jenny había tenido tres hijos sanos, así que esa preocupación podía dejarse de lado por ahora.

Y en Sheffield no había habido brotes de cólera ni de peste desde hacía décadas.

Su cerebro imaginó otros peligros potenciales y, francamente, el futuro estaba plagado de peligro y muerte. Poco podía hacer uno para mantenerse a salvo y proteger su corazón de más dolor, excepto quedarse en casa, vivir solo y rezar.

A pesar de que ya había tomado coñac en el estudio de Simon, cuando los dos se retiraron después de la cena para fumar puros, Jameson fue directamente a servirse un buen trago.

Se quitó la chaqueta y consideró la posibilidad de sentarse en su escritorio, pero después de la luz y las risas de Belton Manor, su oscura habitación no tenía ningún atractivo. En lugar de eso, tomó su copa y subió las escaleras, sintiendo todavía el ligero dolor en el pie de su esfuerzo anterior, aunque había empapado el corte en whisky, a falta de algo mejor.

Dudó en el pasillo. Luego, por primera vez en mucho tiempo, entró en su propio dormitorio y encendió las lámparas.

Le gustaba esta habitación, sobre todo, sabiendo que había sido de su hermanastro. La decoración se había adaptado perfectamente a él y Jameson la había cambiado muy poco. Ahora veía que necesitaba pintura fresca, y quizá una alfombra nueva. De hecho, era probable que gran parte de la casa necesitara una actualización o una reparación, pero estaba tan emocionado de tener una casa cuando la compró, que no hizo nada más que disfrutarla tal y como estaba.

Luego, su nueva esposa no había mostrado ningún interés en Jonling Hall. En cambio, había trabajado incansablemente en los salones públicos de su pequeña, pero elegante casa adosada en Princes Street de Londres, asegurándose de que estuviera a la moda para el entretenimiento.

De este modo, su casa de campo seguía básicamente igual que cuando la adquirió.

Casi como si no existiera.

¡Un pensamiento extraño! Sin embargo, había sido una noche extraña, que coronaba un día extraño. Cuando se despertó esa mañana, ¿cómo podía suponer que salvaría a una mujer de ahogarse para luego cenar con ella?

Por no hablar de que ella le animara con ridículas bromas y después le pusiera la mano en la pierna.

¿En qué estaba pensando? En sus días de juventud, antes de Esmera, habría tomado eso como una invitación a algo más. Podría haber intentado quedarse a solas con ella en algún momento de la noche y besar su bonita boca y su delicioso labio inferior. Podría haber tomado su suave mano y haberla colocado en algún lugar más excitante que su muslo.

Sin embargo, la verdad es que ese pequeño roce, el más breve apretón, había sido estimulante en extremo, con toda probabilidad porque él no tenía práctica. O, más concretamente, porque estaba de luto y carecía de cualquier deseo de estar con una mujer. No era un animal, después de todo. Era un viudo.

Dio un sorbo a su bebida y recordó la encantadora risa de Maisie Darrow, así como sus curvas empapadas y apretadas contra él cuando ella aún no era capaz de creer que estuviera viva, boqueando aire, y de pie en los bajíos con él. Y luego había visto su muslo, expuesto a él mientras montaba su caballo. Sus entrañas se habían agitado.

¡Al diablo! No era un joven imberbe para ponerse cachondo por la primera mujer cuya compañía cercana se había permitido en siete meses. Ella no era Esmera. Nadie podría ser nunca Esmera. Y eso era lo único que importaba.

Terminó el brandy. Necesitaba encontrar un propósito. Estaba inquieto y sin ganas de trabajar. Podía volver a Londres y apostar con sus antiguos compañeros en Crocky's o White's. O podía preguntarle a Simon si tenía alguna tarea que hacer, pero este tenía a su lado a la siempre capaz Jenny. Esposa, madre, contable, la compañera perfecta.

«Esmera no había sido nada de eso», pensó Jameson mientras se desnudaba, pero no la había valorado menos por ser más bella que solidaria. Era como una joya brillante que había que admirar. Y si a veces era tan dura como un diamante, esta había sido una pequeña molestia que él había estado dispuesto a pasar por alto por todas las demás partes excepcionales de ella.

Sin duda, Maisie Darrow tenía cientos de defectos más, incluido un terrible equilibrio. Sin embargo, tenía un buen sentido del humor y una notable memoria. Además, había sido excepcionalmente amable con él, irrumpiendo en su casa y contando chistes, además de enseñarle la pierna.

¡Maldita sea! Jameson volvió a pensar en su hermosa carne.

Por lo menos, le habían sacado del estupor en el que había estado viviendo durante tanto tiempo. Y la cocinera de los Lindsey le había llenado el estómago por primera vez en... no podía recordar cuánto tiempo. De hecho, le dolía un poco el vientre, quizá demasiado, demasiado pronto.

Se estiró en la cama y reflexionó sobre el futuro, algo que tampoco había hecho en mucho tiempo. ¿Qué haría por la mañana? ¿Qué le depararía el día siguiente?

Se quedó dormido pensando en Maisie Darrow.

❖

Maisie decidió atacar mientras el hierro estaba caliente como el Hades. Lord Turner no había salido corriendo la noche anterior al toparse con la inesperada reunión, ni se había mostrado hosco y reservado, como Jenny y lord Lindsey habían temido, advirtiéndoles a las damas antes de que él llegara.

Sin embargo, si lord Turner se quedaba solo, ella estaba segura de que se replegaría una vez más en su dolor y aislamiento.

Eleanor, que ya había salido a dar su habitual paseo matutino, se encontró con ella en las escaleras de la casa de campo cuando bajaba a desayunar.

—¿Estuviste a punto de ahogarte ayer?

—Sí —admitió Maisie—. Salió mal, pero terminó bien.

—Yo habría sido responsable de tu muerte —siseó Eleanor.

—No seas tan dramática, prima. No me he muerto. —Entraron en el pequeño y soleado comedor.

—¿Y no hay más planes para ponerte en peligro?

Maisie se sirvió huevos y tocino de las bandejas que había en el centro de la mesa.

—No, lo prometo. Cumplí mi propósito, y creo que funcionó. Puede que hoy me acerque a Jonling Hall y le agradezca de nuevo su valor.

—Debería acompañarte, entonces. Mamá ya me refunfuñó por dejarte pasar demasiado tiempo sola, y en particular, no le gustó que te dejaras caer sobre un hombre soltero.

—¿Por qué no me dijo algo ella misma? —Maisie había asumido que su tía lo encontraba aceptable, ya que el hombre estaba de luto, al parecer fuera de cualquier relación romántica impropia y, por lo tanto, también inmune a la reprimenda social.

—Mamá no creyó que le correspondiera a ella decírtelo, pero quería que yo, como tu prima más cercana, te advirtiera del comportamiento inapropiado.

Maisie asintió.

—Entonces, iremos juntas.

En realidad, Maisie no estaba segura de la etiqueta, ya que parecía que la gente era un poco más libre en el campo.

Al menos, lo eran en Dumfries. Sin embargo, ya no era una niña, sino una mujer que había tenido una Temporada, y como tal, las reglas habían cambiado. Sabía que su hermano habría fruncido el ceño, pero Ned era un amargado de todos modos, así que no le habría hecho caso. Sin embargo, pensar que lady Blackwood pensaba mal de ella le resultaba inquietante.

Maisie sintió profundamente la pérdida de su madre en ese momento. Sucedía cuando daba un paso en falso en una situación social. O cuando estaba comprando vestidos para su Temporada, o incluso cuando simplemente quería que alguien que la quisiera le cepillara el pelo.

De hecho, a menudo añoraba a su madre, y ese sentimiento no había disminuido con los años.

Las lágrimas afloraron a sus ojos y se metió en la boca un bocado de huevo revuelto.

Era innegable que lady Blackwood siempre la había tratado con amabilidad, pero había una gran diferencia entre el amor que la baronesa sentía por sus tres hijas y el afecto que reservaba para su sobrina. Esa era la diferencia entre tener el amor de una madre y no tenerlo, supuso Maisie.

Siempre era más fácil concentrarse en hacer algo o ir a algún sitio, o incluso releer al fascinante Shakespeare, que contemplar lo que no podía cambiar y lo que echaba de menos.

—Llevemos a lord Turner algo delicioso para comer.

Eleanor asintió mientras comía una tostada.

—Anoche devoró todos los platos, y sin embargo parece más delgado que antes. Definitivamente, aún está de luto.

—No creo que su continua melancolía sea buena para él.

—Mi madre no se afligió de forma similar, pero las circunstancias eran muy diferentes —señaló Eleanor—. Mamá estaba preocupada por vender nuestra casa en Londres y todas nuestras cosas de valor. Creo que no tuvo tiempo de sentirse verdaderamente triste hasta meses después de la muerte de mi padre. Tal vez fue más fácil para ella por el hecho de que estaba enfadada como un gato mojado porque él mintió sobre el estado de nuestros asuntos financieros.

Después de desayunar, partieron hacia Jonling Hall, con empanadas de carne y patatas y algunas galletas de mantequilla. Maisie seguía considerando la diferencia de tener la riqueza, el tiempo y la libertad de revolcarse en la propia miseria, que era lo que había hecho lord Turner. Si él y su esposa hubieran tenido un hijo por el que preocuparse, o si hubiera estado luchando por mantener un techo sobre las cabezas de sus seres queridos, como había hecho su tía, entonces no podría haber languidecido en su capullo de tristeza todos estos meses.

Tal vez, en lugar de salvarle la vida —aunque ella lo apreciaba mucho—, debería ser castigado por la mera indulgencia de su larga y autocomplaciente pena.

Sin embargo, no creía que ella fuera la indicada para reprenderle por ello. Eso tendría que venir de su familia, de su padre, o quizá de Simon.

El mismo mayordomo adusto las hizo pasar y esperaron en el salón.

—Qué casa tan bonita, ¿no crees? —comentó Maisie.

Eleanor asintió.

—Curiosamente, tenía este aspecto antes de que lord Turner se casara. De hecho, siempre ha sido así, o al menos hasta donde yo recuerdo.

—Puede que tengamos una larga espera por delante —le dijo Maisie a su prima—, dependiendo de su buen o mal humor de hoy.

Eleanor se encogió de hombros.

—Está bien. Más tarde, pienso dar un paseo hasta los huertos de los Smithson. ¿Te he llevado allí antes? Los árboles están nudosos y cubiertos de maleza. Llevaré mi cuaderno de dibujo y un picnic, y a ti, por supuesto.

Maisie esperaba que Eleanor no la arrastrara con ella a causa de la tía Anne, cuando seguramente la soledad era lo que se deseaba para dibujar, pero de todos modos iría.

—¿Por qué no tomamos el carruaje?

Antes de que Eleanor pudiera responder, unos pasos anunciaron la llegada de lord Turner. Aunque su pelo seguía siendo demasiado largo, con la barba bien afeitada desde la noche anterior, a Maisie le recordaba cada vez más al hombre que había sido antes. Es más, iba vestido como si supiera que tenía compañía, con zapatos y abrigo.

Él las saludó con la cabeza sin sonreír, pero sin fruncir el ceño.

—¿A qué debo esta visita?

Maisie notó que no dijo «este placer».

—Le hemos traído algo de comida. —Ella señaló la cesta llena que había colocado en la mesa baja frente al sofá.

Jameson la miró, luego las miró a ellas de nuevo y, por último, frunció el ceño y se dirigió a Maisie.

—¿Por qué?

Ella no podía insultarle mencionando su aspecto.

—Es lo que hay que hacer como buenos vecinos —le aseguró. Quiso decir «sobre todo, cuando se visita a un viudo hambriento», pero se reprimió—. Sobre todo, cuando anoche parecía que apreciaba una buena comida —dijo en su lugar.

Él asintió.

—A riesgo de insultar a mi cocinera, se lo agradezco. Huele bien. Bueno —añadió después de una pausa—. No las entretengo. Estoy seguro de que ustedes, señoras, tienen planes para el día.

—Sí —dijo Eleanor.

—No —respondió Maisie.

Ella miró fijamente a su prima.

—Esperábamos poder visitarle un rato y discutir… —Maisie se interrumpió. ¿De qué podían hablar?

—Como ya tuvimos una larga conversación anoche —señaló lord Turner—, estoy seguro de que no se me ocurriría nada para entretenerlas, señoras.

¡Oh, Dios! Él iba a darles la patada, y ella no había logrado nada.

—Eleanor lee novelas góticas —soltó, después de ver una en la mesa del desayuno esa mañana—. ¿Le interesan?

Al menos, su prima se animó ante la esperanza de una charla sobre castillos oscuros y ruidos inexplicables.

Su Señoría no pareció impresionado.

—La verdad es que no. La vida ya me parece lo bastante sombría como para leer historias lúgubres.

—Es comprensible —dijo Maisie, aunque Eleanor parecía que iba a discutir los méritos del género—. Hoy iremos a un huerto —le informó acto seguido. Tal vez ella podría interesarlo en ir también. De hecho, todo su ser pareció animarse al oírlo.

—¿Tienen una chaperona? —replicó él.

Eleanor se rio.

—Nos tenemos la una a la otra, a menos que la señorita Darrow no venga conmigo, ya que entonces solo me tendré a mí misma.

La mirada que él le lanzó a Eleanor podría haber marchitado la fruta en la vid.

—¿Consideraría ir sola?

—Considerar, sí, y lo he hecho —le informó Eleanor—. No voy a caminar hasta Egipto. Solo hasta el huerto de los Smithson.

—Pero no hay Smithsons ahora en la residencia —señaló él—. La granja se quemó hace tiempo. Los árboles están podridos y cubiertos de maleza.

Tal vez lord Turner había echado al huerto su alarmante mirada de desaprobación, pensó Maisie.

—No voy por las manzanas o las peras, milord.

—No debería ir en absoluto —insistió Jameson—. Es peligroso, con o sin la señorita Darrow como acompañante. Quizá, sea incluso peor con ella.

Maisie quiso reírse de su ocurrencia, aunque estaba siendo insultante.

—Le aseguro —argumentó Eleanor—, que no lo es.

—El camino está lleno de peligros potenciales.

—Tal vez debamos tomar la carreta, después de todo —dijo Maisie, con la esperanza de calmar la creciente agitación de lord Turner y la naturaleza argumentativa de Eleanor.

La mirada de Su Señoría se dirigió a ella.

—¿Y si vuelca la carreta? Hay algunas pendientes pronunciadas en el sendero. Ambas podrían caerse o ser aplastadas.

Eleanor volvió a reírse, lo que no ayudó. Maisie pudo ver que él se estaba molestando.

—O podrían perder una rueda —continuó—. Hay muchos surcos profundos. Me pregunto si debería hablar con Simon para que los repare. En cualquier caso, si se rompiera una rueda, estarían varadas en el lugar durante quién sabe cuánto tiempo. A merced no solo de los elementos, sino también de cualquier tipo nefasto que pasara por allí. Carteristas y tunantes. Hombres con cuchillos o cazadores con pistolas que las confundieran con una presa.

Maisie solo pudo mirarle fijamente mientras él continuaba con su letanía de lo que podía ocurrir y los peligros que preveía. Estaba segura de que su expresión reflejaba la de Eleanor, que había dejado de reír o incluso de sonreír y lo miraba perpleja, con la boca un poco abierta por el asombro que le producía la mente de lord Turner.

¡Qué gracia! Era una maravilla que él pusiera un pie fuera de su casa si realmente temía que pudieran ocurrir tantas cosas en un momento dado.

—Nada de eso va a pasar —protestó Eleanor—. No me ha ocurrido ninguno de esos sucesos en todos mis años en Sheffield.

—Algo terrible basta con que ocurra solo una vez —señaló él—. Una es suficiente. Mire lo que le ocurrió ayer a la señorita Darrow. Una simple excursión a remo se convirtió en una trampa mortal.

Maisie lanzó una mirada a Eleanor, esperando que no dijera nada sobre cómo habían urdido aquel fiasco.

—¿Son estos temores la razón por la que ha permanecido en casa tanto tiempo? —dijo Eleanor, mirándolo ahora con curiosidad, como si hubiera descubierto una nueva especie de bicho en una hoja.

—¡¿Qué?! —exclamó lord Turner—. Por supuesto que no. Soy un hombre. Nada de eso me molestaría.

—¿Entonces por qué se ha quedado en casa como un recluso? —preguntó Eleanor.

Maisie quiso darse una bofetada en la frente, consternada. ¿Por qué su prima se metía con el pobre hombre?

—Señorita Blackwood —dijo él, cogiendo la cesta y empujándola en sus manos para que tuviera que agarrar el asa o dejarla caer—, mi vida no es asunto suyo. Que tenga un buen día.

Jameson miró una vez a Maisie y se dio la vuelta para marcharse.

Esto no había ido nada bien. Ella no quería que se fuera insultado y enfadado. No quería que se fuera en absoluto.

—Por favor, milord —le pidió—, ¿no nos acompañará al huerto? Un toque de naturaleza hace que el mundo entero sea más amable.

# Capítulo 8

Jameson había llegado a la puerta, casi escapando de aquellas molestas jóvenes. Entonces la señorita Darrow había citado a Shakespeare, o al menos, él supuso que lo había hecho.

—Por favor, lord Turner. —El tono razonable, pero engatusador de la señorita Darrow llegó hasta él.

Jameson suspiró y se giró, atrapado de inmediato por su suave mirada dorada y castaña.

—Veo que podríamos necesitar un acompañante —admitió ella—, a falta de una chaperona. Mientras Eleanor dibuja, yo podría hacer travesuras o incluso correr peligro.

Sus palabras casi le hicieron reír. Ella se estaba esforzando mucho. ¿Y por qué? ¿Qué le importaba si él se quedaba solo todo el día en casa o salía al mundo?

Su prima, sin embargo, parecía no estar nada contenta de que se uniera a su fiesta. Eso no le molestaba en absoluto.

Además, había dormido bien en su propia cama y se había despertado con ganas de hacer algo. Podía ser útil.

—Las acompañaré. ¿Cuándo se van?

—Ahora mismo —dijo la señorita Blackwood—. Solo tenemos que volver a casa a por provisiones.

—Las recogeré en una hora. —Jameson le devolvió la cesta y levantó la tela para mirar dentro—. Parece que ya tengo algunas provisiones para el picnic, suficientes para un ejército o, al menos, para tres personas hambrientas.

—No puede recogernos en un elegante carruaje —protestó la señorita Blackwood—. O vamos a pie, o en una simple y robusta carreta.

—Entendido —aceptó él.

—Llevaré limonada —prometió Maisie—, mientras Eleanor trae sus materiales para dibujar, y una manta para sentarse. ¿Qué más podríamos necesitar?

Las damas se marcharon, y Jameson no podía imaginar cómo unas pocas palabras pronunciadas en voz baja por la señorita Darrow habían cambiado las tornas, haciendo que aceptara ir de picnic. Es más, lo estaba deseando.

—Señor Wynn —llamó, sabiendo que el hombre estaría al acecho. Después de todo, Jonling Hall no era Belton Manor. Estaba diseñada para la comodidad, y a pesar de tener un tirador de campana en cada habitación, él siempre había sido capaz de convocar al personal con unas pocas palabras bien pronunciadas.

A Esmera le había gustado la formalidad de los tirones de campana, recordó. Otra cosa que echaba de menos era burlarse de ella para que tirase de la gruesa cinta cuando un sirviente estaba a unos metros de distancia, al otro lado de la pared. Ella ponía los ojos en blanco y volvía a dar un tirón con una sonrisa traviesa.

El señor Wynn apareció enseguida.

—Voy a aceptar su oferta.

—¿Milord?

—Puede arreglarme, concretamente, puede recortarme el pelo.

Jameson el cabello del mayordomo, pulcramente cortado.

—¿Quién le corta el pelo?

—La señora Williams.

Al parecer, su ama de llaves tenía muchos talentos, además de intimidar a todo el mundo y mantener el orden en Jonling Hall.

—Pídale que coja sus tijeras y… no, no servirá que venga a mi dormitorio o al baño. Supongo que me sentaré fuera, en la terraza, y ella podrá cortarlo allí.

En muy pocos minutos, tenía un nuevo corte de pelo, no tan corto como el del señor Wynn, pero ya no parecía un maldito pirata. Luego hizo que la cocinera añadiera unas cuantas cosas a otra cesta, incluida una botella de vino. Al diablo con la limonada.

Al ir a los establos, Jameson examinó el viejo carromato para ver si estaba en buen estado, y así era. Todo funcionaba bien en Jonling Hall, a pesar de su negligencia. Debería darles a todos una bonificación por tener que lidiar con un fantasma como amo.

Por otro lado, probablemente les había facilitado la vida sin hacerles exigencias, hasta hacía poco. Colocó sus dos cestas en la parte trasera del carro, prescindiendo del mozo de cuadra, y enganchó él mismo el caballo. Uno debería ser suficiente para esta excursión.

Al acariciar el cuello del animal, se dio cuenta de que le hacía ilusión esta salida.

Entonces, su corazón se encogió. De hecho, le dio una punzada, y juraría que sintió dolor físico. Esmera había muerto y él se preparaba para una excursión con dos damas. No solo se preparaba, sino que lo hacía alegremente, con un atisbo de expectación por su compañía.

Dejó caer los brazos a los lados y miró al frente, pensando en los últimos momentos de su esposa, como solía hacer. Para él, sus pensamientos eran un camino seguro hacia la miseria y la culpa, un camino en el que se dejaba llevar voluntariamente a diario. Le acercaba a ella, la mantenía fresca en su mente y le producía todo el dolor que podía soportar.

Esmera viajaba de Londres a Bath en el Great Western Railway con una de sus mejores amigas. El tren apenas se había puesto en marcha hacía diez minutos cuando descarriló entre la estación de Paddington y Drayton, donde él perdió todo lo que amaba.

Ella ni siquiera había podido parar a comer en Goring, algo que le encantaba hacer en los viajes. La imaginó sentada junto a la ventana, con lady Canton-Serise enfrente. Habrían estado comentando la calidad de su próxima comida y deseando tomar las aguas en Bath. Y lo que era más importante, en lo que respectaba a Esmera, a primera hora de la tarde estaría paseando por la ciudad, discutiendo sobre quién se alojaba en el Crescent antes de asistir a un evento en el Assembly Rooms.

Las entradas para una cena esa noche y un baile al día siguiente estaban en su equipaje, que le fue devuelto a Jameson después de reclamar su cuerpo.

Todo ello, su baúl y sus bolsos de cuero, lo había colocado en su dormitorio junto al suyo, sin tocarlo desde su regreso de Londres.

¿Y se iba de picnic? ¡Una excursión egoísta y frívola!

Como un hombre sin preocupaciones.

En absoluto como un viudo cuya esposa se había roto el cuello.

Tragándose la emoción que le causaba un nudo en la garganta, Jameson no sabía cómo proceder. Se sentía desgarrado entre la señorita Darrow y en la señorita Blackwood que le esperaban, y el silencioso tormento de la habitación de Esmera y en la penitencia de permanecer en ella durante muchas horas todos los días, pensando en ella, repasando todos los aspectos de su vida en común y tratando de cambiar los días, las horas e incluso los minutos que la llevaron a viajar sin él en el tren a Bath.

Podrían haber ido juntos en el cómodo vagón. Pero poco antes del día de la partida, recibió una misiva de su padre con más de una tarea que debía atender. Por ello, y por sus propios intereses comerciales, Jameson se quedó en Londres. La llevó a la estación de Paddington y subió con ella al tren para ayudarla a acomodarse. Cogió el billete y lo metió en su ridículo.

«Siempre me cuidas tan bien…», había dicho Esmera con una sonrisa de gratitud.

Jameson cerró los ojos y se apoyó en su caballo, agradeciendo haberla besado a pesar de estar en público, un beso de despedida dulce y prolongado.

Lady Canton-Serise, que había sobrevivido al accidente con un brazo roto y casi ciega de un ojo, había girado la cabeza para darles intimidad, con una sonrisa en los labios. Todos sonreían al ver lo mucho que se querían Jameson y Esmera.

Con un gemido, llamó al mozo de cuadra.

—Desengánchalo —dijo señalando al caballo—, y vuelve a meterlo en su cuadra. —Estaba a medio camino del patio empedrado cuando Jonathan lo detuvo.

—Milord, hay unas cestas aquí.

Cestas de picnic para gente feliz haciendo cosas agradables. Él no pertenecía a su mundo.

—Quédatelas para ti. —Luego lo pensó mejor—. Espera.

Jameson volvió y sacó la botella de vino de la cesta. No necesitaba que un sirviente borracho se lesionara y cayera sobre una horca o fuera pisoteado por un caballo. Además, tenía la sensación de que él mismo necesitaría el vino.

De vuelta al interior, se encontró con el señor Wynn en el pasillo.

—Por favor, envíe a alguien con un mensaje a la casa de Blackwood en Norman's Corner. No iré con las jóvenes a su excursión al huerto de Smithson.

Y si algo les sucedía, él supuso que pesaría sobre su cabeza.

⋯ ❖ ⋯

Esa tarde, Maisie se sentó fuera con su tía y su prima, cada una con una copa de jerez. Hacía buen tiempo, el día había sido perfecto y, a pesar de la ausencia de lord Turner, Eleanor había hecho unos dibujos preciosos.

Maisie no sentía más que compasión por el caballero, que no había podido disfrutar de un picnic. Ella había vagado por el viejo huerto, explorado un edificio y casi se había caído en un pozo mal cubierto con tablas podridas como tapa.

¿Qué pensaría de eso su cauteloso lord Turner?

Después de su excursión, se sentaron a leer libros antes de discutir seriamente sobre las diversas parejas de baile de la Temporada anterior. Intentaron recordarlos a todos y considerar con quién desearían volver a bailar.

Maisie guardó silencio sobre el hombre que la asustó y la alejó de los demás bailarines y, antes de que se diera cuenta, le susurró palabras de devoción por un pasillo. Allí, él intentó meter la mano por la parte delantera de su vestido, presionó sus labios sobre los de ella mientras Maisie luchaba por rechazarlo, y luego le agarró la suave carne de su trasero e incluso intentó levantarle las faldas.

Todo sucedió muy rápido. Pero ella no dejó de luchar, girando la cabeza de un lado a otro para que no pudiera besarla cuando él la acorraló contra la pared, con la moldura clavándose en su espalda.

Al fin, él se apartó y soltó un suspiro exasperado.

«¿Puede ser que no lo desee como yo?», dijo el hombre.

Con el espacio suficiente para enderezarse, Maisie le había dado una palmada en el pecho sin éxito y había metido la rodilla entre ellos antes de empujarle para huir de la habitación.

Maisie ni siquiera habló. ¿Qué iba a decir?

El vizconde engreído que la había agredido se había rendido y la había dejado marchar, como si no mereciera la pena. O, más probablemente, había creído en un principio que ella deseaba que le metiera mano y se quedó perplejo al ver que ella se lo negaba.

Aquella noche no asistió a todos los bailes, tratando de determinar si se había equivocado al alentar su pasión. Sin dejar de mirarlo, él bailó con otras, e incluso parecía encantador y caballeroso. Ella no vio que él acompañara a ninguna otra joven hacia el pasillo.

¿Había invitado ella a su mal comportamiento?

Maisie nunca le había contado a nadie el espantoso incidente, ni siquiera a Eleanor, y no había vuelto a bailar con ese hombre, aunque él había intentado garabatear su nombre en su carné de baile.

—Estás muy callada, Maisie —dijo su tía—. ¿Qué te pareció el huerto?

—Hay un pozo mal cerrado. Alguien podría resultar herido.

—Suenas como lord Turner —señaló Eleanor.

Maisie asintió.

—¡Pobre hombre! Imagínate, parece que está tan atormentado que no puede disfrutar de una excursión en un día precioso.

—Solía ir en su carruaje abierto con su esposa —dijo lady Blackwood—. A ella no le gustaba mucho el campo, pero salía de paseo con él porque a él le gustaba. Eran una pareja encantadora.

—Probablemente ya habrían tenido hijos —dijo Eleanor—. Lord Turner solía jugar con los bebés de Jenny, y recuerdo que dijo más de una vez qué niño tan bonito tendría lady Turner.

—Hm —dijo su tía—. No estoy segura.

—¿Qué quieres decir? —le preguntó Maisie.

—No quiero faltar al respeto a los difuntos —dijo la tía Anne—, pero no creo que lady Turner estuviera interesada en tener hijos, al menos no en el momento de su muerte. Puede que lord Turner hiciera rebotar a Lionel en sus rodillas, pero lady Turner nunca tocó a mis nietos. Puede que cambiase de idea con el tiempo, o tal vez tenía miedo a ser madre. ¿Y quién puede culparla?

Todas contemplaron el gran riesgo que suponía traer un bebé al mundo.

—Pero nadie puede saberlo con seguridad —añadió lady Blackwood—. Puede que incluso estuviera esperando un hijo cuando falleció. Eso podría explicar la profunda melancolía de Su Señoría. Tal vez perdió por partida doble ese día y nunca lo ha mencionado.

La idea hizo que Maisie sintiera escalofríos.

En cualquier caso, había decidido no renunciar al hombre. Había visto destellos de su buen humor en el pasado y no estaba dispuesta a dejarlo dormido para siempre. Quizá una salida frívola con ella y Eleanor había sido exigirle demasiado.

Mañana intentaría algo más reservado y por su cuenta, al margen de lo que su tía considerara apropiado. Nadie podría pensar que lord Turner, en profundo duelo por su esposa, se comportaría como el vizconde lo había hecho con Maisie aquella tarde en Londres.

Al día siguiente, después del desayuno, sin mencionar sus idas y venidas a Eleanor, Maisie se puso un sombrero y se dirigió a Jonling Hall. No llevaba regalos, ni mermelada ni pasteles de carne, solo a ella misma y su determinación.

El mayordomo le permitió la entrada, una buena señal, e incluso dijo que buscaría a Su Señoría. Tenía la sensación de que Jameson Turner no la haría esperar demasiado. Había dejado atrás aquella postura mezquina, destinada a demostrar su deseo de soledad. Al menos, esperaba que lo hubiera superado.

En un par de minutos, lo oyó en las escaleras desde donde estaba en el centro del salón. Él entró con pasos pesados, con aspecto de estar exhausto. Su pelo, mucho más corto que el día anterior, se erizaba como si se hubiera pasado las manos por él cientos de veces y, evidentemente, no se había afeitado. Su ropa estaba más que arrugada. Además, olía a licor.

—¿Ha dormido? —preguntó ella.

—No. Sí. No estoy seguro. —Se desplomó en el sofá, obligándola a sentarse con rapidez por si se avergonzaba de su propia falta de modales.

—Estuve dormido en algún momento —añadió Jameson. Luego se rio, a pesar de que ninguno de los dos había dicho nada gracioso.

—No tiene buen aspecto, siento decirlo.

Él se encogió de hombros. Como no se ofendió, ella siguió dándole la lata.

—¿Ha comido hoy?

—No —dijo con seguridad—. Acababa de levantarme cuando el señor Wynn me ha dicho que ha llegado.

Se había emborrachado hasta caer en el estupor y se había desmayado con la ropa puesta. Miró a su alrededor buscando la cinta de la campana y le dio un tirón.

Volvió a reírse.

—Las mujeres y los tirones de campana —murmuró.

Cuando entró el señor Wynn, Maisie se hizo cargo de la situación de la misma manera que lo había hecho en su propia casa después de la muerte de su madre.

—Por favor, tráigale a Su Señoría unas gachas de avena y tocino, y una tetera de té fuerte.

El señor Wynn tuvo la delicadeza de mirar a su señor para pedirle permiso. Cuando lord Turner no hizo más que encogerse de hombros, el mayordomo se volvió hacia ella.

—Sí, señorita. ¿Desea algo?

—Yo también quiero un poco de té. Me gusta con leche y azúcar.

—Sí, señorita. —Y desapareció. Ella esperaba que volviera pronto.

—Siento que no pudiera salir ayer.

—Bueno —dijo él, sonando arrogante y levantando las manos antes de dejarlas caer sobre su regazo.

—Tuvimos un picnic encantador, pero tenía razón. Había un pequeño peligro al acecho en forma de unas tablas desgastadas sobre un pozo abandonado.

—¿Qué se puede hacer? —dijo él, ladeando la cabeza y mirándola un poco de reojo.

Todavía estaba borracho, juraría ella. ¿Había estado bebiendo toda la noche?

—Espero no haber venido en mal momento.

Él la miró fijamente, con los ojos muy abiertos.

—¿Un mal momento, señorita Maisie? ¿Es que hay otro tipo?

«¡Señorita Maisie!».

—Ayer parecía estar de mejor humor.

—¿Lo estaba? No lo recuerdo.

—¿Puedo preguntar qué le hizo cambiar de opinión sobre acompañarnos?

—Puede —dijo él enfáticamente, asintiendo con la cabeza.

Ella esperó, pero él permaneció en silencio.

Al darse cuenta de que él estaba esperando a que ella preguntara, lo hizo.

—¿Qué le ha hecho cambiar de opinión?

—No es asunto suyo —dijo él.

—Ya veo. —Ella no se ofendió. Además, la respuesta estaba clara. Se había puesto a rumiar sobre su esposa muerta y probablemente no había pasado de la puerta principal.

—Seguro que sí. Pareces una joven... una joven inteligente.

Él había arrastrado las palabras; ella estaba segura de ello. ¿Dónde estaba ese maldito té?

Una criada entró sujetando una bandeja con un gran tazón de gachas y un plato de tocino, que colocó en la mesa baja frente a lord Turner. Justo detrás de ella, el señor Wynn llevaba la bandeja del té. En un minuto, Su Señoría estaba comiendo y bebiendo con entusiasmo.

Maisie removió el té, preguntándose si él no tendría un terrible dolor de cabeza, aunque tal vez eso estaba por llegar.

Lo dejó comer en silencio, y la mirada hueca y empañada de sus ojos se aclaró un poco.

Finalmente, dejando el cuenco, él eructó y se sentó con la taza de té en la mano. Ya había devorado cinco trozos de tocino.

—¿Se siente mejor?

—¿Dije que me sentía mal? —Tomó un buen trago de té y suspiró, quizá disfrutando del sabor.

—No, pero no parecía estar muy bien. —Maisie no iba a andarse con rodeos—. Francamente, parecía una piltrafa.

—Nadie me había llamado así antes.

—Espero que no acabe en ese estado muy a menudo.

Ella esperaba, de hecho, que él siguiera avanzando, que se sintiera mejor, que saliera de su melancolía si era posible. Si él no podía hacerlo por sí mismo, ella estaba feliz de ayudar a levantarlo tanto como él se lo permitiera.

—No sé a qué estado se refiere, señorita Darrow, pero estaba un poco hambriento, sin duda.

Había dicho su nombre correctamente, lo que ella tomó como un buen indicio.

—¿Le gustaría dar una vuelta por su jardín trasero?

Él la miró como si le hubiera salido un hocico de cerdo.

—Tampoco me había pedido eso nadie antes.

Ella sonrió.

—¿Usted y su mujer nunca han paseado por su precioso jardín? ¿O quiere decir que ella jamás se lo pidió?

¡Caramba! La simple mención de lady Turner le hizo replegarse tras una máscara sombría. Inclinándose hacia delante, Jameson dejó el platillo en el suelo. Maisie se preparó para que se enfadara, la echara o abandonara la habitación.

En cambio, él juntó los dedos, con los codos apoyados en las rodillas.

—De hecho, a mi esposa no le gustaban mucho los jardines —dijo con una voz apagada y tensa—. Todo lo contrario que la señorita Blackwood, que parece tener afinidad con la naturaleza. A usted también le gusta, me parece, lo de los ríos y los huertos.

Maisie dejó escapar el aliento, el cual no se había dado cuenta de que estaba conteniendo.

—Mi prima es mucho más amante de la naturaleza que yo. No me subo a los árboles ni me paso horas mirando una flor o una abeja. Pero me encanta Sheffield. Cada vez que la visito, nunca me decepciona su belleza.

Él asintió con la cabeza.

—Yo siento lo mismo por la zona. —Entonces se levantó—. Sí, le enseñaré el jardín. —Se pasó una mano por la cabeza, sin mejorar el estado de su cabello, y luego se miró a sí mismo.

—¿Podría esperar mientras me aseo?

Ella temía que él no volviera una vez que subiera las escaleras.

—Está bien así para pasear por su propiedad, lord Turner. No cambiaría ni un pelo.

Su apuesto rostro se resquebrajó en una sombra de sonrisa.

—Hablando de eso, ¿le gusta el corte?

Podía ser totalmente honesta, lo que la complacía.

—Le sienta perfectamente.

Bien peinado, Maisie estaba convencida de que era muy elegante, y despeinado, le daba un aspecto desaliñado, de diablo. Probablemente era lo último que él quería, pero de todos modos, le quedaba bien a su rostro.

Maisie dejó que la guiara por la casa hasta la parte trasera. Le sostuvo la puerta y le hizo un gesto para que lo acompañara a través de las puertas francesas hasta una terraza de piedra con macetas vacías. Había una pequeña mesa y una sola silla, que parecían pertenecer más a una mísera vivienda que a una encantadora casa de campo.

Él las ignoró y la tomó del brazo, haciéndola saltar.

—Mis disculpas —dijo de inmediato—. Debería haber preguntado y no presumir. ¿La suelto? Es que los escalones están desnivelados hasta llegar al césped.

La verdad es que tocarlo y ser tocada por él era agradable. Maisie no sintió ningún impulso de apartarse. La sensación de su cuerpo cerca de ella la distraía y excitaba. Esperaba que no la convirtiera en una persona codiciosa o depravada por disfrutar de la atención involuntaria de un hombre que estaba enamorado por completo de su difunta esposa.

Asintió con la cabeza cuando él señaló un elemento, como un parterre elevado, un antiguo sauce o una pileta para pájaros de España, aunque se le atragantó la mención del lugar de nacimiento de su esposa. Él guardó silencio durante unos instantes, pero volvió a hablar cuando llegaron a un sendero de piedra blanca que atravesaba un jardín de rosas muy crecido, cuyas viejas plantas estaban en plena floración.

Maisie se detuvo y se enfrentó a él.

—Eleanor adoraría esto. La fragancia es totalmente embriagadora.

Ella cerró los ojos y respiró hondo, separando ligeramente los labios para inhalar los ricos aromas de media docena o más de variedades de rosas. Las flores y sus aromas debían de venir del cielo.

De repente, y sin previo aviso, sintió los labios de lord Turner sobre los suyos.

# Capítulo 9

os labios de Maisie Darrow eran perfectos. Eran suaves, llenos y flexibles, y se abrían bajo los suyos. Y cuando él le tocó los brazos, rodeándolos con los dedos para mantenerla en su sitio, Jameson disfrutó de su calidez y de su vitalidad.

Antes, cuando el señor Wynn le había dicho que ella estaba en el salón, se había levantado de un salto de la cama de Esmera. Sabiendo que la señorita Darrow no se preocuparía por su aseo, bajó las escaleras a trompicones, ansioso por verla, sorprendido al darse cuenta de que aún se sentía un poco borracho, pero sin dolor de cabeza. Tal vez este llegaría en breve.

No recordaba con exactitud por qué había cambiado de opinión respecto a ir con ella y Eleanor Blackwood el día anterior, pero se alegró de que la señorita Darrow hubiera vuelto. Después, ella se aseguró de que comiera antes de que él se diera cuenta de lo que era la sensación que le roía el vientre.

Y cuando ella estuvo de pie en su jardín de rosas y cerró los ojos, deseó besarla.

Lentamente, Jameson la atrajo hacia sí y ella no se resistió. Podía sentir su corazón palpitando salvajemente donde su pecho se apretaba contra el suyo, y su propio corazón se hacía eco del latido. Besarla fue lo más suave y dulce que había hecho en mucho, mucho tiempo. Y abrazarla cuando no estaba empapada era una delicia, sus curvas se aplastaban contra él de una forma deliciosa.

De hecho, todo lo que rodeaba a la señorita Darrow con sus brazos era bueno. Quería gemir con las sensaciones que le recorrían el cuerpo.

Al fin, levantó la cabeza, pero, incluso cuando los ojos de ella se abrieron, no la soltó de inmediato.

En su lugar, miró hacia abajo, viendo la sorpresa en su expresión, pero también el placer que brillaba allí. Y entonces, su rostro se desenfocó, sustituido por el bruñido rostro de su hermosa esposa, y sus ojos oscuros y brillantes fueron acusadores.

Jameson dio un salto hacia atrás. ¿Qué demonios estaba haciendo con otra mujer?

—Lo siento —dijo él en el acto, dirigiéndose tanto a Esmera como a Maisie Darrow—. Ha sido un despropósito por mi parte.

La señorita Darrow no parecía ni un poco afligida o preocupada. ¿No debería? Una mujer respetable no se dejaría manosear y besar por alguien a quien apenas conocía y que no tenía absolutamente ningún interés en formar una relación a largo plazo con ella.

Lo había decepcionado un poco, francamente.

—Aprecio sus disculpas, pero no hubo daño —dijo Maisie.

Mientras hablaba, él observó sus labios.

Le fascinaban sus labios del color de un pétalo de rosa. Los de Esmera eran más anchos, más generosos, de un color bronceado cuando no estaban maquillados, pero normalmente carmesí con el bálsamo de alcántara que usaba. Cuando estaba maquillada, parecía una diosa: seductora, deseable, sexy, de lo cual ella era muy consciente.

Los labios de la señorita Darrow eran sencillos, y él debía olvidarlos de inmediato.

—No puedo creer lo confundida que tengo la cabeza por el exceso de licor de anoche. No es propio de mí beber de esa manera. Y aún es más raro que bese a extrañas en mi jardín.

Maisie dio un paso atrás, sus mejillas se volvieron más rosadas.

—¿Seguimos siendo extraños incluso después de que me haya salvado la vida?

Él negó con la cabeza, sin saber qué responder.

Esmera era su esposa. Esa era la única verdad que conocía. Y quería fingir que nunca había besado a la señorita Darrow.

—¿Le gustaría llevarle unas flores a lady Blackwood? —Jameson no sabía por qué había hecho esa pregunta, pero tenía que volver del reino de los besos embriagadores al mundano reino de la jardinería.

Sin esperar una respuesta, ella fue corriendo hacia la casa.

—Voy a por unas tijeras —dijo por encima del hombro.

Cuando regresó, la señorita Darrow se había aventurado a adentrarse en el jardín de rosas de cuatro cuadrantes, pareciendo ella misma una perfecta rosa inglesa, con su pelo dorado brillando al sol y sus mejillas sonrojadas imitando las flores que la rodeaban.

Esmera siempre había parecido fuera de lugar en un jardín inglés, mientras que era perfectamente natural en un reluciente salón de baile. Extraño.

—¿Ha escogido algunas?

La señorita Darrow se encogió de hombros.

—Una elección difícil. Además, están floreciendo gloriosamente juntas, como hermanas. Parece cruel cortar una al lado de otra. ¿Cómo podría elegir cuál condenar como un juez o un verdugo?

¡Santo Dios! Muerte y ejecución. Era solo un jardín de rosas. ¿Podría realmente tener un corazón tan blando?

—Dele la espalda a las hermanas y le cortaré un ramo para que se lo lleve.

Ella le sonrió, asintió y se giró. Esbelta, más baja que Esmera, pero igualmente agraciada, la señorita Darrow tenía un aspecto agradable. Y ahí estaba él otra vez, comparándolas de nuevo.

Detendría esto de inmediato. Debía hacerlo.

Al acercarse a la primera mata de rosas, de color rosa pálido, cortó algunas al azar y las colocó en el suelo. Tendría que haber traído una cesta o un paño cuando fue a por las tijeras, pero solo había pensado en romper el estado de ánimo de deseo que se había arremolinado en torno a ellos.

—«De todas las flores, creo que la rosa es la mejor», como dijo Shakespeare, pero no recuerdo en qué obra.

—Qué débil memoria, señorita Darrow. —Jameson siguió cortando las flores, contento de saber que ella no era perfecta, pues le hacía dolorosamente consciente de sus recientes faltas de decoro y de otras en general.

—En realidad, sé exactamente quién lo dijo. Fue Emilia, en el Acto II, escena dos. Pero no quiero parecer una sabelotodo. Porque no solo hablo de Shakespeare. Él menciona bastante las flores, en particular las rosas. Por supuesto, todos conocen la frase «¿Qué hay en un nombre? Lo que llamamos rosa, con cualquier otro nombre olería igual de dulce».

Maisie hizo una pausa, quizá para comprobar que no era del todo un ignorante.

—De Romeo y Julieta —dijo él, casi seguro, ya que lo había visto en un anuncio en el escaparate de una floristería, con la obra mencionada al pie de este. Gracias a Dios.

—Sí, pero algunas citas son más difíciles de ubicar. Como este pasaje: «En Navidad no deseo más una rosa que la nieve en la alegría de mayo, sino que me gusta cada cosa que crece en su estación».

Él reflexionó.

—Me ha dejado perplejo, señorita Darrow.

—No le estaba poniendo a prueba, milord. Pero es de *Trabajos de amor perdidos*.

—¿Puedo preguntar por qué esta fascinación por Shakespeare?

Ella dudó, y él esperó que no hubiera preguntado nada demasiado personal. Maisie se volvió y examinó el creciente montón de rosas, desde las más pálidas, casi blancas, hasta las más rojas e incluso una violeta en la que él no se había fijado, hasta que ella la cogió y la olió.

—A mi madre le encantaban sus obras —comenzó—. Y cuando tuve la edad suficiente, en realidad, incluso antes de que entendiera del todo el idioma, las leíamos juntas, recitando los diferentes papeles.

—Creo que ya ha mencionado a su madre. —Cuando ella le trajo la jalea de cardo y él la llamó fría y sin pasión.

Su breve beso le había demostrado que ella no era ninguna de las dos cosas.

—Tuve la oportunidad de probar la jalea —dijo Jameson—. Gracias. Era inusual. —Como usted—. Y deliciosa. —También, como usted.

Ella asintió.

—Mi madre murió hace cinco años, casi seis ya. He leído y releído toda su colección de Shakespeare muchas veces desde entonces. Casi puedo oír su voz todavía en mi cabeza cuando lo hago.

Él soltó la rosa que iba a cortar, perdonándole la vida.

—Lamento su pérdida, señorita Darrow.

—Y yo la suya, lord Turner.

Se miraron fijamente.

—Me alegro de que el poeta le dé consuelo. —Aunque ahora, él se daba cuenta de que el hecho de que ella memorizara sus líneas, indicaba cuántas veces se había consolado leyendo esas obras. Sumergirse en Shakespeare era su versión de cómo se acostaba él en la cama de Esmera y repasaba cada detalle de su matrimonio.

—¿Cómo podré llevarme las rosas? —preguntó Maisie.

—Le buscaré una cesta en casa. Me ha traído un par recientemente.

—Es cierto. ¿Disfrutó de las empanadas de carne?

Jameson no quería confesarle que las había regalado. Por otro lado, no podía hacer daño mostrarse generoso.

—Mi mozo de cuadra siempre tiene hambre. Le dejé a él los manjares de la cocinera de los Blackwood. Espero que no le importe.

—En absoluto. Me alegro de que no se haya desperdiciado nada. —Estaban casi en la entrada trasera de Jonling Hall—. Lástima que leyera las notas de amor que había escrito para usted —dijo Maisie.

Jameson tropezó y dejó caer algunas de las flores. Se apresuró a recogerlas y, al agacharse, la oyó reírse.

—Lo siento, milord. Solo estaba haciendo una broma.

—Bastante graciosa —admitió él mientras se ponía en pie. Y lo había sido. No podía decir que no admirara su ingenio.

En el interior, el señor Wynn recuperó la primera cesta que ella había traído y Jameson colocó cuidadosamente todas las rosas en ella.

—Debe de haber treinta flores —declaró la señorita Darrow—. La tía estará encantada. Las pondremos por toda la casa.

—Antes de que los arbustos pierdan su floración, debe volver a por más —dijo Jameson.

Al instante, deseó poder retirar las palabras. Sonaban como una invitación amistosa. ¿Era eso lo que pretendía?

No, no quería hacer compañía a una joven encantadora que merecía una propuesta en un futuro próximo. No podía volver a hacerlo.

El riesgo, el dolor, ambos eran demasiado grandes.

Además, su corazón estaba enterrado con Esmera. Lo único que le quedaba era el deseo involuntario que mostraba cuando se acercaba demasiado a Maisie Darrow. Eso, y la cruda lujuria. Ninguna de las dos cosas era amor, ninguna de las dos era apropiada para una señorita inocente que algún día querría un marido.

—¿Vino a caballo?

—No, he venido a pie.

—Bien, es más seguro —dijo él y salió con ella por la puerta principal hacia los adoquines. Se pasó una mano por la cara y el pelo, habiendo olvidado por un instante su barba matutina y su cabello despeinado.

—La acompañaría y la llevaría a casa, pero no estoy en condiciones de salir al mundo en mi estado actual. Tampoco soy apto para que usted me vea así, por supuesto, pero usted es muy tolerante, y sabe perdonar.

—No hay nada que perdonar —dijo ella.

Y entonces, Jameson se dio cuenta de que debería haberle pedido perdón en cuanto dejó de besarla. En cambio, le había ofrecido flores, casi como pago.

No debería haberla besado en absoluto. Sin embargo, una parte de él, la parte básica y salvaje, quería volver a hacerlo, y mucho más. Cuando ella estaba cerca, podía imaginarse fácilmente saciando su deseo, satisfaciendo los impulsos naturales, reprimidos durante tanto tiempo. Qué fácil sería llevarla lejos de la casa, detrás de los jardines, y tumbarla en la suave hierba bajo el sol de la tarde.

Tenía una clara imagen en su mente de lo que sería despojarla de su ropa, liberar sus suaves y redondos pechos para que sus palmas los acariciaran, recorrer con sus manos las curvas de sus caderas, tocar los suaves pétalos que se escondían bajo sus rizos de mujer, oler su particular aroma y pasar su lengua por encima.

—Buenos días —dijo ella—. Gracias de nuevo por las flores, milord, y... por la hospitalidad.

¿Se refería a su beso? ¿O al té?

—Buenos días —respondió él, observándola hasta que ella llegó al camino frente a su casa, que se bifurcaba en una dirección a Belton Manor y, en la otra, de vuelta al pueblo.

En algún momento, ella se volvió y saludó con la mano, y solo entonces, Jameson se dio cuenta de que estaba esperando a que ella desapareciera de su vista.

De hecho, la observaba con fascinante temor, imaginando que un carruaje se acercaba demasiado rápido y la hacía caer en la zanja junto al camino.

Después de que ella se despidiera y se diera la vuelta, él se apresuró a entrar y cerró la puerta con firmeza, apoyando la espalda en ella y cerrando los ojos. Cuando lo hizo, vio el rostro de la señorita Darrow vuelto hacia el suyo, a la espera de su próximo beso.

Sí, podría disfrutar de un encuentro casual con ella, encontrar su liberación entre sus muslos, ya que en todos estos meses, ella era la única que había hecho aflorar esos pensamientos y deseos. Sin embargo, la dulce Maisie Darrow no era el tipo de mujer que uno utilizaba de esa manera.

Era el tipo de mujer que un hombre respetaba hasta que ella encontrase un marido.

De hecho, en lo que a él respectaba, más le valía no volver a poner los ojos en ella, o probablemente también le pondría los labios y las manos encima.

—Señor Wynn —llamó—. Empiece a hacer el equipaje. Nos vamos a Londres.

❖

Maisie se alegró de volver a casa sola para examinar sus sentimientos. Se había quedado totalmente sorprendida por su beso, sorprendida y encantada. Se le había erizado la piel por todas partes. Cuanto más la abrazaba, la forma en que su firme boca se movía sobre la suya, más había disfrutado ella cada segundo de la experiencia. Ni siquiera le había importado que el vello facial que le había crecido durante la noche le arañara ligeramente la mejilla.

Todo lo contrario. Esa sensación en particular la había excitado y despertado algo, haciendo que sus entrañas se estremecieran y su cuerpo se calentara mientras su corazón se aceleraba. De hecho, había imaginado que podía oír los latidos de su propio corazón. ¿Era eso posible?

Y donde sus senos se apretaban contra el pecho de él, se sentía imposiblemente sensible, y cuando los dedos de él se enroscaban en la suave carne de la parte superior de sus brazos, ella temblaba.

A pesar de la brevedad del beso, había confirmado todas las expectativas que había tenido con Jameson Turner. Y luego, él se había ofrecido a cortar flores para su tía.

Contemplando la magnífica variedad de rosas que había en la cesta, Maisie permitió que su afecto por lord Turner se ampliara. No había nada de malo en reconocer que le atraía. Además, esperaba que en los días venideros, si seguía visitándolo, él también podría desarrollar sentimientos por ella.

Sin embargo, la tía Anne tenía razón. No era apropiado que una joven visitara sola a un hombre soltero, ni siquiera a un viudo en el campo. Porque tan pronto como el té fue servido, junto con el tan necesitado desayuno de Su Señoría, todos los sirvientes desaparecieron.

Podía haber ocurrido cualquier cosa en el salón o en los jardines. Y, de hecho, ¡algo había ocurrido! Además, cualquiera de los criados podría haber visto el rápido beso y comentarlo con los demás, y cualquiera de ellos podría ser amigo de los sirvientes de Belton Manor. La noticia podría llegar a Jenny y luego llegar con rapidez a los oídos de su tía.

Maisie esperaba fervientemente que eso no sucediera. Sabía que en ese caso la enviarían de vuelta a Escocia en el primer tren.

Temblando, decidió ignorar tal posibilidad. «No hay nada bueno ni malo, pero el pensar lo hace así».

Frunciendo el ceño, Maisie pensó en eso. No era la cita correcta.

Cuando pasó por delante de Norman's Corner y entró en la ordenada casa encalada, dejó la cesta de rosas aromáticas antes de quitarse el sombrero y los guantes.

Algo sobre la esperanza, recordó, mientras se quitaba la capa ligera y la colgaba en el recibidor junto a la puerta.

Entonces se le ocurrió. «La esperanza es el báculo de un amante; camina con él y lo ayuda contra los pensamientos desesperados».

Bastante adecuado, aunque un poco prematuro. En verdad, podía imaginarse a sí misma enamorándose profundamente del hombre cuyo beso la había emocionado. Sin embargo, ella era realista, y sabía que él estaba lejos de corresponder a tal sentimiento.

Si seguía permitiéndole estar en compañía de él, aunque Eleanor o la tía Anne tendrían que acompañarla, Maisie confiaba en que lord Turner acabaría viéndola como un interés viable para su corazón. En última instancia, debía salir del luto y dejar de congelarse ante cada mención de su antigua esposa.

Incluso no le importaría ser la segunda lady Turner, si él se enamorara de ella.

⁂

Durante el desayuno, Maisie percibió una excitación en la casa al entrar en el pequeño comedor. No era la más madrugadora. Eleanor probablemente ya había dado un paseo, y la tía Anne sin duda había leído un periódico entero y tomado al menos dos tazas de té. Sin embargo, si se había perdido algo importante, se lo dirían.

—¡Deprisa! Llena tu plato y siéntate —dijo su prima.

—¿Qué pasa? ¿Hay alguna noticia interesante? —Los pensamientos de Maisie volaron de inmediato hacia Jameson Turner, aunque no podía imaginar qué había ocurrido entre ayer y esa mañana.

—Sí —dijo Eleanor, haciendo una pausa dramática y mirando a su madre, que asintió.

—Vamos. Date prisa —dijo Maisie.

—Jenny ha avisado hoy temprano. Maggie y su marido vienen a Sheffield de visita.

Maisie trató de no sentirse desanimada, pero esa noticia tenía poco que ver con ella. Le gustaba su prima Maggie, sin duda. Y John Angsley, el conde de Cambrey, el esposo de esta, era el mejor amigo del marido de Jenny.

Sin embargo, otra pareja no cambiaba demasiado la dinámica en Sheffield, como lo hacía, por ejemplo, un soltero como lord Turner.

—¿Cuándo van a venir? —preguntó Maisie.

—No pareces emocionada —protestó Eleanor.

A partir de entonces, estar emocionada estaría siempre reservado a los besos de Jameson Turner.

—Por supuesto que estoy encantada. Estoy segura de que tendremos más cenas en Belton Manor —dijo Maisie, deseando que se asociara de nuevo con lord Turner—. Y Maggie siempre es muy divertida.

—Más que una cena —dijo Anne Blackwood—. Simon y Jenny harán una gran reunión de otoño. Están planeando organizar un baile en su gran salón para celebrar el regreso de Margaret. Vendrán todas las buenas familias de la zona, y probablemente en un radio de dos horas de viaje. Las chicas tendréis parejas de baile adecuadas, sin duda.

Maisie sintió un escalofrío de emoción ante la idea de un gran baile campestre. El hecho de que el conde de Cambrey y su condesa vinieran desde su finca de Bedfordshire, al norte de Londres, era un motivo de emoción, después de todo. Aunque no se imaginaba a lord Turner disfrutando de un gran acontecimiento en el presente, rezaba para que fuera menos reticente a la hora de cumplir con su deber social. Y también rezó para que se peinara y se bañara.

¡Cómo le gustaría bailar con él!

Maisie repitió su pregunta para calcular cuánto tiempo tenía para trabajar en el frágil estado mental de lord Turner. Le recordaba a un animal asustadizo, pero el margen sería suficiente para que se adaptara a relacionarse de nuevo con sus congéneres.

—Estarán aquí dentro de quince días. Naturalmente, se quedarán en Belton —dijo su tía.

Dos semanas. Maisie no creía que bastase para ayudar al habitante de Jonling Hall a reparar su melancolía y empujarlo a asistir a un magnífico baile, pero lo intentaría.

Más tarde, a primera hora de la tarde, paseó con Eleanor hasta Belton y le sugirió que visitaran a lord Turner para contarle la noticia.

Los sirvientes estaban muy ocupados. Algunos en el patio estaban atando bultos a un gran carruaje, mientras otros salían de la casa con baúles y maletas.

—¿Qué está pasando? —preguntó Maisie al señor Wynn, que ya tenía puestos el abrigo y el sombrero—. ¿Qué es este revuelo?

—Lord Turner regresa a Londres —le dijo el mayordomo.

Todo el aire pareció abandonar los pulmones de Maisie, angustiada por la información.

—¿Por qué? ¿Ha ocurrido algo que justifique la partida de Su Señoría? —Tenía la extraña idea de que si lograba entender el motivo, podría cambiar lo que estaba sucediendo.

—No podría decirlo, señorita. Ayer, Su Señoría dijo que hiciéramos las maletas y, por tanto, las hemos hecho. De hecho, casi hemos terminado.

Tal vez lord Turner estaba molesto por su beso, pero no pareció demasiado perturbado en aquel momento. Seguramente, ella le estaba dando demasiada importancia a algo que no podía ser tan impactante o excitante para él como lo había sido para ella. Él era un hombre experimentado, que había estado casado y había compartido el lecho conyugal, mientras que ella sentía intensamente cada interacción con un hombre, por pequeña que fuera.

—¿Puedo verlo? ¿Cuándo se va Su Señoría?

La expresión del mayordomo no cambió.

—Lord Turner ya se ha ido, señorita Darrow.

# Capítulo 10

-¡No! —exclamó Maisie consternada, y Eleanor le puso una mano en el brazo.

—Sí, señorita —continuó el mayordomo—. Se fue ayer, no mucho después de su visita.

El señor Wynn entrecerró los ojos al mirarla, y ella se preguntó si la culpaba de este trastorno. En cualquier caso, no parecía complacido.

—¿Hay algo más en lo que pueda ayudarlas, señoras? Si no, debo seguir mi camino y alcanzar a Su Señoría tan pronto como pueda.

Maisie no podía creer que él se hubiera ido.

—Gracias —respondió Eleanor, ya que Maisie no lo hizo—. Que tenga un buen viaje. —Luego la agarró del brazo y la llevó lejos.

—¿Cómo ha podido irse sin despedirse?

—No me sorprende en absoluto —dijo su prima—. Ni siquiera se presentó al picnic. Se ha vuelto insensible y descortés.

Maisie negó con la cabeza.

—No estoy de acuerdo. Simplemente está triste. El individuo más apenado que uno pueda imaginar.

—Sé que fue terrible para él perder a su esposa —dijo Eleanor mientras dirigían sus pasos hacia Belton Manor—. Solo piensa en los padres que pierden a sus hijos, o en los hijos que pierden a sus padres. Nunca se puede tener otro padre o madre —señaló.

—Pero todo el mundo sabe que la vida de un recién nacido es frágil. ¿Qué madre no se prepara para perder uno o dos bebés? Y esperamos que nuestros padres mueran antes que nosotros en algún momento. Pero lord Turner solo estaba al principio de una vida con su amada.

—Puede encontrar otra a la que amar —dijo su prima, con cierta insensibilidad.

—Eso es fácil de decir para ti. Pero imagina a Maggie sin su Cam o a Jenny sin su Simon.

Eleanor guardó silencio.

—Supongo que tienes razón —dijo al fin—. Y ahora necesitaremos más solteros para el próximo baile. Por favor, saquemos los pensamientos de lord Desdichado de nuestras cabezas y...

—Eso es poco amable.

Su prima se encogió de hombros.

—No soy la primera en llamarlo así. De todos modos, dejemos de lado a lord Turner y concentrémonos en la inminente llegada de mi hermana y luego en un magnífico baile campestre.

Maisie iba a intentarlo, desde luego. Después de todo, él ni siquiera se había despedido.

Cinco meses más tarde, Maisie llegó a Londres junto a su hermano Ned y su bondadosa esposa, Caroline. Con la Navidad y el Año Nuevo a sus espaldas, la Temporada estaba a punto de comenzar. De nuevo.

Por supuesto, Eleanor y su madre se alojarían en la casa de los Lindsey en Portman Square, quedándose ocasionalmente con su otra hermana, Maggie, en Cavendish Square. Hacía años que Maisie no veía a ninguna de ellas, ya que se había ido de Sheffield a Dumfries un mes después del gran baile en Belton Manor.

Había sido una experiencia encantadora, y había bailado con algunos jóvenes agradables e incluso había acordado que dejaría que unos cuantos visitaran la modesta casa adosada de su familia, que su hermano consideraba suya, cuando estuviera en Londres.

Su padre, el barón Darrow, no había hecho el viaje a Londres desde Escocia, lo cual no era sorprendente, ya que no le gustaba la ciudad y rara vez salía de Dumfries. Eso la dejaba en las capaces y a veces tiránicas manos de su hermano mayor. Ned se había ablandado mucho desde que conoció y se casó con Caroline en la primavera del año anterior. La hija de un vizconde que vio algo en el hijo de un barón. Debía de ser amor, habían decidido Maisie y Eleanor, porque el beneficio económico no parecía haber influido.

Maisie solo podía esperar lo mismo. Habían llegado tarde a Londres porque su padre había tenido un repentino ataque de gota, y ella se había negado a dejarlo. Por lo tanto, solo faltaban dos noches para el primer baile. Era el que anunciaba la Temporada con tanta seguridad como Ascot.

Ya tenía unos cuantos vestidos hechos, e incluso tomó prestados algunos de Jenny, ya que ella y su prima mayor eran de la misma altura y complexión. Hermosos vestidos que a Maisie no le importaba que ya hubiesen sido usados. Si eran lo bastante buenos para lady Lindsey, eran perfectos para ella, y ahorraban a su familia una gran cantidad de dinero.

La noche del baile, Ned permitió que su carruaje se detuviera en la casa de los Lindsey para recoger a Eleanor en el camino. Jenny y Simon aún no habían llegado a Londres.

—Juro que cuando te veo es como si nunca nos hubiéramos separado —le dijo Maisie a su prima.

—Sé exactamente lo que quieres decir. Ahora, ¿de qué lord adinerado hablamos la última vez?

Se deshicieron en risas mientras Ned cruzaba los brazos sobre el pecho. Era su protector por esa noche. Su esposa les dedicó una sonrisa cariñosa.

—Me encanta el primer baile de la Temporada —dijo—. Deshacerse de cualquier ansiedad nerviosa y observar el campo de batalla.

Ned parpadeó.

—¿Campo de batalla?

—Pues sí, querido —continuó Caroline—. La competencia, aquellos con los que uno desea batallar y quizá conquistar. En el primer baile, se examina a los otros combatientes para determinar quiénes entrarán en la pelea, quiénes serán heroicos y caballerosos y quiénes no, quiénes serán más bien espectadores y quiénes serán aliados, aunque no hay que confiar en otras damas solteras.

—A menos que sean primas —señaló Eleanor—. Si Maisie encontrara un hombre que le interesara y a mí también me gustara, lo discutiríamos de forma civilizada, no nos apuñalaríamos por la espalda. Tal vez incluso podríamos sortear la pajita más larga para ver quién se lo queda.

Las mujeres se rieron, pero Ned puso cara de disgusto.

—Como si importara un hombre u otro —dijo con firmeza.

Caroline se apoyó en su hombro.

—Las chicas solo bromean, Neddy. Tú, por ejemplo, eres único.

Esta afirmación hizo que Maisie y Eleanor estallaran en carcajadas una vez más.

—Compórtense —dijo Ned después de que sus carcajadas se hubieran calmado—. Estaré vigilando.

Fiel a su palabra, Maisie sintió los ojos de su hermano sobre ella en todo momento. Su carné de baile fue solicitado por muchos jóvenes, la mayoría de ellos de aspecto familiar, aunque ella no recordaba sus nombres. Esperaba sentir la chispa de algo excitante con alguno.

Y no importaba lo que pasara, ella mantendría sus pensamientos alejados de un hombre en particular, el cual sabía que no estaría en este baile, o en ninguno, para el caso.

Excepto que, de repente, allí estaba él. ¿Podrían sus ojos estar jugándole una mala pasada?

Lord Turner, impecablemente vestido de gris marengo y bien peinado, apareció en su línea de visión, ya que acababa de bajar la corta escalera que conducía al reluciente suelo de madera del salón de baile.

Observó la sala, la vio y se dirigió directamente hacia donde estaban ella y Eleanor.

—Acabas de jadear —señaló su prima.

—¿Lo hice? —Maisie no solo jadeó, sino que sintió que los latidos de su corazón se aceleraban al verlo. Maisie deseaba a ese hombre por encima de todos los demás. Era dolorosamente claro para ella. Solo había estado pasando los días hasta verle de nuevo, y en el instante en que lo hizo, se animó de lleno con la anticipación.

—Parece un buen espécimen para la justa —bromeó Eleanor.

—En absoluto —dijo Maisie, con la voz entrecortada—. Simplemente no esperaba verlo aquí.

—Te refieres a ver a lord Desdichado…

—Deja de llamarle así. ¿Sabía que él iba a venir?

—Tal vez —dijo Eleanor.

Entonces, él llegó a su lado y las saludó con una reverencia superficial, que ellas devolvieron con otra más acentuada.

—Buenas noches, señoras. Ambas están encantadoras, si me permiten decirlo.

—Se lo permitimos —dijo Eleanor—. Y me permito decir que se ve muy elegante y en forma.

Maisie vio cómo sus mejillas se coloreaban ante el cumplido, y entonces Jameson la miró.

—¿Tienen el carné de baile completo? —preguntó, aunque parecía que se dirigía a ella.

Eleanor, decidida a ser un diablillo esta noche, le puso el suyo delante.

—Tengo un hueco.

Obedientemente, lord Turner miró hacia abajo y escribió su nombre.

—¿Y usted, señorita Darrow?

—No lo sé —dijo ella. Entonces quiso sacudirse. Se había convertido en una tonta tímida y deslenguada. ¿Cómo podían ser tan tontas sus primeras palabras al hombre que la había besado y se había marchado sin decir nada?

Cogió la tarjeta que colgaba de su muñeca y la miró.

—Parece que hay dos espacios —dijo ella, dejándole elegir y advirtiendo que él elegía el vals por encima de la pintoresca y anticuada cuadrilla. Él la sujetaría estrechamente contra su cuerpo durante muchos minutos. El corazón de Maisie comenzó a galopar.

—Buenas noches, lord Turner. —Era Ned, detrás de ella. Él y Caroline estaban sentados en una mesa para observar el transcurso de la noche.

—Buenas noches, señor Darrow, señora Darrow. No quiero entrometerme en su reunión. Mi primo me pidió que vigilara a su cuñada.

—Lord Lindsey no tenía que preocuparse por la señorita Blackwood. Mi esposa y yo estamos aquí.

—Estoy seguro de que lo aprecia mucho —dijo lord Turner—, pero uno nunca es demasiado cuidadoso en Londres. Cuantos más ojos vigilen a estas jóvenes, mejor.

—Es cierto —estuvo de acuerdo Caroline Darrow—. Es bueno verle en compañía.

Jameson se limitó a asentir con la cabeza, tal vez sin querer entrar en una conversación durante la cual se le ofrecieran condolencias.

—Les veré a todos más tarde. No las perderé de vista —añadió a Eleanor, y habló sin ningún atisbo de sonrisa. Luego asintió a todos, se dio la vuelta y desapareció entre la multitud.

—Sigue siendo lord *D* —murmuró Eleanor—. ¿En qué estaba pensando Simon al nombrarlo como mi niñera? Le escribiré por la mañana y le diré lo que pienso de este acuerdo. Mamá dijo que siempre que ella no asistiera, lo haría lord Turner, pero no quiero que tanta pesadumbre y preocupación se cierna sobre uno solo de mis eventos sociales.

Maisie seguía sorprendida y asombrada de que Jameson Turner apareciera no solo en público, sino también en un baile, un lugar de alegría y de confraternización. Además, su aspecto era muy diferente al de la criatura desaliñada que había encontrado en Sheffield. Era más fuerte y tenía un cuerpo más sano, sin duda. Sin embargo, su expresión era positivamente sombría, y nada más que el desinterés brillaba en sus ojos gris azulados.

Puede que él hubiese encontrado un nuevo ayudante de cámara e incluso hubiese aceptado el encargo de Simon de salir al mundo a causa de Eleanor, pero en su interior no había curado su dolor de corazón. Eso era evidente. Se lo imaginó rondando la tumba de su esposa en las afueras de Londres, como en una escena de una de las novelas románticas góticas que a Eleanor tanto le gustaban.

¡Pobre hombre!

Pero él no tenía ninguna obligación de poner su nombre en su tarjeta, ni de bailar con ella. ¿Por qué lo había hecho? Maisie quería averiguarlo.

Antes de que pudiera pensar más en ello, fue reclamada por su primera pareja de la noche, y salió para formar parte de la Gran Marcha del baile, con Eleanor y su pareja a su lado.

¿Y dónde estaba lord Turner? Lo buscó incluso mientras recorría la fila de otros bailarines. Al fin, después de unos momentos, mientras paseaba junto a la hilera de las parejas, lo vio en un rincón de la sala. Naturalmente, esperaba verlo solo, pero estaba lleno de sorpresas.

A su lado había una hermosa mujer inclinada sobre él. Lady Elizabeth Pepperton, reconoció Maisie con un sobresalto.

La viuda poseía una magnífica casa en Belgrave Square y, aunque no se la consideraba precisamente inmoral, era conocida por disfrutar de su cuota de amantes, solo de entre las filas de los titulados, y solo uno a la vez. De hecho, se estaba volviendo bastante infame y más que un poco envidiada por las mujeres que no tenían esa libertad.

Y estaba hablando con Jameson, con el pecho presionado sobre el brazo de él, de modo que su escote casi se salía de la parte superior del vestido. No es que necesitara hacer algo así y quizá ni siquiera lo hiciera a propósito. Era encantadora, soltera, rica y tenía un montón de habitaciones a su disposición en la intimidad de su casa de cuatro pisos.

Maisie quería sacarle los ojos.

¿En serio? ¡Dios mío, no! Qué pensamiento más extraño, vil y despiadado.

Simplemente le gustaría que la luz de las velas parpadeara un poco más entre los cuerpos de ellos, un poco de espacio para respirar. A lord Turner, sin embargo, no parecía importarle en absoluto la cercanía de la viuda. Maisie estuvo a punto de perder el paso y tuvo que apartarse para no arruinar el baile a su pareja.

⁂

Un sobresalto había recorrido el cuerpo de Jameson al ver por primera vez a Maisie Darrow después de seis meses. No podía entender por qué le causaba ese efecto. No era la mujer más guapa de la sala, pero sin duda llamaba su atención.

Sus ojos la buscaron y la encontraron casi de inmediato, su cabello pálido resaltaba con un rico vestido azul y plateado. Como una polilla a la llama, se acercó a ella directamente, sintiéndose afortunado de que Eleanor, la protegida de Simon, estuviera a su lado. De lo contrario, no habría tenido ningún motivo para abordar a la señorita Darrow, excepto el obvio: que se sentía atraído por ella.

Ahora, a pesar de estar al lado de su amante de los últimos dos meses, no podía dejar de observarla, bailando graciosamente con algún idiota embobado. El hombre podría ser el próximo primer ministro por lo que Jameson sabía, pero no le gustaba.

—¿A quién estás mirando? —preguntó lady Pepperton.

Ella conocía a todo el mundo, y él no tenía intención de informarle de su inclinación por Maisie. Él y Elizabeth no compartían una relación sentimental. Ella se había acercado a él porque no quería ningún vínculo emocional, solo compañía y alguien que aliviara su soledad y evitara la frustración física. Y ella había decidido que él podría ser perfecto para esa propuesta.

Después de una semana de considerar su oferta, cuestionándose profundamente si estaba traicionando su amor por Esmera, Jameson se había presentado en su puerta de Belgrave Square y había pasado allí la noche. Había sido como rascarse una picazón que tenía desde hacía demasiado tiempo.

En la mayoría de las ocasiones solo se veían en la intimidad de la casa de ella. El resto, Elizabeth deseaba asistir a los bailes. Como este era el primero de la Temporada, eligió esta noche para salir. No le importó acompañarla. La alta sociedad era lo bastante sofisticada como para entender su acuerdo y no condenaba a dos personas viudas a tener uno, siempre que no fueran demostrativos en público.

Sin embargo, esta era la primera vez que él ponía su nombre en un carné de baile o que bailaba con alguien que no fuera Elizabeth, quien no tenía una tarjeta colgando de su muñeca y no bailaría con nadie más mientras fueran pareja.

Jameson supuso que sería mejor decirle algo para que no se sorprendiera.

—Bailaré con la señorita Blackwood, la cuñada de mi primo, ya que él me ha pedido que la vigile en los eventos a los que no asista su madre.

—Muy bien. —Ella tomó una copa de champán de la bandeja de un sirviente.

—También voy a bailar con la prima de ella, la señorita Darrow.

Ella lo miró por encima del borde de su copa, y luego dio un sorbo a la burbujeante bebida.

—Ya veo.

¿Lo hacía? Tal vez podría explicárselo entonces. Había tenido la intención de venir esta noche para bailar con su amante si ella lo deseaba, cumplir con su deber hacia Eleanor, y luego volver a Belgrave Square y tener relaciones sexuales sólidas y satisfactorias con Elizabeth.

Maisie Darrow solo fue un beso inesperado e inoportuno en el campo, y nada más. Entonces, ¿por qué había puesto él su nombre en su tarjeta?

—¿Quién es ella? —preguntó Elizabeth—. No recuerdo a la señorita Darrow.

Jameson miró a su alrededor como si no supiera exactamente dónde estaba Maisie.

—Ahí está —dijo al cabo de un momento—. La del vestido azul con ribetes plateados. Pelo rubio.

—Sí, ya la veo. —Elizabeth la estudió un momento, quizá comparándola con ella misma. Jameson esperaba que no fuera así. No era necesario. No tenía intención de perseguir a Maisie ni de romper su asociación cómoda y sin esfuerzo con Elizabeth. Esta no le tocaba el corazón de ninguna manera, y él había aceptado liberarse con ella de su necesidad sexual.

—Ella es tan bella como yo soy morena —señaló Elizabeth, llevándose una mano a su pelo perfectamente peinado.

—Es cierto —dijo él—. ¿Qué importancia tiene eso? Es solo un baile.

Aunque, en realidad, nunca le habían atraído las mujeres de pelo claro. Su mujer tenía el cabello más negro que Elizabeth, y Esmera le parecía muy atractiva, incluso hipnotizantemente bella a primera vista. Antes de ella, había habido algunas damas que habían despertado su interés, todas morenas, según recordaba.

En cuanto a su amante, lady Pepperton era más bien como Margaret Blackwood Angsley, la condesa de Cambrey, una belleza deslumbrante y perfecta. Elizabeth no tenía motivos para compararse con nadie.

Luego estaba Maisie. Mechones rubios que ya había visto tanto recogidos como sueltos, con tirabuzones o empapados de agua de río, a la luz del sol y a la sombra. No era solo rubio, su pelo tenía tonos de caramelo y oro, y también amarillo como la llama de una vela. El rubio parecía inexacto y demasiado simple para la complejidad de su cabello.

—Te has quedado callado —señaló Elizabeth—. Lo que demuestra lo que estaba pensando.

—¿Qué?

—Que nada es un simple baile.

Jameson se encogió de hombros. Puede que ella tuviera razón, pero sus intenciones no estaban claras ni siquiera para él mismo, y no las entendería mejor hasta que volviera a tener a Maisie entre sus brazos.

La siguiente vez que Elizabeth le pidió bailar, fue para una redowa, y poco después, para un galop. Luego, fue a la mesa de los Darrow para reclamar a la señorita Blackwood. Esta aceptó bailar, a pesar de estar mucho más interesada en discutir la imposibilidad de ver ninguna estrella desde Londres y lo mucho que echaba de menos los cielos despejados de Sheffield.

—No podría estar más de acuerdo, señorita Blackwood.

Rápida como un látigo, ella le replicó.

—Entonces, ¿por qué nos dejó con tanta prisa?

Él gruñó. No la había visto venir en absoluto.

—Recuerdo haberle dicho antes que algunas cosas de mi vida personal no son de su incumbencia. El hecho de que Simon sea su cuñado y mi primo, no significa que pueda hacer cualquier pregunta escandalosa que desee y esperar que la responda.

Ella se rio de él.

—¿Tan extravagante soy? A no ser que su respuesta sea oscura y misteriosa, en lugar de haberse perdido simplemente la compañía y la comida.

¡Maldita sea! Debería haber dicho cualquiera de esas cosas. La señorita Blackwood se divirtió a su costa durante el resto del baile, y él se sintió aliviado al volver al lado de Elizabeth.

¡Que Dios ayudara al hombre que terminase con la audaz Eleanor Blackwood!

Y entonces, después de un tiempo imposible, le tocó bailar con la otra señorita campestre. ¡Por fin!

Maisie Darrow había salido de la pista de baile minutos antes del brazo de un apuesto sujeto que Jameson reconoció vagamente. ¿El vizconde Rooster? No. ¿ Ruthless? No. Roleston. Lord Peter Roleston, hijo de un conde.

Recordó su nombre cuando el caballero soltó a la señorita Darrow y luego la vio alejarse con la mirada fija en sus caderas oscilantes. A Jameson no le gustó nada aquello, y se apresuró a reclamar su baile.

—¿Está preparada? —preguntó, cogiéndola del brazo.

La señorita Darrow dio un respingo ante su contacto, inclinando la cabeza para mirarle con sus comprensivos ojos marrones de color dorado.

Ella solo asintió.

—¿No está demasiado cansada de tantos bailes? —le preguntó él, dándose cuenta de que sonaba como un viejo quisquilloso.

—No, milord —respondió ella, con cara de sorpresa—. La noche es todavía joven, creo. En cualquier caso, como dijo Shakespeare, «¿qué máscaras, qué bailes tendremos para desgastar esta larga edad de tres horas entre nuestra sobremesa y la hora de dormir?».

En verdad, no tenían tres horas por delante, quizá algo más de una hora antes de poder ir a casa y relajarse en su propio estudio con una copa de brandy.

No, ese no era su plan. Su intención era ir a pasar la noche con Elizabeth.

Dos segundos con la señorita Darrow y ya no pensaba con claridad.

Excepto que tenía un pensamiento persistente. Quería besarla de nuevo. Y la verdad era que, mientras la conducía a la abarrotada pista de baile, tuvo otro pensamiento: Londres se había convertido de repente en el lugar más interesante en el que podía estar.

¡Y lo más interesante de Londres era Maisie Darrow!

Que Dios le ayudase, él quizá tuviera que hacer las maletas para regresar a Sheffield.

# Capítulo 11

En el momento en que lord Turner la tomó en sus brazos, Maisie sintió lo correcto de la situación. Había estado emparejada toda la noche con hombres perfectamente aceptables. Había compartido ligeras bromas, reído, bailado e incluso bebido champán con ellos.

Estar con Jameson Turner era algo diferente por completo. Era la estimulación instantánea e intensa de todo su cuerpo.

Solo así podía describir la sensación por la que cada parte de ella era consciente de su proximidad. Incluso el fino vello de sus brazos y su nuca parecían erizarse. Se le encogió el estómago y se le apretó el pecho, aunque no de forma desagradable.

Era encantador tener sus brazos alrededor de ella, a pesar de que él era un poco rígido, incluso reservado, y era difícil hablar mientras bailaba el vals. Ella preferiría que estuvieran en su jardín de rosas.

Y había pasado la noche pegado como el alquitrán al lado de lady Pepperton. Por fin había dejado atrás a su difunta esposa.

—Tiene buen aspecto —le dijo ella—. Mucho más sano que el año pasado.

Él se limitó a asentir.

—Parece que está comiendo mejor —añadió Maisie.

Él hizo un vago gruñido.

—¿Está contento? —Ella no había querido decir eso como una pregunta. Lo que pretendía era afirmarlo como un hecho, ya que él había rellenado su traje en las proporciones correctas y había dejado entrar a una hermosa mujer en su vida.

—Estoy contento —aceptó él.

—¿Desde cuándo son pareja usted y lady Pepperton?

Él vaciló en su paso por primera vez, y luego, mientras la hacía girar, la miró fijamente, con los ojos entrecerrados.

—Usted y la señorita Blackwood se toman demasiada familiaridad conmigo, haciendo preguntas totalmente inapropiadas, que no tengo por qué responder. De hecho, no tengo intención de hacerlo. Como he dicho antes, eso no es asunto suyo.

Maisie no pudo evitar encogerse de hombros. Le parecía que una vez que un hombre te besaba, tenías motivos para estar algo familiarizada con él. Al parecer, él no lo veía así.

—«La dama protesta demasiado, me parece». O en este caso, el caballero.

¿Qué más podía decir ella? Parecía haber tocado un nervio, lo que la hizo preguntarse aún más sobre su relación. ¿Iban a anunciar su compromiso?

Eso era improbable, dado el historial de amantes de la viuda. Lo más seguro era que se tratara de un acuerdo de conveniencia, el término que ella había oído para referirse a la relación física entre una pareja sin amor.

¿Por qué eso no la hacía sentir mejor?

—Deje de hacer eso, de inmediato —le ordenó él.

—¿Qué? —Ella parpadeó.

—Citarme a su Shakespeare. No estoy protestando por nada, excepto por su insolencia. ¿Y si empiezo a preguntarle por lord Roleston?

Le tocó a ella vacilar en su paso. Rápidamente, con la suave guía de Jameson, Maisie se recuperó. Qué extraño que él le preguntara eso. Era cierto que solo había bailado con el vizconde, y dos veces, lo cual, para un primer baile de la Temporada, era quizá algo a destacar, pero solo había ocurrido porque el hombre con quien Maisie debía bailar el segundo no había aparecido a tiempo.

Lord Roleston había estado, por suerte, cerca de ella.

—Él me rescató de la vergüenza y se ha comportado como un perfecto caballero —dijo Maisie.

—Ya veo.

Cuando el baile terminó, Jameson la condujo desde la pista hacia su hermano y su esposa. Sin apenas vacilar, Jameson inclinó la cabeza sobre la mano enguantada de Maisie, sin llegar a tocarla con los labios, y volvió a desaparecer.

—¿Cómo va tu noche? —preguntó Caroline Darrow—. ¿Te lo estás pasando bien?

—Sí —le dijo a su cuñada antes de sentarse.

¿Lord Turner iba a estar en todos y cada uno de los bailes? Le gustaba verlo. Le daba un toque de emoción a la velada. Pero no le gustaba la inquietante sensación que le producía verlo con lady Pepperton. Parecía dolerle en algún lugar de la garganta, como si un bulto de emoción estuviera atrapado allí.

Y él no había sido especialmente amable con ella, no como el hombre que le había cortado flores para regalárselas a su tía. Este Jameson Turner era brusco y reservado, como si no se conocieran de nada.

¿Cómo podía ser así, cuando él le había salvado de morir ahogada?

¿Cómo podía ser así, después de haberle dado el único beso de su vida?

Maisie casi había decidido no participar en el siguiente baile, a pesar de estar segura de que había un nombre en su tarjeta. Llevaba unas zapatillas de baile nuevas y, aunque parecía improbable, le rozaban los talones.

Entonces vio a Jameson acompañar a lady Pepperton a la pista. Este sería su tercer baile, si había contado bien. En ese momento, se acercó un joven con un traje pasado de moda y un corbatín mal atado, y le anunció a Maisie con un tartamudeo que le tocaba bailar con él.

Ella se levantó con rapidez. No iba a ser grosera ni a causarle vergüenza, solo porque se sentía fuera de lugar. Así, se encontró bailando con una pareja un poco incómoda cerca de lord Turner y la impecable y hermosa lady Pepperton.

La viuda pareció dirigir su mirada hacia ellos de inmediato, y Maisie tuvo la desagradable experiencia de ser estudiada. Podía encogerse o brillar.

Eligiendo esto último, esbozó una sonrisa, le gastó una broma a su compañero, haciéndole reír a carcajadas como si fuera la criatura más ingeniosa del mundo, y pasaron a toda velocidad junto a la reservada y silenciosa pareja.

Por suerte, su pareja, con su corbata anudada de forma extraña, era un buen bailarín, después de todo.

Maisie decidió entonces que no dejaría que su fascinación por lord Turner arruinara su Temporada. Si él quería una relación desvergonzada con una viuda libre y suelta, entonces no era el hombre para ella de todos modos. No podía competir en ese campo de batalla que Caroline había mencionado, no sin perder su virtud y su reputación.

Por lo tanto, ella no competiría en absoluto.

———— ⚜ ————

Jameson se encontraba pensando en Maisie Darrow cada día, ahora que sabía que ella estaba en Londres. Si Elizabeth quería que la acompañara a un baile o a una cena, quizá volvería a encontrarse con la tentadora mujer.

Además, debido a su promesa a Simon, estaba a disposición de lady Blackwood como acompañante cuando fuera necesario, es decir, siempre que ella avisara de que no iba a asistir a un evento con su hija. Por lo tanto, si él estaba con la señorita Blackwood, sin duda, la señorita Darrow estaría en algún lugar cercano.

Por lo general, él y Elizabeth se quedaban en sus respectivas casas, excepto las veces que él iba a la de ella a pasar la noche.

Por eso, cuando poco después del primer baile, Elizabeth sugirió que asistieran a otro, él tuvo que cuestionar sus motivos.

—¿Por qué? No estás en el mercado matrimonial, y estos eventos parecen tener ese único propósito.

—En absoluto. Para las parejas, es un lugar para bailar y ser vistos.

Si ella hubiera dicho solo para bailar, habría tenido sentido.

Él frunció el ceño.

—Nunca te había importado que te vieran. ¿Por qué ahora?

—Nunca has estado conmigo al principio de una Temporada, así que no puedes saber lo que nunca me ha importado antes. Todas las jóvenes y los solteros más recientes están ahí, así como los que en años anteriores no han conseguido un partido y podrían estar empezando a desesperarse. Es entretenido, creo.

—¿Por qué? ¿Estás interesada en encontrar a alguien para casarte?

—Si lo estuviera —bromeó ella—, ¿me devolverías el interés?

Jameson dudó, mientras en su interior retrocedía. Las palabras que se formaron en sus labios eran un no absoluto.

¿Por qué tenía una reacción tan fuerte? No por su matrimonio ni por sus anteriores amantes. Eso sería hipócrita por su parte. Ella le había asegurado su fidelidad cuando estaba casada, y se había propuesto tener relaciones duraderas con un solo hombre a la vez. Nadie podía reprocharle sus principios.

Sin embargo, aunque disfrutaba de su compañía y de su cuerpo, había experimentado mucho más en el pasado con Esmera, el éxtasis de estar completamente hechizado por una mujer, y no estaba dispuesto a conformarse con un afecto tibio, incluso cuando se combinaba con un deseo lujurioso. Quería más. Quería...

—Tu falta de respuesta es reveladora —dijo Elizabeth, con el rostro sombrío, interrumpiendo los pensamientos de él, que giraban en torno a Maisie.

La reacción de Elizabeth era nueva. Nunca habían tenido conversaciones sobre el matrimonio o el futuro, y ella nunca se había enfadado con él.

—No te estoy pidiendo que te cases conmigo, ni siquiera que pidas mi mano —aclaró ella—. Supongo que solo quiero ser la primera opción de alguien, para variar.

—Lo fuiste, para tu marido.

—Es cierto, pero hace tiempo que murió —señaló ella.

—¿No crees que si sigues eligiendo a hombres que están claramente poco inclinados a comprometerse en matrimonio, entonces seguirás estando decepcionada? No puedes ser la primera opción de alguien que no quiere a nadie a su lado.

Sin embargo, por mucho que sus palabras sonaran a verdad, eran mentira. De hecho, él quería a alguien más de lo que quería a Elizabeth. No podía decidir si deseaba a Maisie Darrow solo porque era diferente a otras mujeres con las que había estado, tanto en su apariencia como en su disposición de extravagante amabilidad, o si también deseaba su compañía porque algo en la forma de pensar y comunicarse de Maisie le intrigaba.

En cualquier caso, era incapaz de perseguir a nadie porque su corazón estaba en un ataúd en el cementerio de Brompton, lo que le hizo pensar en la razón por la que había entablado una relación fácil con Elizabeth en primer lugar.

Un apego directo y sin emociones era todo lo que le convenía en ese momento.

—¿Quieres un cambio en nuestro acuerdo? —Era un poco incómodo, teniendo en cuenta que estaban tumbados en la cama y acababan de completar el acto sexual de forma bastante satisfactoria.

Sin embargo, si era honesto, y trataba de serlo siempre consigo mismo, le había costado un poco apartar a Maisie de su mente durante los acalorados momentos de pasión.

Eso rozaba, como mínimo, que fuera un canalla. Y no le gustaba nada serlo.

—Toda esta introspección —se quejó Elizabeth—. Solo quiero ir a unos cuantos bailes y cenas más.

—Y encontrar a alguien que te diga que eres su primera opción y que te adule.

Elizabeth rodó hacia él, sus pechos presionaron el brazo de Jameson mientras estiraba la mano para acariciar su pecho.

—Supongo que me estoy aburriendo un poco.

—Gracias —dijo él con ironía.

—No, no me refiero a ti. Me refiero a ser solo una viuda. A diferencia de ti, yo no añoro a mi esposo fallecido. Estoy lista para pasar a mi próxima gran aventura, antes de ser demasiado vieja para ser algo más que una amante.

—Nunca pienso en ti como mi amante —le dijo Jameson—. Pero sí como una compañera. Una amante suena demasiado unilateral en términos de poder en el acuerdo. Una amante puede ser abandonada con facilidad.

Ella suspiró.

—Gracias por eso. Sin embargo, en cualquier relación, una persona puede abandonar a la otra sin más problemas. El poder, creo, siempre está en manos de quien se preocupa menos por el otro.

Probablemente, ella tenía razón en su argumento. Cuando él empezó a cortejar a Esmera, un tiempo breve y casi obsesivo de besos robados y demandas de él por algo más, había temido todo el tiempo que alguien se la quitara antes de que pudiera asegurarla como su esposa.

Incluso después de casarse, todo el poder había sido de Esmera. Si ella se mostraba triste o se enfadaba, a él le preocupaba haberle causado un daño irreparable y que ella le dejara.

El asunto de dejarse enredar el corazón era terrible y aterrador. Se alegraba de haber dejado eso atrás.

—No estoy dispuesto a cambiar nuestro acuerdo por algo más profundo —dijo Jameson.

—Lo entiendo. Y nunca te jugaré una mala pasada. Mientras no haya nadie más en mi vida, soy tuya en exclusiva mientras lo desees. Si alguien más capta mi interés, te lo diré de inmediato.

—El derecho de tanteo —bromeó él.

—Si creyera que vas a ejercer ese derecho, quizá dejaría que mi corazón se abriera a ti, Jameson, pero no soy tan torpe. Espero la misma cortesía por tu parte en lo que respecta a tus intereses.

—Por supuesto.

—Basta de hablar en serio. Lo hemos decidido. Me acompañarás al baile en Tilton House mañana por la noche.

—¿Es eso lo que hemos decidido? —preguntó Jameson, riendo mientras ella deslizaba las yemas de los dedos por su ombligo hasta capturar su miembro. Entonces, él recuperó el aliento, y... maldita sea si la imagen de Maisie no revoloteó en su cerebro.

Gimió, imaginando su mano sobre él, al mismo tiempo que sus cautivadores ojos marrones se clavaban en los suyos. Se puso duro como una vara de roble.

—Qué bien —murmuró Elizabeth.

Jameson rodó sobre ella, luchando por despejar su mente de Maisie y llenarla con la mujer que tenía debajo. Y no lo consiguió.

Se estaba comportando de forma vil, pero mientras se hundía en la exquisita piel de porcelana de lady Pepperton, solo podía consolarse sabiendo que esta era una relación práctica, de igual a igual.

Por lo que él sabía, Elizabeth podría estar imaginando a algún otro hombre metiéndose entre sus piernas. Mientras ayudaba a Eleanor a alcanzar el éxtasis, antes de que él disfrutase del suyo propio, se imaginó el cabello rubio extendido sobre la almohada bajo él, y una tez de melocotón y crema, con las mejillas dulcemente sonrojadas.

Y a pesar de intentar razonar, se sintió culpable... por Esmera y Elizabeth.

⁂

La alegría de Maisie por estar con su familia en Londres se vio atenuada por la inquietante idea de que Jameson Turner había encontrado la felicidad en los brazos de lady Elizabeth Pepperton.

No quería negarle un momento de alivio de su melancolía, pero tampoco podía negar que se sentía menospreciada, por no decir inferior. Al fin y al cabo, comparada con la viuda, carecía de encanto y brillo. En verdad, lady Pepperton era mucho más parecida a Esmera Turner de lo que Maisie podría ser jamás.

De hecho, seis meses antes, el vizconde la había besado, al parecer la había encontrado insuficiente y había abandonado Sheffield. Una cosa era pensar en un hombre demasiado hundido en su miseria como para considerar la posibilidad de intimar con otra mujer. Y otra muy distinta era ver que solo necesitaba a otra persona que le ayudara a salir de su fango.

En resumen, la estima de Maisie había sufrido un duro golpe. Sin embargo, esta noche, para el baile en la Casa Apsley del Duque de Wellington, llevaba uno de los vestidos de Jenny, y vestirse como una condesa le dio una buena dosis de confianza.

Al entrar en la casa de Wellington, en la esquina sureste de Hyde Park, con Eleanor a su lado, se sintió asombrada de inmediato. El mero hecho de estar en la casa del famoso militar y estadista, a pesar de que lord Wellesley, de ochenta y tres años de edad, no se encontraba en ella, le produjo escalofríos. Solo podía imaginar la maravillosa obra que Shakespeare habría escrito como homenaje a Su Gracia, el duque, si lo hubiera conocido.

Tal vez lady Pepperton fuera para Maisie el equivalente de Wellington para Bonaparte, y toda esta Temporada, obligada a ver a Jameson con la hermosa viuda, sería para ella como Waterloo, es decir, la derrota absoluta.

Apsley House era un enorme escaparate, con su renombrada colección de arte, gran parte de ella pinturas españolas rescatadas de un tren en la batalla de Vitoria en 1813. Dondequiera que mirara Maisie, había tesoros, incluidos cuadros holandeses procedentes de una subasta francesa, regalos de numerosos dirigentes de Europa, así como madera dorada, ricos tapices y gruesas alfombras.

—Me siento como una princesa —le susurró a su prima mientras, con Ned y Caroline por delante, seguían a la comitiva de invitados hacia las habitaciones reservadas para el baile en el segundo piso de la mansión de tres plantas.

—Lástima, Su Gracia no está aquí —dijo su hermano, como si el duque de Wellington fuera un amigo personal.

—Una pena —coincidió Maisie, apretando la mano de Eleanor—. Pero, no obstante, lo pasaremos muy bien.

—Ya que mi madre no ha venido, la sombra que me ha asignado aparecerá sin duda.

Un temblor de expectación recorrió a Maisie al ver de nuevo a lord Turner, seguido con rapidez por el inquietante manto de celos que la envolvía ante la idea de verlo pasar la velada con lady Pepperton.

—¿Por qué suspiras? —preguntó Eleanor—. Sé que esto no tiene nada que ver con el baile campestre de Simon y Jenny, pero podemos soportarlo.

—De alguna manera, lo soportaremos —convino ella en broma.

—¿Qué demonios estáis diciendo, chicas? No podéis comparar Apsley House y toda su gloria con Belton Manor.

Lo que demostraba que Ned estaba escuchando todo lo que decían. Se rieron. Él no había asistido al baile de Sheffield, en cualquier caso, y todavía tenía una espina clavada por cualquier cosa que tuviera que ver con los Lindsey desde que, en una ocasión, había esperado conseguir a Jenny para él y había sido rechazado rotundamente.

—Las chicas solo bromean —le dijo Caroline y, tras una mirada por encima del hombro, arrastró a su marido al tumulto de la Galería Waterloo.

—Aprecio a esa mujer —dijo Eleanor.

—Yo también. Es dulce e inteligente y sabe aguantar a mi hermano.

—Y ella evita que te ate con una soga —señaló su prima—. Aunque él lo intenta.

Observaron la habitación y Maisie sintió que sus ojos se abrían de par en par.

—Esto es tan hermoso como dicen.

—¿Quiénes? —susurró Eleanor, tirando de su brazo hacia el lado más alejado de la sala, donde una hilera de ventanas daba al parque, iluminado a esa hora por muchas lámparas de gas.

—Todo el mundo —dijo Maisie, preguntándose qué refrigerios habría esa noche.

Había tenido un día muy ajetreado con Caroline, que estaba redecorando el salón de la casa de los Darrow y exigiendo a su cuñada que la acompañara a visitar a todos los fabricantes de muebles y tiendas de telas de Londres.

En consecuencia, no había comido nada en todo el día. Su estómago gruñó cuando un sirviente que pasaba por allí les entregó a ella y a Eleanor los carnés de baile, y ella deslizó el lazo en su muñeca.

—Bueno, todos están en lo cierto —dijo Eleanor.

Maisie había perdido el hilo de la conversación.

—¿Sería terriblemente descortés buscar los refrescos ahora, y ver si ya se han servido?

Eleanor dudó.

—Podríamos perdernos si se llenan nuestros carnés. No me gustaría acabar siendo una alhelí en el baile del Duque de Wellington.

—Entonces esto sería realmente tu Waterloo —le dijo Maisie, sabiendo que su prima apreciaría sus pensamientos de antes.

Se rieron con disimulo y luego a carcajadas. Debían de ser los nervios, pero Maisie no parecía poder contenerse, y cada vez que creía tener el humor controlado, le bastaba con mirar la amplia sonrisa de Eleanor para empezar a reírse de nuevo.

La gente empezó a alejarse de ellas. Estaban dando un espectáculo. Sus carnés de baile se quedarían dolorosamente vacíos si ella no hacía algo pronto.

Para calmarse, Maisie se apartó de Eleanor y pensó en su madre, deseando que hubiera estado allí para experimentar la belleza de la residencia de Su Gracia y disfrutar de una noche de baile y alegría.

Al instante, sintió que las lágrimas le afloraban a los ojos. Respiró hondo, se giró y se enfrentó a lord Jameson Turner, que había aparecido detrás de ella.

# Capítulo 12

–¿**S**e encuentra bien, señorita Darrow? —Por su voz, Jameson Turner parecía preocupado, y eso casi fue su perdición. Maisie quería desplomarse sobre el suelo de parqué y derramar unas dolorosas lágrimas.

Porque, por encima de todo, deseaba poder compartir un día más con su madre, un pequeño momento del presente, en lugar de repasar los preciosos recuerdos del pasado.

¡Qué injusto! Tenía unos deseos inmensos de llorar. ¿Qué demonios le pasaba?

—Creo que necesito un poco de aire —dijo ella mirando a su alrededor, preguntándose dónde podría encontrar un poco de espacio en la abarrotada sala.

Eleanor frunció el ceño.

—Quizá podría acompañarla, milord. No sé dónde está su hermano.

Lord Turner parecía dudoso. Quizá la consideró una petición inapropiada. No era como si estuvieran en Sheffield, donde podían pasar un rato a solas sin que cientos de ojos declararan de inmediato que él era un canalla, y ella, una mujer arruinada.

La habitación se inclinó sobre Maisie.

—Creo que me voy a desmayar —dijo esta cuando un extraño zumbido en sus oídos acompañó a la sensación de que su cabeza era demasiado ligera para permanecer unida a su cuerpo—. Creo que me va a estallar la cabeza.

Podría vomitar sobre las elegantes botas de lord Turner. Se tapó la boca con una mano enguantada, sintiéndose húmeda y caliente a la vez.

—Estás muy pálida. —Oyó decir a Eleanor, como si estuviera muy lejos.

Al parecer, decidiendo ahorrarle la vergüenza de desmayarse sobre el suelo pulido del duque de Wellington, Jameson la agarró del brazo y, moviéndose con rapidez, bordeó los grupos de invitados para encontrar una puerta en el extremo de la larga sala.

En unos instantes, estaban en un amplio y silencioso pasillo, donde él la acomodó en una otomana mullida junto a un gran busto de mármol de un hombre con una corona de laurel en la cabeza. Ella no tenía ni idea de su identidad.

Sobre la otomana, que era roja como la mayor parte de la decoración del duque, había un gran escudo dorado.

—No se mueva —ordenó lord Turner y desapareció.

Ella no tenía intención de moverse, salvo para apoyar los codos en las rodillas y la cabeza en las manos. A Maisie no le importaba su aspecto, cuanto más baja ponía la cabeza, mejor se sentía, excepto por el hueco en su estómago.

La otomana era en realidad más bien un diván, decidió, y lo siguiente que supo fue que se había inclinado hacia un lado, dejando que sus tirabuzones se aplastaran bajo su cabeza, que descansaba sobre el terciopelo.

Una parte de su peinado podría deshacerse, pero su madre nunca lo vería de todos modos.

Las lágrimas se le escaparon y cayeron sobre la suave tela. Resopló. Si su nariz empezaba a gotear también, tendría que volver a casa o esperar que tuvieran un cuarto de baño de señoras bien equipado para reparar el daño que estaba sufriendo su cara ligeramente empolvada.

—¿Qué demonios? —exclamó Jameson Turner, y ella abrió los ojos para verlo de pie junto a ella—. ¿Está enferma?

—Sí —gimió ella irracionalmente—. Quiero decir, no. Pero me duele. Me duele todo.

Y entonces se dio cuenta. ¡Qué tonta!

—Hoy es el cumpleaños de mi madre, y la echo de menos.

Lord Turner se agachó junto a la otomana, y ella vio que tenía un vaso de agua en una mano y una servilleta con algo más en la otra.

—Lo siento mucho —dijo lord Turner, y sonó como si comprendiera su dolor—. ¿Quiere sentarse y tomar un sorbo de agua?

Ella hizo lo que él le pidió, y su cabeza quedó por encima de la de él. Quería abrazarlo y sollozar. Alargó la mano, cogió el vaso que él le ofrecía y bebió un poco de agua.

—Es mucho mejor la de un pozo en el campo —dijo—. Creo que puedo saborear el Támesis.

Él le sonrió.

—Un criado me ha dicho que la han hervido.

Por seguridad, había preguntado. Qué amable.

—Gracias. ¿Qué más tiene? —Su estómago aún parecía querer agitarse, pero ella sabía que era por el vacío, no por la enfermedad.

—Solo un trozo de pan salado. Tiene queso horneado en...

Maisie cogió la servilleta y devoró el contenido.

—Gracias —dijo de nuevo, murmurando en torno a la delicia que tenía en la boca.

Él se sentó a su lado y esperó a que terminara. Y entonces, sorprendiéndola, le quitó unas migas de pan de la falda.

—No queremos ninguna mancha de grasa en su precioso vestido.

—Gracias —le respondió Maisie otra vez, usando la servilleta para limpiarse las comisuras de la boca.

—¿Se siente mejor? —preguntó Jameson, como si realmente quisiera saberlo.

¿Era así?

—Siento como si mi cuerpo supiera que era un día especial antes de que mi mente lo recordara.

Él asintió de manera vaga, sin llamarla loca ni estar de acuerdo.

—Ahora me siento irrespetuosa por haber salido esta noche a bailar en el cumpleaños de mi madre. Debería haberme quedado en casa.

Él pensó un momento.

—¿Haciendo qué? ¿Cómo la honraría en casa?

Maisie se encogió de hombros, observándole mientras él sacaba un pañuelo del bolsillo y le limpiaba la cara. Con suerte, no se le había escapado ninguna miga, y solo intentaba borrar cualquier rastro de lágrimas de sus mejillas.

Un sentimiento estúpidamente cálido surgió dentro de Maisie.

—Probablemente me sentaría a pensar en ella, supongo —dijo esta.

—Puede pensar en ella aquí, ya que es obvio que lo está haciendo —señaló él.

—Pero no debería alegrarme.

—Por supuesto que debería, especialmente en su cumpleaños. Creo que su madre querría que su querida hija fuera feliz. Estoy seguro de que no se alegró más de dejarla que usted de perderla. Así que, por qué no mostrarle lo bien que lo está haciendo.

—¿Mostrarle?

Jameson se encogió de hombros.

—Tiendo a pensar que los muertos nos están mirando. Mi creencia puede resultar buena y, a veces, no tanto.

—Lo entiendo —dijo Maisie—. Siempre esperé de alguna manera tener alguna conexión con mi madre, si tan solo pudiera contactar conmigo, o si pudiera decirle una vez más cómo la quiero... Y a veces, en un momento de tranquilidad creo que está a mi lado. —Ella esperaba no haberle molestado hablando de los muertos, pero él seguía pareciendo interesado, así que continuó—. Cuando era más joven, al poco de que ella falleciera, solía fingir que no había hecho nada más que colarse en la habitación contigua. Yo me ponía a un lado de la puerta y hablaba con ella, como si estuviera en la alcoba.

Él le acomodó un mechón de pelo detrás de la oreja y ella se estremeció ante su contacto.

—Una tontería, supongo —dijo Maisie.

—No es así —declaró él—. No más que dormir en la habitación de mi esposa, esperando que me visite en la oscuridad, porque incluso una esposa incorpórea parecía mejor que su ausencia total.

Maisie asintió, dejó el vaso en el suelo y metió dentro la servilleta.

—¿Sigue haciendo eso? —preguntó.

Él negó con la cabeza.

—Tampoco hablo ya con mi madre a través de las puertas —dijo ella.

—¿Se siente mejor después de haber comido un poco? —le preguntó Jameson al cabo de unos segundos.

—Sí. —También por sentir su cuerpo junto al suyo, tocándola desde el hombro hasta el muslo.

—¿Quiere más? —preguntó él.

Maisie pensó que se refería a otra cosa que no fuera la comida. Luego se dio cuenta de su intención.

—Podría comerme un asado entero —le contestó ella.

Él sonrió.

—No han servido pollo asado, cerdo ni ternera, pero hay hojaldre relleno de algo. Creo que es pato. Y también hay bandejas de queso. De todos modos, es mejor que el pan rancio que te dan en Almack's.

Maisie sonrió.

—Ahí está —dijo él.

—¿Qué?

—Su sonrisa. Es bueno verla de nuevo. Intentemos hacerla más grande, ¿de acuerdo? —Se golpeó con un dedo en un lado de la cabeza—. ¿En qué se parece una luz en una cueva y un baile en una posada?

—Estoy segura de que no lo sé. ¿Cuál es la diferencia?

—Uno es una vela en una caverna y el otro una velada en una taberna.

Ella se rio, y él se le unió, lo que ella agradeció. Tenía una risa maravillosa y unos dientes muy bonitos.

Entonces, lord Turner se levantó y le tendió la mano, la cual ella aceptó. Cuando él la atrajo para que se pusiera de pie, ella estuvo lo bastante cerca como para ver el gris acero mezclado con el azul profundo de sus ojos. Era encantador, si es que se podía decir eso de cualquier parte de un hombre.

Maisie se preguntó brevemente dónde estaría lady Pepperton y si la viuda estaría celosa por que él se había ausentado.

Durante unos minutos, ninguno de los dos dijo nada, y entonces lord Turner se llevó la mano de ella a los labios, con su carné de baile aún vacía colgando de la muñeca, como recordatorio de lo que se suponía que iba a hacer allí esa noche.

Y entonces, pareció que se desató el infierno.

---

—¿Qué está pasando aquí? —dijo una voz de hombre, lo bastante fuerte como para despertar a los mismos muertos de los que habían estado hablando antes.

Jameson se giró para ver a Ned Darrow acercándose, con su esposa a su lado con una expresión de consternación.

—¿Apenas puedo creer lo que ven mis ojos? ¿Está comprometiendo a mi hermana?

«¿El hermano de Maisie era duro de oído?», se preguntó Jameson. ¿Por qué si no iba a gritar el idiota para que todo el mundo supiera que habían sorprendido a su hermana a solas con un hombre?

—Insisto en que salve su reputación casándose con ella —declaró Darrow.

A Jameson se le encogió el estómago. Ned Darrow no era para nada duro de oído, era claramente astuto y tramposo, y sabía exactamente lo que hacía.

Al oírla jadear, Jameson dejó de sujetar la mano de la señorita Darrow. Dio un paso atrás y estudió su rostro. ¿Había participado en esta estratagema, fingiendo angustia para que él la llevara a un lugar privado para recuperarse?

La mirada de Maisie se cruzó con la Jameson, y este supo la verdad, ya que ella parecía igual de enfadada.

Maisie volvió su atención hacia su hermano y dio un paso hacia él.

—Por favor, baja la voz, Ned. No ha pasado nada, salvo que me he sentido desfallecer y lord Turner me ha dado un poco de pan y un vaso de agua.

—Pan y agua —repitió Ned, como si sonara demasiado improbable para que sus oídos lo comprendieran.

—No solo pan —insistió ella—, pan con queso. No había comido en todo el día.

La cara roja de Ned indicaba que no estaba dispuesto a dejarlo pasar con tanta facilidad. Salvo que, como nadie más se había acercado a ellos, estaba claro quién estaba forzando la situación.

—Señor, ¿está amenazando la ruina de su propia hermana con insinuaciones para forzar un matrimonio?

—¿Qué? —replicó Ned Darrow—. Eso es absurdo. Le han sorprendido en una posición comprometida.

—Sin embargo, su hermana y yo le hemos dicho que no estábamos haciendo nada inapropiado. Por lo tanto, usted es el único que la compromete, arrojando una sombra sobre su reputación. La señorita Darrow no quiere casarse conmigo, ni se le debe obligar a hacerlo solo porque usted ha visto una oportunidad.

Los ojos de Ned Darrow se convirtieron en estrechas rendijas de escrutinio.

—¿Cómo sabe que no quiere casarse con usted? ¿Le ha preguntado? ¿Se ha puesto de rodillas mientras ella le rechazaba? O peor aún, sin que ella le rechazase…

Maisie Darrow suspiró.

—Caroline, haz entrar en razón a mi hermano. Lord Turner está de luto por su esposa y no quiere una nueva, y menos yo.

Pero fue su hermano quien respondió.

—Indudablemente ya no está de luto. Si lo estuviera, no sería el pretendiente de lady Pepperton y a la vez estaría merodeando por los pasillos con mi hermana.

Jameson quería aplastar su puño en la cara del hombre. ¡Un buen golpe!

Ned Darrow no sabía nada de los pensamientos y sentimientos íntimos de Jameson. Tampoco debía referirse a Elizabeth de ninguna manera.

—Tenga cuidado, señor. No me gusta la forma en que está lanzando sus comentarios despectivos. No soy el pretendiente de nadie, ni tengo intención de que me obliguen a casarme.

Se cuidó de no añadir «y menos con su hermana» para insistir en su punto de vista, ya que eso solo heriría a la dama en cuestión, pero era cierto. Lo último que quería era sentir algo por alguien con tanta facilidad, y luego perderlo todo de nuevo.

Incluso esta noche, ella podría haber contraído una gripe mortal o el cólera y morir la próxima semana. Tuvo suerte de que solo fueran los dolores del hambre y una carga excesiva de sentimientos por su madre fallecida lo que hizo que la señorita Darrow se sintiera mal.

Definitivamente no quería una relación más estrecha con ella.

—Hermano, por favor, volvamos al baile. Me siento mejor, y aún no he conseguido un solo nombre en mi carné de baile —dijo Maisie.

Ned Darrow parecía, si cabe, aún más agrio.

—Una carné de baile vacío, por lo menos desde hace quince minutos. —Miró a Jameson—. Como usted la ha retenido, ahora no asistirá a la mayoría de los bailes. La gente se preguntará por qué. Será deshonrada y, lo que es peor, se hablará de ella.

Jameson reflexionó y luego sonrió.

—Señorita Darrow, ¿tiene un lápiz a mano? —Estaba bastante seguro de que todas las damas los llevaban escondidos en un bolsillo o en su ridículo. Tras una pausa, ella asintió y sacó uno.

Jameson la agarró del antebrazo, le arrancó el carné de baile y luego garabateó «J. Turner» en una de cada dos líneas.

—Ya está —dijo, soltándola y mirando las caras de sorpresa del hermano de Maisie y la esposa de este—. Ahora bailará al menos la mitad de los bailes. Seguro que puede conseguir unas cuantas parejas más si se da prisa en volver al salón.

Se volvió hacia ella para ver una sonrisa en sus bonitos labios, contento de comprobar que no se había ofendido por nada de lo que había ocurrido.

—La veré para nuestro primer baile en unos minutos, señorita Darrow. Me alegro de que se encuentre mejor. Y deséele a su madre un feliz cumpleaños de mi parte.

Ella asintió y le ofreció una sonrisa fantasmal.

Ignorando al señor Darrow, Jameson se inclinó ante la señora Darrow antes de salir a zancadas por el pasillo, deseando alejarse de su sobreprotector hermano. En realidad, él no podía culpar al hombre ni un ápice.

Porque Jameson, que había anunciado sin ambages que no tenía intención de casarse con nadie, estaba deseando tener a Maisie entre sus brazos durante gran parte de la velada.

Solo entonces se acordó de Elizabeth.

Maisie no podía esperar a encontrar a Eleanor. Tanto drama, y el baile apenas había comenzado. Como una correcta asistente, su prima estaba charlando con un hombre y otras dos jóvenes. Se separó de ellas cuando Maisie se acercó.

—¿Estás bien? Parecías muy blanca o quizá verde. En cualquier caso, no es bueno, pero ahora tienes mucho mejor aspecto. Tu tono normal rosado y cremoso. Tenemos que hacer las rondas con rapidez y llenar tu tarjeta.

Maisie levantó su muñeca para que Eleanor pudiera verla.

—¡¿Qué demonios?! —exclamó su prima al ver todo lo escrito. Luego lo leyó—. Oh, querida. No estoy segura de que debas hacer eso. Todos hablarán de ello.

Maisie sonrió.

—Me gustaría añadir algunos otros nombres si es posible, y tal vez debería tachar algunos de los bailes de lord Turner.

—¿Se te ha declarado? ¿Está enamorado de ti? —preguntó Eleanor, todavía mirando el carné.

—¿Qué? —Maisie apartó la muñeca—. ¡Claro que no! Todo lo contrario. Ned se acercó a nosotros y prácticamente exigió a lord Turner que se casara conmigo.

Eleanor se llevó la mano a la boca mientras jadeaba.

—¡Caramba!

—Y luego lord Turner dijo que no iba a casarse con nadie.

Eleanor volvió a jadear.

—Entonces, ¿por qué sonríes?

—Porque a continuación él llenó mi carné de baile, y voy a pasar gran parte de la noche en sus brazos.

Los ojos de Eleanor se abrieron de par en par.

—¡Lo sabía!

—¿Sabías qué?

—Te atrae Jameson Turner —susurró.

—Aprecio su voz tranquila. Mi hermano estaba gritando a todo pulmón.

Entonces vio a lord Roleston, quien la vio al mismo tiempo, sonrió y se acercó.

—Dos encantadoras damas que eclipsan incluso este perfecto lugar —dijo él, inclinándose ante ellas.

Maisie y Eleanor hicieron una reverencia.

—¿Puedo bailar con cada una de ustedes? —preguntó.

—Mi tarjeta está llena —respondió Eleanor—, pero creo que mi prima tiene algunos espacios.

—¿Cómo puede ocurrirme tal fortuna? —preguntó lord Roleston, levantando la tarjeta de Maisie de su muñeca antes de que ella tuviera tiempo de ofrecérsela. Ya tenía un lápiz en la mano mientras la examinaba.

Después de un momento, él la miró.

—Nunca he visto algo parecido —dijo—. ¿Es una costumbre nueva?

—No —dijo ella—, es más bien una pequeña broma. Me retrasé en la entrega de mi tarjeta y...

—No importa —insistió lord Roleston—. Si se hace por diversión, entonces seguiré el ejemplo. Como dijo Shakespeare: «Con la alegría y la risa, que vengan las arrugas».

Maisie le miró fijamente.

—Es de *El mercader de Venecia* —dijo mientras se apresuraba a escribir su nombre en todos los bailes libres.

—Lo dice Gratiano, Acto I, Escena primera.

Él levantó la vista bruscamente, y ella vio una chispa de camaradería en sus ojos color avellana.

—Notable —dijo él.

—¿Qué quiere decir, milord?

—Hermosa e inteligente, también.

Ella vio cómo Eleanor levantaba las cejas y su boca se torcía en una media sonrisa. Maisie se encogió ligeramente de hombros.

Los músicos, que habían estado preparándose, comenzaron a tocar la Gran Marcha tradicional, antes de una pintoresca cuadrilla. Como su pareja estaba a su lado, Maisie y lord Roleston llegaron de inmediato a la pista de baile y se situaron justo detrás de sus anfitriones, el hijo mayor del duque y su esposa.

Así, en lugar de caer en desgracia, como casi había ocurrido minutos antes, Maisie disfrutó del primer baile en el mismo cuarteto que lord Arthur Wellesley, heredero del ducado, y del brazo de un apuesto vizconde, que además citaba a Shakespeare.

Todo fue casi perfecto.

Salvo que, al hacer su segundo paseo entre las filas de bailarines, Maisie se fijó en que lord Turner formaba pareja con lady Pepperton, quien parecía estar compitiendo por ser la mujer mejor vestida de Londres. ¡Y lo había conseguido!

Maisie levantó la barbilla y pensó en su madre. A Marion Darrow no le habría importado un comino lady Elizabeth Pepperton, y por eso a Maisie tampoco. Su dulce madre la había querido mucho, colmando siempre a su única hija de besos y palabras amables.

¿Qué podría ser mejor que bailar en su honor?

—Feliz cumpleaños, mamá —dijo en voz alta, y sintió que su corazón se expandía.

# Capítulo 13

Maisie apenas salió de la pista de baile cuando lord Turner apareció a su lado para reclamarla para la polka que siguió.

Ella no pudo evitar mirar más allá de él y a su alrededor. ¿Dónde estaba lady Pepperton?

—¿Qué demonios está haciendo? —le preguntó Jameson mientras intentaba guiar su paso.

—Nada en absoluto. Solo admiraba a los otros bailarines.

—Los estará admirando mientras está de espaldas si no se concentra un poco —le advirtió.

Ella hizo lo que él le pidió y se concentró en el animado baile. Sobre todo, su mente se fijó en el lugar exacto en el que sus manos la tocaban y en cómo la atraía hacia él mientras giraban y luego la dejaba retroceder en la recta.

—¿De verdad va a bailar todos esos bailes conmigo?

—No faltaría a mi palabra, y mi nombre en su tarjeta es tan bueno como mi palabra.

—La gente hablará —señaló ella, como si él no lo supiera ya. Estaba agitando un avispero de cotilleos.

—Una vez que ha ocurrido una gran tragedia, tonterías como la notoria fábrica de rumores de la sociedad se desvanecen en la insignificancia.

Maisie lo pensó.

—Lo comprendo, pero no creo que eso le dé a uno permiso para burlarse de todas las reglas ni para utilizar su desgracia personal como excusa.

—¿Una excusa? —preguntó él, con un tono bajo, y ella percibió que no le gustaba su discusión.

—Ser escandaloso, por ejemplo, ya que estoy seguro de que usted y yo, e incluso lord Roleston, seremos calificados como tales después de hoy.

—¿Qué diablos tiene que ver Roleston con esto? —preguntó Jameson.

—Vio lo que usted había hecho e hizo lo mismo, llenando el resto de mi tarjeta.

Ella sintió que él se tensaba.

—Eso parecerá indecoroso.

Maisie se rio.

—Sin duda. Sin embargo, supongo que nadie podrá decir que usted y yo tenemos algún tipo de relación si le concedo a ambos el mismo número de bailes. Es brillante, en cierto modo, ya que así lo ha neutralizado.

—¿Brillante? —dijo él con dureza, y luego ella le oyó murmurar «neutralizarme», antes de que la hiciera girar de nuevo.

Terminaron el baile en silencio. Cuando él la sacó de la pista, apareció el vizconde Roleston.

—Mi turno —dijo este con una encantadora sonrisa en el rostro.

Maisie asintió y le cogió la mano.

—¿Tiene intención de seguir adelante con esto? —le preguntó lord Turner a Darrow.

—Pues sí. Creo que es una idea magnífica. —Lord Roleston miró a Maisie—. De todos modos, no hay nadie más con quien yo prefiera bailar, así que ¿por qué recurrir a la pretensión de que mi nombre aparezca en otras tarjetas?

—Como norma —señaló ella—, se considera que el deber de un caballero soltero es bailar con todas las damas solteras que pueda en una noche.

—Con un propósito —le recordó lord Roleston. Luego miró bruscamente a lord Turner—. Parece que usted está distorsionando el propósito.

Lord Turner ladeó la cabeza.

—¿Qué quiere decir?

—Usted ya tiene un acuerdo con una dama, ¿no es así? ¿Por qué iba a estar su nombre en los carnés de baile de otra, mientras está comprometido de otra manera?

Oh, vaya. Maisie observó cómo la mandíbula de Jameson se tensaba.

—La señorita Darrow y yo somos amigos —dijo este al fin, luego le hizo una reverencia superficial y brusca y giró sobre sus talones, alejándose hacia el otro lado de la sala.

—Espero no haberle ofendido —dijo lord Roleston, sin parecer molesto por ello mientras se acercaban a la pista de baile—. Si realmente es su amigo, supongo que deberían bailar juntos todas las veces que quieran. Sin embargo, la otra amiga de Turner, lady Pepperton, no parecía muy contenta. Su cara estaba fruncida como un niño comiendo un limón.

—Estoy segura de que él le explicará las circunstancias —dijo Maisie antes de ocupar su lugar en la fila y hacer una reverencia, esperando que comenzara la música. El baile formal le parecía muy dieciochesco, pero era un descanso después de estar dando vueltas y vueltas.

Los intrincados pasos que daba con las demás damas y caballeros, pasos que había realizado tantas veces que sus pies los hacían sin pensar, le dieron la oportunidad de recuperarse del agotador baile anterior y de pensar en Jameson Turner. Había disfrutado cada momento con él, y cada momento sin él le parecía inferior.

¿Era así como él se sentía desde la muerte de lady Turner, una existencia pálida y aguada en comparación con la vibrante que había tenido antes?

Entonces no era de extrañar que pareciera tan malhumorado, sintiéndose solo medio vivo mientras los que le rodeaban seguían adelante y esperaban que él hiciera lo mismo.

Cuando el largo baile terminó, vio a lord Turner esperando al borde de la pista. En cuanto lord Roleston la soltó, Jameson le cogió la mano, y Maisie se sintió un poco como si estuviera en medio de un juego de tira y afloja.

Tras un minuto de respiro, empezaron a bailar el vals.

—¿Cómo está? —le preguntó él—. ¿Preparada para un respiro después de esto?

Al ser abrazada de nuevo por él, se sintió instantáneamente revitalizada, su cuerpo cosquilleaba en lugares inesperados.

—Estoy bastante bien, y estoy segura de que nuestros anfitriones han previsto un interludio para descansar.

—¿Eso será lo bastante pronto como para evitar que se desmaye? —le preguntó lord Turner—. Si se desliza de mis brazos, podría romperse su hermosa cabeza en el suelo del duque.

—No sea tonto. —¿Cómo podía ser tan atento cuando estaba allí con otra?—. ¿Cómo está lady Pepperton?

—Bien, como siempre. ¿Por qué lo pregunta?

Maisie no podía hablarle del comentario de lord Roleston sobre la agria expresión de la dama.

—No está bailando.

Jameson se encogió de hombros.

—La invitaré a bailar de nuevo después, si ella lo desea.

—Pero hay muchas parejas disponibles —señaló Maisie. Tenía el presentimiento de que lady Pepperton solo bailaría con lord Turner.

Él la miró directamente.

—Esa no es su forma de ser.

—No lo entiendo.

—No tiene que hacerlo, señorita Darrow.

Ella suspiró.

—«La confusión ha hecho ahora su obra maestra».

Por alguna razón, esto le hizo sonreír a Jameson, lo que no hizo más que aumentar su atractivo y, teniendo en cuenta que estaban hablando de su amante, no hizo más que aumentar la molestia de Maisie.

—Eso era de Macbeth. Lord Roleston citó antes a Shakespeare —soltó ella—. ¿Puede creerlo?

—Fácilmente —bromeó él después de un momento.

¿Qué quería decir con eso?, se preguntó ella. Creía que a él podría no gustarle el vizconde.

Maisie suspiró al recordar cuando bailar solo implicaba observar a la pareja de baile, a veces en silencio y con la más mínima sonrisa o asentimiento, y decidir con bastante rapidez si se quería volver a bailar con él.

Ahora parecía que cada baile era una conversación complicada.

Cuando abandonaron la pista y vio a lord Roleston esperando, Maisie se apartó un rizo suelto de la frente y se preguntó cómo le iría a Eleanor. ¿Dónde estaría su prima?

Al fin, la vio tomando una copa con un joven.

—¿Les importaría, caballeros, que me quedara fuera del próximo baile y tomara un refresco? —dijo Maisie.

Al darse cuenta de que se había dirigido a los dos, se volvió hacia lord Roleston.

—Debería haberle preguntado a usted, ya que creo que tiene el próximo baile.

—Desde luego. Aunque echaré de menos sus ágiles suelas en la pista de baile, me conformaré con admirar su dulce boca sorbiendo champán. Si toma asiento, volveré lo antes posible.

Lord Turner, justo detrás de lord Roleston, puso los ojos en blanco con exageración. Sin embargo, no se marchó de inmediato. En cuanto su otro compañero se marchó a la mesa de refrigerios, lord Turner la acompañó a los asientos vacíos más cercanos y se sentó a su lado.

—Roleston es un poco insufrible, ¿no?

—Es encantador. —Maisie defendió al hombre que había intervenido para ayudarla a aprovechar la velada.

Jameson Turner cruzó los brazos sobre el pecho.

—¿Él se conforma con su dulce boca? ¿Es eso lo que le parece encantador?

¿Qué tenía él contra lord Roleston? Estaba a punto de preguntárselo directamente cuando llegó Eleanor, escoltada por lord Foley, a quien conocían desde su primera Temporada.

Inofensivo, no era el tipo de hombre que podía interesar a su prima.

Lord Turner se puso de pie de inmediato y le ofreció a Eleanor su silla antes de saludar con la cabeza al caballero.

—Los músicos son maravillosos, ¿verdad? —comentó Eleanor.

—Sí —coincidió Maisie, justo cuando lord Roleston reapareció con una copa de champán para ella y otra para él.

—¿Quiere esta copa, señorita Blackwood? —le ofreció.

—Oh, no, gracias —respondió Eleanor—. Estoy bien. Lo único que creo que haría esta noche más perfecta sería conocer al gran duque de Wellington. Fue agradable conocer a su hijo, pero tengo entendido que su padre causa una impresión inolvidable.

—Creo que está en su residencia favorita, en el castillo de Walmer, que tiene vistas al mar —informó lord Turner.

—¿Quién puede culparlo? —preguntó Eleanor—. He estado en Kent, y la costa es impresionante.

—Un largo camino para viajar —dijo Maisie—, a su edad.

—No tan lejos en tren —señaló Eleanor.

—El duque de Wellington viaja en carruaje —les informó lord Roleston.

—¿Por qué diablos iba a triplicar el tiempo de viaje? —preguntó Eleanor.

—Puede parecer extraño que uno de los más grandes soldados de Inglaterra se muestre tímido a la hora de viajar en tren, pero fue testigo de la muerte del parlamentario William Huskisson, aplastado por uno, hace años.

Maisie jadeó mientras daba un sorbo a su champán, pero se atragantó y tuvo que toser para poder respirar. Eleanor le dio unas palmaditas en la espalda. Aunque los ojos le lloraban profusamente, Maisie no podía apartar la mirada de Jameson Turner. Se había quedado muy quieto y pálido. Deseó poder impedir que lord Roleston continuara.

—Lord Wellesley evita utilizar el sistema ferroviario británico, excepto cuando es absolutamente necesario. En realidad, Huskisson era increíblemente torpe, y la lista de sus diversos accidentes era ya legendaria, dos brazos fracturados, un esguince de tobillo por saltar sin éxito sobre un foso, la caída de su caballo, la caída de su caballo sobre él...

—¡Gracias! —exclamó Eleanor, ahora frotando círculos en la espalda de Maisie mientras el ataque de tos disminuía.

—Efectivamente —coincidió lord Roleston—. Tenía algún tipo de infección interna en el momento del viaje en tren y todo el mundo le dijo a Huskisson que se quedara en casa, incluso nuestra reina, la entonces princesa Victoria. No solo no hizo caso, sino que además se llevó a su mujer, que fue testigo del terrible accidente. Él se bajó del tren en un descanso durante su viaje inaugural, solo para ser atropellado por el famoso tren Rocket mientras atravesaba las vías. Aplastado como un insecto, con las piernas cortadas, murió desangrado… ¡oh! ¿He dicho algo malo? —preguntó mientras lord Turner giraba para alejarse apresuradamente.

—Su esposa —dijo Maisie, poniéndose de pie—. Lady Turner murió en un accidente de tren. Creía que todo el mundo lo sabía.

—Yo no…  —dijo lord Roleston—. Pobre hombre. ¿Debo ir a buscarlo y excusarme?

—Si me disculpa, milord, como él mismo le dijo, somos amigos. Volveré pronto. —Maisie dejó su copa en las manos de lord Roleston y fue en busca de Jameson.

<hr />

Apenas podía respirar. Sin más, Jameson se vio transportado al terrible día en que le informaron de la prematura muerte de Esmera. Solo que ahora, debido a la descripción de ese idiota, tenía una nueva imagen en su cabeza de ella tendida en las vías, con su hermoso cuerpo aplastado y cortado, aunque eso no era lo que había sucedido.

De pie, al final del mismo pasillo al que había llevado antes a la señorita Darrow, miró hacia la parte trasera de la Casa Apsley, hacia el césped y los árboles. Solo vio a Esmera. Se había roto el cuello y había muerto al instante, con el aspecto más perfecto posible, dadas las condiciones.

Cuando la vio por primera vez, parecía estar solo durmiendo, excepto por la coloración de su piel, de un tono calcáreo antinatural, y los moretones en su delgado cuello. Sabía que a ella no le habría gustado que en su lugar hubiera acabado con cortes en los brazos, las piernas o…

Jameson oyó un fuerte gemido y se dio cuenta de que era suyo.

«No», se ordenó a sí mismo como hacía a menudo para alejar sus pensamientos de aquel terrible día. Al mismo tiempo, supo que había alguien detrás de él.

El fantasma de Esmera fue su primera esperanza cuando se giró para enfrentarse a... Maisie.

—Lo siento mucho, milord. Lord Roleston no sabía lo de lady Turner.

Él asintió con la cabeza. Era difícil creer que alguien en Londres no lo supiera, pero nadie sería tan desconsiderado a propósito. O tan cruel.

Al verla con su bonito vestido, sus mejillas rosadas y sanas, sus ojos marrones y dorados mirándole, se sintió animado. La opresión de su corazón se alivió.

Sin pensarlo, abrió los brazos y ella corrió hacia ellos sin dudarlo. Al rodearla con fuerza, notando su suave carne contra él, su pecho subiendo y bajando con cada respiración, quiso llorar.

En cambio, él miró su rostro preocupado y reclamó sus hermosos labios.

Maisie Darrow, cálida y viva, vibrante, con el color de una rosa: el epítome de la fantasía de un hombre.

Acercó su lengua a la comisura de sus labios y, milagrosamente, ella los abrió para él. La sintió jadear mientras él deslizaba la lengua en el interior de su húmeda boca, saboreando su reciente sorbo de champán, recordando la ridícula charla de Roleston de conformarse con su sola visión.

La boca de la señorita Darrow no era para conformarse, sino para ser adorada... y besada.

Su cuerpo se estremecía de deseo, y por su suave gemido, ella también. Con la certeza de que aquel era su primer beso profundo con lengua, Jameson lo tomó con calma, acercó sus manos a ella y dejó que sintiera su excitación.

Disfrutando de la forma en que el cuerpo de ella se derretía contra el suyo, inclinó la cabeza y le mordisqueó el labio inferior, como había querido hacer meses atrás en su jardín de rosas.

No dijeron nada, solo se besaron sin pensar y, para él, de una forma desesperada, mientras cada segundo que pasaba explorando su boca ahuyentaba los horribles sentimientos de pérdida y muerte que lo habían invadido con tanta rapidez.

Cuando por fin se apartaron para tomar aliento, él la miró fijamente. A pesar de la experiencia y el afán de Elizabeth, aquel beso era el primero desde la muerte de su esposa que lo dejaba estremecido; al menos, el primero desde el último beso con Maisie.

¿Qué estaba haciendo? Estaba jugando con esta mujer, que merecía mucho más que un hombre que no podía darle su corazón.

Dio un paso atrás. Necesitaba encontrar a Elizabeth. Había sido grosero con ella debido a su obsesión por la señorita Darrow, y ella también se merecía algo mejor.

—No sé qué decir —declaró Jameson. Quería darle las gracias por haberle sacado de la espiral de melancolía, pero uno no podía dar las gracias a una mujer por dejarse besar, básicamente por permitirle utilizarla para volver a sentir que pertenecía a los vivos—. No debería estar aquí, a solas conmigo. —Eso era obvio—. Su hermano podría aparecer de nuevo, y no estoy seguro de que podamos justificar otra indiscreción.

—Y yo no estoy segura de querer hacerlo. —Las palabras de Maisie hizo que Jameson se estremeciera. Ella estaba depositando algún tipo de esperanza en él.

—No permita que ninguno de sus sueños futuros me incluya, señorita Darrow. Porque puedo garantizarle que no se harán realidad. Debo encontrar a lady Pepperton de inmediato, ya que estoy siendo un nefasto acompañante. Y creo que es mejor que volvamos al baile por separado. La dejaré ir primero, si lo prefiere. De lo contrario, me despediré de usted aquí.

Los ojos de ella se habían agrandado durante su discurso. Al fin, ella asintió.

—Me alegra ver que se siente mejor, lord Turner. —Entonces levantó la mano, recordándole su compromiso de bailar con ella.

—Señorita Darrow —comenzó él, pero ella negó con la cabeza y sacó el lápiz de su ridículo.

—Por favor, considérese liberado del resto de nuestros bailes. —La vio empezar a tachar su nombre sin miramientos—. Ha sido más que caballeroso esta noche, me ha ayudado enormemente. Le deseo buenas noches.

En su interior, él se encontraba en un estado de confusión, con emociones que ni siquiera podía empezar a comprender y que se arremolinaban en su interior.

Antes de que ella pudiera borrar nada, él la agarró de la muñeca.

—Déjeme uno más —le pidió.

La señorita Darrow no dijo nada, y se limitó a soltar lentamente su mano de la de él. La vio darse la vuelta y alejarse, con un aspecto regio, con la cabeza en alto.

Lo que daría por ser un hombre libre del doloroso cepo sobre su corazón y de la tristeza adormecedora. Ser libre para ofrecerse a Maisie Darrow, y pasar el resto de su vida manteniéndola a salvo y haciéndola feliz.

Ese pensamiento aterrador e inesperado, el de intentar proteger otra vida, lo impulsó en la misma dirección que ella había tomado. En unos instantes, estaba de vuelta en la Galería Waterloo, buscando entre la multitud a su amante sin complicaciones.

Había sido un insensato al considerar dejar ir a Elizabeth o incluso arriesgar lo que tenían enredándose con la señorita Darrow. Elizabeth estaba a salvo. Nunca la amaría, lo cual era una bendición. Naturalmente, seguía sintiendo la preocupación de que le ocurriera algo.

Por suerte, a Elizabeth no le interesaba viajar, pues ya lo había hecho mucho en sus años de juventud, al vivir en el extranjero. Cuando salía por Londres, tenía un carruaje grande y seguro, y viajaba con las ventanillas subidas para que no pudiera salir despedida de él. Siempre montaba su caballo lentamente por Hyde Park, al menos cuando iba con él. Además, consideraba que los trenes estaban abarrotados y eran ruidosos y se mantenía alejada de ellos, como el duque de Wellington, al parecer.

Y él sabía que ella no iba sola en pequeños botes de remos, y si lo hacía, estaba seguro de que no perdería uno ni se caería al agua.

Lady Pepperton era perfecta para él. No dejaba las velas encendidas sin vigilancia y se había asegurado de que tenía los conductos de la chimenea limpios para evitar incendios.

¿Qué más podía hacer para mantenerla a salvo?

Debía estar a su lado cuando estuvieran en sociedad, al igual que debió estar junto a Esmera cuando esta viajó a Bath.

Decidido a no dejar que sus pensamientos volvieran a la oscuridad mientras estuviera en Apsley House, finalmente la encontró, con un aspecto totalmente tranquilo, charlando con lord Michael Alder. Eso debería molestarle, ya que sus cabezas estaban cerca, y la reputación de Alder como bribón era infame y bien merecida.

Apartándose de ellos antes de que Elizabeth lo viera y le hiciera señas para que se acercara —o peor aún, lo ignorara, ya que antes le había hecho saber su disgusto—, Jameson se dirigió hacia la mesa de Ned y Caroline Darrow. Al menos podría descubrir si Maisie le había dejado un baile después de todo.

—Se fue, milord —le informó la señora Darrow cuando él preguntó por su paradero—. Un repentino y punzante dolor de cabeza se apoderó de ella.

Frunciendo el ceño, Jameson miró a su alrededor, como si aún pudiera verla.

—¿La dejó irse sola? —No pudo evitar la desaprobación en su tono.

Ned, que permanecía sentado con bastante descortesía, respondió:

—No del todo. Mi hermana se ha marchado en nuestro carruaje familiar con nuestro chofer, no en un coche público. Es capaz de llegar a nuestra casa por sí misma.

Probablemente su hermano tenía razón. Sin embargo, su corazón empezó a latir con fuerza.

—¿Dónde vive? —preguntó Jameson, sintiendo como si cada segundo importara.

—¿Por qué lo pregunta? Seguro que no...

Acercándose, miró a Ned Darrow.

—¿Cuál es la dirección? —Jameson prácticamente siseó.

El hombre parpadeó y tragó saliva, con cara de carpa.

Fue su esposa quien respondió.

—Es en el extremo sur de Cambridge Street, número 163.

—Pimlico —dijo con un rastro de consternación. No era terrible, pero tampoco era Mayfair.

—No es exactamente St. George's Drive —dijo Ned, refiriéndose a la mejor calle de su zona, cerca del Támesis—, pero es un lugar agradable, de todos modos.

Si le ocurría algo de camino a la casa de los Darrow, sería culpa de Jameson. Tan cierto como que ella se había marchado a causa de su espantoso comportamiento, él la había alejado de la seguridad del baile bien iluminado y de su familia, hacia la oscuridad de la niebla londinense, los ladrones y las carreteras llenas de baches que se comían las ruedas de los carruajes a diario, dejando a la gente tirada en el suelo.

Con esa aterradora idea, huyó del baile del Duque de Wellington en busca de Maisie.

# Capítulo 14

Jameson no encontró su carruaje en el trayecto entre Hyde Park y Cambridge Street de Pimlico, ni volcado ni con una rueda rota.

Cuando encontró el número 163, se apeó del carruaje y subió corriendo los tres escalones frontales de ladrillo hasta la puerta arqueada. Todo el diseño era una imitación barata de la casa de Elizabeth en Belgravia, pero no había prostitutas ni matones acechando en la calle de enfrente, así que debía sentirse aliviado.

Llamando con fuerza a la puerta, se sintió impaciente por verla, por asegurarse de que estaba a salvo. No es que esperara que ella le abriera, ya que el señor Darrow debía de tener algún tipo de criado, si no un verdadero mayordomo.

Por eso le sorprendió mucho cuando ella misma apareció ante sus ojos.

Si Jameson pensó que se había asustado, en realidad parecía realmente aturdida, parpadeando como si creyera que él era una aparición.

Levantando una mano hacia el pecho, Maisie dio un paso atrás, lo que él tomó como una invitación y entró.

—¿Qué está haciendo aquí? —preguntó Maisie, moviéndose a su alrededor para cerrar la puerta.

—¿Por qué abre usted la puerta? —preguntó—. ¡Podría haber sido un asesino!

Su sonrisa pícara se impuso a su expresión de sorpresa, y las rodillas de Jameson flaquearon al ver sus hoyuelos por primera vez. ¿Cómo no se había dado cuenta antes de que ella tenía los más encantadores hoyuelos?

—¿Los asesinos suelen llamar a la puerta amablemente? —preguntó ella—. Supuse que lo arrastraban a uno a un callejón y le cortaban la garganta, o que entraban en tu dormitorio en algún momento después de la medianoche.

—No diga esas cosas, ni siquiera en broma —dijo él, aún disfrutando del alivio de verla a salvo en su propia casa.

Y estaba solo, en el vestíbulo con ella. Todavía no había aparecido ningún criado.

—No ha explicado por qué ha abierto la puerta, y ¿dónde están los criados?

—Tenemos un sirviente, pero como se suponía que todos íbamos a estar fuera hasta la madrugada, no está de servicio.

Él echó un vistazo al modesto salón delantero.

—Lo mismo para nuestra ama de llaves. Después de la cena, ella y nuestra cocinera también salieron de permiso. Estaba a punto de irme a la cama —añadió Maisie, señalando la escalera—. No suelo utilizar a una criada para desvestirme, aunque con este vestido, me vendría bien algo de ayuda para quitármelo.

Ella dejó esa frase particularmente vívida y tentadora colgando entre ellos, y la boca de él se quedó seca.

—¿Y su acompañante de esta noche? —preguntó Maisie cuando él no dijo nada más—. ¿Está esperando afuera, en su carruaje?

Todavía distraído por la idea de ayudar a desvestirla, no pudo pensar a quién se refería. En su lugar, se quedó mirando su adorable rostro, enmarcado por unos rizos dorados que a esas horas habían perdido parte de sus bucles. Además, no pudo evitar mirar su boca. Y como estaban quietos, en lugar de bailando y girando hacia un lado y otro, también pudo admirar la longitud de su cuello, sus delicados hombros y su impresionante escote.

El valle entre sus pechos firmes y altos era profundo y misterioso, y él deseaba explorarlo.

Frunció el ceño. Podría coger frío con ese vestido, mostrando tanta piel suave. Pero también se veía absolutamente atractiva.

—Lord Turner, ¿me está escuchando?

En realidad, no lo hacía.

—¿Mi compañera? —repitió, sin estar completamente seguro de que esas fueran sus últimas palabras.

—Lady Pepperton —aclaró ella, remarcando cada sílaba.

Jameson ni siquiera le había dicho a Elizabeth que se iba. Una parte de él se sintió mortificada, otra parte quería reírse de su propio comportamiento.

—Volveré a la Casa Apsley a reclamarla.

—¿Reclamarla?

Él sonrió ante la indignación que Maisie puso en esas dos palabras.

—¿Como si fuera de su propiedad, como un caballo que se aleja de su establo?

Él sacudió la cabeza.

—Solo quise decir que, a última hora, creo que estaba siendo cortejada por otro, y puede que tenga que... —se interrumpió—. Al menos, debo ofrecerle llevarla a casa.

Ella hizo una mueca.

—Puesto que ya estoy en casa y, obviamente, no necesito su ayuda, debo preguntar de nuevo, ¿por qué está aquí?

—Se fue de forma repentina y sola, por eso me preocupé.

—Qué extraño, después de la forma en que nos separamos, ni media hora después está aquí. Recuerde que dijo que no estaría en mi futuro.

—Esto no es el futuro, señorita Darrow. Este es el presente.

Ella levantó las manos, pareciendo exasperada, lo que a él también le pareció encantador.

—Lo cual es todo lo que tenemos, lord Turner. Nadie puede predecir lo que vendrá después, pero usted puede ser irritantemente corto de vista. .

—No veo...

—Precisamente —dijo ella—. Para ser sinceros, no me duele la cabeza. Me fui del baile por su culpa. Antes estuvo realmente desagradable. Excepto por el beso —enmendó ella.

—El beso fue muy agradable —coincidió él, con la mirada clavada en su boca. Más que nada, quería repetirlo. Sin embargo, estar a solas con ella en su casa era aún más peligroso, sin duda una infracción más grave que su anterior transgresión de las normas, y debía marcharse de inmediato.

Por supuesto, no debería haber hecho referencia a su anterior indiscreción. Deberían hacer como si no hubiera ocurrido. Así era como se manejaban estas cosas.

—Tenemos que volver a reírnos —dijo ella inesperadamente—. Como lo hicimos esta noche con su broma de la caverna y la taberna.

—No tengo ganas de reír. —Jameson no tenía ningunas ganas. Maisie Darrow le confundía. En concreto, sus sentimientos por ella lo confundían. Sobre todo, no quería sentir nada por ella en absoluto.

Hablando de no sentir nada, ¿qué iba a hacer con Elizabeth? Siempre había tratado a las mujeres con respeto, pero esta noche se había quedado muy corto.

Se estaba comportando como el bastardo que era, no como el caballero que aspiraba a ser.

—Por favor —le pidió ella, inclinando la cabeza y mirándolo por debajo de sus pestañas marrones, demostrando que todas las mujeres sabían cómo conseguir lo que querían de un hombre—. Cuénteme otro buen chiste.

Jameson recordó vagamente a una joven rubia que le preguntó lo mismo en una fiesta campestre en Sheffield, y se dio cuenta de que debía de ser un recuerdo de Maisie de hacía unos años.

Sacudió la cabeza. ¡Qué mujer tan extraña!

Buscó el primer chiste que le viniera a la cabeza.

—¿Cuándo un amante es como un sastre?

—Oh, milord —dijo Maisie—. Todo el mundo sabe la respuesta: Cuando plancha su traje[7].

No pudo hacerla reír más esta noche. No estaba de humor.

—Será mejor que me vaya.

Ella asintió, pareciendo estar de acuerdo.

—La mayoría de la gente preferiría morir como Juana de Arco antes que como María Estuardo —dijo ella.

—¿Perdón? —¿De qué demonios estaba hablando?

Maisie repitió su extraña frase, lo cual fue un acierto por su parte, ya que él se había distraído mirando sus deliciosos labios.

—La mayoría de la gente preferiría morir como Juana de Arco antes que como María, Reina de Escocia. Al igual que les gustaría más un filete caliente que una chuleta fría —añadió después de una pausa.

Jameson se quedó con la boca abierta ante su irreverencia. Se miraron fijamente. Luego, cuando ella hizo un pequeño gesto con la mano y murmuró «chuleta», él empezó a reírse.

Ella se unió con un delicioso bufido y él se rio con ganas. Maisie soltó una carcajada, en lugar de la delicada risa femenina con un guante en la boca.

La suya era la risa más atractiva que él jamás había oído, lo que le hizo desear besarla de nuevo.

---

[7] Juego de palabras. "Planchar" y "traje" en inglés son sinónimos de "presionar" y "pareja".

De hecho, casi sin darse cuenta, él alzó los brazos, tratando de alcanzarla. Ella no se opuso cuando Jameson la atrajo hacia sí. Ella estrechó sus bonitos ojos, aún risueños.

Era extraño que él nunca hubiera considerado que la risa o las bromas fueran especialmente atractivas. Esmera odiaba la idea de que alguien pudiera reírse de ella o de algo que no entendía, por lo que era una persona más bien seria.

En un momento de sorpresa, Jameson se dio cuenta de que no podía recordar exactamente cómo sonaba la risa de su difunta esposa, lo que le hizo recuperar el control al instante.

Pero se alegró de que Maisie pareciera feliz.

Le importaba su felicidad.

¡Maldita sea!

La soltó con brusquedad y dio un paso alrededor de ella para llegar a la seguridad de la puerta y la calle. Tenía que evitar besarla, lo cual haría con toda seguridad si la abrazaba de nuevo.

—Buenas noches, señorita Darrow.

—Buenas noches, lord Turner. Me alegro de que nos hayamos hecho amigos, después de todo.

Con una inclinación de cabeza, la dejó, deslizándose hacia la niebla de la noche londinense.

Luego se volvió.

—No abra la puerta a nadie más, prométamelo.

—Lo prometo.

Maisie se apoyó un momento en la puerta, pensando que Jameson Turner podría ponerla a prueba llamando de nuevo. Después de un minuto, subió a su alcoba. Era temprano, pero le leería Shakespeare en voz alta a su madre en su cumpleaños. Algo con final feliz, ya que eso era lo que a ambas les gustaba.

Se decidió por *La fierecilla domada*, una de sus favoritas por la relación que se establece entre Petruchio y Catalina.

Cuando se despertó por la mañana, todavía tenía la obra en la mano, un pequeño tomo de cuero rojo, que colocó en la estantería junto al resto de la colección. Hacía tiempo que su hermano había renunciado a pedirle que dejara sus libros en Dumfries. Ellos iban siempre con ella.

Anoche la había besado un hombre que no tenía intención de ofrecerse por ella. Y hoy, al igual que toda la Temporada, su agenda estaba sin duda llena de eventos destinados a encontrar un caballero que hiciera precisamente eso.

Cuando Maisie se dirigió a la sala para desayunar, tenía toda la intención de concertar una visita con Eleanor lo antes posible. Necesitaba desesperadamente hablar con su prima y confidente más cercana, de la que apenas se había despedido en Apsley House.

Sin embargo, antes de que pudiera escribir una breve misiva para enviarla a la casa de los Lindsey, Maisie fue interceptada por Caroline, que entró en la habitación con una mirada decidida.

—Tienes que elegir, Maisie —declaró.

Había dos opciones. Los jardines de Kensington o los de Kew con un paseo por la Casa de las Palmeras. En cualquier caso, habría un picnic.

—¿Sabes a dónde va Eleanor, si es que va a algún sitio? —preguntó Maisie.

—Lo siento, no lo sé, pero no siempre se puede contar con su compañía. Además, yo sí iré.

Maisie apreciaba que Caroline fuera su acompañante, aunque era más agradable asistir a estos eventos con una amiga. Aunque la mujer de su hermano fuera solo unos años mayor que ella, no era lo mismo una mujer casada que una amiga soltera. Pero Maisie seguía considerándose afortunada.

—Estoy agradecida y me alegro de que no te importe ir conmigo. ¿Vamos a salir también esta noche? —preguntó, aún considerando si prefería la mayor proximidad de los jardines al oeste de Hyde Park o ir hasta el río, a Kew.

—Sí, vamos a salir. Esta noche hay una velada en Holland House.

—Entonces estaremos yendo y viniendo todo el día. —Maisie esperaba no sonar como si estuviera lloriqueando, pero estaría igual de contenta de ir a buscar a Eleanor y echar una partida de croquet.

—¿Por qué no nos saltamos los eventos de la mañana y vamos a dar un paseo por Rotten Row? Luego visitaré a mi prima antes de la cena.

—Me gustaría poder decir que sí, pero debes decidirte por una de las excursiones previstas, o a Ned le dará un ataque. Él y tu padre han determinado que esta es tu última Temporada, y todo lo que pueden pagar. Quiero que encuentres a alguien, de lo contrario, puedes acabar en Dumfries atendiendo la casa de tu padre.

Aunque no le importaba pasar el tiempo en la casa en la que había crecido, llena de recuerdos felices en su mayoría, Maisie se estremecía ante una vida sin un marido e hijos.

—Kew Gardens, entonces. Si tenemos que salir, vayamos lejos y hagamos que valga la pena.

—Buena chica. Solo tenías que cambiar tu actitud. Será un día maravilloso. Y no habrá ni rastro de lluvia.

Resultó que Caroline estaba equivocada en ese sentido, y para cuando cruzaron el Támesis y entraron en los jardines botánicos por la Puerta de Elizabeth, el cielo estaba muy nuboso. A Maisie no le importó. La lluvia solía ir y venir, dándole a todo una pátina de recién lavado.

Pronto, junto con un grupo de otras damas y caballeros solteros, dieron un rápido paseo por el recinto. Consiguieron recorrer la Pagoda, dos templos y el llamado Arco Ruinoso antes de que empezara a llover. Por suerte, pudieron guarecerse en la Casa de las Palmeras cuando comenzó el chaparrón.

El grupo de Maisie se encontró con otro grupo que se había refugiado allí.

—Íbamos a tomar unos refrescos frente a la rosaleda —declaró una de sus anfitrionas—, pero si la lluvia no cesa pronto, intentaremos servirlos aquí.

—Así que nos salvamos de la lluvia por estar en una selva tropical —bromeó Maisie, sabiendo que lord Turner le vería la gracia—. El pelo de todas las damas estará encrespado en unos cinco minutos —le susurró a Caroline, ya que la Casa de las Palmeras era un invernadero con una cúpula de hierro forjado, el más grande de todos, y el aire era casi tan húmedo dentro como fuera.

El pelo castaño de Caroline se había escapado de su moño y se erizó casi al instante. Maisie sin duda tenía el mismo aspecto, su pelo rubio se convertía en lana de oveja rizada en cuanto se le soltaran los cortos mechones.

—Es bueno que tengamos mucho tiempo para prepararnos para ir Holland House —dijo su cuñada—. Un baño de esponja fría puede ser conveniente para deshacerse de la sensación pegajosa.

En el ambiente sofocante del invernadero, a nadie le apetecía un té caliente o unas galletas, así que los ignoraron en favor de pasear por la estructura de trescientos sesenta y tres pies de largo.

Maisie se acercó para leer una etiqueta sujeta a una gran palmera.

—Se rumorea que esta planta fue traída a Kew en 1775 —dijo una voz masculina a su lado.

Al volverse, Maisie se llevó una desagradable sorpresa. ¡Lord Granger! Era el bruto que le había quitado toda la alegría de las últimas semanas de su anterior Temporada, haciéndola sentir asustada e insegura de su propio buen juicio.

¿Cómo no lo había visto antes? Debía de ser un miembro del otro grupo. Supuso que tuvo suerte de no haberse encontrado con él antes de este desafortunado momento.

Girando sobre sus talones, decidió no hablar con él, sino solo evitarlo. Entonces sintió su mano en el brazo. Maisie se estremeció de pies a cabeza por la alarma, pero pudo ver a Caroline a pocos metros de distancia y a otros junto a ella. No tenía nada que temer de ese vizconde en particular mientras estuviera en público.

Por lo tanto, se dirigió a él.

—Suélteme de una vez —siseó.

Lentamente, con una sonrisa, él apartó la mano de su brazo.

—Me alegro de verla —dijo, con la mirada fija en sus ojos antes de detenerse en su pecho.

—Puede que no fuese clara la última Temporada —dijo ella—, pero no deseo tener absolutamente nada que ver con usted. No quiero bailar ni hablar con usted, ni siquiera estar cerca de usted. ¿Está bastante claro?

Él abrió los ojos de par en par, pero siguió sonriendo. Con suerte, eso era todo lo que ella necesitaba para alejarlo.

Antes de que él pudiera hablar, Caroline se acercó.

—¿Quieres presentarnos? —preguntó su cuñada.

—No —declaró Maisie—. No tiene importancia y no vale la pena conocerlo. —Luego pasó su brazo por el de Caroline y la instó a volver juntas donde habían venido.

Por suerte, la esposa de Ned tenía la cabeza bien puesta sobre los hombros y no se opuso a Maisie, ni hizo preguntas hasta que estuvieron fuera del alcance de lord Granger. Subieron la escalera circular hasta el segundo nivel, lo que las situó a diez metros por encima del suelo para poder ver mejor las palmeras y otras plantas.

Como hacía más calor, había menos gente en el pasillo que recorría el perímetro de la cúpula central. Y cuando se quedaron solas, Caroline la detuvo.

—Debes decirme de una vez de qué se trataba eso. ¿Quién era?

—Preferiría no hacerlo.

Caroline suspiró.

—Entonces tendré que decírselo a Ned para que lo investigue.

Maisie no quería que se investigara nada. Tampoco quería que Ned se involucrara. Seguro que lo convertiría en un lío, y quizá exigiría públicamente que Granger se casara con ella.

—Muy bien —declaró Maisie—. Solo te diré que Granger es una mosca en el montón de estiércol de la sociedad londinense. Eso es lo que es.

—¿Lo es? —Su cuñada miró por encima de la barandilla, y Maisie se unió a ella para ver al vizconde deambulando, hablando con otros—. Debe de haber sido muy irrespetuoso para que digas eso de él.

—Lo fue. —No quiso revelar cuándo exactamente, ya que eso daría lugar a más preguntas.

Caroline la miró sobresaltada.

—¿Te ha hecho daño, Maisie?

—Solo en mi orgullo. Y no quiero que Ned lo sepa. Por favor, ¿podemos dejar de hablar de él?

—Sí. Pero si veo que ese hombre se acerca a ti, intervendré.

Sus palabras realmente le dieron a Maisie un poco de consuelo. No tendría que enfrentarse sola al libertino.

—Sin embargo, si te vuelve a molestar, deberíamos decírselo a Ned —añadió su cuñada.

Maisie asintió. Sabía que a las esposas y a los maridos no les gustaba tener secretos.

—Muy bien.

Girándose, miró a través del cristal.

—Somos como pájaros en lo alto. La vista debe de ser espectacular en un día claro.

<hr>

El tiempo se había despejado para la velada en Holland House, que en su día albergó los codiciados salones políticos y sociales de lady Holland a principios de siglo, de los que disfrutaron personajes como Byron. Lady Holland se había visto obligada a establecer su «corte» rival al oeste de Londres, ya que, como divorciada, era rechazada por el estrato superior de la sociedad y por la realeza.

Ahora, los eventos eran celebrados y organizados por Henry Edward, el cuarto lord Holland, y su esposa. Cobraban por las entradas y habían vendido gran parte de las tierras circundantes para mantener la casa. Así, Maisie y su familia pasaron por delante de las viviendas de clase media recién construidas, donde vivían comerciantes, artesanos y trabajadores de la finca antes de que su cochero les llevara por la avenida bordeada de olmos hasta la enorme residencia jacobea.

Atravesando la famosa puerta de Iñigo Jones, su carruaje se detuvo en la entrada principal. Incluso a la oscura luz del atardecer, Maisie podía ver el carácter del enorme edificio, con sus torretas y altas chimeneas, sus frontones y ventanas con parteluz.

—Lástima que esté demasiado oscuro para ver los ladrillos —dijo Ned, pero Maisie estaba más interesada en lo que había dentro.

Eleanor había avisado de que estaría allí, y como Simon y Jenny no estaban en Londres, eso podría significar que lord Turner también asistiría, haciendo de carabina.

Las esperanzas de Maisie se desvanecieron cuando vio a su tía con Eleanor en el vestíbulo abovedado. Los bustos de mármol hacían guardia a su alrededor. Y con lady Blackwood vigilando a su hija menor, no había necesidad de lord Turner.

Las primas se encontraron, se besaron las mejillas y salieron corriendo por el vestíbulo interior hacia la gran escalera principal, lo bastante grande como para acoger un ejército, y que ascendía a las salas de recepción de arriba. Había obras de arte y antigüedades por todas partes, muchas de ellas reunidas por la viuda lady Elizabeth Holland durante sus viajes por Europa cuando era joven, lo que hacía que los invitados llamaran a Holland House «La casa de toda Europa».

En otro momento, Maisie sabía que disfrutaría examinando las piezas, pero ahora solo quería hablar con su prima.

En cuanto se alejaron de su familia, atravesando el asombrosamente ornamentado Salón Dorado hasta el contiguo Salón Carmesí, Eleanor apretó la mano de Maisie.

—Cuéntame qué te llevó a marcharte anoche.

En cinco minutos, le había contado todo a su prima, incluyendo la extraña aparición de lord Turner en su casa después del baile.

—Dudo que lo vuelva a ver en mucho tiempo, no hasta que lady Pepperton decida que quiere que la acompañe a otro baile.

—Puedo decir con seguridad que lo verás muy pronto —dijo Eleanor, y la hizo girar hacia la entrada del gran salón.

Allí estaba él, fastidiosamente vestido con su habitual traje de noche gris marengo, entrando con otros invitados y hablando en voz baja con la actual lady Holland.

# Capítulo 15

Maisie esperó a que la excitación inmediata de verlo se calmara antes de hablar.

—¿Crees que ha traído a lady Pepperton?

Eleanor se encogió de hombros.

—No tengo ni idea.

Maisie no podía apartar los ojos de él, hasta que otros invitados le bloquearon la vista.

—Cuando vi a la tía Anne aquí, no pensé que él vendría.

—No está aquí por mi bien —declaró Eleanor—. Eso es seguro. Y si lady Pepperton no vino con él, entonces tampoco está aquí por el de ella. —Dejó que sus palabras flotaran en el aire y parpadeó sus ojos cómplices hacia Maisie.

—Tal vez... su melancolía se haya disipado un poco —propuso esta, aunque parecía poco probable que lord Turner se presentara en un evento con entrada con la intención de disfrutar junto a extraños.

—Deberíamos volver con mi madre y tu hermano antes de que empiecen a buscarnos —dijo Eleanor, y así, sin que

Maisie tuviera la oportunidad de establecer contacto visual con él, regresaron al Salón Dorado.

—¿Te imaginas vivir en una de estas casas? —preguntó Eleanor, sonando repelente.

Maisie se rio. Esa era su prima naturalista, que prefería sentarse en la rama de un árbol antes que residir en una magnífica mansión.

Observó la sala en la que se encontraban. Cada panel de la pared tenía relieves o grabados, tallas, espejos y pinturas. Y, por supuesto, adornos dorados. Era suficiente para que a uno le diera vueltas la cabeza y quisiera cerrar los ojos.

Lo que le faltaba a Holland House, al menos por lo que Maisie había visto, era calidez. Su tamaño la hacía perfecta para las grandes reuniones. Solo podía preguntarse cómo se sentiría un matrimonio, incluso con hijos, al intentar convertirla en un hogar. Seguramente, detrás de todo este glamour se escondía un apartamento más privado y acogedor.

Ella prefería la intimidad de Jonling Hall.

No es que su vida allí pudiera ser más real que vivir en la Casa Apsley del Duque de Wellington o aquí.

—Estoy segura de que a la viuda le gustaba ser la señora de esta finca. Ella realmente hizo de este lugar lo que es.

—Era admirada —convino Eleanor—, pero no solía ser querida. Creo que la palabra más agradable que he oído sobre ella es «formidable». Y la mayoría recuerda su lengua afilada e imperiosa hasta la saciedad.

—Su marido la adoraba, no lo olvides —dijo Maisie—. No creo que le importara un comino lo que pensaran los demás.

Si Jameson Turner la consideraba a ella misma por encima de todos los demás, no le importaría que el resto de la sociedad le diera la espalda.

Su tía los llamó hacia el borde del gran salón, y Maisie no tuvo la oportunidad de mirar detrás de ella para ver si lord Turner había llegado desde el Salón Carmesí.

Esta noche no había tarjetas de baile, y la pista de baile no era muy grande. Más bien, esta noche era una reunión, un lugar para mezclarse, para bailar si uno se sentía inclinado a ello, y para comer un suntuoso buffet. Cuando todos se retiraran a sus casas, quizá alrededor de la una de la madrugada, sus carteras estarían más ligeras por el coste de la entrada, pero con suerte, sus cabezas estarían llenas de buenos recuerdos.

Maisie solo esperaba volver a ver a lord Turner en las vastas habitaciones e incluso hablar con él. Por desgracia, como si su anterior encuentro en la Casa de las Palmeras hubiera anunciado un giro de la mala suerte, también divisó al odioso lord Granger entre la multitud, lo que hizo que su estómago se retorciera de nerviosismo. No necesitaba comportarse con maldad. No era mal parecido, se rumoreaba que tenía una considerable herencia en camino, pero aun así, jugaba con las jóvenes como ella. Solo para divertirse, al parecer.

—Te has quedado callada —dijo Eleanor.

—¿Dónde estabas esta mañana?

—Dibujando —o intentándolo— en Hyde Park, junto al Serpentine.

—Ojalá hubieras venido a la excursión. —Maisie no le había contado a Eleanor, ni a nadie hasta que había hablado con Caroline ese mismo día, sobre su aterrador incidente al final de la Temporada anterior. Si Eleanor hubiera estado con ella en Kew, quizá no habría estado sola ni un segundo. El hecho de que él le tocara el brazo de nuevo y le hablara con tanta despreocupación, le había provocado a Maisie todo tipo de temores inquietantes que no podía reprimir.

—Iré a Kew contigo cuando quieras, siempre que pueda llevar mi cuaderno de dibujo. —Entonces Eleanor sonrió—. Debo admitir que me alegro de que no estemos obligadas a bailar y socializar esta noche.

Maisie asintió.

—Sé que la Temporada es un poco agotadora para tu tranquila sensibilidad. Pero ¿cómo vas a encontrar un marido si no aceptas los aspectos sociales de la misma?

Eleanor negó con la cabeza.

—No lo sé. Sin embargo, no tengo intención de preocuparme por ello. Hay hombres en otros lugares además de en las grandes casas y salones de baile de Londres.

—Cierto. —Maisie había disfrutado viendo a Jameson Turner tanto en la ribera del Don como aquí. El recuerdo la hizo inclinar el cuello para buscarlo de nuevo.

—Si quieres, podemos pasear un poco más e intentar cruzarnos con lord Turner —ofreció Eleanor.

—¿Soy tan evidente?

—Solo para mí, querida prima. Me temo que tu corazón está bien enredado con ese hombre.

—¿Y qué tiene de malo? —preguntó Maisie. ¿No le gustaba lord Turner a Eleanor?

—No me mires así, Maisie. Creo que es un buen hombre cuando está en su sano juicio, pero también, creo que todavía está trastornado. No es el mismo hombre que conocimos en Jonling Hall hace años. ¿No estás de acuerdo?

Ella asintió, pero ciertamente había visto destellos de su yo anterior cuando reían juntos y sus ojos brillaban con una alegría momentánea. Demasiado pronto, volvería a estar sombrío.

—Aun así, si me das el gusto —suplicó Maisie—, ayúdame al menos a estar cerca de él esta noche.

—Por supuesto —aceptó Eleanor, y luego chilló a su maravillosa manera infantil, que sonaba mejor en casa que en el exquisito y refinado Salón Dorado de Holland House.

—¡Maggie! Mi hermana está aquí. No tenía ni idea de que iba a venir.

Sin más, Eleanor se alejó corriendo. Maisie observó que la multitud se había separado para dejar paso a la espectacular y bella lady Margaret Cambrey y a su elegante marido, al que Simon llamaba solo Cam. Dos condes y mejores amigos, casados con dos hermanas.

Lástima, pensó Maisie, que no hubiera un tercer mejor amigo, también conde, para Eleanor. Un hombre amable y gentil con una bonita casa de campo, donde su prima pudiera pasar los días tumbada en la hierba dibujando flores y bichos. Eleanor sería muy feliz, lo que también haría feliz a Maisie.

De momento, dejaría que Eleanor se reuniera con su hermana y ella seguiría explorando la casa. Si se encontraba con Jameson, mucho mejor.

Para ello, Maisie entró en la preciosa biblioteca, que tenía fama de ser una de las mejores colecciones privadas de Gran Bretaña. A pesar de no poder dedicar tiempo a buscar los títulos cuando había tanto más que ver, echó un vistazo superficial a la colección de Shakespeare antes de seguir adelante.

Mientras tanto, los músicos ensayaban en una de las salas de recepción y Maisie se dirigió a la llamada Sala Amarilla, más pequeña, y se quedó impresionada por los antiguos maestros flamencos e italianos. Tener semejante arte en la propia casa...

Pensó con cariño en el paisaje que había memorizado mientras esperaba a Jameson aquel día en Sheffield. Y entonces oyó unos pasos que entraban en la sala, por lo demás desierta. La había encontrado.

Maisie se giró y jadeó.

Lord Granger estaba en la puerta y la respiración se le entrecortó dolorosamente en la garganta. Podría gritar y la gente vendría corriendo. Sabiendo eso se mantuvo en silencio. No le daría la satisfacción de ver su miedo.

—Buenas noches, señorita Darrow. Dos veces en un día, tengo que ver su belleza. Debe de ser el destino.

—Yo lo atribuyo a la increíble mala fortuna.

Como en cada una de las habitaciones, había varias puertas. Maisie bordeó una mesa de la biblioteca y se dirigió a la puerta del fondo.

—Me extraña que no le haya contado a nadie nuestra placentera cita.

Ella se congeló. ¿Creía él que había disfrutado cuando la había apretado contra la pared en una alcoba en la casa de lord Wallingford? La boca de Granger había cubierto la suya, robándole la capacidad de respirar o de gritar pidiendo ayuda. Las manos de él habían recorrido repentinamente su cuerpo, una bajando para apretarle el trasero, la otra ahuecando su pecho antes de que ella consiguiera levantar la rodilla lo suficiente como para apartarlo.

En cuanto él dio un paso atrás, ella huyó.

—Nadie de su familia me ha dicho nunca nada, ni una pregunta ni una petición de matrimonio.

—Jamás me casaría con usted —le espetó ella con la boca seca.

Él se rio.

—Y yo nunca le propondría matrimonio. Es toda una escocesa, ¿no? Gente salvaje y bárbara, conocida por beber la sangre de los muertos. Como si yo quisiera tener algo de su bruta ascendencia en mi familia.

A Maisie le hirvió la sangre. ¿Qué tonterías estaba soltando este idiota?

—No le preocupaba mi ascendencia cuando me asaltó.

—¿Asaltarla? Por favor. Le aseguro que no había planeado derramar mi semilla en usted. O al menos, no dentro de usted.

Maisie no estaba segura de lo que decía, solo sabía que la estaba insultando aún más. Dio otro paso hacia la puerta y la abrió. Sabiendo que podía salir al pasillo en cualquier momento, se giró.

—¡Si fuera tan limpio como para escupir! —Le lanzó las palabras de Timón de Atenas.

Lo vio respirar hondo, con las fosas nasales abiertas.

—¿Qué me ha dicho?

—Debería haber sabido que un bruto incivilizado como usted no conocería a Shakespeare —dijo ella.

Él dio unos pasos hacia ella, pero ella ya no se sintió asustada por él. Podía oír a la gente que pasaba, a las mujeres que se reían.

—¡Chiflado, piel de duende, lengua de asno seca, arenque!

—¡Cómo se atreve!

Maisie se deleitó con la expresión de asombro de Granger.

—¡Usted, marcado por los elfos, abortivo, alimaña!

—Basta —le ordenó él—. Deje de decir cosas tan viles.

Maisie se rio.

—Su cara se está poniendo bastante roja. Verdaderamente, está condenado, como un huevo mal cocido.

Él se había acercado sigilosamente, pero ella tenía un pie sobre el umbral.

—¡Cómo se atreve a hablarme así! —espetó—. ¡Escocesa de poca monta!

Ella no debía redoblar la risa, como quería hacer, porque eso le daría a él la ventaja.

—¿Es eso lo mejor que puede decir? ¡Usted, aborrecido de su padre!

—¡No diga ni una palabra más! —gritó Granger, cargando hacia ella con furia.

—No vale ni una palabra más, si no, le llamaría bribón.

Maisie prácticamente gritó la última palabra antes de huir, chocando con una masa sólida que la detuvo. De hecho, la empujó de vuelta al Salón Amarillo.

Un momento de pánico que le paralizó el corazón dio paso al alivio cuando se dio cuenta de con quién se había tropezado.

—Bien, la ha atrapado —cacareó Granger—. Le enseñaré modales a la golfa. Debería haber terminado lo que empecé el año pasado. —Se acercó a Maisie, que se giró para mirarle—. Entonces no sería tan insolente. Es obvio que solo se le puede dar un uso a su boca insultante.

Todo ocurrió con tanta rapidez, que ella apenas se dio cuenta de lo que estaba pasando. Primero, sintió que el brazo de lord Turner se extendía sobre su vientre, enviándola hacia la puerta detrás de él mientras ella gritaba.

Luego, cuando recuperó el equilibrio, lo vio golpear a Granger, dándole de lleno en la cara. La sangre brotó por todas partes y se dio cuenta de que había visto su nariz rota.

Parecía doloroso. Lord Granger gritó y se sujetó la cara, debía de ser tan grave como parecía.

—¡Bribón! —gritó, aunque sus palabras sonaron amortiguadas con las manos que aún se agarraban la nariz y se tapaban la boca.

—Sea como sea, tengo mejores modales que usted —dijo Jameson—. No manche la alfombra de los Hollands. Probablemente valga más que toda su renta anual.

Jameson se giró y le ofreció el brazo a Maisie, que ella tomó.

Por encima de su hombro, al ver la derrota de Granger, ella recitó una de sus líneas favoritas de *Como gustéis.*

—Deseo que seamos mejores extraños.

---

Jameson se había sentido muy bien al golpear a ese idiota. Era cierto que, antes de convertirse en vizconde, Jameson había pasado más de un par de horas al día en un club de pugilistas, pero casi había olvidado la oleada de vivacidad que un puñetazo bien asestado podía darle a un hombre.

Sin estar seguro de adónde iba exactamente, condujo a Maisie con él hacia las escaleras, las bajaron y luego se pasearon entre los invitados que llegaban tarde. Al fin, salieron a los jardines más cercanos a la parte trasera de la casa. Conocía el camino; había estado allí muchas veces.

—He oído a alguien recitar lo mejor de Shakespeare —le dijo a la silenciosa mujer que estaba a su lado—, y, por el tono de su voz y las citas que elegía, tuve la sensación de que necesitaba ayuda.

Sin embargo, la señorita Darrow no dijo nada, y su mano permaneció agarrada a su brazo.

—Sin embargo, me equivoqué, ¿no es así? Ya había manejado a Granger maravillosamente, deslumbrándolo con sus palabras.

—No son mis palabras —respondió ella.

—Aun así, su aguda memoria hizo aparecer las correctas en el momento perfecto.

—Sí sentí que salían de mi cerebro —admitió ella—. Pero lamento terriblemente haberle empujado a la violencia.

—¿Siente que le haya roto la nariz?

Ella no dudó.

—Por supuesto que no. Se lo merecía.

—¿Me dirá a qué se refería? —Tuvo la sensación de que a ella le había ocurrido algo desagradable en su anterior Temporada.

La sintió levantar un hombro en un gesto delicado.

—Me pilló desprevenida. Pensé que estábamos... —se interrumpió.

Jameson había llegado al jardín que conocía bien y, con un sobresalto, se dio cuenta de que solo había estado allí con Esmera. Pero era hermoso y tranquilo, y había una fuente que calmaba el ánimo y aliviaba la mayoría de los problemas.

Alguien había tenido la amabilidad de poner un banco de piedra donde antes no lo había. La atrajo para que se sentara a su lado.

—¿Pensó que estaba qué?

—Avanzando hacia una relación. Él me había invitado a bailar a menudo y, al final de la Temporada, empezó a monopolizar mi tiempo. Me había vuelto cómoda en su presencia, lo que fue un error. Creí entender sus intenciones. Dejé que me besara una o dos veces, con rapidez, sin que sus manos me tocaran siquiera —añadió.

A Jameson le enfureció saber que la habían engañado, y además de forma calculada. Más aún, la nueva imagen en su cerebro de Granger besando su boca, sobre todo, cuando el canalla acababa de menospreciarla, le hizo hervir la sangre de... ¿celos?

—Supongo que debería haber sabido que no me estaba cortejando en serio cuando dejó pasar las semanas hasta que solo quedaban un par de eventos. Entonces me asustó —admitió ella, y sus manos se volvieron a cerrar en un puño.

—Si pudiera retroceder en el tiempo hasta el año pasado y encontrarse con el pícaro...—. En realidad no pasó nada, solo un tipo de beso diferente, uno que no quería, y luego sus manos estuvieron sobre mí. No creo que quiera volver a hablar de ello, salvo para decir que también entonces conseguí alejarme de él por mi cuenta.

—¿Cómo?

Ella apoyó la cabeza en su hombro, confiando completamente en él, haciéndole sentir indigno. ¿No se había tomado libertades con ella del mismo modo? ¿También sin intención de ofrecerle su mano?

—Pensé en algo que mi madre me había dicho una vez. Era joven, quizá tenía ocho o nueve años, y le pregunté sobre las diferencias entre hombres y mujeres. —De pronto, Maisie rio con suavidad—. Ahora lo recuerdo: mis preguntas fueron provocadas por la mención de una braqueta en una de las obras. —Asintió para sí misma—. Mi madre me dio una idea general de lo que... —Se detuvo y sus miradas se cruzaron.

—Me refiero a cómo se diferencian los hombres de las mujeres, y mamá dijo que les dolía que les golpearan ahí, ya que tenían partes que cuelgan fuera del cuerpo. Así que levanté mi rodilla y toqué con fuerza las partes colgantes de Granger. Se dobló y retrocedió, y yo salí corriendo.

Jameson no pudo evitar reírse y ella se unió a la carcajada.

—Excelente trabajo, señorita Darrow.

—El suyo también, lord Turner.

—Realmente me siento como el simple señor Turner la mayor parte del tiempo. Y para usted, soy Jameson, si me lo permite.

—Me alegra pensar en usted como Jameson, y también puede pensar en mí como Maisie, pero no nos atrevamos a llamarnos así en compañía.

Entonces, Maisie levantó la cabeza y miró a su alrededor. Estaba oscuro, excepto por la multitud de antorchas, así como por las luces que brillaban en casi todas las ventanas de la casa. Sin embargo, al estar en el jardín, entre paredes de arbustos, no creía que los invitados a la fiesta pudieran verlos.

—¿Cómo ha encontrado este lugar? —le preguntó.

Él dudó.

—Ha estado aquí antes —supuso Maisie.

—Creo que nunca le he mentido. Sí, solía venir aquí con mi mujer. Le recordaba a España. Las flores que nos rodean son dalias. Las semillas fueron regaladas a lady Holland cuando estuvo en Madrid hace unos cincuenta años. Fue el bibliotecario de su marido quien cultivó con éxito las primeras. Naturalmente, ahora hay más en Inglaterra, ya que lady Holland creó lo que en su momento llamaron «daliamanía». —Jameson recordó lo encantada que estaba Esmera cuando descubrieron este pequeño paraíso—. A veces veníamos aquí solo a sentarnos, aunque no había ningún banco. Este es nuevo. —Señaló el asiento de piedra que había bajo ellos—. Me gustaba la tranquilidad, y a ella le gustaban las flores, pero tenía que impedir que las cogiera.

Él se rio ante el recuerdo olvidado.

—¿No había venido aquí desde... desde que ella murió? —preguntó Masie con timidez.

Probablemente, Maisie pensó que él era como la pólvora, listo para explotar de ira o de pena en cualquier momento.

—No, no quería importunar a lord y lady Holland. Entonces, cuando me di cuenta de que la casa estaba abierta esta noche, pensé...

—Pensó que le daría un puñetazo en la nariz a un hombre y luego compartiría estas preciosas dalias con su molesta amiga.

—Algo así —dijo él, y no pudo evitar sonreír ante la capacidad de Maisie de aportarle ligereza donde antes todo le parecía pesado.

En realidad, se había preguntado si podría volver allí solo. La idea de entrar en ese jardín sin su propia flor española a su lado le había aterrorizado. Lo más seguro era que se hubiera disuelto en una tristeza abyecta. Maisie lo hacía soportable.

—Me alegro de que esté aquí conmigo —dijo, diciéndolo con todo su corazón.

—Y yo me alegro de que me haya traído. Y es un honor. No me importaría volver aquí a la luz del día y ver mejor los colores.

—La traeré. Son como los de las rosas: rosa, rojo y naranja. También blanco y lila. Sí, debe verlas a la luz del día. Incluso hay un poema, que creo recordar.

—Recítemelo —le ordenó ella.

Él miró al cielo nocturno y pensó. Sí, lo recordaba.

—La dalia que trajiste a nuestra isla tus alabanzas por siempre hablarán; En medio de jardines tan dulces como tu sonrisa y en color tan brillante como tu mejilla.

Maisie aplaudió.

—Lord Holland lo escribió para su esposa —le dijo Jameson. Y él mismo lo había recitado para la suya. Esmera había sonreído y lo había besado.

Ahora, lo había dicho para Maisie, lo que de repente le pareció mal. No podía recrear lo que tenía con Esmera, y si sentía la necesidad de declamarle a Maisie un poema, no debía ser sobre la flor favorita de su esposa muerta.

De repente, deseó haber memorizado algunos sonetos de Shakespeare. Maisie quizá los conocía todos. Pero todos eran sobre el amor, ¿no? Eso tampoco sería apropiado.

—¿Volvemos a entrar? —preguntó, cuando lo único que quería hacer era tomarla en sus brazos, sentir su calor y su corazón latiendo con fuerza contra su pecho y besarla de nuevo.

Todavía no se había puesto en pie cuando ella se volvió hacia él. Estaban muy cerca, con su dulce rostro vuelto hacia el suyo.

Colocando sus manos sobre los delgados hombros de ella, se detuvo, mirando fijamente sus ojos dorados.

Si la besaba ahora, ¿sería diferente de aquel canalla de Granger?

Jameson no tenía derecho a hacerlo, solo porque lo deseaba, solo porque ella era exquisita.

De repente, un ruido que irrumpió en la serenidad del jardín de dalias hizo que ambos se pusieran en pie.

—¡Suelte a mi hermana!

# Capítulo 16

En su fuero interno, Jameson se reprendió a sí mismo por haber bajado la guardia y, al mismo tiempo, quiso poner los ojos en blanco ante lo absurdo de la situación. Se trataba de un asunto serio. Lo sabía, pero también era la segunda vez que Ned Darrow los encontraba juntos y, sin duda, intentaría una vez más obligarlo a casarse con Maisie.

Y por segunda vez, no iba a funcionar.

Se había precipitado voluntariamente y con éxtasis al matrimonio con Esmera, sabiendo que nada podría impedirle conseguir a su amada. Que le maldijesen si se dejaba coaccionar y manipular en sus próximas nupcias.

Mientras fueran solo Ned y su esposa, Maisie les haría entender que solo estaban sentados en el jardín admirando las flores. Ni siquiera mencionarían al odioso Granger y lo que les había llevado afuera para no avergonzarla.

Él y Maisie giraron la cabeza hacia los intrusos. Al mismo tiempo, soltó el agarre de los brazos de ella. Si no la hubiera tocado, no habría parecido tan condenable. Sin embargo, solo tenía sus manos sobre ella. Sus labios no la habían tocado. Todavía.

Maisie jadeó primero al ver hasta qué punto los habían descubierto. No solo el señor Darrow y su esposa. También un grupo de otros invitados, como si hubieran iniciado un grupo de búsqueda. Unos fuertes golpes en las ventanas con parteluz de arriba atrajeron su atención hacia la casa, donde, con la iluminación interior, podía ver con facilidad a la gente que los miraba desde el segundo piso, como una galería de observadores.

¿Qué demonios?

—¿Estás bien, querida? —La señora Darrow se adelantó.

—¡Sí! —dijo Maisie de inmediato—. ¿Por qué estáis todos aquí?

—Te hemos buscado por todas partes —explicó Eleanor, saliendo de detrás de Ned—. Había sangre en el suelo de uno de los salones —añadió—, ¡como en una novela gótica!

—Era la sangre de lord Granger —dijo Maisie, y un grito ahogado se levantó de la multitud.

—Llevaba un pañuelo en la cara —dijo una voz del grupo, confirmando sus palabras.

—Lord Granger se lo dijo a alguien, que a su vez me dijo a mí que habías sido arrastrada aquí por la fuerza —dijo Ned Darrow, y su dura mirada se posó en Jameson—. Parece que tenía razón.

—Mintió —protestó Maisie.

—¿Lord Turner lo golpeó y luego te llevó afuera sola?

—Sí, pero...

—Entonces lord Granger no mintió —declaró Ned.

—Amenazó a su hermana —dijo Jameson—. El hombre es peligroso.

—Sin embargo, es él quien tiene la cara ensangrentada —señaló Ned—. Maisie, ¿te ha tocado lord Granger?

Jameson sabía que la habían puesto en una mala posición. No quería sacar a relucir lo que había ocurrido la Temporada anterior, ya que la mayoría la condenaría por estar a solas con un hombre, sobre todo, cuando la habían encontrado a solas con otro esa noche.

—Maisie me dijo que lord Granger había sido grosero con ella hoy temprano, en la Casa de las Palmeras. —Estas palabras provenían de la esposa de Ned.

—¿Qué? —dijo Ned con visible indignación, volviéndose hacia su mujer—. ¿Y no me lo habías dicho?

Jameson sintió lo mismo. ¿Por qué Maisie no le había dicho que se había encontrado con el pícaro ese mismo día?

—Así, tal vez lord Turner solo estaba defendiendo su honor —dijo razonablemente la señora Darrow.

La multitud de curiosos estaba pendiente de cada palabra e incluso murmuraba comentarios con cada noticia que escuchaban.

—Creo que deberíamos entrar para continuar esta discusión y hablar en privado —dijo Jameson—. O tal vez desee llevar a la señorita Darrow directamente a su casa.

—La mejor manera de manejar esto, lord Turner, es públicamente —insistió el hermano de Maisie—. Nunca salió nada bueno de los secretos. O de que un hombre esté a solas con una mujer.

Jameson miró a la esposa de Ned, pues era una afirmación extraña para un marido, sin duda. En su opinión, ocurrían muchas cosas buenas cuando el hombre y la mujer adecuados estaban a solas.

—Llevar a mi hermana a casa para que pueda desaparecer como una serpiente en la hierba —continuó el señor Darrow—, no le servirá de nada. Además, no veo cómo un hombre puede defender el honor de una mujer llevándola a un lugar apartado y poniéndole ambas manos encima.

La multitud murmuró con aprecio, y Jameson temió que alguien sacara unas sillas a continuación y ofreciera refrescos.

—Ned, me gustaría mucho volver a entrar —intervino Maisie—. Todavía es pronto y hemos pagado las entradas —le recordó.

Jameson estuvo a punto de reírse de su apelación a la cuenta bancaria de su hermano.

—Volveremos a entrar y pasaremos una velada de celebración —convino Ned—, en cuanto lord Turner declare su intención de casarse contigo, si no lo ha hecho ya. Porque no puedo imaginar por qué otro motivo te traería sola a un lugar apartado.

El hombre elevó el tono al pronunciar las dos últimas palabras, y Jameson pensó que Ned Darrow había equivocado su vocación: debería ser un actor de teatro.

—¡Ned! —imploró Maisie, pero la multitud era cada vez más ruidosa.

Jameson miró a su alrededor. Toda la situación de haber comprometido involuntariamente a Maisie había estallado, se le había ido de las manos y se le escapaba entre los dedos. Su inevitable y obligado camino se estaba aclarando. Si se alejaba de ella ahora, la noticia de su ruina se extendería por todo Londres por la mañana, ya que, sin duda, la historia poco interesante de dos personas sorprendidas de pie en un jardín se transformaría en una historia escandalosa de amantes sorprendidos desnudos revolcándose entre las dalias.

Él sería considerado un despreciable canalla que, delante de todo el mundo, destruyó su reputación para que ningún hombre se ofreciera por ella, a menos que ese hombre quisiera que se rieran de él y lo consideraran un incauto.

Y Maisie... su vida tal y como la conocía terminaría. Todas las invitaciones existentes serían abruptamente canceladas, y no habría ninguna en el futuro. Todas las entradas a los eventos de la Temporada serían revocadas. Sería una paria, criticada y rechazada.

Obviamente, Jameson no tenía otra opción. Aunque no la considerara una amiga, que lo era, y aunque no le hubiera salvado la vida, no podía abandonarla al terrible destino que la sociedad repartiría alegremente.

—Por supuesto, deseo casarme con la señorita Darrow —dijo Jameson en voz alta—. Ella es la feminidad perfeccionada. Lo admito, lord Granger también iba a ofrecerse por ella, al menos, eso fue lo que entendí. Mis emociones me superaron y tuve que luchar con él por ella. Como dirían los caballeros de antaño, ¡gané el día y la dama!

Los espectadores aplaudieron. En lugar de la ruina, Maisie tenía dos pretendientes compitiendo por su mano, lo que demostraba su inocencia. No habría ninguna mancha unida a su nombre jamás.

—Solo lamento no haber podido esperar para determinar si su afecto estaba conmigo. Sé que debería haber hablado primero con usted antes de pedirle la mano —Jameson se dirigió a Ned, que asintió como si fuera el mismísimo rey Salomón—. Y puesto que ya le he declarado mi intención hace apenas unos minutos, me habría presentado en su puerta para hacer lo mismo mañana a primera hora.

Mentir entre dientes era más fácil de lo que había imaginado, cuando era para una buena acción como salvar a la señorita Darrow.

—Ahora entraremos y buscaremos un poco de champán de lord Holland —dijo Ned Darrow, pareciendo asumir el papel de patriarca, que solo le correspondía por defecto en ausencia de su padre.

El hermano de Maisie llegó a dar una palmada en el hombro a Jameson, a pesar de que todavía no se había mencionado el envío de una petición formal al padre de Maisie. Tal vez su hermano tuviera realmente la última palabra. Sin duda, eso agilizaría los asuntos del compromiso.

Jameson tragó saliva. En ausencia del mayor de los Darrow, ya sea para dar o no su aprobación, parecía que ahora estaba comprometido con la señorita Darrow. Miró a Maisie, que se había quedado callada. Su rostro también había palidecido. Antes de que él y su nuevo y buen amigo Ned pudieran dar un paso hacia el camino que llevaba de vuelta a la casa, ella los detuvo con sus palabras.

—¿Nadie va a preguntarme si deseo casarme con lord Turner?

Maisie no podía creer los acontecimientos de la noche, la rapidez con la que habían ocurrido, ni el grave giro que habían tomado. En un minuto, ella y Jameson estaban discutiendo los colores de las flores, y ahora, estaban casi comprometidos.

No, estaban comprometidos.

Excepto que nadie le había preguntado si estaba conforme.

Y sabía que Jameson Turner no quería casarse con ella, ni con nadie. Si dejaba que esto continuara, no saldría bien.

—¿Qué quieres decir? —preguntó Ned, mirando con recelo a los que aún escuchaban su drama familiar—. No habrías salido y te habrías sentado a solas con lord Turner si no quisieras aceptar su propuesta de matrimonio, que él ha declarado haberte hecho.

Querido Ned. A pesar de ser a menudo una espina en su costado, se esforzaba por protegerla, o, al menos, por proteger el nombre de la familia.

Ella no podía desbaratarlo refutando la atrevida mentira de Jameson de que le había propuesto matrimonio, ni podía rechazarlo delante de testigos. Eso supondría una desgracia no solo para ella, sino también para su hermano e incluso para Caroline, que estaba junto a Eleanor, al parecer fascinada.

Normalmente no era una persona que se preocupara por esas cosas, pero se encontró haciendo precisamente eso. ¿No había escapatoria? Tal vez Jameson confiara en ella para sacarlos de allí, como lo había hecho la vez anterior, cuando los habían descubierto solos.

—Muchos buenos ahorcamientos evitan un mal matrimonio. —Las palabras salieron de su boca.

Ned y Jameson la miraron sorprendidos. Los ojos de Eleanor se abrieron de par en par y Maisie pudo ver que su prima estaba conteniendo la risa. Pero entonces, esta dio un paso adelante para coger la mano de Maisie como apoyo.

—No van a colgar a nadie —dijo Eleanor—, te cases o no.

¿Le estaba diciendo que esto no era tan serio como parecía?

—Quiero decir —intentó Maisie de nuevo—, algunos prefieren la muerte al matrimonio si la pareja no es realmente la adecuada.

La boca de su hermano formó una dura línea de desaprobación. Al parecer, creía que este compromiso estaba hecho.

—¿Prefiere la muerte a casarse conmigo? —preguntó Jameson, con un tono neutro, mientras ella podía ver la aprensión en sus ojos.

Ella jadeó.

—No, claro que no. Estaba hablando por usted.

—Innecesario —dijo él sacudiendo la cabeza.

La mayoría de los invitados habían vuelto al interior para disfrutar de la música y el baile, así que Maisie volvió a intentarlo.

—Porque, ¿qué es el matrimonio forzado, sino un infierno, una época de discordia y de continuas disputas?

Aunque Eleanor le apretó la mano con ánimo, Jameson suspiró con exasperación.

—Señorita Darrow, he estado a las puertas del infierno, y estoy seguro de que el matrimonio con usted no será nada parecido. En cuanto a la discordia y las peleas, creo que podemos comportarnos sin tener ninguna de ellas.

Apartándose de su hermano, Jameson le ofreció el brazo.

—¿Quiere entrar ya, para que podamos terminar este espectáculo y tomar un poco de champán? Le aseguro que Holland House servirá una copa decente.

Maisie se sintió atrapada, pero no de la forma en que Jameson debía sentirse realmente. Él ponía buena cara, pero ella sabía que no era lo que él quería.

Delante de Ned y Caroline, ¿qué podía hacer?

Maisie soltó la mano de Eleanor y tomó el brazo de Jameson.

—Pueden hacer eso —dijo Ned, señalándolos—, pero nada más. Y no olviden que tampoco deben estar a solas hasta después de la boda.

Maisie quiso rebatirle y sintió que Jameson se tensaba a su lado, pero ambos guardaron silencio. No tenía sentido discutir con su hermano. Era mejor solo acordar que no se cumplieran sus deseos, o incluso ignorarlos por completo.

Porque Maisie sabía una cosa, iba a hablar con Jameson Turner a solas y a convencerle de que dejara de lado esta tontería caballeresca. Su refrán sobre que todo parece mejor con jalea no era aplicable. Ni siquiera la jalea de cardo podría arreglar esto.

Ya estaba pensando en un plan. Cuando pasara un poco de tiempo, nadie recordaría la desafortunada farsa de esta noche. Entonces podrían romper su compromiso, y su reputación no sufriría. Siempre y cuando no los volvieran a sorprender a solas. Porque entonces, ella sería conocida como mercancía sucia, y encontrar un marido decente sería casi imposible.

En cualquier caso, con su mente y su corazón totalmente ocupados por Jameson, no quería buscar otro marido, decente o no.

Por otra parte, le resultaría insoportable estar asociada de por vida con un hombre que estaba enamorado de su esposa muerta.

En ese momento, su presencia afectuosa y amable junto a ella le recordaba el amor que deseaba, ¡por no hablar de los hijos! Ni siquiera sabía si el matrimonio sería real.

¿La llevaría al lecho matrimonial?

Si lo hacía, ¿sería incómodo?

De vuelta al Salón Dorado de Holland House, Maisie se encontró con que era el centro de atención, lo cual era particularmente extraño, dado que la hermosa lady Margaret Cambrey también estaba allí. La hermana de Eleanor solía dominar cualquier habitación en la que entraba. Sin embargo, Maggie no solo se mantenía alejada de cualquier notoriedad, sino que parecía satisfecha de permanecer al lado de su marido y levantar una copa para brindar por los recién prometidos.

Lord Cambrey tenía un brazo alrededor de la cintura de su esposa y sus dedos la acariciaban a través de las capas de ropa. De vez en cuando, Maggie lo miraba al mismo tiempo que él la miraba a ella, y su amor, así como su evidente deseo, dejaba a Maisie sin aliento.

¡Ella quería eso!

Maisie miró a Jameson, que estaba escuchando a Ned hablar, quizá sobre el valor intrínseco de una mujer con una pequeña dote y una predilección por soltar versos, y dudó que viera una mirada así en él.

Dio un sorbo al champán que alguien le había puesto en la mano y trató de no llorar.

------

Maisie se despertó con la sensación de que algo no iba bien, y entonces el recuerdo de la noche anterior, que había durado hasta bien entrada la madrugada, la invadió.

Se levantó de la cama y se quedó de pie en medio de su dormitorio. Si no fuera una mujer comprometida, estaría pensando en qué vestido ponerse a mediodía para una comida que Caroline había mencionado anteriormente.

Sin embargo, no estaba segura de su estatus ni de sus compromisos sociales.

¿Estaba liberada del resto de los eventos de la Temporada? ¿O se suponía que debía ir a disfrutar de la admiración y la envidia de los que aún esperaban encontrar pareja?

Maisie dudaba que Jameson quisiera acompañarla a una multitud de frívolos bailes, veladas y cenas. Todavía estaba de luto y solo iba cuando... Lady Pepperton lo quería.

¡Lady Pepperton!

Maisie gimió. Necesitaba hablar a solas con Eleanor y con Jameson, aunque quizá debería hablar primero con él. Por desgracia, no se le ocurría cómo hacerlo sin causar más daño. Necesitaba a su madre.

Como no podía tenerla, y como Caroline era más leal a Ned de lo que podría serlo a Maisie, decidió matar dos pájaros de un tiro buscando a Eleanor y esperando hablar con lady Anne Blackwood. Su tía había criado a tres hijas y había visto a dos casarse con éxito. Seguramente, la amable tía Anne podría darle algún consejo sobre cómo proceder.

Para ello, Maisie se vistió con un recatado vestido de día y, tras conseguir que Rachel, la criada, la acompañara, se dirigió a la casa de Lindsey, donde la madre y la hermana de Jenny siempre se alojaban cuando estaban en Londres.

Eleanor la recibió, a pesar de la falta de invitación. Pronto, en el salón, con la doncella sentada a distancia con una taza de té y unas galletas para sobornarla y que hiciera oídos sordos, Maisie le había revelado la verdad sobre los horribles sucesos del Salón Amarillo, y luego la falta de propuesta en el jardín.

—Fue manipulado para pedir mi mano. Lord Turner no quiere casarse conmigo.

—Pero ya te ha besado en alguna ocasión, y te llevó a ese jardín aislado.

—¡Estábamos hablando de su esposa! —señaló Maisie—. De todos modos, tuvo la oportunidad de besarme de nuevo y no la aprovechó. Gracias a Dios.

Recordó haber sido descubierta por ese motivo.

—Me habría mortificado que mi hermano me viera besando a alguien.

—¿Crees que Ned besa alguna vez a Caroline? Es difícil imaginarlos en un abrazo verdaderamente apasionado.

Maisie miró fijamente a Eleanor hasta que su amiga se sonrojó y sonrió con timidez.

—Lo siento, supongo que imaginar a tu hermano en esa situación no es algo que desees hacer.

—Definitivamente no. —Maisie puso los ojos en blanco—. Necesito hablar con lord Turner a solas, pero ¿cómo lo conseguiré?

—Tal vez yo pueda ayudar —dijo una voz desde la puerta.

# Capítulo 17

Tanto Maisie como Eleanor giraron la cabeza al oír la conocida voz.

—¡Maggie! —la saludó Eleanor—. No sabía que ibas a venir.

Lady Margaret Cambrey entraba en escena, envuelta en seda azul zafiro y perlas, impresionantemente hermosa de pies a cabeza.

Maisie sonrió.

—¿Cómo lo haces, prima?

—¿Cómo hago qué? —preguntó Maggie y tomó asiento junto a ella.

—Resplandecer, brillar... parecer radiante todo el tiempo.

Maggie se rio.

—Eso es ridículo. Tengo el mismo aspecto que todo el mundo cuando me despierto por la mañana, antes de empezar mi aseo.

—No —dijo Eleanor—, no es así. Te despiertas con polvo de hadas brillando en los ojos y el pelo perfectamente desenredado.

Maggie les envió a ambas una sonrisa. Como todo lo demás en ella, era deslumbrante.

—No he venido aquí para hablar de mí. En realidad, esperaba que Eleanor fuera a verte hoy, y tenía la intención de acompañarla. Pero aquí estás, lo cual es encantador, porque la cocinera de Jenny hace los mejores pasteles de mantequilla para el desayuno. —Se volvió hacia su hermana menor—. Eleanor, pide algunos de esos y café, y tendremos una charla adecuada.

En poco tiempo, estaban felizmente sentadas tomando una improvisada merienda.

—Me gustaría que Jenny estuviera aquí también —dijo Eleanor.

Maggie asintió.

—O acaba de tener un bebé, o está esperando uno. —Revolvió su café y luego lo probó—. Por supuesto, Simon es casi tan guapo como mi Cam, así que puedo entender por qué están en constante estado de reproducción.

Eleanor sacudió la cabeza ante la irreverencia de su hermana, pero Maisie consideró que la condesa tenía razón. Tanto Jenny como Maggie se habían casado con hombres atractivos, aunque ninguno podía compararse con Jameson, en su opinión.

—De todos modos, vayamos al tema importante, ¿de acuerdo? —dijo Maggie, dejando su taza—. Nuestra señorita Maisie está comprometida con lord Jameson Turner. La gran pregunta es si está contenta con ello.

Maisie no había pensado en eso. En verdad, nadie más se lo había preguntado.

Cuando se imaginó convertida en la esposa de Jameson, quiso gritar de asombro, y su emoción principal fue, en efecto, la felicidad. Tenían una forma de hacerse reír mutuamente que ella apreciaba. Además, le encantaba estar cerca de él y su tacto la hacía sentir un cosquilleo.

Pero, sobre todo, quería que él también la quisiera.

Un matrimonio sin amor podría ser, de hecho, un infierno.

—Hm —dijo Maggie—. Una miríada de emociones ha cruzado tu rostro, querida. Estoy segura de que la primera era de felicidad, seguida con rapidez por la duda. Ahora, pareces preocupada. Cam y yo nos quedamos dentro durante la escena del jardín y tu compromiso público, y traté de que los demás se alejaran de las ventanas, pero fue en vano. Dime qué está pasando.

—El espectáculo público de nuestro compromiso no fue nada comparado con el vuestro —le recordó Maisie a su prima. Lord Cambrey se había arrodillado delante de la reina Victoria, la duquesa de Sutherland y la mayor parte de la alta sociedad en un baile en Lancaster House dos años y medio antes para pedirle a Maggie que fuera su condesa—. Incluso decir la palabra compromiso me hace sentir como un fraude —continuó—. Lord Turner está de luto.

—Ha pasado más de un año —señaló Eleanor.

—El tiempo no tiene nada que ver con el luto —le recordó Maisie—. Solo la medida artificial de alguien sobre cuánto tiempo debe vestir una mujer de negro, eso es todo.

—Me pregunto a quién se le ocurrió —reflexionó Maggie—. No importa, si estuviera de luto, no te habría llevado a un jardín a solas, ¿verdad?

—Su mujer solía ir allí por las dalias —dijo Maisie, sintiéndose malhumorada—. Su flor favorita.

Sus primas se quedaron calladas un momento, digiriendo la información. Entonces, Eleanor le recordó:

—Él te había besado antes.

—¿Qué? —dijo Maggie—. Cuéntalo.

Y así, Maisie repasó la breve historia de ella y Jameson, incluso el rescate del río Don.

—Me parece que está interesado en ti. Si me preguntas, tu primer beso hizo que se fuera de Sheffield porque sentía demasiado por ti y no estaba preparado. Ahora, quizá lo esté.

—¿Qué hay de lady Pepperton? —preguntó Maisie. Sus pensamientos habían revoloteado sobre la mujer numerosas veces desde la noche anterior.

—¿Qué pasa con ella? —preguntó Maggie levantando el hombro—. Todo el mundo conoce cómo es y cuál es su relación, o mejor dicho, cómo era. Ella es una mujer muy práctica. Los hombres —y las mujeres— sanos tienen impulsos. Las mujeres no tenemos más recurso fuera del matrimonio que asistirnos a la liberación física cuando nos frustramos, pero los hombres tienen amplias oportunidades de obtener alivio con el sexo opuesto. Ella podría haber sido con facilidad una cortesana a su servicio.

Maisie miró a Eleanor, que tenía una expresión que sin duda reflejaba su propia sorpresa. Que Maggie hablara abiertamente de la autoestimulación y de la prostitución la asombraba.

—No sé qué decir a nada de eso —declaró Maisie, sintiéndose fuera de su ámbito de conocimiento.

Maggie masticó un trozo de pastel con mermelada de fresa.

—No tienes que decir nada —murmuró, y luego tragó—. Yo, en tu lugar, no me preocuparía por la viuda. Sin duda, ya le ha llegado la noticia y, por tanto, sabe que se ha acabado. O lord Turner, siendo el tipo decente que parece ser, la ha visitado para informarle del fin de su acuerdo.

—Aunque sé que no desea casarse...

—Crees que lo sabes —interrumpió Maggie.

Maisie asintió.

—Aunque yo crea que él no tiene interés en casarse, tú sí crees que debería seguir adelante. ¿Por qué?

—Si él te hace feliz, y tú dices que lo hace, entonces todo lo demás vendrá por añadidura —le aseguró Maggie—. Eres guapa, inteligente y amable. Si no te quiere ya, lo hará con el tiempo. No hay razón para pensar lo contrario. Y tiene un buen corazón, primero al intentar ayudar a su padre que, según Jenny, nunca lo trató bien, y luego al comprar Jonling Hall, con la esperanza de devolvérsela a su hermanastro. La forma en que se enfrentó a Granger y luego salvó tu reputación lo demuestra aún más. —Maggie volvió a dar un sorbo a su café antes de continuar—. Es prácticamente un santo. Además de todo eso, tiene una espesa cabellera, buena estatura y un físico bastante atractivo, si se me permite decirlo.

—También tiene unos ojos interesantes —añadió Eleanor.

—Estoy de acuerdo con todo eso —dijo Maisie—, pero su corazón permanece con su esposa. ¿Y si nunca es capaz de entregármelo? Maggie, imagina que te hubieras casado con lord Cambrey y lo hubieras amado como a ti misma, pero que él no te devolviera tu afecto, sino su amistad. ¿No sería eso una tortura?

Maggie suspiró.

—Sí, pero no hay razón para creer que Jameson Turner no se enamorará perdidamente de ti. Una esposa muerta y enterrada no es rival para una viva, por muy fuerte que fuera su amor o por muy vívidos que sean sus recuerdos de ella. Debes causar tu propia impresión en él y crear nuevos recuerdos.

—Y una vez que empieces a dar a luz a sus hijos —señaló Eleanor—, entonces pasarás a ser la primera en su estima.

—Mi querida hermana —dijo Maggie—, sé que hablas con sinceridad y con las mejores intenciones, pero no sabes lo que dices. Mi consejo para Maisie es que se asegure la consideración de lord Turner, en su corazón y en su cama, antes de que ella se interponga en el camino de la familia. Muchos hombres han engendrado un hijo con una esposa sin amarla, y luego se han ido a buscar su placer en otra parte. Si no está profundamente enamorado de Maisie antes de que tenga su heredero, puede que no sea capaz de separar entonces la mujer apasionada que eres de la figura materna.

Sacudiendo la cabeza, los brillantes mechones de Maggie cayeron sobre su hombro.

—Tienes que hacer que te ame y te desee primero, luego, cuando vengan los hijos, no tendrá la tentación de desviarse hacia una amante.

El corazón de Maisie se encogió.

—Me siento como si tuviera mucho trabajo que hacer, mientras que lo normal es que los novios solo disfruten del día de su boda y de su luna de miel.

—Harás ambas cosas —prometió Maggie—, y verás que vale la pena una vez que te ganes su total adoración.

—No has tenido que trabajar ni un minuto con ningún hombre para ser adorada —dijo Eleanor a su hermana.

—Es cierto, pero John y yo tuvimos nuestras propias tribulaciones que superar. Todo el mundo las tiene. De nuevo te digo que merece la pena.

—Me gustaría mucho hablar con lord Turner a solas, a pesar de que Ned dice que no puedo.

—Debes venir a mi casa mañana a las dos. Eso me dará tiempo para avisar a lord Turner para que venga también. No dejaré su nombre por escrito —dijo Maggie, antes de volverse hacia Eleanor—. ¿Puedes llevar a Maisie a la merienda sin mamá?

—En verdad, lo intentaré, aunque no creo que a mamá le importe.

—Probablemente no, pero no querría verse en la tesitura de mentir a Ned y a Caroline si le preguntan.

Todas asintieron solemnemente.

—El día no se levantará tan pronto como yo para intentar la justa aventura de mañana dijo Maisie.

—Ese es el espíritu —estuvo de acuerdo Eleanor.

---

Jameson esperó hasta una hora civilizada de la mañana, una en la que se consideraba más que aceptable ir de visita, y luego otra hora más. No le apetecía el desagradable asunto de reunirse con Elizabeth. En algunos aspectos, tenían un pobre acuerdo. No obstante, dado que llevaba dos meses de exclusividad, ella debería haber sido informada de su final por él, no leyendo los periódicos de la mañana, si es que la noticia había tardado tanto en llegarle.

Como mínimo, debería haber hablado con ella antes de comprometerse. Lo habría hecho, por supuesto, si hubiera sabido que eso iba a suceder.

Estaba comprometido.

Cada vez que pensaba en ello, esperaba que una oleada de miedo se abatiera sobre él. En cambio, salvo el fastidio por haber sido coaccionado por Ned Darrow, Jameson no pudo sacar a relucir ninguna indignación, ni siquiera una verdadera oposición a ello.

Si hubiera sido cualquier otra persona, podría estar sumido en una furia ciega por la súbita pérdida de su libertad y la nueva e incorrecta percepción que el público tenía de Esmera. Ya no se le consideraría un viudo de luto, sino un hombre felizmente comprometido y deseoso de vivir con una nueva mujer.

Eso parecía irrespetuoso y claramente falso.

¿Estaba felizmente comprometido? Como su prometida era Maisie, podía imaginar un futuro de conversaciones y risas fáciles con ella. Así que no estaba infelizmente comprometido.

¿Pero amarla como había hecho con Esmera? No creía que fuera posible hacerlo. Ya estaba encariñado con Maisie, y besarla había sido una revelación de que podía sentir el deseo de nuevo, su cuerpo reaccionando con una intensidad sorprendente, familiar, pero también nueva.

No había sentido nada parecido con Elizabeth, nada más allá de una simple satisfacción física.

Sin embargo, a veces se había sentido más solo despúes y más triste, anhelando volver a la cama de Esmera en Sheffield, a solas con sus recuerdos.

Y recientemente, el recuerdo del primer beso con la señorita Darrow en medio de las rosas ocupaba su mente. La última vez que él y Elizabeth disfrutaron el uno del cuerpo del otro, no pudo dejar de pensar en Maisie.

Entonces debería haber terminado con su amante.

—Te estaba esperando —dijo Elizabeth en cuanto él entró en su salón, después de haberlo dejado esperar de pie durante diez minutos. Ella tomó asiento y le indicó que él hiciera lo mismo, en el otro sofá—. Hacía tiempo que no me cogían desprevenida —dijo—. Lo has conseguido. Tú y tu señorita Darrow.

Jameson estuvo a punto de decir que no era su señorita Darrow cuando se dio cuenta de que ahora era precisamente eso, y que pronto sería su lady Turner.

—No es que no pensara que podría ocurrir —continuó Elizabeth—. No estoy ciega. Solo que no creía que fuera a suceder tan pronto. Uno se mueve rápido cuando encuentra su primera opción en una mujer. —Se aseguró de recordarle las palabras que habían utilizado anteriormente.

—No tuve elección —protestó él.

—Todo el mundo tiene siempre una opción, Jameson.

Él hizo caso omiso de sus palabras, sabiendo que volvería a hacer lo mismo, en lugar de dejar a Maisie a merced de los lobos. Los cotilleos la habrían destrozado, y ella no se merecía eso.

—Tus pensamientos ya van a la deriva —dijo Elizabeth—. No puedes dejar de pensar en ella. ¿Qué pasó con el derecho de tanteo o, al menos, con ser cortés para no ser humillada? Podrías haberme dado la oportunidad de romper públicamente contigo antes de comprometerte. Demostraste a todo el mundo que, después de todo, yo era solo tu amante, alguien fácil de abandonar.

Al parecer, ella tenía muy buena memoria.

—Estoy aquí para ofrecerte mis sinceras disculpas. La señorita Darrow y yo fuimos descubiertos en una posición comprometedora.

La mirada de Elizabeth le hizo enmendar con rapidez su declaración.

—Quiero decir que nos vimos en una situación comprometida, al estar solos en el jardín. Antes de darme cuenta, me vi obligado a dejar que la reputación de la señorita Darrow se arruinara o a comprometerme con ella. —Miró a Elizabeth directamente a los ojos—. Si hubiera habido una forma de mantenerlo en secreto hasta que tuviera la oportunidad de terminar nuestra relación primero, lo habría hecho. No fue posible cuando todos los invitados de Holland House habían sido testigos de nuestra indiscreción.

Ella permaneció un momento en silencio.

—Es difícil culparte cuando estás siendo tan caballeroso. Desgraciadamente, tu caballerosidad es toda para otra mujer, por lo que al menos puedo estar un poco enfadada. —Inclinó la cabeza—. Y también, un poco triste al saber que nos hemos besado por última vez.

—No quiero que estés triste. No quiero que nadie esté triste, especialmente por mí.

Ella se puso de pie, y él también se levantó.

—No te preocupes —le aseguró ella—. No entraré en un declive constante de melancolía. De hecho, voy a ir al teatro esta noche con lord Alder, así que debes disculparme si te despido, pero tengo que encontrar el vestido perfecto.

Jameson sonrió, aliviado hasta los dedos de los pies. Excepto...

—¿Estás segura de lo de lord Alder? Sabes que le llaman lord Vil por una buena razón.

Ella ladeó la cabeza.

—¿Celoso?

Él decidió mentirle. Se lo debía.

—Un poco.

Ella sonrió. Parecía radiante.

—Preveo que él y yo tendremos un acuerdo similar al nuestro, y que no durará más de medio año. Eso sería suficiente con cualquier hombre.

—¿Qué pasó con eso de que te aburrías siendo solo una viuda?

—He cambiado de opinión. La emoción por un nuevo compañero me ha recordado lo agradable que es ser libre para hacer lo que quiera. La idea de tener al mismo hombre en mi vida y en mi cama por el resto de mis años es aterradoramente limitada. Durante nuestro apego, olvidé lo emocionante que es el comienzo de una relación, y pienso mantener mi libertad para tener esta misma emoción siempre que quiera.

En realidad, que ella tuviera tantas ganas de empezar con un nuevo hombre le escocía un poco.

Jameson cogió la mano de Elizabeth, inclinó la cabeza para besar sus dedos y se despidió. Esperaba que Alder la tratara bien, pero eso era una apuesta que ella estaba dispuesta a hacer y que a él ya no le preocupaba.

A continuación, Jameson se detuvo en Crocky's, su antiguo refugio de juego, para pasar unas horas y relajarse. Se lo merecía. Muchos de los hombres le dieron la enhorabuena.

Al principio las rechazó porque, aunque su compromiso era real, también era una farsa. Sin embargo, tras unas cuantas palmadas en la espalda o copas alzadas, empezó a aceptarlas con una sonrisa o una inclinación de cabeza mientras alzaba su copa en respuesta. Porque en el fondo, sentía una sensación de satisfacción al casarse con la señorita Darrow.

Aunque no estuvieran locamente enamorados, aunque no estuviera desesperado por reclamar a Maisie como suya —y alejarla de las garras de cualquier otro posible pretendiente, como había sentido con Esmera—, se sentía satisfecho de salvarla de la ruina.

Después de todo, ya sabía que podía ser un marido considerado. Pero esta vez, debía hacer dos cosas que no había hecho antes: no debía entregarle su corazón y su alma, pues hacerlo le abriría al terror de la pérdida una vez más; y en segundo lugar, debía mantenerla a salvo.

Esa sería su principal responsabilidad.

Cuando volvió a su casa, había una misiva de la condesa, lady Margaret Cambrey, invitándolo a su casa en Cavendish Square.

—¿Cuándo llegó esto? —le preguntó al señor Wynn.

—Justo después de que usted se fuera a casa de lady Pemberton, milord.

Aun así, le pareció poco tiempo. No se le ocurría ninguna razón para no ir al día siguiente, y tenía curiosidad por saber por qué la prima de Maisie quería hablar con él.

Seguramente no sería para felicitarle, apostó.

Aunque era amigo de Simon y, por tanto, también de Jenny y Eleanor, que vivían cerca, la otra prima de Maisie, lady Cambrey, rara vez iba a Sheffield, ni Jameson se movía en los círculos del conde de Cambrey en la ciudad. Eso estaba reservado a los títulos heredados.

—Envíe un mensaje para que acepte, a menos que sea demasiado tarde, en cuyo caso, puede esperar hasta mañana. —Todavía no estaba seguro de cómo se hacían estas cosas.

El señor Wynn asintió.

—Me encargaré de ello, milord.

—No hace falta que me llame así —murmuró.

Suspirando, Jameson hizo que su mayordomo le sirviera un poco de brandy y luego se dirigió a su estudio para escribir cartas: a Simon, que quizá se habría enterado de su compromiso a través de las Blackwood, y a su padre, que no le importaría nada.

Luego, a falta de otra cosa que hacer, e incapaz de asentar sus pensamientos, buscó en su estantería algún libro de Shakespeare, sacando al fin un delgado tomo de sonetos.

Le apetecía más leer una de esas obras trágicas en las que todo el mundo era masacrado al final, con los cuerpos amontonados como hojas en otoño. Eran tan escandalosas que lo transportaban a uno por completo, y sin los complicados engaños de las mujeres haciéndose pasar por hombres, todo el mundo con propósitos cruzados y los personajes principales enamorándose de las personas equivocadas, como había ocurrido en la única comedia que había visto.

Echó otro vistazo. No había ninguna otra obra de Shakespeare en su estantería.

No importaba, decidió Jameson, incluso podría intentar memorizar un soneto o dos para poder impresionar a Maisie la próxima vez.

Después de todo, si lord Roleston podía hacer que sus ojos se iluminaran con una cita, él también podría.

No es que quisiera iluminar los encantadores ojos marrones de Maisie Darrow.

¿No le bastaba con hacerla su esposa?

# Capítulo 18

Maisie nunca se había sentido nerviosa al ver a Jameson Turner. Desde el año anterior, sus sentimientos por él habían pasado de querer ayudarlo a solo desearlo.

Y ahora, sentía una punzada de nervios ante la idea de reunirse con él, lo que la hacía saltarse cualquier cosa pesada para el almuerzo. Además, Maggie sin duda prepararía té y, como mínimo, sándwiches. Sería su primera comida con él desde la cena en Belton Manor del año anterior. Entonces, como ahora, él no sabría que ella estaría allí.

Mientras elegía el vestido ideal, queriendo estar elegante, pero no demasiado, ensayó lo que le diría. Naturalmente, empezaría con una cita acertada. Tal vez «el matrimonio precipitado rara vez da buenos resultados» ilustraría su inquietud, sobre todo, cuando las prisas se debían enteramente a fuerzas externas y no al abrumador deseo de él por ella.

Se decidió por un vestido de algodón suave, de color malva oscuro, con adornos de encaje de tonos más intensos y botones grises recubiertos de tela. Era perfecto, ni recatada como una debutante, ni tampoco demasiado llamativa. Era atractivo, se ajustaba a sus curvas sin ser revelador.

Maisie giró frente a su espejo. Muy adecuado para aumentar la confianza en sí misma, siempre que no se derramara encima.

Horas más tarde, e incapaz de pensar en otra cosa que no fuera ver a Jameson, se sentó en el salón, mirando a la nada, con los guantes y el sombrero ya puestos.

Por desgracia, Ned la encontró en su estado contemplativo.

—¿Qué estás haciendo? —le preguntó sin rodeos.

¿Qué estaba haciendo? Tratando de decidir si aceptaba la oferta de matrimonio de Jameson o le disuadía de que era claramente una mala idea.

—Estoy esperando a Eleanor. Vamos a visitar a Maggie y a tomar el té.

—¿Va a ir Caroline?

—No. —El estómago de Maisie empezó a revolverse. ¿Iba su hermano a dificultar esta salida tan sencilla?

Podía insinuar que Caroline podría estar fuera para mandar a Ned a una búsqueda inútil, pero no podía hacer que su hermano se preocupara por su propia esposa.

—Ha ido a visitar a unos amigos, creo, pero no estoy segura.

—¿Te acompaño a casa de lady Cambrey?

Él insistía en llamar a su prima por su título, lo que irritaba a todos. Siempre había sido solo Maggie antes de convertirse en condesa. Tal vez Maisie podría utilizarlo en su beneficio.

—No creo que sea prudente ir sin invitación a la casa de los condes de Cambrey. Podría ser visto como vulgar.

—¡Vulgar! —repitió Ned, agrandando sus fosas nasales—. Muy bien, aunque no puedo imaginar por qué no sería bienvenido entre mis primos.

—Seguro que en otra ocasión lo serás. —Maisie oyó que un carruaje se acercaba a la puerta de su modesta casa y se levantó.

—Esa debe de ser Eleanor.

Recogiendo su chal y su ridículo, estuvo en la puerta en un instante. Su criado, siempre unos pasos por detrás, no la abrió antes de que ella la empujara hacia dentro y saliera. Para su consternación, Ned la siguió.

Uno de los lacayos de Lindsey había bajado el escalón plegable y mantenía abierta la puerta del carruaje. Ned se acercó a la calesa para asomarse bajo el techo de cuero. Eleanor le sonrió.

—Buenos días, tío Ned. —Siempre le había llamado así debido a la diferencia de edad entre ellos.

—Buenos días, Eleanor. ¿A dónde vas hoy?

Maisie puso los ojos en blanco ante su intento de pillarla en una mentira.

—A casa de mi hermana —dijo Eleanor de inmediato—. Pensé que Maisie te lo habría dicho.

Él se limitó a asentir.

—¿Sin carabina?

—Querido hermano —intervino Maisie—, sé que piensas que las mujeres somos frágiles, pero ni siquiera tú puedes creer que necesitemos a alguien que nos vigile en casa de

Maggie. Y tenemos un cochero y un lacayo, ambos con la librea de los Lindsey, para llevarnos con seguridad.

—Muy bien —dijo él dando un paso atrás y dejando que el lacayo la ayudara a sentarse.

—¿No vas a desearnos que nos divirtamos, tío?

—No, comportaos —le contestó él antes de retirarse hacia la puerta principal.

—Mi hermano es un hombre extraño —dijo Maisie—. Por un momento, creí que iba a intentar venir con nosotras, y entonces habríamos tenido que suspender nuestro plan.

—Maggie se habría ocupado de él —dijo Eleanor.

A Maisie le encantaba cómo sus primas se ayudaban entre sí y, a su vez, la trataban como a una cuarta hermana. Estaría perdida sin ellas.

—Ahora, esperemos que tu prometido venga.

Maisie tragó saliva. La palabra parecía irreal, al igual que su situación.

Cuando pasaron por el recientemente reubicado Marble Arch, y giraron a la derecha en Bond Street, Maisie supo que estaban a solo unos minutos de distancia.

—Es extraño ver el arco ahí de pie, ¿no? —comentó Eleanor, ya que siempre había estado delante de la corte de honor del Palacio de Buckingham.

—Es una gran entrada al parque —convino Maisie—, y me alegro de que hayan limpiado el mármol.

—Eso no durará mucho —dijo Eleanor—. Dicen que la policía lo utiliza como puesto de vigilancia. —Incluso estiró el cuello para mirar hacia atrás—. Imagínate, ahora mismo hay policías escondidos ahí dentro. Sin ventanas.

Pero Maisie había dejado de escuchar, su estómago daba volteretas de nerviosismo cuando Cavendish Square apareció a la vista unos minutos después.

—No te preocupes —dijo Eleanor, notando su retraimiento—. Solo es el primo de Simon. Piensa en él así.

«Solo el primo de Simon», repitió ella en silencio. Su prometido.

Maisie seguía intentando aplacar sus nervios cuando entraron en el salón azul y blanco de Maggie. Llegaron antes de la hora prevista, lo que permitió que el carruaje de los Lindsey diera la vuelta.

Mientras se acomodaban, lord Cambrey, que había llegado a mediodía desde el Parlamento, entró y las saludó amistosamente con la cabeza, dedicándoles su famosa y encantadora sonrisa torcida.

—No pruebes tus encantos con mi hermana y mi prima —dijo Maggie, antes de que él la abrazara.

—No se me ocurriría. —Él la miró y ella a él, y Maisie pensó que iban a besarse.

En lugar de eso, con los ojos puestos solo en su mujer, dijo:

—Tengo que volver a salir. Hay un importante proyecto de ley que va a ser aprobado. He avisado a Simon. Estoy seguro de que llegará pronto a la ciudad.

—Mientras tanto, tú mantendrás todo en orden en la Cámara de los Lores —dijo Maggie, dedicándole su deslumbrante sonrisa.

Él gimió.

—Te quiero.

—Yo también te quiero.

Y entonces, como si estuviesen solos, Maisie vio al conde bajar la cabeza y besar a su esposa, que pareció fundirse en su abrazo.

La piel de Maisie se erizó un poco al ver esta intimidad, pero estaba demasiado fascinada ante semejante exhibición como para considerar apartar la mirada.

—Oh, por el amor de Dios —dijo Eleanor, lanzando un cojín de satén a la pareja, el cual rebotó en la cabeza de lord Cambrey, quien por fin se separó de Maggie.

—Te perdono eso —le dijo esta a su cuñada—, solo porque realmente debo irme ahora.

Maggie le acarició a su marido la mejilla y compartieron otra mirada antes de que él la soltara, saludara con la cabeza a sus invitadas y saliera de la habitación.

Fue entonces cuando Maisie le oyó saludar a Jameson Turner.

Su prometido había llegado.

—Entra —oyeron decir todas a Cam—. Las damas te esperan.

Maggie intercambió miradas con ambos mientras se ponían de pie, y Maisie se encogió, especialmente cuando le oyó repetir:

—¿Las damas?

Jameson estaba en la puerta, con las cejas levantadas.

—Ya he sido asaltado antes —declaró—, pero nunca por tres emboscadoras tan hermosas.

Saludó primero a Maggie, tomándole la mano e inclinándose sobre ella.

—Gracias por invitarme, condesa.

—El placer es mío —le contestó ella.

Luego se dirigió a Maisie y Eleanor, saludando a cada una por turno sin tomar sus manos. Maisie respiró aliviada, contenta de que no se hubiera convertido en algo extraño y formal entre ellos.

—¿Puedo preguntar qué sucede?

—Nuestra querida prima necesitaba hablar con usted a solas, lord Turner —le dijo Maggie—. Eleanor y yo estuvimos encantadas de facilitar este encuentro.

Jameson se volvió hacia Maisie.

—Supongo que su hermano no se alegraría si lo supiera.

—Supone correctamente. Y si mi cuñada lo supiera, quizá sentiría el deber de decírselo.

Él asintió con la cabeza.

—Y con razón. —Luego, miró interrogativamente a Maisie y Eleanor—. ¿Cómo lo haremos?

—Creo que ustedes dos pueden quedarse aquí, y mi hermana y yo daremos unas vueltas por la plaza de enfrente. —Maggie se dirigió a la puerta y Eleanor la siguió—. Tenemos mucho sobre lo que ponernos al día, y luego, si todo el mundo está dispuesto, dada la hora, tengo preparado un almuerzo ligero.

Sin más, la puerta se cerró tras ellas y, por orden de Maggie, Maisie se quedó por fin a solas con Jameson.

—¿Cree que su hermano y su esposa querrán hacer los anuncios formales, las amonestaciones y todo eso, o me adelanto yo? —preguntó Jameson—. ¿Y qué hay de la fecha? No creo que necesitemos un compromiso demasiado largo, ni debemos parecer demasiado apurados. Tal vez cuatro meses. Pero yo hablaría con su hermano de todo esto. Supongo que su padre estará de acuerdo con lo que disponga el señor Darrow, ¿o hay un viaje a Dumfries en mi futuro?

Maisie se encontró sin palabras. Sus palabras zumbaban en su cerebro como moscas azules.

—¿Está bien? —le preguntó él, haciéndole un gesto para que se sentara. Cuando ella se hundió en el sofá, él se sentó a su lado—. Estoy dispuesto a cualquier arreglo que su familia desee.

Ella dio un largo suspiro.

—¿Quiere parar, por favor?

La boca de él se cerró en lo que iban a ser sus siguientes palabras, quizá para decidir la comida de la boda.

—Lo último que dijimos en privado —señaló Maisie—, fue que volveríamos a los jardines de Holland House para ver los colores de las flores. Lo que no tiene nada que ver con el matrimonio. Y sin embargo, se comporta como si ya estuviéramos camino del altar, el cual tiene prisa en tomar solo porque fuimos descubiertos.

Él cruzó los brazos sobre su amplio pecho, pero no dijo nada.

—¿Y bien? —insistió ella.

—No sé qué quiere que le diga. No sirve de nada llorar sobre la leche derramada, como se suele decir.

—A no ser que sea la leche de Macbeth de la bondad humana, de la que al parecer está usted rebosante. Sin embargo, no puedo dejar que se case conmigo. Estás siendo increíblemente caballeroso, pero el sacrificio es demasiado grande.

Él suspiró.

—No lo veo así en absoluto. De hecho, para ser sincero, aunque no lo habría hecho si no estuviera acorralado, no me importa casarme con usted.

Maisie apoyó la cabeza en el sofá y cerró los ojos. No le importaba casarse con ella. De la misma manera que a uno no le importaba elegir un bizcocho de frambuesa en lugar de uno de limón o comprarse un par de zapatos nuevos.

Esta no era la relación que ella quería con un marido, ni había sido nunca su objetivo cuando se acercó a él por primera vez. ¿Lo sabía él?

—Cuando visité Jonling Hall, fui solo para animarle, o intentar hacerlo al menos. No fue pensando en las famosas palabras de Shakespeare: «Estás triste; ¡consigue una esposa, consigue una esposa!».

—¿Famosas? —preguntó él, sonando confundido—. ¿De qué obra es eso?

Maisie no abrió los ojos.

—*Mucho ruido y pocas nueces*. No importa. Lo que importa es que Ned se está aprovechando de su buen carácter, y me parece inconcebible.

—Creo que estamos demasiado metidos en esto como para preocuparnos por eso ahora. —Jameson no sonaba tan molesto como se sentía ella.

—Pero entiende que no me propuse atraparlo, ¿verdad? No pensé en usted como un viudo afligido al que podía enganchar como marido.

Cuando él permaneció en silencio, ella abrió los ojos y vio que intentaba reprimir la risa.

—¿Qué gracia tiene esto? —le preguntó ella, poniéndose seria.

—Ninguna —aceptó él—. Nunca consideré que estuviera intentando atraparme.

Eso fue un alivio.

—Me alegro de que esté aclarado —dijo ella—. Pero, no obstante, sí ha sido atrapado. ¿Y qué hay de lady Pepperton?

Oh, Dios. Ella no había querido mencionar a su amante. Se le había escapado. La expresión de Jameson ahora reflejaba la misma severidad de la suya.

—He hablado con ella y no volveré a verla, excepto en público. Y no deseo hablar más del tema.

Maisie pensó por un momento. Sonaba totalmente desapasionado al mencionarla. ¿Cómo podía ser eso?

—Entonces, ¿ha roto con ella, y le ha parecido bien nuestro compromiso? ¿Sin lágrimas ni recriminaciones?

Jameson suspiró.

—Sus preguntas hacen que sea difícil no hablar más de ella, como acabo de decir.

Sin embargo, Maisie quería preguntar más, sobre todo, cómo podía romper con alguien con tanta facilidad. ¿Podría Maggie estar en lo cierto, y Elizabeth no era para él más que una fulana?

—¿Entonces su acuerdo con lady Pepperton era estrictamente de conveniencia?

Jameson se inclinó hacia delante, tan cerca de ella como había estado desde que entró en la habitación.

—Si le respondo, ¿dejará de preguntar por ella? Porque le prometo que ella no tiene nada que ver con nuestro futuro.

—De acuerdo. —Su voz no sonaba como la suya, sino como un graznido cargado de emociones.

—Sí —dijo él—. Aunque suene indecoroso, nuestro acuerdo era solo práctico. Dicho esto, su compañía me resultaba agradable.

—Por lo tanto, ¿le gustaba como persona?

Él levantó las manos en el aire.

—Una pregunta era todo lo que tenía que responder —murmuró, como si hablara con la pared de enfrente.

Luego se volvió hacia ella, y su mirada azul grisácea se fijó en la suya.

—Es parecido a cuando no le importa hablar con alguien en una fiesta porque si no, se quedaría allí sola.

—Pero estaba haciendo mucho más que hablar. —Maisie no pudo evitar mencionarlo.

Creyó oírle gruñir en lo más profundo de su garganta.

—Está bien —cedió ella—. De todos modos, no quiero saber nada más de ella, siempre que pueda estar segura de que no va a venir a por mí con un ataque de celos.

—Puedo asegurarle que no lo hará. Además —añadió él—, estará en el teatro esta noche con su nuevo galán.

«¡Qué rapidez!», pensó Maisie, sin decirlo en voz alta por si hería sus sentimientos.

—Efectivamente —dijo Jameson, de acuerdo con sus palabras no pronunciadas—. ¿No hay un verso de Shakespeare sobre la rapidez con la que alguien sigue adelante tras el fin de una relación?

Maisie reflexionó sobre esto.

—Julieta lo dijo. «Oh, no jures por la luna, la inconstante luna, que mensualmente cambia en su círculo orbital, no sea que tu amor resulte igualmente variable».

Él hizo una mueca.

—No es muy exacto, ya que lady Pepperton no era mi Julieta, y yo ciertamente no era su Romeo.

Maisie sintió que una brizna de alivio la atravesaba. Puede que tuviera que lidiar con el siempre presente espectro de Esmera Turner, pero no Elizabeth Pepperton.

—De todos modos, hoy no quería hablarle de ella —confesó Maisie.

—¿No? Sin embargo, hemos pasado preciosos minutos haciendo precisamente eso.

Ella ignoró su réplica.

—Quería decirle que tengo un plan para salir de esta farsa.

Jameson abrió los ojos brevemente, luego se sentó y se cruzó de brazos de nuevo.

—¿Tiene un plan?

—Sí, lo tengo. Seguiremos siendo novios durante un buen tiempo, y cuando nadie recuerde por qué se ha visto obligado a proponerme matrimonio, entonces romperemos.

—Imposible —dijo él de inmediato.

—¿Por qué?

—Si lo rompo, entonces me estoy comportando como el bastardo como el que nací, lo cual estoy seguro que muchos siguen llamando a mis espaldas. Engañarla y luego romper un contrato matrimonial me convertirá en un paria. Bien podría presentarme en el Palacio de Buckingham con lepra para la bienvenida que recibiré en cualquier lugar de Londres.

—No puedo creer que le importe tanto.

Jameson se encogió de hombros.

—Aunque no lo hiciera, están Simon y Jenny. Sí me importa lo que piensen de mí, y si creen que la he hecho daño, mi propio primo me apartará de su vida. A diferencia de usted, yo tengo muy poca familia.

—Siempre podemos decirles la verdad —le recordó ella.

Jameson negó con la cabeza.

—Si una persona lo sabe, todo el mundo lo sabrá. Cualquier jugador de cartas lo entiende.

—Entonces seré yo quien rompa con usted. Estoy segura de que no le importará ser la figura amable.

Él ladeó la cabeza hacia ella, lo que Maisie consideró bastante encantador.

—Posiblemente. Pero tendrá que tener una buena razón. Otro hombre, tal vez. No puede solo cambiar de opinión, o no encontrará otro caballero en toda Gran Bretaña que se ofrezca por usted de nuevo. Pero podemos tener en cuenta su plan, si así lo desea.

Con brusquedad, él le tomó la mano, lo que la distrajo e hizo que su pulso se acelerara.

—¿Por qué no me dice por qué está tan desesperada por salvarme de esta terrible trampa?

El pulgar de él rozó la piel desnuda de su muñeca, donde terminaba el guante.

Ella no podía pensar en nada más que en ser la esposa de Jameson y en que él le acariciara la muñeca para siempre.

—Muy bien —dijo Maisie después de unos segundos—. «Los matrimonios apresurados rara vez dan buenos resultados».

No podía contarle su verdadera preocupación: que un segundo matrimonio, sobre todo uno forzado, nunca daría lugar al amor. Como Shakespeare dijo: «Las instancias que mueven las segundas nupcias son viles respetos al ahorro, pero ninguno al amor».

No es que pensara que Jameson se casaba con ella por algo relacionado con el dinero, pero sabía que no lo hacía por amor.

Supuso que mientras pudiera romper el compromiso cuando estuviera preparada, podría dejar que la farsa continuara durante unos meses.

—Entonces alargaremos el compromiso cinco meses —aceptó él—. Es lo que dura toda la Temporada. ¿Quiere quedarse en Londres?

Francamente, ella preferiría estar en Sheffield, o en Dumfries, donde las cosas no eran tan complicadas y su hermano no vigilaba todos sus movimientos. Sin embargo, Esmera había vencido a la sociedad londinense y había sido la preferida de todos los anfitriones y anfitrionas , y Jameson había querido y admirado a la belleza española por su encantos sociales.

Maisie intentaría al menos ser una prometida de la que pudiera sentirse orgulloso.

—Sí, por supuesto —dijo ella—. Después de todo, es la mejor ciudad del mundo. ¿Por qué íbamos a querer irnos?

Jameson dejó de acariciar su piel con brusquedad y ella sintió la pérdida de su tacto.

Y entonces se levantó.

# Capítulo 19

Sus palabras hicieron que un escalofrío de decepción recorriera a Jameson. Por supuesto, Maisie Darrow había encajado a la perfección en todos los lugares en los que la había encontrado. Siempre había aparecido como una llama dorada de belleza, toda rubia y brillante, una bailarina capaz y buena conversadora.

Sin embargo, no le había parecido que le importara realmente la Temporada. Él había imaginado que venir a Londres, aunque fuera agradable para ella, no era más que un medio para alcanzar un fin: conseguir un marido para poder dejar la locura de los continuos eventos sociales.

Había supuesto que ella se sentía como Eleanor Blackwood, que le había dicho que prefería el aire de las afueras de Londres y, desde luego, el cielo nocturno.

Lamentablemente, había supuesto mal.

—De hecho —continuó Maisie mientras empezaba a recorrer el salón de Cambrey, exquisitamente decorado—, será la mejor Temporada de todas, ya que no tendré que preocuparme de impresionar a mis parejas de baile ni bailar con desconocidos. Le tendré a usted.

Jameson asintió, aunque le trajo un doloroso recuerdo de Esmera diciendo algo parecido. Una vez comprometidos, ella había dicho que él era su boleto a la libertad, no más tarjetas de baile o vestidos recatados de color pastel. Como si un prometido fuera solo un accesorio útil.

Un sentimiento de incomodidad por casarse con Maisie se apoderó de él por primera vez. Eso, en sí mismo, debería sorprenderle. Mientras permanecía despierto hasta el amanecer después de regresar de Holland House y le rogaba a Esmera que le perdonara su traición, había sentido una sensación de paz y aceptado el hecho de que estaba en el camino correcto, sintiéndose satisfecho de poder ofrecerle a Maisie su protección.

Parecía alguien que la necesitara especialmente.

Frente a ella, él estudió su rostro pensativo. Era un rostro que no le importaría mirar el resto de su vida, si pudiera eliminar las líneas de preocupación que actualmente marcaban su frente.

—¿Pasa algo? —preguntó Maisie antes de que él pudiera hacer lo mismo.

—¿Cómo avanza una oruga en la moral?

—¿Perdón? —Ella pareció confundida por un momento, luego sonrió y su ceño se desvaneció—. ¿Es una broma, verdad?

—Sí. ¿Lo sabe?

Ella reflexionó, y él supuso que ella podría saber la respuesta, pero que quería dejar que él la dijera. Maisie negó con la cabeza.

—Pasa la hoja.

Ella se rio con suavidad.

—Lo sabía —la acusó él.

—Tal vez.

Lo intentó de nuevo.

—Un coche de alquiler es el único negocio en el que es bueno perder y ganar clientes.

Esta vez, su risa espontánea salió como un bufido. Fue encantador. Jameson se volvió hacia ella y le ofreció la mano. Ella se puso a su lado.

—Si alguna vez nos ponemos demasiado serios, le contaré un chiste —prometió.

—De acuerdo. Me gustaría.

—Enviaré un anuncio formal a los periódicos.

Ella asintió con la cabeza, parpadeando con sus encantadores ojos.

—Mi perro —soltó él cuando se le ocurrió una idea.

—¿Qué? —preguntó ella, obviamente sorprendida—. ¿Otra broma?

Él le puso la mano en la barbilla y le acercó la cara para poder mirarla más de cerca.

—Acabo de darme cuenta de a quién me recuerdan sus ojos.

Ella intentó apartar su mano.

—¿Un perro? ¿Le recuerdo a un perro?

Él sonrió, y la mirada de ella se dirigió a su boca, desconcertándolo.

—No cualquier perro, y solo sus ojos. Sus preciosos y ricos ojos marrones dorados. Me recuerdan al collie de mi infancia, mi compañero constante de niño.

—¿Cómo se llamaba? —preguntó ella, volviendo a mirarlo.

—Le va a gustar.

—¿Me va a gustar? —Esos mismos ojos de los que hablaban le brillaron con alegría.

—Will —le dijo él.

—¡Will! ¿Por William Shakespeare? —Ella dio una palmada.

Él se rio.

—No, por «¿quieres dejar de ladrar?» y «¿quieres dejar de morder mis zapatos?[8]». Era un animal problemático, según decía mi madre desde que era un cachorro, pero yo lo adoraba.

En ese momento, Jameson pensó que también podría adorar a Maisie.

Se inclinó hacia ella y le pidió que le abriera la boca. La sensación no le decepcionó. Sus labios eran tan suaves y cálidos como los recordaba. Cuando los separó para él, le soltó la barbilla y la rodeó con ambos brazos.

Sintió que las manos de ella subían por su pecho y se encajaban detrás de su cuello. Había algo dulce y confiado en la forma en que lo hacía. Sí, era tentador, y su cuerpo reaccionó de inmediato al sabor, el aroma y la sensación de ella.

Sin embargo, besarla y abrazarla también era profundamente reconfortante. Su espíritu se elevó cuando exploró su boca, y su respiración se convirtió en una sola.

---

[8] Juego de palabras. Todas esas preguntas comienzan en inglés por el verbo "will".

Ella era como un bálsamo para todos los pensamientos de tristeza que solían revolotear por su mente de forma imprevista. De hecho, cuando estaba con ella, evitaba el descenso a la miseria que a menudo se producía en sus momentos de tranquilidad. Era entonces cuando recordaba sus últimas palabras a Esmera, o imaginaba sus últimos y aterradores momentos.

Tal vez fuera Maisie la que le salvara de la ruina y no al revés.

Se oyó un golpecito en la puerta del salón, y él retrocedió con rapidez. Cuando la puerta se abrió, estaban a un metro de distancia, con aspecto sereno, aunque él pudo ver una clara diferencia en el color de la boca de Maisie con respecto a antes de que la besara. Sus dulces labios se habían enrojecido y parecían más carnosos.

¿Cómo podía ser eso?

—La señora le solicita en el comedor —dijo la criada.

Justo cuando las cosas se estaban poniendo interesantes. Tendría que haberla besado en cuanto estuvieron a solas.

—Parece que se nos ha acabado el tiempo de intimidad —dijo él.

Maisie asintió con la cabeza, sin dejar de mirarlo.

—¿Pasa algo? —le preguntó Jameson.

—Cuando me besa, mis preocupaciones desaparecen.

Él le cogió la mano y la metió bajo su brazo.

—Yo siento lo mismo, señorita Darrow. ¿Conoce el camino hacia el comedor?

—Sí.

—Entonces, lléveme allí, y veremos lo que sus primas nos tienen reservado.

—«Sigue, Macduff, y maldito sea el primero que grite: ¡Alto, basta!» —dijo Maisie.

—No seré yo quien grite «basta» —le respondió él. Estaba decidido a llegar hasta el matrimonio.

—Ni yo, lord Turner.

Pícara descarada...

<hr>

Maggie y Eleanor estaban discutiendo algo relacionado con el río Great Ouse que pasaba por la casa de campo del conde y la condesa en Bedfordshire. Algo sobre la pesca, pero la mente de Maisie había divagado mientras miraba a Jameson. Lo mismo había ocurrido con el plato de sopa de puerros y los sándwiches de jamón en pan de molde fino servidos con queso cheddar y piccalilli. Nada demasiado elegante, pero todo bastante delicioso.

No había conseguido convencerle de que no se casara con ella, pero no había descartado del todo su plan de cancelar el compromiso al cabo de unos meses, si podía hacerse sin consecuencias. Él quizá pensaba que ella tendría que desear a otro hombre para que eso pareciera real. Ella nunca desearía a otro hombre.

Cuando se tocaban y cuando la besaba, era perfecto. Sin embargo, ella sabía que él podía hacer esas cosas con una mujer y no tener su corazón comprometido. Para él, ella podría ser una cuestión práctica —una palabra que estaba empezando a detestar—, como lady Pepperton.

Incluso en el lecho conyugal, podría realizar el acto sexual con ella y no sentir más que con su amante. Maisie nunca notaría la diferencia. Excepto que ella sabía que él había amado desesperadamente a Esmera. Su matrimonio había sido real por completo.

—Has soltado un suspiro, Maisie.

La voz de Maggie interrumpió sus pensamientos. Cuando parpadeó y salió de su ensoñación, se dio cuenta de que había sido sorprendida mirando a Jameson mientras este tomaba un té y se zampaba un trozo de bizcocho de vainilla con glaseado de limón. Tres pares de ojos la miraban.

Sintió que sus mejillas empezaban a calentarse.

—¿Quieres un trozo de pastel? —le preguntó Maggie.

—Está delicioso —dijo Jameson—. Estaba a punto de pedir otro. Creo que el mío era pequeño.

Eleanor sonrió.

—Creo que usted tenía la porción más grande, milord.

Todos se rieron, y Maisie se alegró de la facilidad con que conversaba con sus primas. Ned era torpe en la mayoría de las situaciones sociales, lo que obligaba a Caroline a rectificar todo lo que él decía.

En realidad, Jameson sería el marido ideal, salvo que ya lo había sido para otra persona. Para ella, sería solo un marido de mentira.

Para no rumiar esta deprimente idea, Maisie se sirvió un trozo de pastel y lo devoró en silencio.

—¿Acompañará a Maisie al baile de Parkland dentro de dos noches? —preguntó Maggie, llenando el silencio.

En lugar de responder, Jameson la miró con una ceja levantada, interrogante.

Su primera aparición en público como pareja comprometida. Todas las miradas estarían puestas en ellos. La gente detectaría con facilidad si lo suyo era una unión de afecto o algo totalmente distinto. Todos habían visto los matrimonios concertados en los que ambas partes habían entrado en un acuerdo comercial y voluntario por el título o el dinero. Nadie desaprobaba algo así, pero algunos, las mujeres, sobre todo, lo consideraban una lástima.

Más bien un desperdicio de dos corazones que podrían ser más felices con otra persona.

Mucho peor era un acuerdo en el que solo una de las partes estaba dispuesta a participar. Solía ser también la mujer, obligada por sus padres o tutores.

Maisie se estremeció. Esto podría ser mucho peor. Podrían haberla sorprendido en el Salón Amarillo con Granger. Su hermano habría intentado que se casara con él, y entonces Granger habría contado a bombo y platillo a todo el mundo su rechazo a los escoceses.

Tuvo mucha suerte.

—Espero que sea mi acompañante en el baile de Parkland —le dijo a Jameson—. Nada me gustaría más. Tendré que ir con Ned y Caroline, por supuesto, pero una vez que llegue, reservaré todos mis bailes para usted.

—La recogería en su casa si fuese lo correcto —le dijo él.

—Supongo que en algún momento se nos permitirá ir en el mismo carruaje si Ned está con nosotros, o tal vez incluso Caroline, pero no creo que mi hermano considere que Eleanor sea una carabina adecuada.

Si conseguía pasar algún tiempo a solas con Jameson, al margen de la pista de baile, Maisie se consideraría realmente afortunada.

—Una boda en otoño —dijo Caroline durante el desayuno dos mañanas después—. Es una gran idea.

—Depende de dónde se celebre —replicó Ned, a pesar de que la cuñada de Maisie había estado hablando con ella y no con él al ver el anuncio en el periódico.

—Se ve muy bien en la impresión —continuó Caroline—, lord Jameson Carlyle Turner se casará con la señorita Maisie Marion Darrow.

—Apenas es un vizconde —resopló Ned—, pero estoy satisfecho de haber hecho lo mejor posible por ti. —La miró fijamente—. No lo estropeemos, hermana. Si no le gusta Shakespeare, no lo ahuyentes. Envié un mensaje directamente a papá hace unos días. Intentaremos llevarlo a tu boda cuando llegue el momento. Me sorprendió la duración del compromiso, francamente. Le da a Turner demasiado tiempo para echarse atrás.

—Él no haría eso —dijo Maisie—. Es más probable que sea yo quien... —Cerró la boca con brusquedad.

¿En qué demonios estaba pensando?

—¿Quién qué? —le espetó Ned.

—En asustarme. —Eso sonaba real. Mejor que revelar que ella sería la que rompería el contrato si la falsedad de su relación se volvía demasiado pesada y tortuosa para ella.

—¿Tú? ¿Asustarte? —dijo Caroline—. No lo creo, querida.

—Más vale que no —dijo Ned—. Vamos a vender esa vieja y ruinosa casa de Dumfries. Entonces, ¿dónde vivirás cuando no estés con nuestras primas o conmigo?

Ésta era la primera vez que Maisie oía hablar de ello.

—¿Dónde va a vivir papá?

—Con suerte, contigo —dijo Ned.

—¿Qué? ¿Por qué nadie me lo ha dicho? ¿Estás diciendo que papá vendrá a vivir conmigo y con Jameson estando recién casados? Él odia Londres.

—En Londres no, tonta —se burló Ned—. Querrá mudarse a Jonling Hall contigo.

—¿Por qué no iba a vivir contigo y con Caroline? —Su hermano y su esposa tenían una ordenada casa al sur de Dumfries, en el río Nith, a apenas veinte minutos de su hogar familiar.

Ned apartó su silla y se levantó.

—No tienes nada que opinar. —Y salió de la habitación.

—No lo entiendo —le dijo Maisie a Caroline.

—Lo siento, pero tu padre no quiere vivir con Ned y conmigo. Creo que son demasiado guisantes en una vaina, pero no se puede tener a dos hombres así bajo el mismo techo. Con suerte, tu marido estará dispuesto.

—¿Y si no?

Maisie amaba a su padre, pero él nunca había sido demasiado demostrativo en su amor por ninguno de sus hijos. Había dejado que su madre se encargara de la crianza. Y después de la muerte de esta, se había convertido en un individuo aún más espinoso, pasando todo el tiempo en su cabaña elaborando cerveza, dejando a Maisie bajo la vigilancia de Ned y abandonando a este a su suerte.

No podía imaginar que su padre quisiera mudarse a Sheffield y sentarse frente a ella cada noche como invitado en su casa, como tampoco podía imaginar que invitara al príncipe consorte a tomar el té. Tampoco podía esperar que su padre fuera feliz viviendo en Inglaterra.

—¿Está papá contento de vender su casa y mudarse?

Caroline negó con la cabeza.

—No creo que Ned haya pedido la opinión de tu padre sobre nada de esto. Todavía.

¡Oh, Dios! Ned se estaba extralimitando, como la vez que compró un rebaño de ovejas y su padre le había ordenado que las devolviera, humillando a su hermano. O como cuando trató de plantar lúpulo en sus tierras más bajas, queriendo complacer a su padre. En cambio, Fintan Darrow se había reído de su único hijo, llamándolo granjero.

«Los Darrow no son agricultores, muchacho», le había dicho a Ned, aunque su hermano ya era bastante mayor.

Maisie no estaba segura de qué eran los Darrow, y solo sabía que su apellido significaba algo relacionado con un roble. Antes de que su padre dejara de hacer casi nada, excepto fabricar cerveza, pescar y beber, había sido sargento del ejército británico y había luchado en el este, en el Emirato de Afganistán. Se negaba a hablar de ello incluso cuando, siendo una niña, ella había descubierto algunas de sus armas y le había preguntado.

Maisie no podía imaginarse qué iba a hacer Ned con semejante legado, pero su hermano se había abierto camino en el mundo como había podido. En realidad, no estaba muy segura de lo que hacía en todo el día.

—Desde luego, preguntaré a lord Turner su opinión sobre el asunto —prometió Maisie, a pesar de pensar que no estaba en condiciones de presionar a su padre ante un hombre que, quizá, sería mucho más feliz si nunca la hubiera llevado a su precioso jardín de dalias.

❦

Muchas horas más tarde, vestida no con uno de los vestidos de Jenny, sino con su mejor vestido nuevo de mujer recién comprometida, todos los pensamientos sobre su padre huyeron cuando Maisie entró en el salón de baile de Parkland. Aunque no era tan grandioso como Apsley o Holland House, era un lugar de prestigio y estaría muy concurrido. Y lo más importante, estaría con su prometido.

Al pasar por la fila de recepción, con el cuello estirado para ver a Jameson, Maisie hizo una reverencia cuando llegó hasta el gentil duque, cuya esposa había fallecido hacía apenas un año, y que ahora presidía el evento junto a su hermana. Ambos tenían más de ochenta años, y ella no podía sino asombrarse de su resistencia para seguir organizando bailes a una edad tan avanzada.

Ned y Caroline estaban detrás de ella, y esperaba que dentro de muchos años, ella y su hermano siguieran a su lado.

Como el conde y la condesa de Cambrey ya estaban allí, y Maggie estaba saludando sin darse cuenta, fue fácil encontrar a Eleanor, que prefería permanecer cerca de su hermana mediana en lugar de alejarse para hablar con extraños. En cuanto Eleanor la vio, se cogieron de la mano.

—¿Ya está aquí? ¿Lo has visto? —preguntó Maisie.

—No lo he visto, siento decirlo.

—No importa. No he cogido la tarjeta. Mira. —Y levantó el brazo con solo un guante de organza transparente, pero sin lazo colgante ni carné de baile.

Eleanor suspiró y levantó su propia mano.

—Yo sí. Y hasta ahora, dos caballeros han escrito sus nombres. Era conveniente tener a Maggie aquí para que pudieran presentarse a ella y a John, y que luego ellos me fueran presentados adecuadamente.

—¿Te gusta alguno de los dos?

Su prima se encogió de hombros.

—Demasiado pronto para decirlo. No eran repulsivos. Es todo lo que puedo decir.

En ese momento, un toque en su hombro la hizo girar para ver a... Lord Roleston.

—Oh —dijo ella, sorprendida por la profundidad de su decepción.

—Buenas noches, señorita Darrow. Señorita Blackwood…

Maisie había recuperado sus modales, y tanto ella como Eleanor hicieron una reverencia.

—¿Me concede un baile? —le él preguntó a Maisie—. Prometo que no haré nada escandaloso como reclamarle los siguientes.

—No reclamará ninguno. —Jameson estaba de repente a su lado.

Lord Roleston frunció el ceño.

—¿Qué demonios, Turner? ¿No puede un hombre tener su turno?

Jameson le cogió la mano a Maisie y la apoyó en su brazo.

—No con mi prometida. ¿O es que no se ha enterado?

—¿De veras? He estado fuera del país desde que nos conocimos en Apsley House. No hace tanto tiempo de eso. ¿Está diciendo que usted y la señorita Darrow están comprometidos?

—Así es. —Jameson sonaba bastante satisfecho de sí mismo, lo que llenó a Maisie de satisfacción.

—¿Me está tomando el pelo? —Lord Roleston se dirigió a ella directamente.

—En absoluto, milord. Y si mi prometido no desea que baile con nadie más durante nuestro compromiso, estaré encantada de cumplir sus deseos.

—Yo tengo algún hueco —intervino Eleanor, tal vez para salvar al vizconde de la vergüenza.

—Por supuesto —dijo lord Roleston—. Estaba a punto de preguntarle a usted.

Después de garabatear apresuradamente su nombre en la tarjeta de Eleanor, Roleston felicitó a Maisie y a Jameson antes de hacer una reverencia y desaparecer entre la multitud.

—Solo he llegado cinco minutos tarde y ya he tenido que rechazar a mis rivales —dijo Jameson.

Estaba muy guapo con su traje negro, su camisa blanca almidonada y su pañuelo lavanda con guantes a juego.

—No hay demasiados, milord. No creo que sea una tarea a tiempo completo.

—Estoy seguro, señorita Darrow, de que tiene usted muchos más admiradores de los que ha notado. Solo el color de su cabello la hace destacar como un faro brillante. No se ofenda, señorita Blackwood.

—No me ofendo —dijo Eleanor—. Es solo un hecho de la naturaleza que mientras tenemos un buen número de rubias y morenas más claras en Inglaterra, las personas con el pigmento dorado de Maisie, o la falta de pigmento, son escasas.

—Ahí tiene, Turner —dijo el duque de Parkland, en voz demasiado alta debido a que era bastante duro de oído. Se había abierto paso entre sus invitados para llegar a Jameson, pero ahora que lo había alcanzado, miró más allá de él.

—¿Dónde está? Estaba deseando ver a su encantadora esposa.

Maisie pudo sentir cómo el brazo de Jameson se convertía en piedra bajo su mano, mientras los que estaban lo bastante cerca como para escuchar jadearon en silencio.

# Capítulo 20

No fue un comienzo auspicioso para su primera aparición social como pareja. Maisie sabía que no lo había hecho con malicia, pero era el peor momento posible para que el viejo duque cometiera un error.

Jameson se apartó de ella para prestar toda su atención al anciano. Todo el mundo guardó silencio a su alrededor. Incluso Maggie y su marido los miraban, mientras los que les rodeaban se volvían para ver el espectáculo.

Maisie deseó que hubiera algo que pudiera hacer. En ese momento, deseó poder convertirse en Esmera solo para aliviar el dolor de Jameson. Sin embargo, solo podía permanecer inútilmente a su lado, no era la mujer que su anfitrión quería ver y, desde luego, no era la mujer que Jameson quería.

—Mi esposa murió el año pasado —dijo Jameson escuetamente, y el rostro del duque de Parkland se arrugó por la sorpresa.

—¡No! —protestó—. ¿El año pasado? ¿Acaso lo sabía yo? Lo siento mucho, muchacho. Una dama tan extraordinaria. Nunca olvidaré haber bailado con ella.

—Ella también disfrutó bailando con usted, Su Excelencia.

—Hablamos mucho esa noche. ¿Se acuerda? Pasé gran parte de mis años de juventud en España. Hermoso país. Hermosa mujer, su esposa. —Su mirada se paseó por Maisie, encontró claramente que su aspecto carecía de algo destacable, y luego volvió a Jameson.

Maisie solo esperaba que el duque no le preguntara cómo había muerto, pues era algo bastante espantoso, más que morir de gripe o cólera.

—Yo también perdí a mi esposa hace poco —continuó el noble—. Estuvimos sesenta años juntos, pero no fue suficiente. ¿Lo entiende?

—Sí. —Jameson sonó ahogado—. Lo entiendo.

Maisie se sintió impotente.

Jameson no dijo nada más, y el duque lo miró fijamente, era obvio que aún estaba digiriendo la información del prematuro fallecimiento de Esmera.

—Me aseguré de tener vino español a mano para ella esta noche.

Jameson gimió, y Maisie no pudo permanecer más tiempo en silencio.

—Alteza, es maravilloso que recuerde a la difunta lady Turner, al igual que todos recordamos la naturaleza generosa de lady Parkland. Tal vez podamos reconfortarnos con el siguiente pensamiento: «La muerte no conquista a ninguna de las dos mujeres. Porque ahora viven en la fama, aunque no en la vida».

Ambos hombres la miraron. La palidez de Jameson era un poco gris. El duque parecía pensativo, y luego asintió.

—Esta joven dice la verdad —dijo en voz alta.

—Oh, la frase no es mía, Alteza —protestó ella—. Es de Shakespeare.

—En cualquier caso, buenas palabras, y bien dichas.

Su hermana se acercó a él y le susurró algo al oído.

—Me despido de los dos —dijo.

Maisie hizo una reverencia baja y Jameson se inclinó.

El duque asintió a cada uno de ellos antes de tomar el brazo de su hermana. Mientras caminaban entre los invitados, su voz retumbante llegó hasta ellos:

—La esposa de Turner también ha muerto. ¿Pueden creerlo?

—¿Quiere tomar el aire? —le preguntó Maisie a Jameson de inmediato.

Este asintió con la cabeza y caminó rígido hacia la puerta. No la había cogido del brazo, ni siquiera se lo había ofrecido, y Ned insistiría en la corrección de una carabina si ella salía con él.

Mirando su figura en retirada, le dolió el corazón. ¿Había algo que pudiera hacer para ayudar?

—Si Ned viene a buscarme.... —le dijo a Eleanor. Luego se detuvo y sacudió la cabeza—. No importa. Al diablo. Voy a ir tras él, y Ned tendrá que aceptarlo.

Con eso, Maisie se apresuró en la dirección que Jameson había tomado antes de que desapareciese de su vista.

***

Jameson sabía que lo había manejado mal. Debería haber presentado a Maisie como su prometida. Seguramente ella estaba furiosa con él. Pero Esmera estaba de repente a su lado. Podía ver su vestido de seda naranja flameante la noche en que había hipnotizado al duque de Parkland. El anciano había quedado encantado y, junto con la duquesa, se habían sentado en un rincón tranquilo y él había escuchado a su mujer y al duque hablar de España.

Ahora, ambos estaban sin sus esposas.

Lo que daría por doblar la esquina y ver a Esmera con el mismo vestido, los ojos brillantes y los labios rojos abiertos en una sonrisa. Se sentía más feliz en ese tipo de ambiente, sobre todo cuando era adorada por alguien tan importante como Su Gracia. Y Jameson había adorado ver su felicidad.

Todavía no había nadie fuera, ya que el baile acababa de empezar. Solo, caminó hasta el borde de la terraza y luego bajó los escalones para perderse en el exuberante jardín. En el centro del mismo, o lo que él suponía que era casi el centro, había una gran estatua de mármol que miraba hacia arriba. Con las manos apretadas, soltó un fuerte grito.

Hacía tiempo que no hacía algo así, y nunca fuera de la intimidad de su propia casa o carruaje.

Escuchó en el silencio que siguió. Los demás invitados no vinieron corriendo, así que supuso que no sería escoltado a Bedlam esa noche. Pero entonces, unos segundos después, oyó pasos. En realidad, apenas los oyó en el camino de grava y no los habría oído en absoluto si no hubiera estado escuchando atentamente.

Eran zapatillas de baile, no zapatos de hombre. Imaginó que podía oír el movimiento de su vestido. Ella había respondido a su llamada.

Cuando los pasos se acercaron, él cerró los ojos y pidió un deseo.

—Esmera… —susurró, y luego se volvió, justo cuando Maisie entraba a la luz de la luna. Con su pelo dorado y el satén azul pálido brillante, tenía aspecto de ángel.

Ella vaciló, y en esa vacilación, él supo que lo había escuchado y que le había causado dolor.

—No —dijo ella—. Lo siento. Solo soy yo. Quería ver cómo estaba. Le dejaré a solas.

Cuando ella se dio la vuelta para irse, algo dentro de él cambió. Era mucho lo que estaba en juego: su futuro, un matrimonio y posiblemente su descendencia. Sin embargo, seguía esperando cartas que nunca más podrían estar en su mano. Y al hacerlo, se arriesgaba a perderla.

¿Qué le pasaba a él, que vivía en la nebulosa falsedad de los recuerdos?

—Espere —dijo él, y ella lo hizo. Eso, en sí mismo, era una bendición, porque ella podría haber seguido adelante y dejarlo con su miseria. Y con razón.

Le tendió la mano y Maisie la tomó, dejando que la acercara hacia sí. Él necesitaba sentir su calor.

Durante largos minutos, se limitó a abrazarla, y ella se lo permitió. Su presencia le hizo más fuerte, expulsando los vestigios de recuerdos no deseados.

—Lo siento —murmuró él contra la parte superior de su cabeza.

—No hay nada que lamentar.

Jameson se encogió de hombros.

—Debería haberla presentado adecuadamente a lord Parkland.

—Le tomó por sorpresa.

Ella se lo estaba poniendo fácil. Él intuía que vivir con ella siempre sería fácil. Libre de dramas.

Una vez más, quiso comparar, ya que había tenido su cuota de encuentros dramáticos con Esmera, pero esta vez, se detuvo.

—Su cita ha sido muy oportuna, y se lo agradezco. —Se inclinó hacia atrás y la miró—. ¿Sabe que su hermano quizá esté a punto de aparecer aquí, furioso?

—¿Qué puede hacer? ¿Obligarnos a casarnos? —dijo Maisie.

Los dos se echaron a reír, y toda la tensión desapareció. ¿Cómo había conseguido ella hacer eso?

Ya no sentía ganas de aullar de tristeza o incluso de agitar el puño con amargura ante el giro del destino. La vida continuaba, y él podía estar allí y reír y sentir afecto por otra mujer.

—Me gustaría mucho bailar con usted esta noche.

—A mí también me gustaría —aceptó ella—. Primero, cuénteme otra chanza.

Como se estaba preparando para besarla, la petición le tomó desprevenido.

—Muy bien. —Había escuchado algo en el club recientemente—. La señora Fulana le dijo a la señora Mengana: «¡Qué ojos tan negros tiene ese bebé!». Y la señora Fulana le respondió: «Sí, su padre es pugilista».

El encantador rostro de Maisie se iluminó con una amplia sonrisa.

—Esa es una buena.

—Lo es —dijo Jameson. Las palabras salieron de él llenas de emoción y agradecimiento.

Y entonces no pudo esperar ni un segundo más para besarla. En cualquier caso, era lógico que las parejas de novios se escabulleran para conocerse mejor. Así era como algunos sabían que debían romper un compromiso y otros decidían adelantarlo.

Los labios de ella bajo los de él eran perfectos, y cuando él tocó su lengua a lo largo de sus comisuras, ella los separó. La sensual sensación de deslizar su lengua entre los suaves y gruesos labios de ella hizo que la sangre corriera con fuerza por su cuerpo. Sus manos bajaron hasta su trasero y, sin preguntarse si a ella le importaría, metió la mano por debajo del polisón y lo apretó.

Ella jadeó, y su agarre de la camisa se hizo más fuerte. Cuando él inclinó las caderas de ella para acunarlas contra las suyas, ella gimió y, al instante, su miembro, en contacto con su calor, se endureció. Por primera vez, Jameson pensó que un largo compromiso podía ser una tortura.

Pero eso no le daba derecho a destrozar la reputación de Maisie antes del matrimonio. Al retirarse, le mordisqueó el labio inferior, tirando de él antes de soltarlo.

—Me ha gustado —confesó ella.

—Me alegro mucho, porque espero que podamos hacerlo a menudo. —Volvió a cogerle la mano, la levantó en alto y la hizo girar en círculos para admirarla—. Todavía no me he tomado la molestia de decirle lo encantadora que está con ese vestido. Está impresionante. El azul le sienta de maravilla.

Ella bajó la cabeza, lo que a él le sorprendió. ¿Se estaba sonrojando?

—El único defecto que veo —continuó él, lo que hizo que ella levantara la cabeza—, es que el escote parece un poco alto. Hable con su costurera para que no le muestre su escote a su prometido, ¿quiere?

Y la sonrisa volvió a aparecer en su rostro.

Jameson le puso la mano en el brazo, y la condujo de vuelta para poder bailar con su espectacular prometida. La verdad es que le gustaría ver un poco más de los hermosos pechos de Maisie y no podía esperar a la noche de bodas, cuando por fin la vería por completo.

Haría todo lo posible para hacerla feliz.

━━━━◈━━━━

Al volver a entrar en la mansión Parkland, Maisie pensó si debía decir algo trivial sobre lo mucho que le gustaba el vino español. Quería asegurarle que no lamentaba en absoluto que el duque lo hubiera servido esa noche. Tal vez debería ofrecerse a brindar por Esmera con él. Sin embargo, no creía que Jameson estuviera preparado para eso.

De todos modos, ella prefería el vino francés. El clarete era su favorito.

Milagrosamente, su ausencia parecía haber pasado desapercibida, o quizá Eleanor y Maggie se habían encargado de distraer a Ned. En cualquier caso, cuando sonaron las primeras notas de un vals, Jameson la llevó de inmediato a la pista de baile. Estar en los brazos de él se había convertido en lo que más le gustaba, junto con que la besara.

Recordando la excitante manera en que le había tocado el trasero, ella casi podía imaginar lo emocionante que sería la noche de bodas. Casi. Él la desnudaría y luego se quitaría su ropa. Vería a Jameson Turner completamente desnudo. ¡Qué maravilla!

—¿Está bien? —le preguntó él.

—Sí, ¿por qué? —la voz de Maisie salió entrecortada al imaginarlo desnudo.

—Se ha saltado un paso.

—¿Lo hice?

—En realidad, casi me hace tropezar. Me habría desparramado por el parqué y posiblemente me habría roto el cráneo.

Se estaba burlando de ella.

—Apenas dudé —protestó ella.

Sus anchos hombros estarían disponibles para que ella pasara sus dedos por encima. Y luego su pecho desnudo y su estómago. Observó su rostro. El hombre más guapo que podía imaginar sería suyo. Y entonces podría tocarlo... todo. Maisie tragó saliva.

—¿Por qué me mira así?

—¿Así cómo? —graznó ella, lamiéndose los labios, repentinamente secos. La mirada de él se dirigió a su boca, y su interior dio un vuelco.

¿Cómo iba a romper su compromiso, si lo único que quería era que el tiempo volase para que él fuera su marido?

—Como si yo fuera el último trozo de carne asada del plato.

Maisie apenas podía reírse por la sensación de pesadez y cosquilleo entre sus caderas. Al mismo tiempo, juraría que sus pezones se habían endurecido.

¿Lo habían hecho? Todo su cuerpo la estaba traicionando con un motín de sensaciones destinadas a hacerla seguir adelante con la mala idea de casarse con un hombre que amaba a un fantasma.

Puede que ella no le inspirara amor, pero tras cada beso, estaba más segura de haber conseguido inspirarle deseo.

A la mañana siguiente, Maisie bajó la escalera vestida con un traje de montar azul, su favorito. Dado que Jameson la había halagado al verla vestida de azul la noche anterior, quizá solo se pusiera ese color cuando estuviera en compañía de él.

—Es ridículo —murmuró para sí misma, imaginando un vestuario entero de un solo color. La gente se reiría de semejante afectación.

—¿Qué es ridículo? —preguntó Ned—. ¿Y a dónde vas?

—A cabalgar con lord Turner.

—No —dijo él.

—Sí —dijo ella—. Ned, tú no eres mi padre, y yo no soy una niña. Aprecio mucho que te preocupes por mí —añadió, cuando él se sonrojó—. Sin embargo, no voy a ser gobernada por ti por más tiempo. Soy una mujer comprometida. Ya se ha hecho el anuncio. Lord Turner no incumplirá el acuerdo. Y no me comportaré como una debutante durante los próximos cinco meses. Me comportaré con el debido decoro, te lo prometo, y siempre tendré una tercera persona conmigo cuando esté con él. —Al menos en público.

La boca de Ned se abrió y se cerró. Luego emitió un largo suspiro de desprecio.

—¿Quién te acompaña hoy? —preguntó.

—Eleanor y Maggie. Deberían llegar en breve.

—¿Las dos?

—Caroline estaba ocupada, y la condesa de Cambrey se ofreció a unirse a nuestro pequeño grupo. —Ella lanzó el título de Maggie para impresionarlo.

Más aún, si solo hubiera venido Eleanor, habrían tenido que permanecer cerca como las páginas de un libro, ya que Maisie no dejaría que Eleanor montara sola, como tampoco lo haría ella. Con sus dos primas cabalgando juntas, era más probable que ella y Jameson tuvieran la oportunidad de pasar algo de tiempo a solas.

—Si lo planeas con antelación la próxima vez —dijo Ned—, estoy seguro de que Caroline estará disponible. O incluso yo mismo.

—Lo haré —prometió ella.

Los dos oyeron el sonido de los caballos en el exterior y, adelantándose a su hermano, Maisie se dirigió a abrirle la puerta a sus primas. Al asomar la cabeza hacia fuera, divisó la alta figura de Jameson a caballo mientras sujetaba otro por las riendas.

—Parece que todos son puntuales —dijo Ned a su lado.

Maisie cogió su fusta del atril del vestíbulo. Estaba a punto de bajar los escalones de la entrada cuando se acordó de hacerle una pregunta a su hermano.

—¿Le has escrito a papá sobre mi compromiso? —Solo podía suponer que había tenido el suficiente sentido común como para redactar una carta en términos respetuosos pidiendo el permiso de su señor. Si su hermano había dado a entender que su padre no tenía nada que decir en el asunto, temía que fuera tan probable que prohibiera el matrimonio como que no lo hiciera.

—Sí. Envié un mensaje directamente.

—Cuando recibas una respuesta, te agradecería que me hicieras saber lo que ha dicho.

Ned le hizo un gesto cortante y cerró la puerta.

Sus primas estaban ya a lomos de sus caballos, pero Jameson tuvo que traerle a Maisie una montura de su propio establo. Ned y Caroline solo tenían un caballo de tiro en Londres, y Caroline se lo había llevado, junto con el carruaje. Maisie se sintió aliviada, ya que su caballo tenía muchos años y no era del tamaño ni calidad de los que montaban los Cambrey, los Lindsey o Jameson Turner.

—Bonito tiempo —le dijo Maggie—. ¿Vamos a entrar a visitar a Neddy unos minutos?

—No —dijo Maisie, mirando detrás de ella la puerta cerrada.

—Maravilloso —añadió Maggie, con malicia—. Por cierto, estás preciosa de azul.

Maisie sabía que ese color era también el favorito de su prima, y tuvo la suerte de que Maggie estuviera hoy vestida de gris pálido.

Eleanor llevaba un traje de montar de color pardo que le sentaba bien, y se bajó del caballo para abrazarla.

—Buenos días, lady Cambrey, señorita Blackwood, señorita Darrow —las saludó Jameson y desmontó también—. Un día perfecto para dar un paseo.

—Lo es —dijo Maggie—. ¿A dónde vamos hoy?

—Ya que estamos aquí —dijo Maisie, con el brazo alrededor de Eleanor—, creo que deberíamos ir a Battersea. Hay un jardín de té y, por supuesto, los campos.

Jameson la miró con el ceño fruncido.

—¿Por qué pone esa cara? —le preguntó ella sin rodeos, antes de que pudiera pensarlo mejor.

—¿Qué cara? Es solo que el puente de Battersea apenas se sostiene en pie. Me imagino a todos nosotros precipitándonos al Támesis.

—¿De verdad? —Maisie no había leído ninguna advertencia en los periódicos—. He pasado por encima de él varias veces hace poco.

—Quizá debería dejar de hacerlo —dijo Jameson.

Ella se rio y luego se dio cuenta de que hablaba en serio.

—Estoy segura de que el puente puede soportar otro día más —dijo ella—. Y si nos apetece dar un largo paseo, podemos volver por el puente de Vauxhall. ¿Considera que ese es seguro, milord?

—¿Se está burlando de mí? —preguntó él, guiando su caballo hacia ella.

—Solo un poco. Se lo plantearemos a las otras damas. ¿Alguna de vosotras tiene objeciones para cruzar el puente de Battersea?

—Todas sabemos nadar —dijo Maggie, como si eso pusiera fin al asunto.

—Y tenemos a lord Turner para salvarnos si nos vemos en dificultades —le recordó Maisie.

Aunque aquel había sido un día aterrador en la orilla del río Don, Maisie lo recordaba con cariño. Por la forma en que Jameson la miraba, quizá él también lo hiciera.

Sin más respuesta, él le tendió las manos enguantadas y ella se subió a la silla de montar, enganchando la pierna en el pomo.

—¿Bien? —preguntó él.

—Todo listo —aceptó ella.

Cuando Jameson le guiñó un ojo, ella pensó que era uno de los gestos más íntimos que había recibido.

Luego, él juntó las manos para que Eleanor se subiera a su silla de montar. Cuando hubo montado, se pusieron en camino, formando una comitiva con Maisie y Jameson en la retaguardia.

—Manténganse cerca y alertas —dijo él—. Las avisaré si se acerca un carruaje por detrás.

Eleanor se revolvió en su silla de montar para enviar a Maisie una mirada interrogativa. Lo único que ella pudo hacer fue sacudir la cabeza. Jameson parecía tomarse muy en serio su seguridad, pero ella esperaba que él se relajara y se divirtiera después de haber cruzado el Támesis.

La verdad es que era una maravilla pasear a caballo sobre el ancho y caudaloso río, muy diferente a hacerlo dentro de un carruaje. La estructura de madera se balanceaba un poco con la ligera brisa.

—¡¿No es maravilloso?! —gritó Eleanor.

Maggie no parecía tan emocionada, y avanzaba con paso firme, manteniendo el rostro alejado del río. Maisie no creía que a su prima le importaran las alturas, pero no era una temeraria trepadora de árboles como Eleanor.

—Seguid avanzando —aconsejó Jameson—. Salgamos de esta cosa infernal.

Maisie había estado en el puente las suficientes veces como para que no le preocupara lo más mínimo, pero no pretendía alarmar a nadie, así que hizo lo que él decía. No sería prudente decirle que a veces se detenía en el centro y veía pasar los barcos por debajo.

Cuando llegaron al otro lado del Támesis, giraron a la izquierda para ir río abajo, hacia los campos. Los pájaros revoloteaban cerca de los pastos pantanosos, y el cielo azul era brillante.

Maisie esperaba que todos fueran tan felices como ella. Los caballos se abrieron en abanico, y Jameson cabalgó más cerca del río, mientras Eleanor y Maggie lo hacían hacia el campo. De repente, algo se cruzó delante de Maisie y su caballo se encabritó.

En cuestión de segundos, había pasado de un agradable paseo a gritar asustada y aferrarse al cuello de su montura, con el peligro de resbalar.

# Capítulo 21

Si su pie se enganchaba en el estribo y este caballo, desconocido para ella, se encabritaba, Maisie podía resultar gravemente herida. Por eso se aferró a él mientras la bestia movía sus cascos delanteros y parecía acercarse a un ángulo casi vertical. Y entonces, ocurrió.

Cuando el caballo volvió a ponerse a cuatro patas, con Jameson a la cabeza sujetando la brida, Maisie se acomodó de nuevo en la silla. Mientras recuperaba el aliento, sus primas la rodearon.

—Bien hecho —dijo Eleanor—. Has aguantado como uno de los jinetes de Philip Astley.

—¿Estás herida? —preguntó Maggie.

—No, estoy bien. Solo un poco nerviosa.

Jameson no había dicho nada, pero mientras los demás seguían cabalgando, no soltó la brida del caballo de Maisie.

—Deberíamos volver a casa de inmediato —dijo él con los labios apretados.

—¿Por qué? —Maisie miró a sus primas, que trotaban en dirección al jardín de té, en el extremo más alejado de Battersea.

—Porque casi se mata, y sería una locura seguir como si no hubiera pasado nada, solo para que vuelva a suceder con resultados trágicos.

Ella le prestó toda su atención.

—No he estado a punto de morir. Sí, me asusté un poco, pero no más que el caballo.

—Podría haber resbalado de la silla de montar.

—Es cierto, pero no lo hice. Y si lo hubiera hecho, podría haberme roto un hueso como mucho o magullarme la espalda. —Decidió no mencionar sus problemas con el estribo y la posibilidad de ser arrastrada a la muerte.

—¡Maisie! —exclamó él, llamándola por primera vez por su nombre de pila. Lástima que no lo dijera con un tono suave y amoroso. Más bien, sonaba exasperado, e incluso enfadado.

—Por favor, suelte la brida y continuemos —dijo ella—. Estoy bien, y no deberíamos dejar que se adelanten tanto.

—Mi corazón sigue acelerado —le dijo él, pero soltó su caballo.

—Como el mío —admitió ella—. Pero eso no significa que quiera dejar de montar. No tengo miedo. Los cobardes mueren muchas veces antes de morir. Los valientes solo prueban la muerte una vez.

Con eso, Maisie impulsó a su caballo hacia adelante, y alcanzaron a los demás.

Jameson permaneció callado durante el resto del viaje, y también vigilante. De hecho, dos horas más tarde, cuando estaban cruzando el puente de Vauxhall para volver a casa, Maisie se dirigió a él.

—Basta, por favor. Me siento como un animal en el zoológico.

Eso le hizo sonreír a Jameson.

—*Beautifulis Britannicus*[9] femenino en exhibición —dijo este.

—*Beautifulis* no es una palabra —señaló ella, pero sintió que la felicidad fluía por ella como melaza caliente.

Él se encogió de hombros.

—El significado está claro.

—Adulación —se burló Maisie, bajándose la chaqueta, a pesar de saber que la llevaba en su sitio, al igual que sus rizos rubios, artísticamente recogidos a un lado y colgados sobre el hombro. Su criada había hecho un gran trabajo para ponerla presentable.

—No —protestó él—. Los halagos suenan a algo falso. Realmente creo que es una mujer hermosa. Y no hay nada malo en que se lo diga. Después de todo, es mi prometida.

—Todavía estoy tratando de acostumbrarme a esa noción.

—Yo también —aceptó Jameson—. Pero me parece bien.

Parecía estar de buen humor, y Maisie decidió abordar lo que podría ser un tema turbulento.

---

[9] Pseudo latín: Belleza británica.

—¿Cómo se sentiría si mi padre viniera a vivir con nosotros?

Su expresión registró sorpresa.

—Como apenas ha mencionado al hombre, no tenía ni idea de que estuviera considerando la idea.

—No lo estaba, pero Ned dijo que nuestra casa de Dumfries se va a vender. Al parecer, papá va a vivir conmigo.

Jameson hizo una pausa.

—Si tuviera que elegir entre vivir con Ned o con usted —dijo al fin—, la elección estaría clara, así que no puedo culpar a su padre. ¿Es fácil de tratar?

—Yo no diría eso. —Ella deseó poder decir algo positivo de su padre—. Se mantiene mucho al margen y es muy reservado.

—Así que podemos ponerlo en un armario, y estará perfectamente satisfecho.

No pudo evitar el resoplido de risa que le produjeron sus palabras. Luego se cubrió la cara con su mano enguantada. ¡Dios mío! Había sonado como un jabalí.

Pero él ignoró su carcajada, excepto por una breve e irónica sonrisa.

—Mejor que sea su padre quien esté con nosotros, y no el mío —declaró Jameson—. En cualquier caso, nos ocuparemos de lo que surja sobre la marcha.

—Gracias.

Él ladeó la cabeza.

—¿Por ser razonable?

—Sí. —Maisie pensó que él era muy amable. Ella había tenido una suerte extraordinaria de que de todos los hombres con los que Ned la había obligado a dejarse cortejar, al final hubiera sido Jameson el elegido.

—¿Se da cuenta de que preguntar por el futuro significa que ya no planea romper nuestro compromiso después de unos meses y huir con otro hombre? —preguntó Jameson.

Tenía razón. Cada momento que pasaba con él hacía que ese plan pareciera imposible.

—«Que uno podría leer el libro del destino y ver la revolución de los tiempos» —dijo Maisie.

—¿Quién sabe lo que depara el futuro? —Jameson se hizo eco de su cita.

—Exactamente.

* * *

Jameson estaba deseando recoger a Maisie en su casa y llevarla al teatro. No se le ocurría mejor manera de disfrutar de Shakespeare que con una mujer apasionada por su obra. Él no había frecuentado el teatro al vivir en la campiña de South Wingfield, donde no había nada más interesante que una casa solariega del siglo XV. Había una iglesia aún más antigua, donde su madre, Callie Turner, estaba enterrada después de haber permanecido toda su vida cerca de la casa del despilfarrador padre de Jameson.

No estaba seguro de si su madre había esperado que lord James Devere la elevara de doncella empobrecida a dama de la mansión, o fue solo no vio ninguna razón práctica para mudarse. En cualquier caso, allí permanecieron, hasta que un día, con bastante naturalidad, cuando él tenía dieciséis años, su madre le dijo quién era su padre.

Extrañamente, Devere, el hijo menor de una familia prominente, no lo negó, quizá porque, incluso entonces, su padre pensó que Jameson podría serle útil.

Después de trasladarse a Londres para dedicarse a la vida de jugador, Jameson no vio ningún sentido en ir al teatro. Más tarde, como hombre casado y con una esposa que prefería la ópera, se contentaba con lo que ella quería, incluso con verla cantar palabras que él no entendía desde sus asientos en el palco. Y aunque a Esmera también le gustaba el ballet, no le gustaban las obras de teatro, sobre todo las recitadas en inglés isabelino.

Esperaba que Maisie no lo considerara demasiado inculto por apenas conocer las pocas tramas de Shakespeare que había encontrado. Le había entusiasmado especialmente esta obra, *Ricardo II*, por los afamados actores que la protagonizaban, Charles Kean como el rey Ricardo y John Ryder como Bolingbroke.

Jameson no sabía si había una obra sobre algún otro rey Ricardo, ni tampoco sabía nada sobre el segundo, pero tenía la intención de hacer lo posible por seguirla. No podía ser peor que la ópera, y tenía el placer de contar con la edificante compañía de Maisie.

Por desgracia, Ned y Caroline se sentarían con ellos, ya que las cuatro entradas ya habían sido adquiridas, y Eleanor había accedido a renunciar a la suya para que la pareja de recién prometidos pudiera ir juntos.

El exterior del Teatro Real de la Princesa, en Oxford Street, era más bien sencillo, con puertas dobles bajo una marquesina, pero el interior era elegante y grande, y el edificio se extendía hasta Castle Street. Y lo que era más importante, su dirección había sido asumida un par de años antes por el estimado Charles Kean, al que Maisie estaba tan emocionada por ver actuar, y se había convertido en el lugar de las representaciones de Shakespeare auténticamente históricas, a menudo coprotagonizadas por la esposa del actor.

A pesar de los tres palcos, los Darrow no tenían uno propio, y a Ned no se le había ocurrido preguntar —o quizá no había querido hacerlo— a los Lindsey o a los Cambrey, si alguno de ellos poseía uno. Así que los cuatro encontraron sus asientos en el foso, como lo llamaba Maisie, unas diez filas más atrás del escenario.

Ella estaba entusiasmada, con la cabeza en vilo desde el momento en que entraron en el auditorio, mientras Jameson se contagiaba del ambiente que reinaba a su alrededor.

—El palco real está vacío —dijo Maisie, pero eso no disminuyó en absoluto su expectación.

Ned ocupó el asiento del pasillo con Caroline a su lado, luego lo hizo Maisie y después Jameson. Leyeron sus programas y examinaron los anuncios por si había algún nuevo y maravilloso tipo de polvos dentales o cremas para el pelo.

A medida que el amplio teatro se llenaba, se hacía más ruidoso, pero en pocos minutos, las luces de gas que recorrían los pasillos y las lámparas de las paredes parpadearon, creando un silencio, además de causarle un momento de alarma por si se trataba de un problema de gas. Y entonces, con todo bien iluminado de nuevo, las cortinas se descorrieron.

La luz de calcio de Drummond, una mezcla flamígera de oxígeno e hidrógeno dirigida a la cal viva, iluminó una zona del escenario, hacia donde se dirigieron los actores entre grandes aplausos.

En cuanto empezaron a recitar sus líneas en un discurso rápido, Jameson se perdió por completo.

Maisie aplaudía y jadeaba, y de vez en cuando hacía ruidos de asombro junto con otros miembros del público. Al inclinarse hacia delante, Jameson se dio cuenta de que Caroline parecía seguirle la corriente, aunque a veces también parecía tan confusa como él. Y Ned se durmió después de unos diez minutos y no se despertó hasta el intermedio.

Jameson estaba desconcertado. Al menos, con la ópera, nadie esperaba que entendiera lo que estaba pasando.

Durante el interludio fueron al vestíbulo a tomar algo.

—Quizá si hubiera visto *Ricardo I*, esta obra tendría más sentido para mí —afirmó él.

Maisie se rio de buena gana, y luego, ante la indudable expresión de desconcierto de Jameson, se detuvo y lo miró inquisitivamente.

—¿Lo dice en broma o en serio? —preguntó Ned.

—Lord Turner tiene un maravilloso sentido del humor —dijo Maisie.

Jameson no sabía qué había dicho que fuera tan divertido, pero no tenía ganas de volver al auditorio.

—Vería la obra como el señor Darrow, a través de los párpados, pero pensé que debía mantenerme alerta por si había alguna travesura.

Caroline se rio esta vez y le dio un codazo a su marido.

Ned parecía agrio.

—Cierro los ojos para escuchar mejor la cadencia del lenguaje.

Hm, tal vez eso ayude. Jameson podría probarlo. Eso o dormirse, como había hecho Ned descaradamente, y despertarse cuando terminara. Maisie siempre podría contarle la trama más tarde.

—¿Pero le está gustando la historia, y la intriga y dramatismo de la misma? —le preguntó esta.

—Me gusta la escenografía y el vestuario —dijo Jameson con sinceridad, sin querer mentir sobre la historia, de la que no tenía ni idea—. El protagonista es muy bueno —añadió.

Maisie le dedicó una entrañable sonrisa.

—Es Charles Kean. Es brillante.

—Y la iluminación también es buena. —Agradeció que no hubiera más velas de cera goteando de los candelabros. Jameson había tenido una experiencia dolorosa años atrás.

La sonrisa de Maisie se amplió, y pareció que quería inclinarse hacia él y dejar que la besara. O tal vez eso no era más que su propio sueño, ya que esa noche estaba encantadoramente bella, vestida de rosa en lugar de azul. Parecía fresca y lista para ser besada.

Demasiado pronto, terminaron sus bebidas y volvieron a sus asientos.

—¿Habrá otro intermedio? —preguntó él.

Maisie negó con la cabeza y luego, cuando Jameson intentó preguntarle cuántos actos quedaban, para su asombro, le hizo callar. Desde luego, ella se tomaba su Shakespeare muy en serio.

Él abrió su programa para comprobar cuánto tiempo restaba, y aunque podía oír claramente los murmullos de los demás a su alrededor, ella le dio un codazo cuando el papel crujió con fuerza.

Así, se dispuso a «disfrutar» de la representación. No había mentido al decir que estaba impresionado por los trajes y la escenografía, imaginándose con facilidad transportado a otra época, si solo supiera a qué período de la historia pertenecía el rey Ricardo.

Algún siglo medieval, pensó vagamente.

Unos minutos más tarde, llegó la travesura que esperaba y se sentó erguido, luego se inclinó hacia adelante, observando atentamente el escenario para asegurarse de que no se lo estaba imaginando.

Una llama naranja rojiza parpadeaba en la parte delantera del escenario, pero no podía estar seguro de que no fuera intencionada. La luz de calcio estaba encendida casi todo el tiempo, pero de vez en cuando se apagaba con gran efecto cuando salía o entraba un personaje. Pero siempre era de un blanco brillante con un leve tinte verdoso. Este era definitivamente un parpadeo de un naranja intenso.

—Maisie —comenzó a decir.

—Shh. Se lo explicaré después.

Él se inclinó más cerca, con sus labios cerca del oído de ella.

—Creo que hay un fuego. ¿Lo ve?

—¿Qué? —Esta vez, Maisie giró la cabeza y sus rostros chocaron.

—Fuego —dijo Jameson—. Allí. —Señaló el lado derecho del escenario—. ¿Es parte de la obra?

Ella miró en la dirección que él señalaba.

—A veces, utilizan cristal carmesí sobre la luz de calcio para que parezca una llama roja.

—¿Cree que eso es vidrio carmesí? —preguntó con calma, seguro de que podía oler el humo.

—No, no lo creo. —Ella ya no susurraba—. Creo que será mejor que se lo digamos a…

—¡Fuego! —exclamó un hombre unas filas más adelante. Luego una mujer gritó.

De inmediato, Jameson se puso en pie de un salto y tomó la mano de Maisie.

—Levántese —le gritó a Ned, que estaba dormitando—. Hay un incendio bajo el escenario.

Caroline y Ned, con cara de sorpresa, le obedecieron.

Ya cundía el pánico mientras los asistentes más cerca del escenario llenaban los pasillos y los que estaban detrás se apresuraban a atascar las salidas.

—Si nos separamos, y lo haremos —dijo Jameson—, llevaré a Maisie de vuelta a Pimlico. Suban a los asientos y vayan hacia el escenario.

—¿Está loco? —preguntó Ned.

—No, tiene razón —dijo Maisie—. He recorrido todo el teatro a la luz del día. Tanto a la derecha como a la izquierda, hay pasajes que llevan a la calle Carlisle.

Con voz estruendosa, Charles Kean habló desde el escenario.

—¡Buena gente, el fuego será contenido en breve! No es necesario que cunda el pánico. Tenemos muchas salidas. Utilícenlas. ¡No las bloqueen!

Los demás actores habían huido y, aunque el aire de histeria general pareció aplacarse ligeramente con las tranquilizadoras palabras de Kean, la gente seguía empujando para salir. En los periódicos habían aparecido noticias sobre incendios en Londres y en toda Europa, sobre todo en teatros o cualquier lugar donde se reunieran multitudes. Muchos habían muerto a causa del humo, atrapados y sin poder salir.

Para colmo, el lugar donde se encontraban había albergado el Bazar Real, que fue destruido por un incendio veinte años antes. Jameson no iba a figurar en la columna de muertos de la edición matutina del *London Times*. Y tampoco Maisie Darrow.

Entonces las luces se apagaron con brusquedad y Maisie gritó a su lado, agarrándose a su brazo.

—Menos mal —dijo él—. Han cerrado el gas para que no haya una explosión.

Sin embargo, todavía podían ver las malvadas llamas que parpadeaban bajo el escenario, lanzándose hacia el pequeño y vacío foso de la orquesta.

Prácticamente arrastrándola de un asiento a otro, Jameson logró superar las diez filas hacia el escenario, y luego, con la mano de ella firmemente agarrada a la suya, se escabulló más allá del resplandor rojo hacia las sombras de la derecha.

Tuvieron que reducir la velocidad para encontrar el pasillo lateral, que estaba en la más absoluta oscuridad. Él mantuvo su mano en la pared del estrecho pasillo y la otra en Maisie.

—Ya deberíamos de estar cerca —dijo ella, sonando sin aliento, pero sin miedo—. Espero que Ned también venga por aquí.

Jameson también esperaba que su futuro hermano político y su cuñada salieran sanos y salvos. Shakespeare era el bálsamo para la muerte de la madre de Maisie, y sería una terrible pérdida para ella si el poeta se asociaba con cualquier daño que le ocurriera a la familia Darrow. Aun así, se negó a ofrecer promesas incumplibles de que ellos estarían bien, no hasta que los viera con sus propios ojos.

Y entonces pudieron divisar una pequeña luz de las farolas que se filtraba por debajo de la puerta al final del pasillo.

—Espero que no esté cerrada con llave.

La derribaría con sus hombros si lo estuviera. Por suerte, la puerta se abrió al tocarla y salieron a la calle Carlisle.

Jameson sacó su reloj de bolsillo.

—Casi las 10:40. Podríamos encontrar un coche en Oxford Street, pero allí estará todo el mundo. ¿Le importaría caminar un poco para salir del caos?

—Deberíamos ir en esa dirección —Maisie señaló junto a él, hacia el oeste—. Creo que Cavendish Square no está muy lejos.

—Tiene razón. ¿Cree que a los Cambreys les importará?

—En absoluto. Somos familia.

Así, Jameson se encontró solo con su prometida a pie en el aire tiznado de Londres. Menos mal que estaban comprometidos, o su reputación se vería seguramente empañada por esto. Podía tomarla en sus brazos con el pretexto de consolarla y nadie podría decir una palabra. Después de todo, acababan de escapar de un incendio en el teatro.

La acercó más a él.

—Tengo que confesar que no me gustó la experiencia teatral.

Ella soltó una risita.

—Normalmente, toda la emoción ocurre en el escenario.

—De nuevo, debo revelar que no tenía ni idea de qué iba esa obra ni de quién era quién. No me pareció que ocurrieran muchas cosas emocionantes hasta el incendio. Y no hay ninguna obra de Ricardo I, ¿verdad?

—No, pero sí de Ricardo III y una primera parte de Enrique IV, pero no de Enrique I.

Él sacudió la cabeza.

—Debería haber leído sobre el rey Ricardo II antes de la obra. De la misma manera que me tomaría el tiempo para aprender todas las reglas de un juego de cartas antes de ir a un club a apostar.

Ella pensó unos segundos.

—Podemos leer la obra juntos. —Luego dudó antes de continuar—. Si quiere. En algún momento. Pero solo si lo desea.

Ella le ofreció su tiempo con dulzura y luego lo miró tentadora, como si temiera que él pudiera negarse.

—Si quiere compartir sus conocimientos conmigo, señorita Darrow, le estaría muy agradecido.

Sintió que ella se relajaba y la estrechó más contra él. Solo faltaban unas pocas manzanas, pero podía pasar cualquier cosa. Este era el momento en que ladrones y asesinos vagaban por las calles, no gente vestida para el teatro.

Se le ocurrió una idea, ya que él llevaba un traje de lana y ella llevaba un vestido que parecía confeccionado con alas de mariposa.

—¿Tiene frío? —le preguntó mientras giraban en Regent Street. La siguiente calle a la izquierda les llevaría a Margaret Street, y entonces podrían ver la plaza en la que vivían los Cambreys.

—No, en absoluto. Estaba demasiado estimulada por nuestra actividad nocturna para sentir el aire de la noche, pero el pavimento es bastante duro.

Él le dio un tirón para que se detuviera.

—¿Qué está diciendo?

—He perdido el zapato cuando subíamos por los asientos. Tengo suerte de no haber perdido también mi ridículo.

—¡Caramba, señorita Darrow! ¿Qué pasa con usted y sus zapatos? Es más, ¿por qué no lo ha dicho antes?

—¿Con qué fin, milord? ¿Lleva usted encima calzado femenino de repuesto?

Ella tenía razón, pero podría pisar algo afilado y contraer una infección.

—Gírese un poco —le ordenó él, pero ella no se movió, sin entender en la oscuridad qué se proponía. Enseguida, Jameson le pasó las manos por debajo de las rodillas y la levantó en sus brazos.

—¡Oh! —exclamó Maisie—. ¡Lord Turner! —Luego no dijo nada más, y él tuvo la clara idea de que a ella le gustó su solución.

—Ponga sus brazos alrededor de mi cuello —le dijo él—. Agárrese. —Y entonces empezó a caminar de nuevo, contento de que fuera una mujer menuda, ya que, aunque se consideraba en forma, no tenía los músculos de un estibador.

—Es muy fuerte —dijo ella después de que él avanzara a grandes zancadas.

—Es bastante más fácil que cuando estaba empapada por el agua del río.

Aun así, deseó no estar respirando tan fuerte. Después de otra manzana, Jameson pudo ver la primera calle que conformaba Cavendish Square, y se detuvo para asentarla en sus brazos, dándole un rápido empujón hacia arriba.

—¡Oh! —dijo ella de nuevo.

Él sonrió. Esta Maisie muda era nueva, y tuvo el presentimiento de que no duraría una vez que llegaran a la casa de su prima. Afortunadamente, la casa del conde de Cambrey estaba en el lado más cercano de la plaza, y solo tenía que doblar la esquina y recorrer la mitad de la calle para llegar a la elegante residencia de cuatro pisos.

—Las luces están encendidas —dijo Maisie mientras él la ponía en pie.

Jameson golpeó la puerta antes de fijarse en el timbre y tocarlo. La puerta tardó unos instantes en abrirse.

—Señor Cyril —declaró Maisie—. Soy yo, la señorita Darrow. Mis disculpas por presentarme tan tarde y sin invitación. ¿Está mi prima en casa?

—No, señorita. La condesa y Su Señoría están fuera.

—¿Se espera que vuelvan pronto? —insistió ella.

—No sé exactamente cuándo, señorita. Le diré a Su Señoría que ha venido.

El mayordomo dio un paso atrás, como si fuera a rechazarlos. De hecho, casi antes de que Jameson se diera cuenta de lo que estaba ocurriendo, la puerta comenzó a cerrarse.

¡Diablos!

# Capítulo 22

Jameson puso la mano en la puerta para mantenerla abierta.

—Ha habido un incendio en el Teatro Real de la Princesa. Hemos venido aquí al ser el lugar más cercano para buscar ayuda. La señorita Darrow ha perdido su zapato.

Él miró hacia abajo, y Maisie se levantó obedientemente el bajo del vestido para mostrarle al señor Cyril las medias rotas y los dedos de los pies desnudos.

Los ojos del mayordomo se abrieron de par en par, y se apresuró a apartar la mirada.

—No creo que lord y lady Cambrey aprecien que nos rechacen —insistió Jameson. La idea de llevar a Maisie de vuelta por la calle en busca de un cabriolet de alquiler no le entusiasmaba tanto como descansar en un cómodo sofá.

—¿Nos dejará esperarles en el salón?

El mayordomo miró un largo momento a Jameson y luego volvió a mirar a Maisie.

—Sí, milord, señorita Darrow. Venga por aquí.

En dos minutos se encontraron solos, ya que el señor Cyril los había dejado para ordenar que les sirvieran té caliente y galletas.

Maisie estaba sentada en el sofá, un poco desaliñada por la aventura de la noche. Jameson no podía imaginarla con un aspecto más encantador. Viendo que nadie iba a decirle lo contrario, Jameson se sentó cerca de ella. Entonces, decidió que sería un tonto si desperdiciaba la oportunidad, y la tomó en sus brazos y la besó.

El familiar chisporroteo del calor le dio la bienvenida junto con sus cálidos y suaves labios.

Cuando se retiró, miró a su alrededor. Seguían solos, y la tierra no se había derrumbado por su indiscreción.

—Parece que el destino nos ha deparado una sorpresa agradable —dijo—. *¿Carpe diem*, señorita Darrow?

—Positivamente —aceptó ella, así que él la besó de nuevo, empujándola contra el brazo del sofá hasta que pudo estirarse sobre ella. Una vez que hubo arrasado su boca, la besó por el cuello mientras ella se apoyaba en el reposabrazos.

Él levantó la cabeza.

—¿Le he dicho lo bien que huele?

Ella respondió sin abrir los ojos.

—No, no creo que lo haya hecho.

—Qué negligente soy. De hecho, huele de maravilla. Un aroma floral, pero no empalagoso, y con un toque de cítricos.

—Tiene un buen olfato, milord. ¿Podría besar mi cuello de nuevo? Me ha gustado.

—Tenía la intención de hacerlo, de todos modos. —Jameson volvió a mordisquear la suave piel de su cuello. Los dedos de ella se aferraron a su pelo, y él se dio cuenta por primera vez de que había perdido su sombrero de copa en algún lugar del camino, o tal vez todavía estaba bajo el asiento del teatro.

La sensación de los dedos de Maisie sobre su cuero cabelludo, y luego tirando de su pelo, hizo que sus entrañas palpitasen. La quería desnuda y debajo de él, con sus dedos haciendo exactamente eso mientras él la penetraba.

Siguió explorando su boca, besando su clavícula, y luego la parte superior de su pecho. Metió la mano entre sus senos para acariciarlos, sintiendo que ella jadeaba al tocarlos. Luego, a través de la fina tela del vestido de noche, tuvo la deliciosa experiencia de ver sus pezones perlados bajo sus pulgares.

Si tiraba un poco, él podría liberarlos para que sus labios lo probaran.

Acababa de conseguir meter los dedos por debajo del escote para determinar si la tela del vestido cedía, cuando Maisie intervino.

—Probablemente el agua ya ha hervido.

Tenía razón. Quizá solo les quedaban unos instantes. Con otro beso rápido en el valle entre sus pechos, Jameson se echó hacia atrás, la ayudó a que se sentara y dejó que se alisara las faldas y el pelo.

Se oyó un rápido golpe y la puerta se abrió. El mayordomo de Cambrey los encontró sentados a unos metros de distancia, sin duda con un aspecto culpable, acalorado e increíblemente feliz.

—Su té, milord, señorita Darrow. —Y colocó la bandeja en la mesa baja frente a ellos—. ¿Necesitan algo más?

Tenía una forma de preguntar que desalentaba cualquier otra petición.

—Gracias, no —contestó Jameson por ambos, dándose cuenta de que los señores casi nunca daban las gracias a sus sirvientes, pero este no era su mayordomo, en cualquier caso.

—Agradecemos su hospitalidad —añadió Maisie, como si el señor Cyril les hubiera invitado amablemente a pasar.

—Sí, señorita —dijo pétreamente el señor Cyril antes de marcharse.

—Al menos volvió a cerrar la puerta —dijo Jameson—. ¿De verdad quiere té?

Ella negó con la cabeza.

—Deberíamos servirlo en un minuto para que no parezca que lo hemos desperdiciado o como si...

—Como si estuviéramos ocupados en otra cosa.

Ella se sonrojó. Agarró la pequeña jarra de leche, vertió demasiado en el fondo de las tazas de ambos y luego casi las desbordó antes de dejar la jarra.

❧

Jameson se abalanzó sobre ella y la cubrió con su cuerpo una vez más.

Maisie se rio con deleite. Sin embargo, cuando él le sujetó la cara con sus manos y la miró a los ojos, su risa se apagó.

¿Estaba buscando algo? Ella quería proporcionarle lo que necesitara. Y anhelaba el momento en que él pudiera aliviar el deseo que había despertado en su interior.

Sentía un cosquilleo en algunas partes del cuerpo y sus pezones se endurecían cada vez que él la besaba o la tocaba. Y, al mismo tiempo, una tensión constante crecía en su interior, exigiendo ser liberada. Si no corrieran peligro de ser descubiertos, si pudieran cerrar las dos puertas de la habitación, estaría dispuesta a ir más allá de un beso.

Las manos de él abandonaron sus mejillas para volver a recorrer sus pechos. Ella miró hacia abajo, observando con fascinación cómo él introducía los dedos en el escote de su vestido y le acariciaba. No era suficiente. Ella se retorció.

Obviamente, él sintió lo mismo, porque empezó a subirle el vestido, arrastrando la tela diáfana por las rodillas y los muslos hasta que se acumuló en su regazo.

Ella llevaba unos calzones del más suave algodón y, sin dudarlo, le tocó el centro, el mismo lugar que Maisie sentía húmedo y caliente y que palpitaba por él.

En silencio, lo observó hacer todo esto, y luego echó la cabeza hacia atrás y cerró los ojos.

Él la acarició sin cesar y el cuerpo de ella se agitó bajo sus hábiles atenciones. De repente, su boca estaba de nuevo en su cuello, esta vez subiendo hasta sus labios, reclamándolos, deslizando su lengua dentro antes de imitar con su lengua lo que sus dedos hacían abajo. Fue celestial.

Ella gimió. La tensión que se había acumulado en su interior se intensificó.

—Jameson —respiró contra su boca—. Ayúdame.

—Sí —prometió él—. Permíteme. Estás muy preparada. Saldrás como un rayo.

Sin siquiera pensar en sus palabras, ella se agarró a sus hombros mientras sentía cómo él acariciaba el pequeño capullo entre sus piernas. Era como si él hiciera magia con ella. Apenas la acarició un par de veces, los músculos de su estómago se tensaron aún más y se liberaron felizmente.

Maisie se encontró apretando los dientes mientras su cuerpo se elevaba y se abría, se ablandaba y al fin se relajaba. Totalmente agotada.

—Eres tan hermosa… —Fueron sus palabras, rompiendo el hechizo, recordándole dónde estaba. Maisie abrió los ojos de golpe y le entró el pánico. Aunque su cuerpo quería acurrucarse en una posición cómoda y relajarse, sabía que corría el riesgo de verse totalmente comprometida.

Juntó las piernas.

—¡Ay! Me ha atrapado la mano —exclamó Jameson. Ella se apresuró a separar los muslos, hasta que él retiró la mano y se sentó.

—Rápido —dijo ella—. Creo que viene alguien. ¿Los oye? —Su cerebro estaba acelerado, al igual que su pulso.

—Póngase de pie —le ordenó él, y ella lo hizo. Luego, Maisie procedió a alisar su vestido, asegurándose de que las finas capas estuvieran bien alineadas.

—No, no los oigo —dijo él, y los latidos de su corazón se calmaron—. Gírese, por favor.

Ella lo hizo, y él se aseguró de que ningún encaje estaba roto y todos sus botones estaban abrochados.

—Ahora siéntese y tómese el té.

Sin embargo, ella estaba temblando por la intensidad de la experiencia, así que, en lugar de eso, se paseó por la sala. Era extraño sentir la suave alfombra oriental bajo un pie, sus dedos acariciando la sensación mientras su cuerpo saboreaba el resto de lo que había sucedido.

—No puedo creer lo que ha hecho. Lo que le dejé hacer.

Debería estar avergonzada por cómo y dónde la había tocado, pero no lo estaba. Se sentía más cercana a él que a nadie en su vida.

—Me disculpo si se sintió...

—No —interrumpió ella—. No se disculpe. Fue maravilloso. Más allá de eso, fue extraordinario. Y agotador. Si no estuviera tan estimulada, podría quedarme dormida ahora mismo.

—Es una sensación diferente a cualquier otra. Yo también estoy deseando volver a hacerlo.

Maisie dejó de pasearse y le miró fijamente. Entonces cayó en la cuenta.

—Usted también necesita liberarse.

Después de mirar por encima del hombro hacia la puerta cerrada, Maisie se sentó de nuevo a su lado.

—¿Hay tiempo? ¿Qué debo hacer?

—Nada. —Cogiendo un platillo, Jameson se lo puso en las manos—. Solo beba té y sea feliz. —Luego le ofreció una sonrisa burlona—. Me alegro de que lo haya disfrutado.

—Pero usted...

—Estoy bien. —Se movió en el sofá—. O lo estaré cuando mi cuerpo se calme un poco más.

Justo cuando cogió su propio platillo, oyeron abrirse la puerta principal y un intercambio de voces. Luego la puerta del salón se abrió de golpe.

—¡Maisie, lord Turner! —Maggie los saludó, con cara de preocupación—. ¡Cyril dijo que estaban aquí, escapando de un incendio! ¿Están heridos?

Jameson y Maisie se pusieron de pie, y él habló primero.

—Hubo una pequeña conflagración en el Teatro de la Princesa. Salimos por la parte de atrás y vinimos aquí.

—Espero que no nos hayamos excedido —añadió Maisie mientras Maggie se acercaba a abrazarla.

El conde estaba justo detrás de ella.

—En absoluto —dijo este, estrechando la mano de Jameson—. Has hecho lo correcto. Íbamos en dirección contraria, pero pudimos ver más tráfico del habitual, paralizado en Oxford Street.

Jameson asintió.

—¿Pero no vieron llamas ni humo?

—No —dijo lord Cambrey—. ¿Qué pasó?

—Parecía que las llamas provenían de la parte delantera del escenario —describió Jameson—, directamente desde abajo.

—¡Oh, Dios mío! —exclamó Maggie—. Siempre pasa algo. Me alegro mucho de que hayan venido. ¿Dónde está el carruaje, o habéis alquilado uno?

—Lord Turner buscó uno de alquiler —le dijo Maisie a su prima—. Fuimos con Ned y Caroline y nos separamos. ¿Crees que podríamos llevar tu carruaje de vuelta a Pimlico? Estarán muy preocupados hasta que aparezcamos.

—Por supuesto —dijo el conde—. Déjame ver si podemos evitar que nuestro conductor desenganche el caballo. —Salió con rapidez de la habitación.

—Mientras ustedes dos estén bien… —dijo Maggie, mirando el servicio de té—. Siéntense, terminen el té y cuéntenme sobre la obra.

—Y la pérdida de mi zapato —confesó Maisie, mostrándole su pie.

Maggie se rio.

—Creo que puedo ayudarte. No queremos que vuelvas a casa como la Cenicienta de Perrault, ¿verdad? Ya has atrapado a tu príncipe.

Maisie puso los ojos en blanco, pero notó que Jameson enrojecía, quizá ligeramente avergonzado. Entonces su prima llamó a la criada, antes de mirar el reloj de la chimenea.

—No estoy segura de que nadie vaya a responder a ese timbre ahora mismo.

De hecho, fue lord Cambrey quien regresó antes que un sirviente.

—Tendremos un motín en nuestras manos. Primero, el té y las galletas, y ahora llamas a la criada al salón. Cyril está teniendo un ataque, dice que la chica ya se ha retirado.

—Lo siento mucho —dijo Maisie.

—No importa —prometió Maggie, y se quitó los zapatos que llevaba puestos—. Toma estos.

Eran impresionantes, unos botines de raso rosa con lazos en la parte delantera en lugar de botones, y tacones bajos. «La perfección», pensó Maisie, igual que su prima.

—No, no podría... —protestó.

—Por supuesto que puedes. Incluso hacen juego con tu traje —dijo Maggie.

Maisie se los puso y le quedaron bien.

—Realmente me siento como Cenicienta.

Como el conde estaba bostezando, Jameson se adelantó y volvió a estrechar su mano.

—No le impediremos retirarse ni un momento más.

El apuesto marido de Maggie les dedicó una sonrisa de disgusto.

—Estoy seguro de que nuestra Rosie tiene planes para nosotros antes de que nos retiremos. Es increíble cómo esa niña sabe en qué momento subimos. La niñera dice que puede estar profundamente dormida y luego sus ojos se abren con un aleteo. Juro que es asilvestrada y puede olernos.

—Un padre agotado rebautizó a su primer bebé con el nombre de Macbeth —anunció Maisie.

—¿Por qué? —preguntó Jameson, sabiendo por su expresión lo que pretendía.

—Porque asesinó al sueño —remató Maisie.

Un momento de silencio acogió esta declaración. Jameson se rio primero y los demás se unieron al darse cuenta de su pequeña broma.

Entonces Maisie y Jameson se despidieron, subiendo al lujoso coche de los Cambrey. Sentada junto a Jameson, Maisie sintió que la velada había sido un punto de inflexión. Al menos, para ella. Después de las libertades que se había permitido, nunca podría romper su compromiso y dejarlo libre, a menos que él se lo pidiera.

En su mente, ella era ahora suya, e igualmente, él le pertenecía.

—Está usted inusualmente callada, señorita Darrow —dijo él, pasando un dedo por el brazo de ella, provocando que se le pusiera la piel de gallina.

—Ha sido una noche de ajetreo, pero Shakespeare tenía razón al decir que «la fortuna trae algunos barcos sin rumbo».

—¿Qué significa? —Jameson se giró en el asiento para mirarla.

—Solo que, sin haberlo planeado, y aunque empezamos nuestra velada bajo la atenta mirada de Ned, hemos pasado mucho tiempo solos.

Jameson tomó su mano entre las suyas.

—Es cierto, pero para ello tuvimos que escapar de un incendio en el teatro, perder un zapato y molestar mucho a un mayordomo.

Ella se rio, con el corazón pleno.

—Me encanta... me encanta la forma en que hila una historia, milord. —Entonces sacó los pies de debajo del vestido para admirar los bonitos zapatos de Maggie.

Estuvo a punto de decir algo que estaba segura de que él no quería oír. Al menos, todavía no.

—Y a mí me encanta cómo me hace sentir —respondió Jameson de inmediato.

Teniendo en cuenta lo que le había hecho en el sofá de Maggie y cómo la había hecho sentir, Maisie se creía firmemente en deuda con él.

—Espero que encontremos a Ned y Caroline a salvo en casa. —Sería terrible que hubiera confundido la gravedad del incendio y que les hubiera pasado algo mientras ella estaba tomando té y haciendo otras cosas.

Maisie le apretó la mano. No le ofreció ninguna tontería para tranquilizarla, lo que ella agradeció. Lo sabrían cuando volvieran a Cambridge Street.

Entonces, se sentaron en silencio. Con el tráfico de otros asistentes al teatro y a los bailes, tardaron casi media hora en llegar a su casa.

Justo antes de girar en Cambridge Street, Jameson volvió a hablar de repente.

—Prométame que no irá al teatro sin mí.

Ella consideró su extraña petición. ¿Le preocupaba que fuera con otro hombre?

—Creo que Eleanor, tras renunciar a su entrada esta noche, me ha pedido que la acompañe a otra obra. Me gustaría ir.

—¿Puedo acompañarla? —preguntó él.

Maisie no vio ninguna razón para no hacerlo.

—Por supuesto. A mi prima no le importará que nos acompañe.

Él se relajó de nuevo en el asiento de cuero.

—¿Promete también no salir a cabalgar sin mí? —dijo él al cabo de unos segundos.

Maisie le apretó la mano de nuevo.

—No aceptaré una invitación para cabalgar con ningún otro hombre. ¿Eso le satisface?

Ella no había esperado este tipo de posesividad de él, teniendo en cuenta que su corazón no estaba involucrado.

—No —respondió él, sorprendiéndola aún más—. Lo digo en serio. No quiero que salga a cabalgar. Y ciertamente no a través de ese maldito puente de Battersea o en esos campos llenos de serpientes.

Oh, así que eso era lo que él tenía en mente.

—Si monto, iré a St. James o a Hyde Park.

—¿Por qué se enfrenta a mí en esto? —preguntó—. Como su prometido, solo le pido que monte solo conmigo, para poder mantenerla a salvo.

¿Mantenerla a salvo?

—No estoy luchando contra usted, milord, pero soy capaz de montar a solas. Eso solo fue un encuentro casual con una serpiente y puede que no vuelva a ocurrir.

—O puede que sí… —comenzó a decir él.

—Si ocurriera, y usted estuviera a mi lado, ¿cómo podría evitarlo? Le recuerdo que estaba allí mismo y, aun así, ocurrió.

Él se calló y ella se reprendió a sí misma. No había querido herir sus sentimientos.

—Aunque sí ayudó a calmar al caballo después.

Él suspiró.

—Supongo que no debería haber montado en un caballo desconocido.

—Entonces montaremos más a menudo para que su caballo me conozca. —Tendría que volver a pedirle a Eleanor que las acompañara, ya que a Caroline no le gustaba montar de lado, y prefería los carruajes.

—Prometa que no saldrá a cabalgar sin mí —insistió Jameson—. Podría pasar algo.

Al parecer, no iba a descansar hasta obtener la respuesta que buscaba.

—Muy bien.

—Gracias. —Luego frunció el ceño—. Por favor… ¿está escuchando, porque esto es importante?

—Sí. —¿Iba a declarar su amor por ella? Eso haría que este momento fuera perfecto.

—No se acerque demasiado a la chimenea, a la estufa o a cualquier lámpara. He leído de damas que se han quemado terriblemente. Sus vestidos son tan vaporosos que no se dan cuenta cuando los ponen cerca de la llama.

Maisie deseaba que él hubiera dicho que la quería, pero, obviamente, ella le importaba.

—Las faldas son en realidad más estrechas esta Temporada —le tranquilizó.

El carruaje se había detenido y el cochero abrió la puerta. Las lámparas estaban encendidas en el interior de su modesta casa, y la cortina se movía. Maisie se sintió segura de que todo estaba bien con su hermano y su cuñada.

—Creo que he estado en un mundo fantástico, no al que salí desde aquí.

—Entiendo lo que quiere decir —dijo Jameson—. Y cuando salgamos de este carruaje, todo será como antes.

—Estoy segura de que Ned ya nos está frunciendo el ceño a través de la ventana. Cuanto antes regrese a su casa, mejor.

—Sé que hay alguna línea pertinente de una obra de teatro que se muere por recitar.

—El cochero está esperando —señaló ella—, y la puerta principal acaba de abrirse.

—Dígala —ordenó Jameson, bajando para poder ofrecerle la mano.

—Debe de conocerla —dijo Maisie—. Es del final de *El sueño de una noche de verano*, cuando Puck le dice al público que todos estaban durmiendo.

Cuando él sonrió y se encogió de hombros, ella citó:

«Si las sombras nos han ofendido, piensa solo en esto, y todo se arreglará, que no has hecho más que dormir aquí mientras aparecían estas visiones. Y este tema débil y ocioso, no rinde más que un sueño».

—La noche fue como un sueño —dijo él, y la acompañó hasta la puerta abierta.

—Dígame que hay una carabina dentro de ese carruaje —dijo Ned.

—Por supuesto que la hay —contestó Jameson mientras se inclinaba sobre la mano de Maisie y la besaba. Luego se apresuró a volver a la acera antes de que su hermano pudiera preguntar más o ir a mirar dentro del carruaje.

—Se llama Puck —dijo Jameson.

Maisie se rio mientras entraba.

—¿Puck? ¡Puck! —exclamó su hermano y la siguió hasta el salón, donde Caroline estaba sentada y bebiendo jerez con los pies sobre una otomana.

—Los dos tenéis buen aspecto. —Maisie se sintió aliviada.

—Salimos con rapidez, pero tardamos mucho en encontrar un coche —dijo su cuñada, dando una palmada en el asiento de al lado—. ¿Un jerez?

—Sí, por favor.

—Ned, sírvele a tu hermana un poco.

Su hermano lo hizo, pero siguió mirándola fijamente.

—Maisie llegó en un extraño carruaje con lord Turner y un tipo llamado Puck. —Le tendió una pequeña copa y ella bostezó, dándose cuenta de que estaba agotada por las últimas horas.

—Era el carruaje de Maggie y Cam. Acabamos en Cavendish Square. —Maisie bebió la cantidad de licor del tamaño de un dedal y se puso de pie—. Si me disculpáis, estoy lista para dormir. Apenas puedo mantener los ojos abiertos.

Sin esperar respuesta, Maisie se inclinó y besó la mejilla de Caroline.

—Me alegro mucho de que estés bien.

Luego dio unas palmaditas en el brazo de su hermano al pasar junto a él.

En las escaleras, sus miembros se sentían como plomo, y sabía que apenas tendría tiempo de recordar todos los maravillosos momentos de la noche antes de que el sueño la alcanzara.

❖

Por desgracia, al día siguiente, Maisie recibió una invitación para ir a montar a caballo que no podía rechazar, ni tampoco invitar a Jameson.

Cuando llegó la misiva con una letra desconocida, apenas hojeó el breve cuerpo de la misma antes de leer la firma: «Señor Íñigo Maradona».

Al principio se quedó perpleja, pero luego se dio cuenta de quién era exactamente. El hermano de la difunta Esmera Turner.

¿Por qué quería ir a cabalgar con ella?

# Capítulo 23

Maisie agradeció que la invitación indicara que habría una carabina profesional, pero Ned nunca la dejaría ir a cabalgar con un desconocido sin conocer tanto al señor Maradona como a la carabina contratada. Y por una vez, Maisie estaba totalmente de acuerdo con él.

Vestida con su traje azul de montar y con el pelo recogido en un moño bajo, sintió la sensación de confianza que da estar bien vestida y arreglada.

Cuando el desconocido llegó a su casa, por suerte, su criado llegó hasta la puerta, lo que evitó que Maisie o su hermano tuvieran que abrirla. Y aun así, incluso con su traje azul favorito, se sintió casi tosca al lado del hombre impecablemente vestido que entró con un abrigo de corte europeo de un elegante lino a cuadros.

Con sus rasgos cincelados y aceitunados, y su espeso pelo negro como el hollín, el señor Maradona era tan sorprendentemente guapo como Esmera había sido gloriosamente exótica.

Se inclinó ante Ned y luego tomó primero la mano de Caroline y luego la de Maisie, inclinándose sobre cada una de ellas y rozando sus labios sobre los nudillos.

Solo entonces Maisie se dio cuenta de que le seguía en la sala una mujer mayor, de complexión pesada y pelo canoso, que llevaba una falda completa para montar a caballo. Debía de ser la acompañante profesional.

El señor Maradona se dirigió a ella y habló en español, y entonces la mujer se adelantó e hizo una reverencia.

—Soy la señora Huerta —dijo en un inglés con acento extranjero—. La *dueña*. —Luego dio un paso atrás, con su mirada triste dirigida al suelo.

—Cuando Esmera salía por primera vez, ya saben, tenía que tener una dueña, una carabina —explicó su hermano—. Como una niñera, solo que para una chica mayor.

Ned dejó de lado todo eso y fue directo al grano.

—¿Qué desea de mi hermana? Incluso con la señora Huerta, esto es inusual.

—Entiendo su posición, señor Darrow. Tengo un buen caballo a disposición de su hermana, y mis intenciones son cabalgar con ella y hablar en privado.

—Eso no me dice nada —protestó Ned.

Al parecer, el señor Maradona ya había tenido suficiente con el hermano de Maisie. Se volvió hacia ella.

—¿Quiere acompañarme a montar a caballo, señorita Darrow? Parece que está vestida para ello.

Maisie dirigió a Ned una mirada tranquilizadora. Esperaba que él recordara su diatriba de unos días antes. Él no era su padre.

—Sí —aceptó ella—, siempre y cuando la señora Huerta se mantenga cerca. —Ofreció una sonrisa a la adusta mujer, con la esperanza de ganársela en caso de que fuera necesaria su protección. La mirada de la mujer seguía siendo sombría.

—Por supuesto —dijo el señor Maradona—. Y volveremos cuando se canse.

—Muy bien. Entonces vámonos. —Maisie se moría de curiosidad, solo sabía una cosa: esto tenía que ver con la primera esposa de Jameson.

En pocos minutos, sin mirar atrás a Ned, que sin duda estaba vigilando por la ventana, Maisie cabalgó por Cambridge Street con el hermano de la difunta esposa de Jameson y su dueña. Cabalgaron en silencio durante unos minutos, lo que le vino bien a Maisie. No quería incitarle a decir algo incorrecto, ni ofenderle presumiendo que sabía de qué se trataba.

Al ir hacia el norte, en lugar de hacia el río, no tuvo que romper la promesa hecha a Jameson de no cruzar el puente de Battersea.

Aliviada, finalmente rompió el silencio.

—¿Vamos a Hyde Park, o a St. James's?

—A Hyde Park, si no le importa. Disfruto de un buen trote por Rotten Row.

Ella asintió. No dijo nada más durante un rato. Curiosamente, mientras ella hubiera ido por Elizabeth Street hasta Sloane Street, él se dirigió hacia el este y luego siguió por la plaza hasta llegar directamente a Belgrave Square, hogar de lady Pepperton.

¿Podría ser una coincidencia?

Se convenció de que no era así cuando el señor Maradona tomó la primera calle a la derecha, desviándose de la ruta más directa hacia Hyde Park, y frenó frente al bloque de casas adosadas donde estaba la vivienda de lady Pepperton.

—¿Sabe usted quién vive allí? —preguntó él.

Maisie se enderezó y le miró directamente a los ojos.

—Sí, lo sé.

—¿Qué piensa de la relación de su prometido con esa mujer?

—No veo que eso sea de su incumbencia. Y, como no es una relación actual, tampoco tiene ninguna relación conmigo.

Él asintió con la cabeza, pero no hizo avanzar a su caballo.

—Cuando mi tía falleció, mi tío vistió de negro el resto de sus días.

Maisie esperó. Se volvió para asegurarse de que la dueña seguía cerca. La dama estaba sentada en su caballo, sin parecer especialmente feliz de estar cabalgando.

Cuando el hermano de Esmera no dijo nada más, Maisie intervino.

—Parece un hombre devoto.

—Un marido devoto —corrigió el señor Maradona—, y viudo.

—Le aseguro, porque sé que esto es absolutamente cierto, que lord Turner también fue un marido devoto. —Que tuviera que estar defendiendo la fidelidad de su prometido con respecto a su anterior esposa, parecía realmente extraño.

El hombre se encogió de hombros y su caballo dio unos pasos, pero lo refrenó.

—El marido de mi hermana se descuidó con ella, dándole demasiada libertad, y mire lo que pasó.

Maisie empezó a protestar, pero él la cortó.

—Puede que la amara, pero no la merecía. Tampoco la merece a usted, señorita Darrow.

Ella jadeó ante el tono dramático de su voz y la forma en que la miraba ahora con sus ojos casi negros.

—No creo que le corresponda a usted juzgarlo, y tampoco debe juzgar a su hermana. Se eligieron mutuamente, y un terrible accidente se la arrebató a lord Turner. Él desearía que hubiera sido de otra manera. Créame.

Si pudiera recuperar a Esmera y apartar a Maisie de su vida, ella no se hacía ilusiones de que Jameson no lo haría en un santiamén. Tampoco podía culparlo. Él amaba a Esmera, y su corazón sentía el mismo anhelo que Maisie sentía por él.

—Entonces, ¿por qué se ha relacionado con rapidez con esa mujer suelta de Pepperton, y ahora con usted?

Al menos, no la había incluido en su baja estima como hacía con la amante de Jameson. Sin embargo, si hubiera podido verla en el sofá de Maggie, el señor Maradona podría cambiar su opinión y decir que se merecía lo que le ocurriera.

Maisie impulsó su caballo hacia adelante. No quería que la vieran merodeando frente a la casa de lady Pepperton. Sin embargo, cuando solo se había movido unos metros, sin saber si el hermano de Esmera la seguía, la puerta principal se abrió. Lord Michael Alder salió con un frac formal, obviamente de algún evento al que habían asistido la noche anterior.

Lord Vil, como le llamaban, por razones bastante válidas, se quedó helado al ver a tres personas a caballo, de las cuales al menos dos miraban fijamente la casa de su amante. Maisie desvió la mirada, bastante segura de que él no la conocía y, por lo tanto, no podía informar a lady Pepperton de que la prometida de lord Turner había estado ante su puerta.

Además, mientras lo veía inclinar el sombrero por el rabillo del ojo, Maisie siguió avanzando con su caballo.

En pocos minutos, estaban en Hyde Park Corner, cerca de la Casa Apsley del duque de Wellington. Maisie se tragó el nudo en la garganta y deseó que Jameson estuviera allí. Salir con unos desconocidos había sido una locura.

Como el señor Maradona aún parecía inclinado a cabalgar, dirigieron sus caballos por la superficie de grava de la Route du Roi. Maisie se giró de nuevo para asegurarse de que la señora Huerta seguía allí. Satisfecha, volvió a mirar hacia delante. Ya estaba bien de andar de puntillas.

—¿Me ha invitado a cabalgar para alejarme de lord Turner, ya que cree que fue un mal marido y un viudo aún peor?

—Sí —dijo él—. Mi familia ha sufrido mucho por su culpa. Mis padres perdieron a su única hija.

No iba a discutir la ridiculez de culpar a Jameson.

—Por suerte, tienen un hijo que lleva el apellido y les puede dar nietos.

—No puedo hacerlo mientras sigan llorando a mi hermana. No puede haber festividades para nosotros. Solo Turner parece dispuesto a olvidar su existencia y seguir adelante. Mi enfado con él ha crecido en lugar de disiparse, al verle vivir su vida como si Esmera nunca hubiera existido. A ella se le rompería el corazón si pudiera saber cómo la ha olvidado.

Maisie consideró todo el tiempo que Jameson pasó de luto, y cómo seguía alterándose visiblemente cuando pensaba en Esmera.

—Quizá su familia debería dirigir su ira hacia el ferrocarril británico, señor. Fue un accidente sin sentido en una vía mal colocada. No había necesidad de que una joven encantadora que disfrutaba de la vida, dirigiéndose a una espléndida ciudad como Bath, acabara con el cuello roto.

Él se encogió, y ella sintió pena por su vívida descripción, pero el hombre estaba siendo injusto.

—Espera honrarla menospreciando a su marido —continuó ella—, pero creo que está deshonrando al hombre que ella amaba. Y si trata de herirlo disuadiéndome de casarme con él, no funcionará. Quienes conocemos a lord Turner, entendemos lo profundo de su dolor.

Ella no cabalgaría con este hombre retorcido y amargado ni un segundo más. Con ese fin, atrajo su caballo hacia un lado y se detuvo. El señor Maradona también frenó el suyo.

—Solo puedo aconsejarle que siga con su vida —dijo Maisie—. Su hermana vivió la vida plenamente, según todos los indicios, y creo que usted debería hacer lo mismo. Como dijo Shakespeare, «los tristes no tienen otra medicina que la esperanza». Debería dar a sus padres alguna esperanza de futuro con unos nietos. En cuanto a su ira, no le causará sino dispepsia. Debería intentar dejarla pasar.

Y entonces, mientras levantaba la pierna sobre el pomo para deslizarse por el lado del caballo, oyó su nombre.

—¡Señorita Darrow!

—¡Maldición! —exclamó Maisie en voz alta al oír la voz de Jameson. Su suerte se había acabado.

———— ❖ ————

Jameson no podía creer lo que veían sus ojos. Maisie, su Maisie, como él la consideraba, estaba balanceando la pierna sobre la silla de montar de un caballo y a su lado, sin intentar siquiera ayudarla a descender, estaba su antiguo cuñado, el siempre serio Íñigo Maradona.

¿Qué demonios?

Fue precisamente lo que él preguntó cuando sus botas de montar golpearon la superficie de grava.

—¿Qué está pasando aquí?

Maisie se encontraba ahora entre su caballo y el de Íñigo.

Antes de que nadie pudiera responder, Jameson habló escuetamente.

—Mueva su montura para que la dama pueda salir. La está encerrando y podría pisarla.

El hermano de Esmera no le hizo caso, sino que se limitó a avanzar unos pasos. Fue entonces cuando Jameson se fijó en el otro miembro de su pequeño grupo de jinetes. Era la misma mujer que había llorado en el funeral de su esposa casi tanto como la madre de Esmera.

—La señorita Darrow no estaba en peligro —insistió Íñigo—. Sin embargo, usted parece estar excesivamente preocupado por su seguridad, a diferencia de la de mi hermana.

La bofetada verbal no fue nada nuevo. El hermano de Esmera había arremetido contra él desde su muerte, y por el bien del dolor del hombre, Jameson permitió la ira fuera de lugar. Sin embargo, no permitiría que el hombre pusiera a Maisie por medio.

Y sin embargo, allí estaba ella, entre los caballos y las palabras insultantes que volaban hacia él. Difícilmente podría él subirla a su caballo en medio de Rotten Row, ni tampoco la reprendería por romper su promesa. No en público. Eso vendría después.

Jameson desmontó con rapidez y le ofreció la mano, agradeciendo que ella no hiciera una escena, sino que solo la tomara y dejara que la atrajera a su lado.

—¿Qué significa esto? —volvió a preguntar, esperando que ella hablara ahora, ya que no quería oír más tonterías de Íñigo.

—El señor Maradona me invitó a cabalgar y acepté, puesto que me proporcionó una carabina.

Jameson intentó no fruncir los labios en señal de desaprobación, pero no lo consiguió. Tras rechinar las muelas unos instantes, asintió.

—Parece que su paseo ha terminado. ¿Quiere venir conmigo? —Todavía no estaba seguro de si ella estaría conforme.

—Sí, habíamos concluido nuestra conversación y había decidido salir del parque y llamar a un cabriolé para volver a casa.

Ella miró al señor Maradona, tapándose los ojos del sol, que la deslumbraba bajo su alegre sombrerito.

—Buenos días, señor. Le deseo paz y un futuro feliz. Y también a sus padres.

Jameson pudo ver cómo la mandíbula del hombre se tensaba, pero asintió ligeramente.

—Yo también le deseo un futuro feliz, señorita Darrow. Como he dicho, se merece algo mejor que este hombre.

¡Al diablo! Si Maisie no estuviera allí para presenciarlo, Jameson arrastraría a Íñigo de su caballo y le daría una paliza.

Su antiguo cuñado se limitó a inclinarse y agarrar las riendas del manso caballo de Maisie, y luego se volvió por donde habían venido.

La dueña le siguió sin decir una palabra, a pesar de que consiguió mirar ferozmente a Jameson antes de apartar la mirada. Casi pudo sentir su mirada clavándose en su corazón.

En silencio, Jameson y Maisie la observaron durante unos minutos antes de que él se volviera hacia ella. Llevaba lo que él solo podía describir como un gesto desafiante en la boca, sabiendo que había roto su promesa de no montar sin él. Sin embargo, no iba a acobardarse por ello.

Estaba molesto, pero sentía admiración a regañadientes, aunque nunca se lo diría. Si este era el patrón de cómo se comportaría ella después de casarse, le esperaba un buen puñado de problemas.

—¿Me va a acompañar hasta la esquina? —preguntó ella—. Habrá muchos coches allí.

—Al contrario, como todo el mundo va en carruaje o a caballo a Hyde Park, dudo que haya alguno disponible.

Maisie dudó, y luego levantó un delicado hombro.

—Puede que tenga razón. No había pensado en eso.

Empezaron a caminar de vuelta hacia el arco del triunfo que marcaba el extremo oriental de Rotten Row, con Jameson guiando su caballo.

—¿De dónde venía y a dónde iba? —preguntó ella.

Él dudó. ¿Debía decírselo?

—De vez en cuando —algunos dirían que demasiado a menudo—, voy al cementerio de Brompton, solo para visitarlo. De camino a casa, me gusta atravesar el parque.

—Una extraña coincidencia —dijo ella—, que estuviera con su hermano.

Él no quiso decirle que la visita de hoy había sido especial. Le habló a Esmera de Maisie, sin saber qué habría pensado de ella. No recordaba que su mujer y Maisie se relacionaran, pero sabía que habían estado en las mismas fiestas en Belton Manor, y quizá en algunos bailes en Londres.

Cuando le dijo a Esmera que se iba a casar de nuevo, no le había caído un rayo en el acto. Lo consideró un buen presagio.

Y mientras visitaba su tumba, el hermano de Esmera intentaba interponerse entre él y Maisie. ¿Podría su esposa muerta haberlo enviado?

—¿Cómo ha pasado esto? —preguntó.

Maisie lo miró de reojo.

—El señor Maradona envió una invitación a mi casa.

—Así que solo se fue con el hombre por pura curiosidad. Francamente, me sorprende que el señor Darrow la haya dejado ir.

—En verdad, Ned no estaba emocionado —confesó ella—. Pero había una carabina.

—Una mujer que, por su expresión, le gustaría clavarme un cuchillo en el pecho. —Jameson recordó la mirada de halcón de la dueña cuando él cortejaba a Esmera. La señora Huerta había sido tan feroz y eficaz como Cerbero custodiando el inframundo. Nunca se le habría permitido estar a solas con su futura esposa en el jardín de los Holland, por ejemplo, ni en ningún otro lugar.

De hecho, Jameson no recordaba ni un solo momento de encuentro íntimo con Esmera antes de su noche de bodas, salvo abrazarla en la pista de baile.

—Ella no me guardaba ninguna animosidad —dijo Maisie—, así que me sentía perfectamente segura con el señor Maradona. Creo que su principal propósito era advertirme de que me alejara de usted.

Jameson pensó en eso.

—Dudo que fuera porque le importara una higa, en verdad, sino solo para hacerme daño. ¿Lo entiende?

—Sí —suspiró ella—. Ahora lo entiendo. El pobre hombre…

—¡Pobre hombre!

Ella lo miró.

—Está atrapado en una ciénaga de ira y tristeza, quizá incluso peor que la suya.

Jameson sintió como si ella lo hubiera abofeteado. ¿Es así como ella lo veía? ¿Atrapado en una ciénaga?

—Creo que mi dolor ha sido bastante normal.

—Por supuesto —aceptó ella de inmediato—. Además, ¿quién puede decir lo que es normal? Sin embargo, también puede ser abrumador y asfixiante. El señor Maradona carga con el dolor de sus padres, además del suyo propio. ¿Eran una familia muy unida?

—Sí, mucho. Fueron amables conmigo después de comprometernos, pero creo que no consideraban a nadie lo bastante bueno para Esmera. Tenían razón. Debería haber sido la esposa de un rey.

¿Cuántas veces se había maravillado él de la increíble suerte que tenía de que ella le hubiera entregado su corazón?

Tal vez no debería alabar a su antigua esposa ante la mujer que iba a serlo en un futuro próximo. Sin embargo, Maisie parecía pensativa, pero no perturbada. Es más, no parecía estar a punto de montar en cólera. Él ya había experimentado eso antes, y esperaba no volver a hacerlo.

—En su funeral —añadió—, confieso que ya no me quedaban lágrimas. Su madre y su padre, e incluso Íñigo, lloraron sin consuelo. Casi creía que íbamos a estar junto a su tumba todo el día y toda la noche. Solo quería irme a casa y estar solo.

Sintió que ella le tocaba suavemente el brazo.

—Lo entiendo.

—Desde ese día, se volvieron fríos conmigo. Yo representaba la pérdida de ella.

—Le dije que diera a sus padres esperanza, tal vez nietos —le informó Maisie.

Él se rio.

—¿Le dijo al soberbio Íñigo Maradona lo que tenía que hacer?

—No le hizo mucha gracia, lo reconozco.

—No lo dudo. Supongo que es tan difícil doblegar su voluntad tanto como la suya.

Jameson notó que ella se sobresaltaba a su lado.

—¿Qué quiere decir?

—Ha roto su promesa.

—Lo siento mucho. Nunca quise prometerle eso —señaló ella—. Y no debería haberlo hecho porque no puedo imaginar cómo la mantendré. Eleanor y Maggie querrán volver a cabalgar, y usted no puede estar siempre allí.

La impotencia, esa desagradable sensación de asfixia, le invadió de nuevo. Quería meter a Maisie en una vitrina y solo sacarla de ella cuando pudiera protegerla.

No sabía qué decir. Sus sentimientos eran reales, y como ella había dicho, a veces abrumadores.

—Tenía razón. Hay un coche. —Jameson lo llamó y dejó caer las riendas de su caballo para ayudarla a subir. Luego le dio al cochero la dirección de Pimlico.

—¿Está enfadado conmigo? —le preguntó ella antes de que él pudiera cerrar la puerta.

Enfadado y triste, ¿no acusaba ella a Íñigo de eso?

—No. Seguiré el carruaje y me aseguraré de que llegue bien a casa.

—No es necesario.

Ella no lo entendía. Era tan necesario para él como respirar. Si se daba la vuelta, volvía a casa y descubría que su carruaje había tenido un accidente, si ella se había raspado el codo, se sentiría desolado.

Se inclinó y la besó con rapidez. Antes de que ella pudiera reaccionar, cerró la puerta.

Si quería casarse y no perder la cabeza por la preocupación, debería haberse casado con una mujer que no le importara. Pero entonces, no tenía intención de casarse con nadie nunca más.

Siguiendo de cerca, contempló el coche que tenía ante sí y que contenía a su futura esposa. No pensó en la morena Esmera, sino en la luminosa y rubia Maisie, y conoció el sentimiento familiar en lo más profundo de sus huesos. Se estaba enamorando de ella, había sabido en su jardín de rosas que era posible, y por ello, había huido de su presencia.

Ahora, tendría que estar vigilante, en vilo y preocupado el resto de su vida.

La preciosa cabeza de ella asomó por la ventana en ese momento. Él le devolvió la mirada, la saludó y le sonrió.

Jameson soltó un largo suspiro. No importaba cuánto afectara a su cordura, Maisie Darrow valía la pena.

# Capítulo 24

Maisie se despidió con la mano mientras Jameson se alejaba. Él había seguido al carruaje hasta su casa, pero la dejó entrar sola después de prometerle que la acompañaría a una cena y un baile al final de la semana.

Maisie no pudo evitar sentir que le había defraudado.

Al menos, en la fiesta podrían volver a ser como antes. Se mostraría tan social y deslumbrante como pudiera, tan parecida a Esmera Turner como fuera posible, y lo haría feliz y orgulloso de ser su prometido.

Durante la semana, se consideró afortunada por poder elegir no participar en eventos sociales. Sin embargo, fue a un partido de cricket con Eleanor y los Cambreys, y aceptó jugar al croquet cuando lady Turbity le escribió la misma mañana del evento diciendo que le faltaba una dama.

«Si no es mucha molestia, y si su prometido no se opone, por supuesto».

Después de la comida, sobre el hermoso césped de lady Turbity, se reunieron todos con sus equipos. Maisie se sintió aliviada al ver que en su cuarteto había otra joven a la que conocía al menos de vista, lady Adelia Smythe, la hija de un conde, dolorosamente tímida y callada, así como lord Roleston y lord Whitely.

Maisie intentó entablar conversación con lady Smythe de inmediato, pero esta apenas respondió. Cuando lord Whitely hizo el siguiente intento de conversación con la joven, Maisie se dirigió a lord Roleston.

—¿Cómo están disfrutando de su compromiso? —preguntó el vizconde mientras esperaban su turno.

Maisie consideró los altibajos, en particular el desalentador incidente de oír a Jameson decir lo extraordinario que debería haber sido que Esmera se casara con un rey.

—Es satisfactorio, lord Roleston. Más bien igual que no estar comprometida, francamente.

—Es cierto, supongo, pues aquí está usted, sin su prometido.

—Fue más bien una decisión de última hora —aclaró Maisie—. En cualquier caso, no creo que lord Turner sea aficionado al croquet.

—Oh, al contrario. Lo vi ganar a él y a su esposa como equipo contra lord y lady Rutherford. Como fue en la finca de los Rutherford, puedo decir que fue una mala forma de derrotar a los anfitriones. Aun así, lady Turner cacareó bastante su victoria y todo el mundo quedó fascinado con ella, por lo que se salió con la suya.

Maisie digirió esta información mientras dejaba atrás el partido de croquet de lady Turbity. Jameson había estado al tanto de la agenda de la semana y no se había ofrecido a formar pareja con ella. Tal vez creía que ella no podía ser tan buena como Esmera. Y quizá tenía razón.

No podía competir con una mujer muerta.

Sin embargo, ella se preocupó por lo que se iba a poner al final de la semana, no quería que se repitiera el baile de Parkland y que el anfitrión la ignorase, esperando a Esmera Turner.

Cuando llegara del brazo de Jameson el viernes por la noche, quería estar deslumbrante. Al pensar en la mejor manera de lograrlo, le vino a la mente un pensamiento… ¡Maggie!

Así que, dos días antes del baile, fue con esta a una modista de prestigio, obviamente no para que le hicieran un vestido nuevo, sino para que le arreglaran uno de los tres que había elegido.

—La antigua lady Turner llevaba muchos rojos y naranjas, que le quedaban muy bien con su pelo negro. Incluso podía llevar el amarillo azafrán —señaló Maggie con admiración. Maisie se encontraba en un estrado bajo frente a un espejo, vestida con su vestido azul favorito.

Madame Courvage asintió con un movimiento de cabeza.

—Ella podría. Usted… —dijo, volviéndose hacia Maisie—, tiene un pelo inusualmente pálido para alguien con ojos marrones, ¿no?

—Supongo que sí. —Maisie se volvió hacia Maggie—. Estoy apagada, enfermiza y pálida.

Su prima negó con la cabeza.

—No seas ridícula. Debes ceñirte a lo que puedes llevar. Por ejemplo, estarías estupenda en raso negro, pero viendo que lord Turner es viudo, eso solo recordará a la gente su anterior luto. Puedes llevar muy bien el rosa pálido, pero es demasiado inmaduro para tu condición de mujer comprometida. Te has puesto demasiado azul para poder impresionar.

—Le gusto de azul —dijo Maisie para defenderse por llevar un vestido de día azul.

—Sin embargo, estoy pensando que puedes hacer que se le salgan los ojos de sus órbitas si llevas el tono de otra joya, como una amatista o una esmeralda. Madame Courvage, ¿qué opina?

—Ninguno de estos vestidos que me ha traído la señorita Darrow es de color amatista o esmeralda —señaló ella—. Por lo que creo, condesa, que ya tiene un plan.

—Lo tengo. La señorita Darrow y yo tenemos una talla similar, incluso podemos llevar los mismos zapatos, como hemos descubierto recientemente.

Maisie se tapó la boca mientras jadeaba.

—Me olvidé de devolvértelos.

Maggie hizo un gesto con la mano.

—Eso no importa. Quédatelos si quieres. Como decía, aunque somos parecidas, ella tiene exactamente la talla de mi hermana mayor, lady Lindsey. Hice que mi hermana enviara más vestidos después del compromiso de la señorita Darrow, ya que lo más probable es que mi hermana no los necesite durante un tiempo. Está esperando un hijo.

Mirando por encima del hombro, Maggie esbozó su sonrisa ganadora que hacía que mujeres y hombres la adoraran. Esta vez, la dirigió a su lacayo, que estaba junto a la puerta.

—Jack, la caja, por favor.

En un momento, este salió corriendo hacia el carruaje y regresó con rapidez con una caja en las manos, la cual colocó en el suelo antes de volver a su puesto.

—Jenny lo llevó solo una vez, y como fue en mi compromiso en Lancaster House, no creo que nadie se diera cuenta, excepto su marido.

Maisie ocultó su sonrisa. Maggie no hablaba en vano, sino muy en serio. Porque la condesa de Cambrey, que por aquel entonces seguía siendo Margaret Blackwood, llevaba aquella noche un impresionante vestido azul, con el que acaparó toda la atención de la alta sociedad londinense. Ese vestido en particular no podría ser usado nunca más por otra dama, ya que todo el mundo lo recordaría.

Maggie comenzó a desatar el cordón que rodeaba la caja de color crema. En su interior había una capa de tejido, que apartó para revelar otro de un verde intenso.

Lo levantó para que Maisie lo viera.

—No quiero hablar mal de la difunta, pero lady Turner no era sutil en su estilo. Era todo drama y satén ajustado. Impresionante, sin duda, pero hay algo que decir sobre la frescura y el brillo. Este tono de verde, que algunos llaman «trébol», recordará a todos lo mejor de la campiña inglesa, especialmente con un nuevo panel en la parte delantera del corpiño y la falda de rosas pastel sobre fondo dorado. Tiene una tela así, ¿no es así, madame?

—La eligió usted misma —admitió la costurera y fue a buscarla.

Maisie admiró el vestido.

—Me gusta tal como está, con el panel verde más pálido debajo.

—Espera, prima, hasta que veas la tela que he seleccionado. El dorado se reflejará en tu pelo, y el rosa recordará a todos tus labios y mejillas. Pero primero vamos a llevarte al camerino.

⁂

El viernes por la noche, cuando Maisie salió por la puerta de su casa, iba enfundada en un manto de noche largo hasta el suelo y de color rosa, también prestado por Maggie, y solo se le veían los zapatos de piel de cordero del mismo tono al caminar. Su vestido estaba oculto y ni siquiera necesitaba ponerse unas zapatillas de baile, ya que estos zapatos eran suaves como la mantequilla.

Jameson vino a recogerla, junto con Ned y Caroline, en un coche de alquiler. Ned se sentó de inmediato a su lado, para que Maisie y Caroline se sentaran juntas frente al caballero.

—Lord y lady Westing tendrán preparada una excelente comida y magníficos músicos —les informó Ned, como si necesitaran su orientación. Él no era más amigo de los Westing que Maisie, ni había estado antes en una fiesta en su casa.

Para empezar, la celebración se debía a que la duquesa de Westing quería presentar a su hija Amanda. El año anterior habían sufrido una terrible explosión de gas y un incendio que dejó ciego al marqués, heredero del ducado, y esta era la primera cena con baile en su recién renovada casa de Grosvenor Square.

—¿Estarán también el marqués y su prometida? —preguntó Maisie, sabiendo de la larga convalecencia de

Christopher Westing y de su feliz compromiso con lady Jane Chatley, ya que los prometidos eran ambos amigos de Maggie. De hecho, esa era la razón por la que ellos mismos estaban invitados.

—Puedes contar con ello —continuó Ned—. Mis fuentes dicen que sí.

A su lado, Jameson puso los ojos en blanco y Maisie le sonrió.

—¿Qué? ¿Hay algo divertido? —preguntó Ned.

Jameson tomó la palabra.

—Todavía no. ¿Qué le parece esto? ¿Cuándo no es una desgracia que una joven pierda su buen nombre?

—Perdóneme —dijo Ned—, pero eso nunca es algo bueno. ¿Qué puede querer decir con semejante pregunta?

—Es una broma, esposo —explicó Caroline—. Continúe, lord Turner. Díganos cuándo.

—Cuando un joven le dé uno mejor —respondió Jameson.

Maisie pensó que habría sido mejor que Ned no hubiera interrumpido la ocurrencia.

Ned frunció el ceño.

—No lo entiendo en absoluto.

Eso hizo que Maisie quisiera reírse a carcajadas ante la perplejidad de su querido hermano.

—¿Qué le parece esto entonces? —insistió Jameson—. La intención de los espadachines es tocar cada uno a su oponente, pero en esto, a menudo son desarmados.

Maisie y Caroline se rieron, y entonces todos los ojos se volvieron hacia Ned, que fruncía el ceño. Luego su gesto se relajó.

—¡Desarmados! Ja, ja —Y hasta ahí llegó su risa, pero Maisie se dio cuenta de que su hermano apreció la broma.

—Muy bueno —le dijo ella a Jameson, quien se quitó el sombrero.

Entraron en el vestíbulo de los Westings junto a un pequeño grupo de invitados, hombres solteros que serían presentados a Amanda, y un número igual de mujeres solteras para completar la cena, además de, como era natural, algunas parejas establecidas para dar ejemplo.

Y entonces, llegó el momento de que Maisie mostrara su nuevo vestido. Dos sirvientes la esperaban para tomar las capas de las damas y los abrigos de los caballeros, si es que alguno era tan tonto como para llevarlo en esa cálida noche de verano.

Maisie desabrochó el cierre del cuello de su capa y dejó que se deslizara sobre sus hombros antes de entregársela a la sirvienta. Jameson estaba hablando con alguien al otro lado, pero cuando se reunió con él, la miró para cogerle el brazo. Y se quedó helado.

La mirada de él, sobre todo cuando retrocedió para verla mejor, fue una que ella nunca olvidaría. Se sintió instantáneamente hermosa. El hombre al que amaba tenía una expresión de asombro en su apuesto rostro, junto con un deseo primario.

—Está impresionante. —Luego, le habló en un susurro—. Como para besarla o comérsela.

Ella ni siquiera sabía exactamente a qué se refería, pero sintió que el calor le subía por la cara por su aprobación.

Él le sonrió, haciendo que su interior se agitara.

—Y ahora ha llevado la rosa a sus mejillas. Aún más hermosa. Esta noche iba a tratar de comportarme —añadió mientras se acercaban a los Westings—, pero será imposible.

A continuación, hicieron una reverencia y un saludo al marqués ciego, lord Christopher Westing, y a su prometida, lady Chatley, quien le comunicó a este que estaban ante ellos. Eran una pareja encantadora.

Luego, Maisie y Jameson conocieron a lady Amanda, que era como cualquier otra debutante en su primer baile, con aspecto cohibido y ojos muy abiertos, y por último, a lady Helen Westing, la renombrada artista, y a su marido, el patriarca lord Spencer Westing. Tenía fama de ser un poco excéntrico, pero un excelente estadista.

Maisie esperaba que Ned, que estaba justo detrás, no dijera nada embarazoso.

Cuando ella y Jameson hubieron superado la línea de recepción, se dirigieron a un gran salón para tomar una copa. Era como muchos otros eventos de la Temporada, salvo que habían pasado por la fila juntos y eran claramente una pareja. Nadie mencionó a Esmera, y su espectro no parecía sobrevolar la fiesta. Ni siquiera se sirvió vino español.

Mientras Maisie bebía champán y observaba a los jóvenes que intentaban captar la atención de Amanda Westing, se relajó y se supo la mujer más feliz de Londres.

—Necesito tenerla a solas de una vez —le murmuró Jameson al oído.

Por un momento, ella sintió un escalofrío de alarma, pero cuando vio el brillo perverso en sus ojos, supo a qué se refería.

—No creo que eso ocurra, milord. Solo piense en el ejemplo que vamos a dar a la joven lady Westing.

—Solo piense en las ganas que tengo de admirar su vestido... y lo que hay debajo de él.

¡Eso hizo! Solo con sus palabras, su cuerpo se estremeció.

—Compórtese —lo regañó—. Ni siquiera tienen un gran jardín para que lo exploremos. Tendríamos que ir a su parque privado, en medio de la plaza.

Él levantó la mirada.

—Me niego a desaparecer arriba con usted y que el duque de Westing nos descubra.

Jameson puso cara de frustración y ella no pudo evitar reírse. Sin embargo, estaba sumamente dispuesta a que la cena terminase para que él pudiera tomarla en brazos en la pista de baile. No estaba obligada a bailar con ninguna otra pareja, y no podía esperar a sentir sus manos sobre ella, y su cuerpo firme cerca del suyo.

—Creo que es el vestido más bonito que he visto nunca —dijo él más tarde, cuando salieron al parqué del gran salón de los Westings y comenzó el baile—. Quizá debería ponérselo el día de nuestra boda. Entonces tendré el placer añadido de quitárselo.

Él era incorregible, pero, en realidad, ella no había pensado en un vestido de novia. Sabía que las mujeres solían llevar un vestido favorito o su mejor vestido, y las que eran lo bastante ricas llevaban uno nuevo, hecho para la ocasión.

—Ya veremos —dijo ella, sabiendo en su corazón que sería imposible romper con él.

Era evidente que él la deseaba, pero si de repente se detenía en medio de los demás bailarines del encantador salón de baile de los Westings y le pedía que declarara ante esa gente y ante Dios si la amaba, ella sabía que él dudaría, le rompería el corazón en pedazos y luego declararía que la quería. Probablemente también le ofrecería su respeto, y admiración, y, por supuesto, deseo.

¿Podría ella vivir con esos sentimientos el resto de su vida, mientras lo colmaba de amor?

Estaba llegando a la conclusión de que la respuesta era un rotundo sí. Podía compartir con él los perfectos recuerdos de su difunta esposa, que siempre se mantendría joven y hermosa mientras Maisie se marchitaría con la maternidad y con los años. ¡Tal vez perdería su cabello!

—¿Está bien? —preguntó él—. Se ha puesto muy pálida. ¿Paramos?

Si se detenían, sus manos tendrían que apartarse de ella, y hasta esa pequeña conexión se perdería.

—No, estoy bien. Me gustaría tomar un poco de agua después de este baile.

El hecho de que Jameson estuviera tan preocupado y atento le hizo un nudo en la garganta, y Maisie se recordó a sí misma que él también envejecería, puede que engordase, se llenara de arrugas y quizá se quedara calvo. Si tenían suerte, envejecerían juntos, haciéndose reír mutuamente.

Tendría que ser suficiente, porque no podía verse con ningún otro hombre.

Deseó poder mirarlo a los ojos y decirle que lo amaba, pero no lo avergonzaría por nada, y menos para desahogarse.

En cambio, hizo un voto silencioso. En la intimidad de su propio dormitorio, en su noche de bodas, antes de dejarle consumar el matrimonio, le diría que le amaba. Porque no podía permitir que él pensara que era el tipo de mujer que podía entregar su cuerpo a un hombre sin amarlo.

Ella no era Elizabeth Pepperton.

❖

Teniendo en cuenta sus recelos durante la fiesta de los Westings, Maisie pensó que esa había sido la mejor noche de toda su vida. Jameson nunca se separó de ella y bailaron hasta la una de la madrugada. Y, gracias al vestido perfectamente diseñado por Maggie, él no le quitó los ojos de encima.

Después, cuando llegaron a su casa de Pimlico, Jameson la sorprendió aún más pidiendo permiso a Ned para pasar unos momentos a solas con ella.

—Eso no sería apropiado —respondió su hermano, y ella lo fulminó con la mirada. Odiaba montar una escena delante de Jameson, recordándole a Ned una vez más que no era su padre, ni había peligro de que Su Señoría renegara.

—Mantendremos la puerta del salón abierta —ofreció Jameson.

—Siempre y cuando no permanezcas al otro lado —añadió Maisie.

Sin embargo, Ned dudó. Maisie estaba a punto de informarle de que volvería a salir y se subiría al hackney con Jameson si era necesario para conseguir intimidad, cuando Caroline intervino.

—Dejaremos la puerta abierta y nos retiraremos, como hicieron mis padres con nosotros —le recordó a su marido, que la miró con la boca abierta—. Todavía hay una criada de guardia si necesitas algo —añadió—. Y como sabes, las voces y... otros sonidos suben por la escalera, así que solo llámanos si nos necesitas.

Eso era una advertencia justa de que podrían ser escuchados. Maisie asintió con un gesto de agradecimiento.

Agarrando el brazo de Ned, Caroline lo arrastró fuera de la habitación sin que pareciera molestarle la expresión de sorpresa de su marido, que sin duda reflejaba lo que Maisie sentía.

—Ha sido un giro sorprendente —dijo Jameson.

—En efecto. Cada día me gusta más mi cuñada. —Maisie empezaba a pensar que Caroline era más de lo que ella imaginaba.

Sin embargo, cuando Jameson le cogió las dos manos, solo pudo concentrarse en él.

—Solo quería que supiera que le estaba tomando el pelo en casa de los Westings.

—¿Eso hizo? —¿Qué querría decir?

—No necesito estar tocándola a cada momento y robándole un beso. —Pero mientras hablaba, una de sus manos le tocó la mejilla y se inclinó para besarla.

Ella suspiró después, cuando él se apartó.

—Entonces, ¿no necesitaba hacer eso?

—Correcto. —Jameson acunó el rostro de Maisie con sus manos y la besó de nuevo.

Cuando terminó, permaneció con su frente contra la de ella.

—Me alegro mucho de que fuese tan persistente en Jonling Hall —murmuró—. Fue usted quien hizo que empezara a vivir de nuevo, sacándome de mi letargo. La ciénaga, como la llamó.

Maisie deseó no haberle espoleado directamente a los brazos de lady Pepperton, pero ahora estaba aquí, con ella.

—Ansiaba verle como el hombre que recordaba.

—¿Y lo soy?

Ella le miró a los ojos azul grisáceo y no pudo mentir.

—Tiene una sombría acechando, siempre dispuesta a apoderarse de su estado de ánimo, pero supongo que cada uno de nosotros debe experimentar eso en algún momento de su vida. Que siga adelante a pesar de ello es un tributo a su fortaleza.

Jameson sacudió la cabeza.

—Solo usted vería una debilidad en mí y la convertiría en algo positivo.

—La pena no es una debilidad —le aseguró ella—. En este mundo, en el que tantos niños mueren antes de alcanzar siquiera la tierna edad de cinco años, y los seres queridos son arrebatados con rapidez por enfermedades o accidentes, solo el inconquistable espíritu humano nos aleja de la constante desesperación. Saber que la vida es corta y vivirla de todos modos, ¿no es una hazaña increíble?

—¿Shakespeare?

—No, solo mis pensamientos.

Él asintió con la cabeza.

—Son buenos.

—Estoy tan feliz esta noche… —añadió Maisie—. No pretendo seguir con la certeza de la incertidumbre.

—Y yo no pretendo ser pesado.

Oyeron toser desde el rellano de arriba y se sonrieron.

—Creo que me he pasado —dijo Jameson—. Esa es una señal, si no me equivoco.

Ella asintió. Su hermano había sido más que tolerante.

—La admiro mucho, señorita Darrow —añadió Jameson, y, como Maisie supuso que ocurriría, sus palabras de admiración, más que de amor, la picaron un poco. Pero también le dieron esperanzas.

A la mañana siguiente, Maisie se despertó con una perspectiva que solo podía describir como optimista. Su matrimonio iba a funcionar. Su vida iba a ser feliz.

Entró en el comedor y vio el correo sobre la mesa, junto al periódico y las tazas de té. Había una carta dirigida a Ned, pero era de su padre, así que naturalmente, tras una breve vacilación, la abrió.

Mientras leía, su corazón empezó a latir con fuerza. En unas pocas líneas, su padre, Fintan Darrow, había destruido su felicidad.

# Capítulo 25

El padre de Maisie fue directo al grano en la primera línea.

*«No doy mi permiso para que tu hermana se case con ese tal Turner. Para ser claros, lo prohíbo. No lo conozco a él ni a su carácter. Envía a Maisie a casa de inmediato, y yo mismo discutiré su futuro con ella.*

*F. Darrow».*

Normalmente, ella se habría preguntado por qué su propio padre no podía firmar su nota con amor, pero en ese momento, lo único que podía hacer era sentir pánico. Él había prohibido su matrimonio con Jameson y quería que volviera a casa, a Escocia, en medio de la Temporada.

¿Por qué su padre, normalmente desinteresado, había elegido este momento para involucrarse de repente en su vida?

La carta de Ned sobre su compromiso debía de haberle irritado. Era obvio que su hermano no había sido lo bastante respetuoso.

Maisie arrojó la carta sobre el mantel de encaje y se apretó las manos con frustración. Debería haber sido ella quien escribiera a su padre, pues solo podía imaginar a Ned diciendo cómo había encontrado al marido perfecto y que él había dado su permiso como si le correspondiera hacerlo.

¡Dios mío!

Bueno, no había más remedio que hacer el largo viaje a casa y solucionarlo. No iba a renunciar al amor de su vida mientras Ned y Fintan Darrow se disputaban el dominio de su pequeña familia.

Cuando Ned bajó las escaleras, ella repasó con él la carta de su padre. Tuvo la delicadeza de parecer avergonzado por el giro de los acontecimientos, que ahora estaban fuera de su control.

Al cabo de una hora, con Caroline como guía, Maisie se dirigió a la estación de Euston para planificar su viaje. En el pasado, había viajado casi siempre en un largo y tedioso carruaje de Londres a Dumfries, pero por conveniencia, tomaría un tren. El ferrocarril recorría casi todo el trayecto, por lo que debería hacer el resto del camino en un coche.

Sin embargo, en casa, con los billetes en la mano para el día siguiente y la disposición de Ned y Caroline a cederle una criada como carabina, Maisie aún necesitaba una cosa: decírselo a Jameson.

No habían hecho ningún plan para verse ese día, ni siquiera el siguiente, cuando ella partiera por la mañana temprano en el ferrocarril de Londres y Birmingham. Sabía que a él no le iba a gustar el contenido de la carta de su padre, el cual ella no iba a revelarle, ni que viajaría en tren. Pero no había elección.

Mientras Rachel, que viajaría con ella, hacía su equipaje, y su cocinera preparaba la comida que debía de mantenerse fresca durante dos días, Maisie se dedicó a escribir cartas.

No se molestó en escribir a su padre, ya que este la vería al mismo tiempo que llegase el correo. En su lugar, escribió a Eleanor, explicándole la situación y prometiendo volver triunfante.

Y luego, se dispuso a escribir a Jameson. Lo intentó dos veces y fracasó. Con la tercera hoja de papel, decidió ser directa.

*«Querido lord Turner:*

*Me veo obligada a hacer un viaje inesperado, pero necesario. Espero estar de vuelta a finales de la semana que viene, aunque desconozco cuál será realmente mi agenda. Lamento irme de improviso, extrañaré mucho su compañía.*

*Comprendo su naturaleza y sé que se preocupará. Pero esta no es mi elección y, como dijo Shakespeare, «somos esclavos del azar, y moscas en cada viento que sopla.*

*Suya, con sincero afecto,*
*Maisie Darrow».*

Releyó lo escrito y decidió que sería suficiente. En su fuero interno, sabía que si intentaba reunirse con él antes de partir, Jameson haría todo lo posible por interponerse en su camino y tal vez incluso le pediría que le prometiera no ir. En resumen, le prohibiría viajar del mismo modo que su padre le prohibía casarse con él. Entonces se vería totalmente bloqueada.

Sintiendo una pesadez de espíritu, selló el sobre y se lo dio al criado para que lo entregara a media mañana del día siguiente.

⸻ ❧ ⸻

Jameson creía que su cabeza iba a explotar, si no su corazón. Mientras leía la breve nota de Maisie, su mano empezó a temblar. No estaba seguro de si era la rabia o el miedo lo que provocaba la fuerte y violenta reacción. Apartando la silla de su escritorio, decidió ir de inmediato a su casa y detenerla.

Ensilló él mismo su caballo, nunca había cruzado Londres con tanta rapidez. Espoleado por el miedo que le roía las entrañas, golpeó la puerta de los Darrow. Pareció que el criado tardó una eternidad en abrir la puerta.

—Debo hablar con la señorita Darrow.

Las siguientes palabras del hombre hicieron que se le helara la sangre en las venas.

—La señorita Darrow se ha ido, milord.

No podía respirar, y los oídos le silbaban. ¡Demasiado tarde! Sin embargo, tal vez no lo era. Si sabía a dónde iba ella, podría ir más rápido en su caballo que ella en carruaje.

Caroline apareció en el vestíbulo.

—Lord Turner, entre. Darryl, ¿por qué ha dejado a Su Señoría ahí fuera?

Sin embargo, Jameson permaneció en el escalón. Tenía la intención de montar en cuanto supiera su destino. Ver a la cuñada de Maisie solo lo alarmó aún más.

—¿No ha ido con la señorita Darrow de viaje?

—No, no fuimos invitados, ni hubiera sido prudente que los tres hiciéramos un viaje tan costoso. En cualquier caso, mi marido solo echaría aceite al fuego en lo que respecta a su padre.

—Me he perdido, señora Darrow. ¿Está diciendo que Maisie fue sola?

—Por supuesto que no. Tiene a nuestra criada como compañera. —Caroline frunció el ceño—. Sé que ella le envió la noticia de su partida. ¿No le explicó las circunstancias?

—No —dijo él secamente, muy consciente de estar malgastando el tiempo. Cada minuto que pasaba allí, ella se alejaba más de él. Deseó poder mantener la frustración fuera de su tono, pero no pudo—. ¿Adónde ha ido?

—A Dumfries, milord, convocada por su padre. Ned y él… ¿cómo decirlo? Tienen cierta discordia entre ellos, así que le pareció mejor a Maisie hacer lo que dijo su padre, dada la delicada naturaleza de su discusión.

—¿Delicada naturaleza? —repitió él. Al menos, la situación no parecía tan grave, ahora que sabía que Maisie estaba en el carruaje de su familia con una criada y que se dirigía a su casa. Con suerte, Ned sabía qué posada era segura para indicarle al conductor dónde alojar a las mujeres. Probablemente se dirigían a Sheffield a ver antes a Jenny y Simon, pero quizá tendrían que pasar la noche en Leicester primero.

—¿Parará en Sheffield? —Podía correr como el diablo y encontrarse con ella allí, tal vez convencerla de cenar con él en Jonling Hall.

—No, milord, el tren no va en esa dirección, ni hay una estación lo bastante cercana.

Ante las palabras de la señora Darrow sobre un tren y una estación, su cerebro se vació de pensamientos, solo para llenarse de nuevo un momento después con la imagen de Esmera en la morgue.

Jameson se agarró al marco de la puerta y sintió que la bilis le subía a la garganta. No un solo ferrocarril, sino varios. Su Maisie pasaría de un tren desvencijado a otro, poniéndose en peligro voluntariamente al subir a todos y cada uno de ellos.

¡Qué diablos! Podría habérselo dicho antes, y él mismo la habría llevado, con cien acompañantes si fuera necesario. Ella sabía cómo le afectaría cuando él descubriera que ella iba a viajar de ese modo.

¡Qué traición tan insensible! Que Maisie emprendiera un viaje familiar a la ligera, dejándole a él sufriendo con la preocupación, parecía muy diferente a la mujer que él había creído conocer.

Igual que Esmera yéndose a jugar a los salones de Bath sin él. Podría haber esperado unos días. Unos pocos días y habría estado viva.

Ned tuvo suerte de que fuera Caroline la que se acercara a la puerta, porque si el hermano de Maisie estuviera allí, Jameson le habría levantado ampollas por permitir que su hermana se marchase.

—Gracias por decírmelo. —Jameson se dio la vuelta y, a pesar de que era temprano, se dirigió directamente a Crocky's, donde se encontraba la mejor comida, las camareras más guapas y las apuestas más altas. Tenía la intención de quedarse allí todo el día y tal vez toda la noche y quitarse de la cabeza a la egoísta señorita Darrow.

Todas las mujeres eran criaturas irreflexivas y egoístas, pensó para sí mismo, excepto Elizabeth. Había sido un tonto al destruir aquella agradable relación por otra como la que había tenido con su esposa, llena de incertidumbre y angustia.

Una hora más tarde, luchando cada minuto consigo mismo, finalmente dejó de lado la idea de ir tras el tren. Era inútil. La rápida bestia de hierro le tomaría la delantera a su caballo en cualquier momento. Aunque él la siguiera hasta que el ferrocarril se detuviera, ¿qué haría después?

Ella le miraría con sus preciosos ojos llenos de sorpresa, preguntándose por qué se había metido donde no le habían llamado.

Tal vez incluso se burlaría de él por preocuparse como una anciana.

Ella había roto su promesa de montar a caballo, y ahora le había ocultado la verdad y puesto su vida en peligro innecesariamente.

No podía vivir con una esposa así.

❖

Fue el viaje más largo y sin incidentes de su vida, y Maisie se sintió como si hubiera envejecido un siglo de la noche a la mañana.

Habían tenido la suerte de encontrar un vagón solo para mujeres en el primer tren durante un largo tramo del viaje. Su criada había dormido la mayor parte del tiempo, excepto cuando Maisie intentaba entablar conversación con ella. La mayoría de las veces, Rachel parecía tener los ojos muy abiertos y no entender nada, por lo que Maisie la dejó dormir todo lo que quiso. La pobre chica quizá lo necesitaba, ya que Ned no había contratado suficiente personal para hacer funcionar incluso su modesta casa, y las dos criadas, el criado y la cocinera tenían horarios muy amplios.

Caroline iba a sufrir la pérdida de una criada durante la próxima semana.

Durante el primer día de viaje, cuando Maisie se permitió el lujo de perderse en una novela, había decidido enseñar a leer a Rachel cuando volvieran a casa. Algunos decían que era un esfuerzo inútil, y que incluso podía ser perjudicial para la felicidad de una sirvienta, pero ella no lo veía así. Rachel podría sentirse inquieta si tuviera nuevas habilidades que no pudiera utilizar e incluso abandonar la casa de los Darrow en busca de una posición mejor. Pero eso sería una transición que habría que celebrar, como una flor en ciernes.

Ned no lo vería así.

Maisie no sabía con certeza qué pensaría Jameson de la idea de educar a los sirvientes, pero tenía la sensación de que estaría de acuerdo. Después de todo, había pasado de ser un bastardo a un vizconde. No muchos hacían eso.

Al segundo día, un pensamiento la golpeó. Nunca había visto el interior de su casa. Se dio cuenta mientras miraba por la ventana, viendo momentáneamente su reflejo antes de que sus ojos se centraran en el paisaje más allá. Lo que sabía de su vida en Londres era solo que él había vivido antes en otro lugar, por encima de Hyde Park, hasta que se casó con Esmera. Entonces, necesitaron una residencia mejor y compraron una casa en Princes Street.

Maisie comprendía la necesidad de la ubicación, sobre todo para un vizconde. Pimlico era limpio y seguro, pero decididamente de clase media y, por lo tanto, nunca podrían quedarse allí. Mayfair estaba fuera del alcance de los Darrow, pero los Turner habían conseguido una residencia en las afueras, lo bastante cerca como para no sentirse avergonzados por la dirección de su calle, e incluso a poca distancia de muchos lugares importantes.

Con un sobresalto, Maisie advirtió que no habían estado demasiado lejos de su casa la noche del incendio del teatro. Él pudo haberla llevado allí con tanta facilidad como a casa de Maggie.

¿Por qué no lo hizo?

Se reprendió mentalmente. Por un lado, habría destrozado su reputación si alguien descubría una infracción tan atroz de la decencia. Pero él ni siquiera lo había mencionado, ni le había sugerido que pasaran por allí para ver su casa desde fuera.

¿No iba a ser también su futuro hogar?

Tal vez no. Tal vez era demasiado que en el hogar que había compartido con Esmera se instalara otra mujer. Todo el mundo sabía que lady Turner amaba Londres. Probablemente también había amado su casa.

Maisie tragó saliva. Todas las noches, Jameson podía volver a un lugar lleno de los pequeños toques de Esmera, con obras de arte y decoraciones españolas, con los muebles y los colores de las paredes que ella había elegido. Tal vez él se sintiera feliz rodeado de sus cosas, encerrado en los recuerdos de su vida. Incluso podría parecer un santuario.

Maisie contempló el paisaje campestre, sabiendo que estaban a un par de horas de su casa, y vio los cambios que se habían producido tras la muerte de su madre. No muchos.

En verdad, nadie había sugerido deshacerse de su jarrón favorito. O incluso moverlo. Por lo que Maisie sabía, la ropa de Marion Darrow seguía colgada en su armario.

Había sido demasiado joven y estado demasiado desconsolada para pensar en su padre. Ahora, sin embargo, tendría toda su atención.

Habían terminado el trayecto entre Lancaster y Preston, y tuvieron que bajarse en Carlisle debido a problemas con las vías. Allí tomaron un coche para cruzar la frontera con Escocia y dirigirse al oeste, hacia Dumfries. El carruaje se detuvo en Gretna Green, donde se bajó una pareja, y Maisie tuvo que preguntarse por su historia.

Si su padre se negaba a darle su permiso, ¿querría Jameson casarse con ella de forma tan furtiva? La excitación de la muchacha, quizá demasiado joven para casarse en Inglaterra, era palpable. Sin embargo, sus padres podrían estar ahora cerca, frenéticos de preocupación.

Era mucho más probable que Jameson utilizara la negativa de su padre como la forma ideal de romper su compromiso, salvando las apariencias y sin que la reputación de ninguno de los dos se viera afectada.

Tal vez no le hiciera ninguna gracia saber que ella estaba aquí en Escocia, intentando persuadirle de lo contrario.

¡Oh, Dios!

Maisie trató de mantener el ánimo, pero a medida que se acercaban a la parada de postas de Dumfries, cerca de la carretera que llevaba a su casa, las mariposas revolotearon en su estómago. Nunca pensó que echaría de menos a su molesto hermano, pero enfrentarse a su padre sin Ned la ponía ansiosa.

En cuanto descendieron del coche, Maisie reforzó su valor en aquel entorno familiar.

—Vamos, Rachel. Los coches de alquiler están allí. Busquemos un hombre que traslade nuestros baúles.

Como la mayoría de las ciudades comerciales escocesas, Dumfries tenía una larga calle principal donde se celebraban sus mercados semanales. El mayor punto de referencia era el Mid Steeple, construido a principios del siglo anterior, y que podía verse desde una buena distancia. Su madre solía decir que la antigua ciudad fronteriza era pequeña, pero hermosa, y Maisie esperaba poder enseñársela a Jameson algún día.

A pesar de contar con algunas fábricas de sombreros y zapatos, así como de elaboración de cerveza y curtidos, era su mercado semanal de los miércoles el que traía la mayor afluencia de gente de muchos kilómetros de distancia, lo que lo convertía en un lugar privilegiado para el comercio angloescocés. Aunque a Maisie a veces le resultaba agobiante el bullicio del mercado, sobre todo el de los vendedores de ganado, le encantaba su ordenado puerto y ver cómo los barcos atracaban y descargaban a orillas del río Nith. Era prácticamente un océano comparado con el río Don, del que Jameson la había salvado, y siempre que Eleanor la había visitado, allí era donde iban, a la orilla del río para que su prima pudiera dibujar.

La casa de los Darrow estaba en Great King Street, con una gran parcela más atrás del río para guardar sus caballos. En pocos minutos, ella y Rachel habían atravesado el centro de la ciudad en un asiento de carreta, la cual las dejó en casa de Maisie, de piedra blanca, con su puerta principal y sus adornos de color gris pálido. De tres pisos y con dos buhardillas en la parte superior, Maisie la miró y sintió lo mismo de siempre: que su madre podría estar dentro esperando.

Cuando puso la mano en el pomo de la puerta y entró, ya había desechado esas tonterías.

Sabiendo que su criada debía de estar ya recelosa por haber sido arrastrada tan lejos de Londres, esperaba que la muchacha se adaptara a los sirvientes de la familia y que hiciera amigos durante el poco tiempo que estuvieran allí.

Andrew, que a veces trabajaba para ellos y a veces no —dependiendo de su consumo de whisky—, estaba puliendo la barandilla de madera oscura.

Alto y de mediana edad, contundente hasta la saciedad, exclamó:

—¡Dios mío, pareces el escupitajo y la imagen de tu querida madre, que Dios la bendiga!

Y sin más, Maisie fue recibida en casa.

—¿Dónde está papá? —preguntó—. ¿Está aquí o...? —Dejó la pregunta en suspenso, porque esperaba que estuviera fuera y poder evitar un enfrentamiento al menos hasta la mañana. Ya faltaba una hora para la cena y su viaje la había agotado.

—Sí, está aquí —dijo Andrew—. Preparando cerveza en la parte de atrás.

Su padre disfrutaba elaborando cerveza, casi tanto como otros hombres disfrutaban bebiéndola.

—¿Le enseñas a Rachel dónde puede dejar sus cosas y dormir esta noche? Y preséntale a Gail y Jordie.

—Sí, señorita. Ven, chica. —Rachel siguió a Andrew, después de mirar a Maisie, en parte con aprensión y en parte emocionada.

Sin duda, esto de viajar y conocer a otros era bueno para ella. La alimentarían y le darían un poco de la cerveza de Fintan Darrow, que todo el personal bebía. Maisie suspiró. Al menos la criada dormiría bien esa noche.

Sintiéndose segura de que Andrew o Jordie llevarían sus baúles arriba, Maisie decidió no aplazar más lo inevitable. Aunque tenía polvo y mugre del viaje, y su estómago empezaba a refunfuñar, recorrió el pasillo hasta la parte trasera de la casa y llegó al diminuto jardín, donde definitivamente no había ni una dalia. Sin llamar, entró en la cervecería de su padre.

Era una pequeña habitación con ventanas sin cortinas, pero entraba poca luz debido a la forma en que él había apilado las cosas por todos lados. Sacos de lúpulo y cebada, jarras vacías y llenas y, en el centro, su fermentador.

—Ahí estás —dijo su padre, sin apenas mirarla y sin parecer más sorprendido que si la hubiera visto recientemente.

Ella se deshizo de cualquier atisbo de acento inglés.

—Sí, papá, estoy aquí. Como me pediste.

—Te has tomado tu tiempo, Maiz —dijo él.

—Vine de inmediato cuando tu carta llegó a nuestra casa en Londres.

—¿Casa? ¿En Londres? Esta es tu casa.

Ella suspiró.

—Ya me conoces. Soy bastante fácil de llevar. Dumfries o Londres o incluso Sheffield con mis primas. Puedo adaptarme.

Él la miró con dureza.

—Ese hombre con el que tu hermano anunció que te casabas, como si él tuviera la palabra, ¿tiene su casa en Sheffield?

—Así es. Es un primo del marido de Jenny.

—Hmm...

¿Qué quiso decir con eso?

—Podría gustarte, papá. Es inteligente y no es un dandi. Y tendrías unos nietos muy guapos.

Él se cruzó de brazos.

—Por lo visto, no debería haberte dejado ir a Sheffield. ¿Se aprovechó de ti?

—Por supuesto que no —balbuceó ella, sorprendida de que su padre pensara tal cosa.

—Entonces, ¿por qué piensas en los hijos? No es apropiado.

Su padre estaba siendo difícil. Pero ¿por qué?

—Solo quiero que sepas que me parece guapo, eso es todo —declaró Maisie.

Él gruñó.

Maisie cogió una taza y miró dentro, luego la olió y arrugó la nariz ante el penetrante aroma.

—Déjala, chica —dijo su padre con brusquedad—. Prueba esto —dijo después con un tono más agradable, sirviéndole una pequeña taza de cerveza dorada de una jarra.

Suave, nada amarga, tenía un sabor que le recordaba a la fruta, como a las peras, quizá.

—Me gusta mucho.

Él volvió a gruñir, pero ella se dio cuenta de que estaba satisfecho. Tenía una licencia, y la Ley de la Cervecería era su ley favorita, ya que podía vender desde su propia cabaña.

—¿Por qué pareces estar en contra de lord Turner en tu carta, cuando no lo conoces?

Su padre negó con la cabeza.

—No importa si es Turner o el Rey de Persia, no te vas a casar con él.

Él le dio la espalda y abrió otro saco, hurgando en él con los dedos y oliendo lo que contenía.

—Ya estás prometida a otro.

# Capítulo 26

Maisie pensó que debió de oír mal.

—¿Qué estás diciendo, papá? Eso es imposible. Nadie ha dicho nunca una palabra de eso. No te creo.

—Si cerraras tu boca, te lo diría. —Luego sacudió su canosa cabeza—. No, estoy listo para cenar. Entremos y hablemos mientras comemos.

Ella había perdido por completo el apetito, pero al ver cómo él tapaba las jarras y cerraba los sacos, supo que no conseguiría nada más hasta que estuvieran sentados frente a la oscura mesa de roble del comedor. A su madre le encantaba, y decía que una mesa sólida era buena para la familia.

Inesperadamente, las lágrimas afloraron a los ojos de Maisie, dejó allí a su padre y se dirigió de nuevo a su casa para lavarse las manos y la cara.

Su habitación estaba igual que siempre y, con su baúl al pie de la cama, parecía que nunca se había ido. La colcha con rosas cosidas minuciosamente por su madre alrededor del dobladillo le recordó el vestido que había llevado hacía poco. El vestido perfecto en su noche más feliz.

A su madre le habría gustado ese vestido, Maisie estaba segura.

No se cambió para la cena, ya que al quitarse la capa, el sombrero y los guantes, y ponerse unos zapatos más suaves, se quitó lo peor del polvo del viaje. Su ama de llaves de toda la vida, Gail, había puesto agua fresca en la jarra, y Maisie la vertió en la palangana, antes de oler la pastilla de jabón que olía a hogar. Se enjabonó las manos y luego se dio unas palmaditas en la cara con una toallita húmeda.

En cinco minutos, volvió a bajar las escaleras y encontró a su padre ya en el comedor. Fintan no se levantó cuando ella entró, sino que se limitó a saludar con la cabeza, y ella se dio cuenta, con una sacudida, de lo acostumbrada que estaba a su comportamiento grosero. Cómo se reiría su padre si conociera sus pensamientos.

Maisie no se lanzó de inmediato a la pregunta que ardía en su cerebro. Su padre sabía que ella quería conocer la identidad de su misterioso prometido, y él no era un hombre cruel, así que Maisie no volvería a preguntar.

En cuanto se sirvió un vaso de cerveza y acomodó la servilleta en su regazo, lo miró expectante. Él cogió una rebanada de pan y la untó con rapidez con una cremosa mantequilla.

—Es un placer tenerte en casa —dijo, y luego dio un gran bocado al pan, regándolo con cerveza—. Sé que tienes curiosidad, así que te lo diré. Tu madre tenía una buena amiga. ¿Te acuerdas? Lorna Dugan.

—¡Sí! La recuerdo, pero no he pensado en ella en años. —El rostro de la mujer apareció en la mente de Maisie. Pelo castaño y mejillas redondas. Lorna solía estar con su madre mientras hacían las tareas o tomaban el té.

—El hijo de la señora Dugan es un año mayor que tú. ¿Te acuerdas de él?

¡Dios mío!

—Maiz, no pongas esa cara. Roddy es un buen muchacho.

Un extraño, por el que ella no sentía nada. Lo recordaba vagamente, pero no había pasado ningún tiempo con él, ni con ningún otro chico, y era mucho más joven que Ned, así que tampoco había sido uno de los amigos de la infancia de su hermano.

—Estoy segura de que es agradable, pero…

—Es tu prometido. Se lo prometí a tu madre en su lecho de muerte.

Ella hizo una bola con la servilleta en su regazo.

¿Por qué su madre haría algo así? ¿Y por qué no se lo había dicho él antes?

—Entonces, ¿por qué me dejaste tener una Temporada? Dos, en concreto. ¿Por qué te molestaste en enviarme a Londres?

Su padre se encogió de hombros.

—Tu madre siempre quiso que lo experimentaras. Decía que era lo más emocionante para una chica, sobre todo si ibas a volver a casa y pasar tu vida en Dumfries. Como es el caso —añadió con decisión, y terminó el resto de su pan antes de empezar con las salchichas y el puré.

—Pero debía de saber que podría encontrar un marido —dijo Maisie. Su padre frunció el ceño, y ella decidió insistir en su caso—. He aceptado casarme con lord Turner. Le he dado mi palabra.

Fintan Darrow sacudió la cabeza.

—Tu palabra no significa nada.

Ella se erizó, pero él levantó la mano.

—No te pongas en plan peleón conmigo. No lo digo con esa intención. Sé que eres una buena chica y que no mientes. Lo que quiero decir es que nadie puede obligar a una mujer a cumplir un contrato o una promesa. Tu palabra no es la misma que la de un hombre, y esa es la verdad.

Ella no podría firmar un contrato legal. En eso, su padre tenía razón. Sin embargo, Jameson ya le había echado en cara el haber roto su promesa de cabalgar sin él. Y eso era intrascendente comparado con esto.

Por otra parte, no podía estar segura de que él no se sintiera aliviado por no tener que casarse con ella.

Excepto que habían tenido una charla tan sincera en su salón...

Y ahora estaba Roddy Dugan.

—¿Por qué querría Roddy Dugan casarse conmigo? Ni siquiera me conoce.

—Para empezar, eres la chica más hermosa de Dumfries —dijo su padre con naturalidad, pero a ella le sorprendió oírlo. Él nunca había comentado su aspecto.

Era extraño el placer que le producía la aprobación de un padre, a pesar de ser un adulta.

—Te pareces a tu madre —añadió él.

Maisie asintió. Aunque no había ninguna imagen de su madre en la casa, todavía podía recordar su querido rostro y sabía que sus palabras eran ciertas.

—«Tú eres el vaso de tu madre, y ella en ti llama a la encantadora Abril de sus mejores tiempos», dijo ella en voz baja.

—¿Qué obra es? —preguntó su padre.

—Una obra no, un soneto en realidad. El número tres.

—Eres una maravilla, Maiz.

A Jameson le dolía la cabeza y echaba mucho de menos a Maisie. Se había quedado hasta tarde en el club de Crocky las dos últimas noches. Solo había estado fuera tres días, pero se sentía como si no hubiera visto sus ojos marrones durante toda una vida.

¡Maldita sea! No debía volver a sentirse así. Cuando Esmera murió, juró no dejar que su corazón se enredara con el deseo por otra mujer.

¿No había aprendido la lección?

Al parecer, no, porque echaba mucho de menos a Maisie. No solo le preocupaba que ella no hubiera llegado sana y salva a Dumfries, sino que le aterraba que tampoco pudiera volver. Y cuando lo hiciera, él se preocuparía por el resto de su vida cada vez que la perdiera de vista.

¿Cómo podía valer la pena amarla a ella, o a cualquier otra?

Seguramente había sido más feliz durante el año de luto, cuando no tenía nada ni nadie por quien preocuparse.

«Bueno», pensó con ironía, quizá más feliz no era la palabra correcta.

No había sentido una chispa de verdadera alegría hasta que Maisie Darrow irrumpió en su casa de Sheffield. Estar en compañía de Elizabeth no había hecho más que evitar la locura de estar completamente solo durante períodos tan prolongados. No podía decir que sintiera alegría con su amante, solo alivio.

Y luego Maisie había reaparecido en un salón de baile de Londres, con un aspecto, si cabe, aún más hermoso del que él recordaba.

Sin embargo, ella tenía tanto poder para despojarlo de su felicidad y hundirlo en las profundidades de la miseria como para darle alegría.

¡Él la amaba!

Esa constatación no le sorprendió en absoluto. Claro que la amaba.

Entró en un pub situado a dos calles de su casa, dos calles en la dirección equivocada para los privilegiados y los titulados, y olió el aire, espeso por el humo de pipa y la cerveza derramada. Una corpulenta y sudorosa camarera se apresuraba entre las mesas, y un feroz camarero con una cicatriz en la frente gobernaba el local. No era su primera vez en el sórdido establecimiento, y sin duda no sería la última.

Al pedir un whisky y hacer que la mujer dejara la botella en su mesa, Jameson pensó en cómo sobreviviría hasta que supiera que Maisie estaba de vuelta y a salvo en Cambridge Street.

¿Pero entonces qué haría? Si ella se tropezaba con un dedo del pie, él lo sentiría. Sabía, racionalmente, que ella tenía razón sobre la certeza de la incertidumbre. Sí, la enfermedad y la muerte estaban a su alrededor, sobre todo en el sucio

Londres. Pero ¿y si él le causaba la muerte por algo tan descuidado como hacer el amor con ella?

Bebió y dejó el vaso vacío. Había esperado tener hijos con Esmera cuando ella estuviera preparada para dejar sus vestidos ajustados y alejarse de los salones de baile. Puede que eso ocurriera dentro de un año, más o menos, en el que ella disfrutaría de las noches de cena y baile con las altas esferas de la sociedad.

Cuando se había ofrecido por Maisie, decidiendo casarse con ella, él no había pensado en absoluto en tener una familia. Sus pensamientos se centraban en iniciarla en las maravillas del acto sexual, ya que era evidente que se llevaban bien. Si él era paciente y amable, sabía que ella disfrutaría de ese aspecto de ser una esposa. Él había sido todo ansia, como un joven inmaduro, deseando acelerar los días hasta poder desnudarla lentamente y adorar su cuerpo como se merecía.

Luego, habían tenido la morbosa discusión de la muerte de los hijos. Ella había tenido razón. Todos conocían a personas que habían perdido hermanos o padres que habían perdido hijos. Y eso le había recordado que casi tantas madres morían al dar a luz como bebés morían después.

¿Y si Maisie muriera en el parto? Eso sería totalmente culpa suya, tan claro como si le hubiera disparado o degollado.

Su mente se aceleró con el miedo hasta que apenas pudo respirar. Volvió a llenar su vaso. Había formas de evitar que su semilla se implantara en su vientre. Esmera las había conocido y utilizado con éxito, pero no estaban aseguradas. Como todo en la vida, existía la posibilidad de que las cosas salieran mal.

Si su mente seguía dando vueltas de Maisie a Esmera, de la vida a la muerte, siempre con miedo, no iba a ser apto más que para Bedlam. Bebió otro largo trago. Maisie ya no le hacía feliz. De hecho, ahora sentía la misma miseria abrumadora que cuando se encontró con ella por primera vez. No podía seguir así.

Tendría que encarnar al peor pícaro, a un canalla sin corazón. Esperaba poder hacerlo. Porque necesitaba liberarse de ese manto de preocupación, y amándola como la amaba, la única manera de dejarlo de lado era liberarse de ella. Libre de sus ojos marrones dorados y de sus mejillas dulcemente redondeadas, de sus labios arqueados casi siempre curvados en una sonrisa encantadora.

Tenía que apartarla de su vida o ahogarse en la desesperación.

Cuando la viera de nuevo, le diría que lo suyo había terminado.

Aun así, tuvo que reprimir el miedo a no tener la oportunidad de decírselo. Que algo se la arrebatara, llevándose el último aliento de su cuerpo antes de que pudiera mirarla por última vez.

Pidió un whisky y se puso a rezar.

⸺ ❖ ⸺

Cansada, confusa, y sintiéndose traicionada por su propia madre, Maisie había abandonado la tensa discusión en su primera noche en casa. Había decidido retomar el desafío a la mañana siguiente, con la esperanza de que su padre hubiera considerado sus sentimientos durante la noche, y tal vez se hubiera ablandado un poco.

Tomarían bollos y jalea de flores de cardo, que Gail preparaba fielmente con la receta de Marion Darrow. Después de todo, pensó Maisie mientras bajaba a desayunar, todo parecía mejor con jalea.

Al menos, casi todo.

Mientras se sentaban a desayunar en la terraza de losas con vistas al ahora crecido jardín de su madre, Maisie tomó un té para regar los bollos y su padre bebió cerveza. Empezó de nuevo.

—Papá, dime qué dijo exactamente mamá, ¿quieres?

—Lo escribió para que no se me olvidara. Como si yo fuera a equivocarme respecto a cualquier cosa que tuviera que ver con nuestra única hija —se burló él.

Maisie dejó su taza de té.

—¿Mamá lo escribió, como si fueran unas instrucciones?

—Sí, lo hizo.

—¿Puedo verlo? No tengo nada suyo, salvo su nombre en mis libros de Shakespeare.

Él salió un momento de la terraza y volvió con una caja de madera, que ella recordaba haber visto tras la muerte de su madre. Su padre la había hecho él mismo, puliéndola hasta dejarla bien brillante. Ella supuso que era un proyecto para mantenerse ocupado después de la muerte de su madre y en el terrible silencio que reinaba en su casa.

Cuando él levantó la tapa, Maisie no pudo evitar inclinarse hacia delante.

Él dio un pequeño suspiro.

—Solo unas cuantas cosas que he guardado. Todo para ti, por supuesto.

Sacó un collar que ella había olvidado, con un pequeño colgante de amatista engarzado en una sencilla cadena de oro.

—Le regalé esto. —Pasó el pulgar por la piedra preciosa y la dejó en el suelo—. Y aquí está su pelo. —Tenía un mechón de cabello de su madre, trenzado, con una cinta en cada extremo para mantenerlo ordenado—. Lorna Dugan hizo esto.

Lo acercó a la cabeza de Maisie.

—Igual que el tuyo.

Ella extendió la mano y él le puso la trenza en la palma. Sintiendo que las lágrimas inundaban sus ojos, los cerró, imaginando con facilidad a su madre sonriéndole, con el pelo recogido en un moño suelto, los ojos marrones brillando de amor.

—Puedes leerlo tú misma —dijo su padre, sacándola de su ensueño mientras le tendía un papel.

Maisie volvió a guardar la trenza en la caja y tomó lo que él le ofrecía. En cuanto empezó a leerlo, sintió una gran emoción. Una nota de su madre. ¡Qué tesoro! No pudo contener las lágrimas por más tiempo.

—¿Estás llorando, Maiz?

Ella solo pudo asentir con la cabeza, con la garganta demasiado cerrada por la emoción.

Inesperadamente, sintió la mano de su padre en su espalda, acariciándola con suavidad.

—Sé que ha sido duro para ti perderla, una chica sensible que ha acabado sola conmigo y con un hermano de mala muerte.

Eso la hizo reír.

—Lo hiciste bien, papá, y Ned siempre se ha esforzado al máximo.

—No voy a vender esta casa —dijo él de pronto—. Voy a vivir aquí hasta que me muera. ¿Está claro?

Lo que Maisie entendía era que su hermano y su padre necesitaban comunicarse mejor, pero en ese momento, solo quería un poco de paz para poder disfrutar de la nota de su madre.

Enjugándose las lágrimas, ella sostuvo el papel para que todo el resplandor de la luz del sol de la mañana lo iluminara. Allí estaba la letra suavemente curvada de Marion. Le robó el aliento, recordándole los preciosos momentos en que su madre le enseñó a leer y escribir. Sin duda, ése era el mejor regalo de todos, mejor incluso que tener su belleza.

Leyó la nota y sintió que una nueva esperanza empezaba a brillar en su interior. Al releerla, le entraron ganas de reír de alivio.

—Al verlo de su puño y letra es imposible desobedecer, ¿no es así? —preguntó su padre.

—Sí, papá. Imposible. Me ha dado permiso para casarme con lord Turner, y estoy más que agradecida.

—¿Qué estás diciendo, Maiz? Ahí mismo dice que te diga que Roddy será tu Paris, el marido elegido para ti por tus padres: «Recuérdale lo feliz que habría sido la vida de Julieta si se hubiera enamorado de Paris».

—Sinceramente, estoy de acuerdo con mamá. Creo que Julieta fue una tonta precipitada, pues Paris era una mejor elección. Creo que ella podría haber llegado a amarlo, y él era claramente devoto de ella.

—Entonces, estás de acuerdo con tu madre...

—Sí, lo estoy. Sobre todo cuando dice:

«Si Maisie conoce a su Romeo, que gobierne su corazón y su matrimonio *Como gustéis*».

—Sí —respondió su padre—, como a mí me gusta, es decir, como el padre ha dictado, y el matrimonio con Roddy, tal como tu madre eligió.

—No, papá. No es como a ti te gusta. Es *Como gustéis,* la obra de Shakespeare, que de todas, es la que termina en la mayor cantidad de matrimonios por amor, todos con la bendición del padre. ¿No ves que no quería que tuviera que morir por amor como en Romeo y Julieta, sino que me casara por ello?

La miró fijamente.

—La vida de Julieta habría sido más feliz si se hubiera enamorado de Paris.

Maisie sonrió.

—Gracias por recordármelo. Has hecho exactamente lo que ella te pidió. Pero, efectivamente, he encontrado a mi Romeo. Y preferiría no tener que desafiarte y apuñalarme a mí misma.

Su padre puso cara de asombro.

—¿Qué estás diciendo?

—Fue un final terrible para Julieta, pero en la otra obra que mencionó mamá, los amantes se casaban felizmente.

—Tal vez ames a París, es decir, a Roddy.

—Ya amo a Jameson Turner. Y tú eres la primera persona a la que se lo he contado.

Fintan Darrow pareció incorporarse en su asiento, y su sonrisa brilló en su rostro.

—¿De verdad? ¿No se lo has dicho a tu hermano?

—No. No lo deshonraría de esa manera. Ni siquiera se lo he dicho a lord Turner.

Ahora, su padre parecía sorprendido.

—Entonces te sugiero que lo hagas si planeas casarte con ese hombre.

Ella le sonrió, no viendo ninguna razón para agobiarlo con las complicaciones del profundo dolor y la viudez de Jameson. Su padre ya entendía todas esas cosas demasiado bien.

—Supongo que será mejor que me hables de él, entonces. ¿Vamos a dar un paseo para que pueda presumir de hija prometida?

Maisie disfrutó del resto de su visita en su ciudad natal, decidiendo quedarse cinco días. Incluso a Rachel le gustó, lo cual era sorprendente para una londinense del este, aunque dijo que el aire parecía demasiado limpio para ser real. Maisie se rio de la percepción de la criada y no podía esperar a contárselo a Jameson. Seguramente le haría reír.

Cuando no estaba hablando con su padre, que la dejaba probar a crear su propia cerveza, se dedicaba a podar los arbustos y rosales y a desherbar el jardín de su madre. Se había enterado de que los criados se habían resistido a tocarlo después de que Fintan gritara la primera vez que Jordie había cortado un rosal. Pero eso había sido cinco años antes.

Bajo sus cariñosos cuidados, el jardín de su madre empezó a tomar forma de nuevo y, al tercer día de trabajo, Maisie esperaba que las nuevas plantas se afianzaran y estuvieran allí la próxima vez que volviera a casa.

—Tu madre estaría muy orgullosa —declaró su padre.

—Puede que visite a Lorna Dugan mañana —le dijo ella—, siempre y cuando Roddy no esté cerca ni albergue ninguna expectativa.

—No, Maiz, ni siquiera está en Dumfries en este momento. Está fabricando hierro en el norte. La señora Dugan querrá verte, estoy seguro. Oirás una y otra vez lo mucho que te pareces a tu madre.

—No me importa en absoluto.

Esperaba que a él no le importara que sacara a relucir un tema delicado, pero su relación había cambiado, ahora que ella era una mujer, y sintió que podía hacerle algunas preguntas.

—Entonces, ¿nunca quisiste casarte de nuevo después de la muerte de mamá? —Por fin le había preguntado lo que le rondaba por la cabeza desde que conoció a Jameson.

—¿Para qué? —dijo él con expresión de sorpresa.

—Para tener compañía, o por si te enamorabas de nuevo, supongo.

Él se puso de un tono claramente rojo.

—En cuanto a la compañía, no necesito una esposa para eso —dijo, sonrojándose más.

Maisie sabía que tenía razón en ese sentido, pero no quería pensar a qué se refería exactamente su padre ni cómo hacía para conseguir esa «compañía». Supuso que a su edad no necesitaba una lady Pepperton a su entera disposición, sino alguien más ocasional.

—En cuanto al amor, no hay nadie como tu madre —añadió él.

Sin duda, eso era lo que Jameson sentía por Esmera.

—Si quisiera otra mujer a mi alrededor —continuó—, además de Gail y Cook, podría habérselo pedido a la señora Dugan. Pero no habría estado bien. Habría seguido pensando que allí debería estar tu madre, no Lorna en su lugar. Sé que me habría entristecido aún más.

Maisie asintió, más convencida que nunca de que no debía mudarse a la casa que Jameson había compartido con Esmera. ¿Podría pedirle que la vendiera y empezara de nuevo?

Entonces pensó en Jonling Hall con pesar. Tenía el tamaño perfecto para una familia. También era una de las casas más bonitas que había visto nunca y, lo mejor de todo, su tía y dos de sus primas vivían en Sheffield.

Pero ¿y si lo único que veía Jameson era a Esmera en el salón, en el comedor, en las escaleras y, lo peor de todo, en el dormitorio?

---

Durante el viaje de vuelta a Londres, Maisie se preguntó cómo podría ayudar a Ned y a su padre a hacer las paces. Después de todo, había sido el mejor encuentro que había tenido con su padre desde que su madre había fallecido, y Ned también debería disfrutar de esa relación. Con toda probabilidad, Caroline tendría que hacerse cargo. Una cosa era segura, su padre quería conservar su propia casa y no viviría con ella y Jameson.

Cansadas y sucias, ella y Rachel tomaron un hackney en la estación de Euston, esperando caras alegres cuando entraron por la puerta principal en Pimlico.

En lugar de eso, Caroline estaba pálida, y Ned estaba sombrío.

—Será mejor que te sientes para oír esto —dijo su cuñada, y la dirigió al sillón orejero. Entonces Ned se puso delante de ella.

Maisie parpadeó, con el estómago encogido.

—Dime. Rápido.

—Es lord Turner.

Ella jadeó. No podía afrontarlo. Algo terrible le había sucedido. Ella lo amaba con todo su corazón.

—Ha renunciado a su oferta de casarse contigo. En resumen, ha cancelado tu compromiso.

# Capítulo 27

Maisie escuchó las palabras con alivio, pues no eran noticias de la muerte de Jameson. Respiró hondo y se tomó un momento para recuperar la compostura. Entonces comprendió su verdadero significado.

No se casaría con el hombre al que amaba, no habría un final feliz para siempre, no habría ninguna clase de final.

¿Qué había pasado para que él cambiara de opinión?

—¿Hablaste con él directamente?

—Lo hice —dijo Ned—. Vino hace unos días y nos encontramos aquí mismo.

Maisie miró al sofá, como si Jameson fuera a aparecer.

—¿También estuviste aquí? —le preguntó a Caroline, por si Ned se había mostrado exigente o desabrido. Su cuñada habría atemperado cualquier escena de ese tipo.

—Sí —dijo ella—. No me pidió que me fuera, así que no lo hice.

—Cuéntame lo que dijo —dijo Maisie, sorprendida por lo tranquila que sonaba cuando por dentro estaba empezando a destrozarse.

Ned le respondió.

—Turner se disculpó, como si eso nos sirviera de algo. Dijo que había llegado a la conclusión de que tú y él no erais compatibles en absoluto. Obviamente, no entró en detalles. Supongo que tiene una aflicción. O tal vez una preferencia inusual.

Maisie miró fijamente a su hermano, sabiendo que estaba frunciendo el ceño, pero tratando de comprender lo que estaba insinuando.

—Por el amor de Dios —interrumpió Caroline—. ¡Una aflicción! —Puso los ojos en blanco—. Lord Turner parecía terriblemente fuera de sí. Atormentado, diría yo. Dijo que lamentaba cómo te afectaría esto y que se aseguraría de que todo el mundo supiera que era a causa de su propio fallo y nada que ver contigo.

—Eso no ayudará a la reputación de Maisie —refunfuñó Ned.

Maisie no sabía qué decir, atascada en la palabra «atormentado».

—Supongo que podría ir a verlo. —Mañana, a la luz del día, tal vez no parecería tan definitivo.

—No lo harás. Ya se ha corrido la voz. Oí mencionar en White's que el compromiso se había cancelado.

—Quedaría mal —convino Caroline— que te vieran con él ahora.

Maisie asintió, demasiado agotada por el viaje y la agitación emocional como para querer luchar. Por la mañana, al menos le escribiría para pedirle una explicación. Sin duda, se la debía.

Jameson recibió la carta de Maisie y dejó que el alivio de su regreso lo invadiera. Eso era lo único que importaba. Si ella estaba enfadada por la ruptura de su compromiso, él podría lidiar con eso. Ella estaba viva y bien, habiendo sobrevivido al largo viaje en tren de ida y vuelta. Podía relajarse y respirar por primera vez desde que se enteró de su partida.

También había conseguido salir de su abatimiento auto-destructivo, dejando de beber todo lo que podía directamente de la botella en lugar del vaso. Había seguido así durante tres días y noches antes de darse cuenta de que el licor solo aumentaba su ansiedad por la ausencia de ella.

Sin embargo, esa noche, después de diez días, por fin, al saber que ella estaba en casa, en Londres, volvería a dormir bien.

*«Querido Señor Turner:*

*Me sorprendió la noticia de que había terminado nuestro breve compromiso y que ya no deseaba casarse. Por lo que mi hermano y mi cuñada me han dicho, su decisión está tomada y no puede cambiarla. Por lo tanto, no intentaré hacerlo. Solo quiero que sepa que fui feliz durante nuestro compromiso, tal vez más de lo que usted podría entender. Me gustaría que hubiera sentido lo mismo.*

*Además, como me deja intranquila, me gustaría saber por qué ha llegado a la conclusión de que no nos convenimos. Yo tenía la idea de que sí. No podré alterar los graves defectos de mi carácter para futuras relaciones, si no me dice cómo le he decepcionado.*

*Atentamente,*

*Maisie Darrow».*

Ni una palabra de Shakespeare. ¡Qué extraño!

Estuvo a punto de poner la pluma sobre el papel para responderle, pero decidió no hacerlo. Cualquier cosa que dijera sería hiriente, ella le contestaría, y entonces él sentiría la necesidad de responder de nuevo. Antes de darse cuenta, la invitaría a dar un paseo para que pudieran conversar más con facilidad. Y entonces, ¿dónde estaría él?

En cuanto la viera, querría abrazarla. Y si la abrazaba, le sería difícil no besarla. Tendrían que volver a comprometerse si lo hacía.

Sintiéndose como un canalla, dobló la carta y la metió en el cajón de su escritorio. Jameson no tenía planes de asistir a ningún otro evento de la Temporada, ya que no deseaba en absoluto alegrarse ni ser objeto de las especulaciones del público. Por lo tanto, si Maisie volvía a presentarse en sociedad, como debía ser, no se cruzaría con ella.

De hecho, podría hacer las maletas y volver a Sheffield. Tenía que asegurar algunos negocios, y luego, sin nada que lo retuviera en Londres, podría retirarse al campo.

¡Si no se sintiera como un cobarde huyendo!

Mientras tanto, sabiendo que ella estaba en Londres, se confinó en su casa de la ciudad durante el resto del día y también el siguiente, mientras organizaba reuniones con su banquero, su contable y su agente de bolsa. El hecho de permanecer en casa todo el tiempo no hizo más que exacerbar lo inquieto que se sentía en su propio hogar.

Esmera había amueblado el salón con un sofá y unas sillas de madera oscura que le recordaban a España. A él le parecían tan incómodos como los bancos de una iglesia. El comedor también era oscuro, con papel pintado de color rojo sangre y una mesa de patas gruesas. Ella prohibía las lámparas modernas en el comedor y la sala, sino que prefería los candelabros y apliques de pared. Él no se molestaba en encender suficientes velas para ahuyentar las sombras y, por tanto, ya no utilizaba la habitación.

Su estudio estaba repleto de viejos papeles que debía tirar. Así que se retiró a la alcoba principal del piso superior, arrojando su chaqueta sobre la cama. Sin embargo, no pudo evitar la sensación de que ella rondaba por allí mucho más que en Sheffield, ya que Esmera no había hecho ningún impacto en su casa de campo. Aquí, sin embargo, era su dominio.

En este dormitorio, donde a Esmera le encantaba probarse la ropa y donde él había disfrutado estirándose en la cama para observarla, todavía podía verla claramente. Si miraba hacia el armario, ella estaba eligiendo el vestido de esa noche. Frente al espejo de cuerpo entero, ella giraba para verse por detrás. En la otomana junto al tocador, su mujer se peinaba y luego le pedía a la criada que se diera prisa con el arreglo para no perderse ni un momento del baile ni de la cena.

No había cambiado nada de su habitación, y ahora, la encontraba incómoda. Demasiado vacía de ella, pero también demasiado llena de ella. En efecto, su dormitorio no le daba ninguna paz ni alegría. No era de extrañar que nunca hubiera llevado a Elizabeth allí.

Su pequeña casa adosada tenía un único dormitorio libre, que Esmera había ignorado. Los invitados a la cena nunca lo veían y ella no lo utilizaba, así que estaba como lo habían dejado los anteriores propietarios. Jameson entró en él y se sentó en el colchón hundido. Tenía poco dinero cuando compró esta casa. Sin embargo, gracias a su duro trabajo en la finca de Simon, al estipendio que le proporcionaba el vizcondado y a sus propias e inteligentes inversiones en la bolsa, había ganado lo suficiente para amueblar su casa de forma adecuada. Ahora, no tenía corazón para disfrutarlo.

Ya no tenía corazón para nada.

Recostado sobre el polvoriento cobertor, miró el descolorido toldo de arriba. Sobre este, el techo estaba descascarillado. El estado ruinoso de esta única habitación de su casa en Londres debía ser indicativo de su espíritu, decidió. Negligencia absoluta.

Había sido negligente en su matrimonio, supuso, o su mujer estaría viva. Las imágenes se agolparon en su cerebro, sin que nadie se lo impidiera.

Esmera declarando su intención de ir a Bath sin él, con los ojos brillando con desafío.

La expresión alegre de Maisie mientras su tren se precipitaba por las vías.

Esmera en la losa de mármol de la morgue.

Maisie mirándolo justo antes de que la besara.

Se tapó los ojos con el brazo y gimió. Se permitió entregarse a esta tontería durante uno o dos minutos, luego se cansó de estar tan cerca del desvarío.

«¡Despierta, hombre!», dijo en voz alta. Era hora de vender este lugar.

Eso le sorprendió, pero cuando lo pensó, se sintió bien. Sería feliz si no tuviera que dormir nunca más bajo su techo.

No, no sería feliz. Sería menos miserable. La única felicidad que había sentido en el último año era a través de Maisie y sus tontas citas de Shakespeare. Y con sus ojos, su risa y sus labios.

Mañana iría a Chesterton's, en Kensington, y se reuniría con la vieja empresa de agentes inmobiliarios. Cuanto antes encontraran a alguien que le quitara el lugar de las manos, mejor.

<hr>

El primer día, Maisie esperó con paciencia una respuesta de Jameson después de saber que su carta había sido entregada. Al día siguiente, aún esperanzada, se sintió menos paciente, incluso paseando con Eleanor y Maggie por el Serpentine. Estas se quedaron atónitas al descubrir que ella había ido a Dumfries para conseguir que su padre la dejara casarse con Jameson, mientras este cancelaba el compromiso cuando ella estaba fuera.

Al día siguiente, se sintió muy molesta, lo que se convirtió en una furia desatada al cabo de otro día.

¿Cómo se atrevía a ignorarla? Se paseó por su casa. Luego, solo para fastidiarlo, montó en el carruaje de la familia sobre el puente de Battersea. Dos veces.

Al quinto día, lord Roleston le envió sus condolencias por el fin de su compromiso y le dijo que esperaba verla en un baile de Mayfair la noche siguiente.

—¡Sí! —exclamó ella.

—¿De qué se trata? —preguntó Caroline, sorprendida desde su asiento junto a la ventana mientras tejía.

—Un baile. Mañana por la noche.

—¡Dijiste que habías terminado con la Temporada!

Maisie lo había hecho. En un momento de precipitación, dos días antes, cuando Ned le señaló que quedaban muchas semanas y eventos a los que asistir, ella había declarado que había terminado con todo eso.

—He cambiado de opinión. Lord Roleston me preguntó expresamente si estaría allí. Y puede citar a Shakespeare —añadió.

Caroline asintió, con cara de desconcierto.

—Bueno, eso es algo bueno para tener en común, ¿no?

Maisie se sintió más ligera por primera vez en días. Era algo en común. Un hombre guapo que nunca había estado casado, al que le gustaba bailar y estaba claramente interesado en ella, y que no la consideraba arruinada a pesar de su breve interludio de compromiso.

Además, no solo había leído a Shakespeare, sino que se había tomado la molestia de memorizar algunos versos excelentes.

¡Qué príncipe! Sin duda, no se habría perdido durante Ricardo II. En cualquier caso, tampoco podía estar segura de que lord Roleston la hubiera llevado en brazos por las calles de Londres aquella gloriosa tarde en la que perdió el zapato.

Encogiéndose de hombros, esperaba no tener que averiguarlo nunca.

Mientras tanto, el recuerdo de lo ocurrido en el sofá de Maggie tendría que ser enterrado y olvidado. «Como un cadáver sin amor», pensó con crueldad.

Resignada a no volver a saber nada de Jameson Turner, la noche siguiente Maisie se puso su vestido de seda azul favorito y esperó con impaciencia el baile. Sería muy cerca de la casa de los Lindsey, así que Eleanor también estaría allí.

Cuando Maisie entró en la espaciosa casa de lord y lady Felton y vio a Eleanor, se sintió como si las últimas semanas no hubieran existido. Desgraciadamente, sí habían existido, y al pasar por la pequeña fila de recepción, se vio sorprendida por las condolencias del anfitrión y la anfitriona y sus hijas, las niñas gemelas para las que se celebraba el baile.

—Siento mucho su desgracia —dijo lady Felton.

Maisie asintió, jadeando por dentro, pues creía que en la sociedad educada nadie lo mencionaría. Estaba equivocada. Mientras cruzaba el vestíbulo y subía las escaleras hacia el gran salón donde tendría lugar el baile, oyó susurros. Nunca nadie había tenido motivos para susurrar sobre ella, al menos hasta el incidente del jardín de dalias.

Con Ned y Caroline a su lado, levantó la cabeza, ignoró a los cotillas y buscó a Eleanor.

Por suerte, lord Roleston ya estaba allí y fue el primero en acercarse a ella.

—Pueden ser brutales esta noche —le advirtió—. ¿Lo sabía?

—No, ni siquiera había pensado en ello. «La opinión no es más que una tontería que nos hace escudriñar el hábito exterior por el hombre interior». Ellos verán lo que desean ver por mi apariencia esta noche. Probablemente, me considerarán superficial y demasiado voluble por estar aquí después de haber sido rechazada recientemente.

—¿Su viaje fuera de Londres tuvo algo que ver con su ruptura con lord Turner?

Al principio, Maisie pensó que era demasiado atrevido, luego suspiró. ¿Qué importaba ahora si se hacía amiga de otro hombre?

Después de todo, el resto de su Temporada lo pasaría intentando erradicar el amor que sentía por Jameson. Y si encontraba a otro que fuera un marido adecuado, incluso lord Roleston, se consideraría afortunada. De lo contrario, siempre estaba Roddy Dugan y su hierro.

—Fui a Dumfries para evitar que me trataran como a la Porcia del *Mercader de Venecia*, que dijo: «No puedo elegir a quien quiero, ni rechazar a quien me disgusta; así es la voluntad de una hija viva frenada por la voluntad de un padre muerto». O en mi caso, la de mi querida madre. Resultó que mi padre había confundido la intención de esta. En cualquier caso, todo fue en vano, ya que lord Turner cambió de opinión mientras yo estaba ausente.

¡Oh, Dios! Maisie recordó que debía decir algo para quedar en una buena posición, pero no se le ocurría qué.

—¿Cómo pudo hacerle algo así? —Lord Roleston parecía atónito—. ¿El vizconde ama a otra?

—Sí —respondió ella, pensando en Esmera—. Creo que así es.

Lord Roleston le arrebató el carné de baile y lo mantuvo en su mano mientras buscaba un lápiz en su bolsillo. Al fin, ella sacó uno pequeño de su ridículo y se lo entregó.

—Siento que le hayan jugado una mala pasada, señorita Darrow —dijo él.

Ella miró a su alrededor. En el fondo, no podía acusar a Jameson de tal cosa. Ella había sabido desde el principio que su primer matrimonio era la unión perfecta. Nada de lo que ella le ofreciera podría compararse con eso.

Al volver a mirar a lord Roleston, se dio cuenta de que estaba ocupado escribiendo en su tarjeta.

—No demasiados bailes, por favor, milord, o mañana se verterán nuevos chismes.

Él le sonrió.

—Estaré feliz de verme involucrados en ellos con usted, señorita Darrow. Aun así, para proteger su sensibilidad y su reputación, he marcado mi nombre tres veces, que es solo una vez más de lo que se considera apropiado.

Ella le sonrió.

—Gracias. Porque si fuéramos totalmente correctos, ¿de qué tendríamos que hablar?

Así, a medida que avanzaba la velada, lord Roleston volvió a su lado más de una vez. Hizo que Eleanor se atragantara con su limonada con una broma sobre el romance gótico y, sobre todo, mantuvo a Maisie distraída. Cuando no estaban bailando, le hablaba de su pequeña finca en Yorkshire, de su interés por el cultivo de ovejas y de sus dos hermanas y hermano.

Al final de la velada, ella estaba muy agradecida por su existencia. Sin la presencia de lord Roleston, habría echado mucho de menos a Jameson y quizá habría jurado no volver a asistir a otro evento de la Temporada. En cambio, estaba deseando ir a navegar cerca de Chelsea dentro de unos días. Había aceptado asistir a la misma fiesta que lord Roleston y su hermana, Emma, y compartir una manta de picnic con ellos.

Sin embargo, esa noche, al desvestirse y meterse en la cama, la pesadez de querer la compañía de Jameson volvió a instalarse en ella como un pesado manto. Se preguntó si él la echaba de menos.

No se llevaban bien. Eso fue lo que él había alegado, y ni siquiera se lo había dicho a ella, sino a su hermano. Antes, Maisie no le había creído cruel, pero ahora sí. También lo creía un mentiroso. Estaba claro que se llevaban bien, y mucho, además. Pero él no la amaba, y en última instancia, había elegido a la mujer muerta que había capturado por completo su corazón.

***

Jameson oyó hablar en su club de la señorita Darrow y lord Roleston. La sensación al conocer esta información fue desagradable en el mejor de los casos y francamente desgarradora en el peor. Su Maisie estaba siendo cortejada por el hijo de un conde. Todavía un vizconde, como cualquiera estaría encantado de decirle a ella, aunque uno más rico que Jameson y que heredaría un condado, aunque este no fuera más que una maldita granja de ovejas en el norte.

Él mismo había elegido este camino, se recordaba Jameson a diario mientras se hacía el remolón para que el agente inmobiliario pudiera medir las habitaciones de su casa. Había querido que la responsabilidad del cuidado de la señorita Darrow recayera sobre los hombros de otra persona. Lo malo era que seguía pensando en ella y preocupándose por ella igualmente. Cuando se enteró de que había estado navegando, supo que debería haber estado allí por si ella se caía al agua y necesitaba ser salvada.

¿Y si Roleston no tenía cuidado con su preciosa vida?

Se dirigió a Dolly's Chop House, pasando por debajo del arco de Paternoster Row. Al entrar en Queens' Court Passage, los deliciosos aromas ya salían de su pub favorito. Pasaría allí un par de horas, ya que siempre se encontraba con gente conocida y podía ponerse al día en el salón de fumadores sobre las últimas noticias del Parlamento, y, para cuando volviera a casa, el agente inmobiliario habría terminado de husmear.

Por desgracia, lo primero que vio fue a lord Roleston cenando con un hombre que se parecía a este lo suficiente como para ser un pariente. Al instante, a Jameson se le revolvió el estómago, pero cuando la mirada del vizconde se posó en él, asintió al tipo de pelo arenoso y pasó de largo para buscar una mesa vacía lo más lejos posible de la suya.

No era la primera vez que sacudía la cabeza ante el giro del destino que arrebató a su hermanastro Tobías del mundo, justo cuando Jameson estaba dispuesto a desafiar a su padre y revelarle su existencia. Su primo Simon dijo que Jameson se parecía mucho a Tobías, y que habría sido un regalo sentarse en Dolly's Chop House con la familia.

Roleston también tenía hermanas, recordó Jameson. Verdaderamente, era un hombre afortunado, que ahora también tenía a Maisie.

Jameson solo podía esperar que la casa se vendiera con rapidez, porque estaba más que dispuesto a dejar Londres para trasladarse a Sheffield. Pidió comida a la camarera —el propietario, el señor Howell, siempre empleaba a las más guapas para deleite de los clientes— y se sentó sosteniendo una servilleta en una mano y una bebida en la otra.

—Me parece, Turner, que ha resultado ser un poco pícaro.

Él levantó la vista de su vaso de cerveza para encontrar a Roleston de pie junto a la mesa, con una expresión beligerante en el rostro. Justo detrás de él estaba el otro hombre, seguramente su hermano.

—¿De qué habla? —preguntó Jameson.

—Podría preguntarte lo mismo. ¿En qué estaba pensando al poner su nombre en su tarjeta todas esas veces llamando así la atención sobre ustedes dos, incluso antes de que estuvieran formalmente comprometidos? ¿Y luego esperar a que ella se fuera de la ciudad para romper el compromiso como un cobarde sin agallas? —dijo Roleston—. Usted le da mala fama a los vizcondes, se lo aseguro.

Jameson le miró fijamente. Quería decirle que se fuera al diablo o que no era asunto suyo. Sin embargo, era asunto de Roleston si ahora se preocupaba por Maisie. Y Jameson tenía que reconocer que el hombre se había acercado a él en público. De hecho, Dolly's se había quedado en silencio y los demás clientes se preguntaban si la escena se tornaría desagradable.

—¿Nada que decir? —añadió Roleston en medio del silencio.

Si esperaba provocar una escena, tal vez incluso una pelea, se sentiría decepcionado. Jameson no iba a darle esa satisfacción. Solo desperdiciaba un puñetazo con hombres del calibre de Granger. El que tenía delante, el cual estaba consolando a Maisie, no merecía su ira, solo su gratitud.

—Le agradezco que haya intervenido y colaborado con la señorita Darrow. —No estaba seguro de cómo se le habían escapado las palabras de su boca seca, pero estas deberían de satisfacer a Roleston.

Sin embargo, el hombre no se fue. Se quedó mirando a Jameson hasta que él no pudo hacer nada más. Lentamente, Jameson se puso en pie.

—¿Hay algo más que quiera decir? —le preguntó.

Roleston se inclinó hacia él.

—¿No va a responder después de que le haya llamado cobarde?

Jameson suspiró.

—Entiendo su deseo de defender el honor de la dama.

Un recuerdo punzante de Maisie retorciéndose bajo él en el sofá de lady Cambrey eligió ese momento para pasar por delante de sus ojos. Su honor, de hecho, necesitaba ser defendido. Se había comportado mal y merecía una paliza.

Mirando las caras ansiosas, Jameson se preguntó si le debía a Maisie dejar que Roleston le diera una en público.

—Todos los presentes le han oído llamarme cobarde y, por tanto, ha cumplido con su deber.

—¿Lo he hecho? —Con esa respuesta, Roleston echó el brazo derecho hacia atrás.

«¡Por Dios!», pensó Jameson. No me des tantos avisos, maldita sea.

# Capítulo 28

Parecía que el vizconde se movía a cámara lenta. ¿Cuánto tiempo tendría que esperar Jameson para recibir su castigo purificador?

Y entonces recordó cómo Roleston iba a disfrutar a continuación de toda la calidez y la pasión de Maisie, si tenía suerte. En un instante, su sangre hirvió de celos.

Cuando el puño del hombre se dirigió por fin hacia él, Jameson se agachó y le devolvió un rápido golpe. No a la cara del vizconde. No quería dejar una marca visible ni romperle la nariz. Solo quería acabar con esto.

Su puño chocó con el estómago de Roleston, y el hombre se dobló como una gallina que picotea.

Jameson sacó unas monedas del bolsillo, que depositó en la mesa, recogió su periódico y recibió un puñetazo del otro Roleston, quien le hizo caer al suelo.

Maldita sea. Jameson tenía razón. Sería bueno tener familia.

Maisie abrió la nota de Eleanor.

*«Ven a Portman Square mañana a la 1 p.m. Te espera un al-
muerzo y una agradable sorpresa».*

Por un breve momento, que le hizo parar el corazón,
imaginó que podría tener algo que ver con Jameson. Luego
se dio cuenta de lo absurda que era esa idea. Su prima se lo
habría dicho sin duda si, de alguna manera, tenía al hombre
cautivo en el salón de los Lindsey.

Entonces, salió a cabalgar con lord Roleston, la hermana mayor y el hermano menor de este. Eran personas muy
dulces. Naturalmente, Ned aprobaba a este nuevo galán, ya
que el vizconde sería conde algún día. Ned estaba deseando
hacer fiestas en la casa de campo de ese hombre en Yorkshire
y decirle a todos que su hermana era condesa.

—¡Maldición! —murmuró Maisie al día siguiente, mientras se ajustaba el sombrero y subía al cabriolé alquilado, poniendo rumbo a la casa de lord y lady Lindsey. A pesar de la
felicidad de su hermano, prefería ser la esposa de un bastardo
que la reina de Inglaterra.

En cuanto la puerta de Portman Square fue abierta por
el señor Binkley, ella supo cuál era la sorpresa. Si el querido
mayordomo de los Lindsey estaba en la ciudad, entonces los
Lindsey también.

—Pase —dijo Eleanor desde la puerta del salón.

Maisie dio las gracias al señor Binkley, le entregó su capa
y se dirigió a su prima, a quien le dio un beso en la mejilla
antes de mirar a su lado. Allí estaba la mayor de las hermanas
Blackwood.

Jenny abrió los brazos de par en par y Maisie se apresuró a abrazarla. Era la hermana tranquila y capaz que Maisie siempre había deseado tener.

—Ya se te nota —declaró Maisie mirando el vientre ligeramente abultado de Jenny, apenas disimulado por la caída de su vestido, mientras esta aún le sostenía las manos—. ¿Cómo te sientes?

—Muy bien —declaró Jenny, cuyos ojos marrones eran casi del mismo tono que los de Maisie. De hecho, ella se parecía mucho a Jenny, si el pelo de su prima fuera unos diez tonos más rubio.

—¿Están todos aquí? —preguntó, refiriéndose al hijo mayor de Simon y Jenny, Lionel, y a las gemelas, Daniela y Pamela—. Parece que hay demasiada tranquilidad...

Jenny se rio.

—La niñera los ha sacado a pasear. Y Simon ha ido directamente al Parlamento.

—¿Cuándo llegasteis a la ciudad?

—Ayer mismo —dijo Jenny tomando asiento y haciendo un gesto para que su hermana y Maisie también se sentaran.

Maisie se sintió honrada.

—¿Y me has invitado tan rápido? —Se volvió hacia Eleanor, esperando no ser una intrusa mientras los Lindsey aún se estaban acomodando.

—¡Por supuesto! —exclamó Jenny—. Eres de la familia. Maggie también debería llegar pronto.

—Qué raro —dijo Maisie—, no vi la invitación de Ned a esta pequeña reunión.

Todos se echaron a reír. Entonces Jenny sacudió la cabeza.

—Ned y Caroline vendrán a cenar muy pronto, y tú también, espero. Y, por lo que he oído, deberíamos poner un cubierto más para el primo de Simon.

El estómago de Maisie se retorció.

—Si lo haces, entonces no asistiré.

Aunque al principio había deseado encontrarse con él, ahora había pasado demasiado tiempo. Sería mortificante reunirse durante la cena como si no hubiera pasado nada, con todo el mundo sabiendo que él había roto con ella.

—¡¿Por qué?! No lo entiendo. —Jenny miró entre Eleanor, que tenía la cabeza hundida, con la palma de la mano en la frente, y de nuevo a Maisie, que sintió que sus mejillas se enrojecían—. Oh, la maldita lentitud del correo —dijo Jenny al fin—. La última noticia que tuve fue la de un compromiso. ¡Eleanor! ¿Por qué no me lo dijiste?

—Anoche llegaste tarde y acabas de levantarte —protestó la hermana menor—. Apenas he podido preguntarte cómo fue tu viaje y, por cierto, decirte que Jameson Turner es un canalla.

En cinco minutos, Maisie había explicado la situación, dejando a Jenny con un aspecto un poco malhumorado.

—No estés triste por mí, prima —imploró Maisie—. Tengo un nuevo pretendiente. Un hombre muy agradable, lord Roleston. ¿Lo conoces?

Jenny se encogió de hombros.

—Heredero de una familia de ovejeros, creo —dijo, resumiendo con el ceño fruncido—. ¿Pero dónde está Jameson ahora? —preguntó—. ¿Cómo es que no has hablado con él?

Maisie solo pudo negar con la cabeza.

—No quiere verme ni hablar conmigo.

El gesto de Jenny cambió a uno de exasperación.

—Confieso que no ha estado bien desde que murió lady Turner, pero realmente creí que tú lo habías sacado de su melancolía, restaurando no solo su buen humor, sino también sus modales. Esa noche en nuestra casa, antes de que se fuera, tuvimos una cena tan deliciosa... Fue la primera vez que le vi sonreír o reír en meses.

¿Qué podía decir Maisie?

—¿Podemos dejar el tema de lord Turner?

—Pero yo acabo de llegar —dijo Maggie desde la puerta—. Y aún no he tenido la oportunidad de saber los detalles.

Ella se paseó con elegancia por la gruesa alfombra, luciendo un vestido violeta adornado con plata.

—Oh, no os levantéis —ordenó cuando todas empezaron a hacerlo. Se hundió con gracia en el sofá junto a Jenny, y Maggie besó la mejilla de su hermana.

—Tienes buen aspecto —le dijo.

—Y tú estás preciosa —le respondió Jenny.

Maggie sonrió, al tiempo que levantaba un hombro como si dijera «por supuesto».

—Entonces, ¿qué me he perdido? lord Turner se está comportando como un asno asustado, y nuestra Maisie está sufriendo las consecuencias.

—¿Asustado? —preguntó Jenny—. ¿Qué quieres decir, Mags?

—Es obvio, ¿no? Está aterrorizado por haberse enamorado de nuestra encantadora prima.

Eleanor tomó la mano de Maisie y la apretó.

—Tiene sentido.

—No —dijo Maisie—. No lo tiene. Sé la razón por la que lord Turner rompió nuestro breve compromiso, al que fue obligado por Ned, por cierto.

Todas la miraron con ojos interrogantes.

—Sigue enamorado de lady Turner. Y honestamente, ¿quién puede culparlo? Tuvo un matrimonio perfecto, y ella era perfecta en todos los sentidos.

—Bah… —dijo Maggie.

—En verdad, no era perfecta —comentó Jenny en voz baja.

Eleanor se limitó a apretarle la mano de nuevo.

—Nadie es perfecto —añadió Maggie, y luego alzó la mano y alisó su ya ordenado peinado, como si diera la razón a sus propias palabras.

—Los matrimonios no lo son, sin duda —dijo Jenny con énfasis.

Todas la miraron.

—No, el mío no tiene nada de malo —dijo ella—. Simon y yo estamos tan enamorados como siempre. —Se dio una palmadita en la barriga y puso una mirada cariñosa en su rostro.

—¿Ibas a decir algo más? —preguntó Maggie—. Creo que te has quedado aturdida como un bebé.

—¿Aturdida como un bebé? —repitió Jenny, y luego pareció volver al presente—. Esas son las palabras exactas. De todos modos, nunca menospreciaría a los muertos, pero pasé más tiempo con lord y lady Turner que cualquiera de vosotras. Sí, estaban enamorados. Su matrimonio apenas tuvo tiempo de salir de la etapa de luna de miel, después de todo. Pero...

—¿Pero qué? —preguntaron Maisie y Eleanor a la vez.

—Como he dicho, no me gusta hablar mal...

—Sí. —Maggie interrumpió a su hermana—. Lo sabemos. Continúa.

Jenny suspiró.

—Lord Turner parecía dedicar un esfuerzo desmesurado a mantener a su esposa feliz o, al menos, contenta.

En el silencio, Maisie sintió la necesidad de defenderlo.

—Fue muy amable por su parte, ¿no crees?

—Lo creo. Creo que es un buen hombre, un hombre hecho a sí mismo, también. No quiero faltar al respeto al marido de Maggie ni al mío, pero Jameson lo ha hecho todo por su cuenta a pesar de tener un padre difícil, frío y poco razonable, tal y como es el tío de mi marido. —Jenny pareció estremecerse al pensar en él—. De todos modos, su matrimonio distaba mucho de ser perfecto. No puedo imaginarme trabajar tan duro para alguien que... bueno...

—Dilo —ordenó Maggie.

—Que era un poco desagradecida, llena de sí misma, egoísta, inmadura. Dios mío, si otra mujer le robaba el protagonismo por un momento, lady Turner hablaba más alto o solo se levantaba y se marchaba. Petulante, egocéntrica y vanidosa como un pavo real.

Maisie se quedó atónita. Nunca había oído hablar de lady Turner de esa manera, y nunca había oído a la dulce Jenny decir algo así de nadie.

—Me alegro mucho, hermana querida, de que nunca hables mal de los muertos —dijo Maggie con desgana.

Jenny se dio cuenta de lo que había hecho y se llevó una mano a la boca. Eleanor se reía a carcajadas, lo cual era terriblemente irrespetuoso por su parte.

—De todos modos —asintió Maggie con otro encogimiento de sus hermosos hombros—, esa fue también mi experiencia con ella.

Ya que Jenny había empezado, a Maggie le pareció que era mejor que fuera ella quien terminara.

—Esmera Turner tenía a Jameson tan enroscado alrededor de su dedo, que estaba completamente hundido por su muerte. Realmente devastado, con una terrible mirada perdida cuando Simon y yo llegamos a Londres para ayudarle a volver a casa. Creo que Jameson le había dado tanto de sí mismo, que no sabía cómo vivir sin ella. No es que ninguno de nosotros pueda imaginar lo que es perder a un cónyuge... —dijo haciendo una pausa—. De verdad, no quiero imaginar mi vida sin Simon. —De nuevo, se puso una mano protectora en el estómago—. Sin embargo, lady Turner vivía para Londres y la sociedad, mientras que Jameson vivía para ella.

Sus palabras parecían demostrar la suposición de Maisie. Jameson seguía profundamente enamorado, con o sin un matrimonio perfecto. Y Esmera era la única mujer para él.

De repente, oyeron voces masculinas en el vestíbulo.

—¡Simon está en casa! —exclamó Jenny, dando un salto y pareciendo tan emocionada como si él hubiera estado en altamar durante un año.

«Su matrimonio sí que debía de ser perfecto», pensó Maisie.

—Y ha traído compañía —añadió Jenny—. Alguien de la Cámara de los Lores, creo.

—Quizá sea Cam —dijo Maggie—, aunque creo que me dijo que tenía que hacer recados para su madre antes de venir.

Maisie ya lo sabía. Lo sabía. Su oído había captado la particular cadencia de su voz. Su cuerpo lo sabía, tal vez sintiendo su aliento, su piel y su olor. Sintió una sacudida en el estómago y quiso correr a la habitación contigua por la otra puerta. O esconderse bajo el sofá.

Cualquier cosa antes que verlo ahora, delante de su familia, sobre todo, después de haber estado hablando de él.

Cruzó el umbral después de Simon y toda la incomodidad que había sentido desapareció cuando lo vio.

—¡Dios mío! —exclamó ella—. ¿Qué te ha pasado en la cara?

***

Jameson se llevó una mano a la boca, donde el corte había sangrado bastante el día anterior, pero ahora era solo un sucio recordatorio de su propia estupidez. Su mejilla también había desarrollado un moretón grande y violáceo.

Abrió la boca con un gesto de dolor, y luego la cerró. Se quedó sin palabras.

Maisie estaba impresionantemente hermosa. Solo quería contemplarla, beber la felicidad que su aspecto le proporcionaba, como el agua clara y fresca a un hombre sediento.

¡Maisie!

—Buenos días, Jameson. —La esposa de Simon fue la primera en hablar y en recordarle sus modales—. ¡Qué sorpresa!

Rápidamente, él se acercó mientras ella se ponía de pie para saludarle. Tomó su mano y se inclinó, obteniendo una buena vista de su floreciente vientre.

—Tiene muy buen aspecto, Jenny. —Jameson se alegraba de que se tutearan y de que lo considerara su familia. Esperaba que a ella también le agradase.

—Me gustaría poder decir lo mismo. —Jenny señaló su cara.

Después de ofrecerle una apretada sonrisa, Jameson presentó sus respetos junto a lady Cambrey, que le recordaba incómodamente a Esmera: algo en su sonrisa satisfecha y hermosa, y en su mirada cómplice. Tenía esa forma de mirar dentro de un hombre, de tomar su medida y de conocer sus defectos. O tal vez eso solo lo hacía Esmera.

A continuación, se dirigió a Eleanor, sintiendo que se acercaba a la horca con cada hermana Blackwood, con todas en la sala esperando lo inevitable.

Eleanor dejó que le tomara la mano mientras le dirigía una mirada extraña y examinadora, como si acabara de pensar en él.

En ese instante, tuvo la certeza de que él había sido el tema de conversación justo antes de llegar con Simon.

¿Por qué, si no, todas las señoras le habían mirado con esa misma mirada inquisitiva?

Entonces, por fin, estuvo justo frente a ella. Sus ojos dorados y marrones, como brillantes gemas de topacio, se estrecharon al ver su aspecto. Sus encantadores labios arqueados se abrieron ligeramente en forma de pregunta.

—Señorita Darrow —la saludó él, tomando su mano.

¿Qué más debía decir? La verdad.

—Me alegro de volver a verla.

Ella se estremeció, y él se sintió arrepentido en el acto por la forma en que había dejado insensiblemente —cobardemente— su carta sin responder.

—En respuesta a su pregunta, señorita Darrow, mi cara se encontró con el puño de otro hombre. Como no lo miraba directamente, no pude esquivarlo a tiempo.

Simon, que ahora estaba de pie junto a su esposa, con la mano de ella entre las suyas, se rio de su comentario.

—No creo que el hecho de que Jameson esté herido sea gracioso —dijo Jenny, dándole un codazo a su marido en el estómago.

—Uf —dijo él, con cara de dolor, y luego volvió a sonreír—. Pero lo es.

—¿Quién lo hizo? —preguntó lady Cambrey. Sus ojos inteligentes parecían saber ya la respuesta.

Jameson quiso mentir. No quería invocar el nombre del nuevo pretendiente de Maisie en este lugar, haciendo que todas las damas comenzaran a especular en silencio, ni tampoco quería causarle a ella ninguna vergüenza. Sin embargo, Simon ya sabía la verdad. Se había encontrado con su primo cerca del Palacio de Westminster cuando la Cámara de los Lores estaba concluyendo su jornada, y se habían puesto al día tomando una cerveza en un pub político cercano.

Jameson estaba encantado de volver a tener a su primo cerca, a pesar de la dura conversación que habían mantenido.

—¡Felicidades! —Le había dicho Simon en cuanto se sentaron en el pub.

—No hace falta.

Simon dio un golpe en la mesa.

—No todos los días un hombre se compromete.

—Es cierto —le respondió Jameson—, pero yo no lo estoy.

—¿Qué no estás?

—Comprometido. He roto el compromiso.

Simon se quedó en silencio unos segundos.

—Idiota. Tonto. Imbécil sin sentido —dijo después.

Jameson se había limitado a encogerse de hombros.

—No sé si estoy enfadado o triste por ti —declaró Simon—. Maisie Darrow es una joven maravillosa.

De alguna manera, Jameson se había defendido, explicándose lo mejor que pudo. Habían pasado a otros temas, y su primo volvía a callarse cada pocos minutos y a murmurar «tonto» en voz baja.

Al fin, Simon le invitó a su casa para visitar a Jenny y almorzar.

Ahora, no tenía más remedio que responder a la pregunta de lady Cambrey. Sin embargo, antes de que pudiera decir nada, sintió un pequeño tirón y se dio cuenta de que aún tenía la suave mano de Maisie entre las suyas.

Al instante, con sus miradas fijas, la soltó.

—Creo que fue Roleston —añadió Maggie, al parecer, cansada de esperar, y él observó cómo palidecía el rostro de Maisie.

—¡No! —dijo esta.

—En realidad, lo era —dijo Jameson—, pero no su... quiero decir, no el vizconde Roleston. No su amigo. —Maldita sea, estaba balbuceando. Escúpelo, hombre, se instó a sí mismo—. Fue el hermano de este.

—¡Qué! —preguntó Maisie—. ¿Por qué demonios le pegaría?

Jameson suspiró.

—Supongo que porque acababa de golpear a su hermano en el estómago.

Por qué Eleanor y Simon encontraban esto divertido, Jameson nunca lo sabría, pero ambos se reían de su historia. A Maisie, sin embargo, no le hacía ninguna gracia.

—¿Y por qué le dio un puñetazo en el estómago a lord Roleston? —le preguntó ella con voz débil.

Él lo consideró.

—Porque no me pareció deportivo romperle la nariz o dejarle una marca en la cara.

Ella le miró el labio partido.

Él sonrió ligeramente, aunque le dolió.

—Al parecer, el hermano de lord Roleston no tuvo ese reparo cuando se trató de mi cara.

—Quizá pensó que ya eras todo lo feo que se podía ser, así que qué importaba —bromeó Simon.

Al parecer, su primo se consideraba ingenioso, pero Jameson seguía sintiéndose demasiado incómodo al ver a Maisie, sobre todo, al verla con cara de disgusto. Saber que el próximo hombre al que besara no sería él, no ayudaba a su estado de ánimo.

—Debería irme —dijo Jameson.

—Ridículo —declaró Maisie—. Acaba de llegar. Además, yo estaba a punto de irme.

—Creía que te quedabas a comer —dijo Eleanor a su prima.

—Y yo pensaba que tú habías venido a comer —le dijo Simon a Jameson—. Recuerda que hablamos de una pierna de cordero.

Jameson fulminó con la mirada a su primo.

—No deseo incomodar a la señorita Darrow con mi presencia.

Maisie resopló y lo miró.

—Le aseguro, milord, que su presencia me da lo mismo en un sentido que en otro. Si desea cenar con su primo, como yo deseo cenar con la mía, entonces quédese. «Siempre y cuando no tengamos carne de res, acero y hierro, o comeremos como lobos y pelearemos como demonios».

—¿Perdón? —preguntó Simon—. Estoy seguro de que será cordero.

Jameson se emocionó al oírla citar de nuevo a Shakespeare.

Maisie negó con la cabeza.

—Sí, estoy segura de que tiene razón, lord Lindsey. Cenaremos todos juntos, primas y primos. «Si esto se representara ahora en un escenario, podría considerarlo como una ficción improbable».

—*Noche de Reyes* —dijo Jenny.

—Oh, espero que John llegue pronto —dijo Maggie, volviéndose a sentar con una mirada descarada de disfrute en su rostro—. ¿Es demasiado pronto para el vino?

<hr>

Horas más tarde, Jameson sintió que necesitaba aire. Grandes bocanadas de aire, y salió al atractivo jardín trasero de los

Lindsey con Simon, cada uno con un cigarro. Las casas de Portman Square tenían la suerte de contar con un poco de vegetación entre ellas y las calles para sus caballos y carruajes. Su ferviente deseo de permanecer en compañía de Maisie había entrado en guerra con su desesperada necesidad de luchar contra la increíble atracción que sentía por ella.

En consecuencia, había estado en vilo durante toda la comida, preguntándose cómo terminaría el encuentro y cómo se separarían. El cordero en su plato bien podría haber sido de hierro y acero, como ella había citado, por lo poco que pudo saborearlo.

Cada vez que ella lo miraba con una pizca de dolor en sus gloriosos ojos, su comida se convertía en serrín. Cada una de sus miradas de decepción, en el lugar donde solía estar su hermosa y alegre sonrisa, lo cortaba en seco.

—¿Qué vas a hacer, primo? —preguntó Simon.

Él solo podía estar hablando de una cosa.

—No lo sé.

Simon dio una calada a su cigarro.

—No eres feliz —señaló.

Jameson hizo una mueca y negó con la cabeza.

—Nunca soy feliz.

—Eso no es lo que me ha dicho nuestra señorita Eleanor o Maggie. Dijeron que eras un hombre diferente con Maisie. —Simon dejó de mirar el pequeño jardín y lo encaró—. Quiero que seas feliz, después de todo lo que has pasado. Puede que no tenga la misma intensidad que con Esmera, pero si has encontrado una medida de satisfacción con Maisie, ¿por qué luchas contra ella?

—Te equivocas —le dijo Jameson—. Es igual de intenso con Maisie, pero no es lo mismo, naturalmente. No se puede comparar a las personas, pero los sentimientos están ahí, igual de fuertes, y tan lejos de la satisfacción, que me dan miedo. Ese es el problema. No estoy dispuesto a pasar por eso otra vez.

—¿Pasar por eso?

—Estuviste mal después de la muerte de Toby en Birmania —le recordó Jameson—. ¿Y si tuvieras que volver a pasar por aquello? ¿Y si tuvieras que ponerte en la misma situación? Entonces, imagina que en lugar de Toby fuera Jenny.

Simon asintió.

—Entiendo lo que quieres decir, pero no hay certeza para ninguno de nosotros.

—Eso es lo que dice Maisie también. Ya lo sé. No soy un imbécil. Pero me parece más deseable no volver a experimentar nada parecido a la muerte de Esmera, si puedo evitarlo.

—Por supuesto —convino Simon—, pero entonces, te pregunto, ¿qué sentido tiene estar vivo? Ya has perdido un padre, un hermano y una esposa. Eso es mucho, lo sé. Puede que pierdas un hijo, dos o tres, pero también puedes tener una encantadora familia de diez hijos.

—¡Qué! —exclamó Jameson, y ambos se rieron

—Entonces, diez no, pero incluso uno es una bendición. Puedes disfrutar de una larga vida con Maisie o de una vida corta. En mi caso, no cambiaría ni un minuto de los que he tenido con Jenny o con mis hijos, aunque supiera que se acabaría mañana. Ellos son la razón por la que estoy vivo.

Estaría a salvo del dolor sin ellos, quizá, pero eso me suena a muerte. Prefiero vivir.

Jameson consideró las palabras de su primo.

Entonces, en contra de lo que era apropiado, Maisie salió sola a la terraza trasera. Parecía una mujer con algo en mente.

Simon asintió a los dos y, también en contra de todas las normas de decoro, entró y los dejó solos.

# Capítulo 29

—Sabe que no debería haber venido aquí sola —la amonestó Jameson, aunque no parecía molesto.

—¡Oh, bah! —dijo Maisie, imitando a Maggie—. Además, hemos tenido buenas experiencias en un jardín. —Y en un salón.

—¿Ha venido a regañarme por mi mal comportamiento? —preguntó él.

—Hizo mal en no responder a mi carta. —Ella sintió la necesidad de mostrarse indiferente ya que, de hecho, él no se había disculpado por su trato hacia ella—. Encontré formas de mantenerme ocupada sin usted.

—Roleston —dijo Jameson con rapidez.

—Sí, lord Roleston, entre otras diversiones. ¿Por eso lo golpeó?

Jameson dudó.

—Él sintió la necesidad de defender su honor contra mi mal trato hacia usted, y yo tenía toda la intención de permitírselo. Entonces tardó demasiado, y reaccioné. Me agaché y di un puñetazo, y lo siguiente que supe fue que su hermano se había encargado de defender su honor por él. —Se tocó la barbilla—. Si tiene intención de seguir con Roleston, será mejor que mantenga a su hermano cerca para que la proteja, porque su hombre no puede dar un solo golpe.

Jameson estaba quitándole importancia a todo a propósito. Eso la enfurecía.

—Ya que me ha dado su bendición, milord, creo que lord Roleston y yo nos llevamos muy bien.

Maisie se dio cuenta de que él hizo una ligera mueca.

—¿Por qué se fue sin decírmelo? —preguntó Jameson de repente—. ¿Y en un tren? ¿Así de fácil?

Ella se quedó con la boca abierta ante la dureza de su tono. ¿Le debía una explicación después de cómo la había tratado él?

—¿Por eso rompió nuestro compromiso? ¿De verdad? —preguntó Maisie.

—Debía de saber cómo me afectaría. ¿Cómo puedo perdonarla por hacerme pasar por ese dolor con total desprecio?

Maisie solo había querido evitarle el disgusto, sabiendo que tenía que ir con o sin su aprobación.

—Entonces, ¿no puede perdonarme por ir en un tren?

Él apartó sus palabras con la mano y luego, al ver el cigarro entre sus dedos, le dio una calada, antes de soplar una gran nube.

—No puedo perdonarle que haya puesto en peligro su vida y que no le haya importado lo que eso me hiciera a mí. Dijo que éramos amigos —le recordó.

—Éramos más que eso, ¿no? ¿Y mi vida solo se valora por cómo afecta a su bienestar? Supongo que debería

permanecer prisionera en una habitación con almohadas 
blandas. —Ella no pudo evitar la burla en su voz.

—Intentaba mantenerla a salvo. ¿No lo ve? —preguntó 
él.

—Intentaba mantenerme a salvo solo por usted, para 
enmendar de las cosas de algún modo y obtener la redención 
por haber perdido a Esmera, aunque no pudiera hacer nada 
para evitar su muerte. El accidente de tren no fue culpa suya, 
pero está cargando con su peso como si lo fuera. —Si él quería una explicación de por qué se había ido sin hablar con él, 
ella se la daría—. Me había prohibido incluso montar a caballo. Sabía que me prohibiría hacer un viaje en tren hacia el 
norte, pero era imperativo que lo hiciera. En lugar de discutir 
con usted y romper otra promesa que no podía hacer ni cumplir, me fui. Y luego volví. A salvo.

Él la miró fijamente.

—¿Qué quería su padre?

—Pensé que lo sabía. Usted habló con mi hermano y su 
esposa.

—La señora Darrow solo dijo que su padre le había pedido que fuera a verle. No indagué más. El motivo no era 
importante, solo que me había dejado.

La forma en que él dijo las palabras la ablandó. Sin embargo, ella no quería perdonarlo, al menos, no con facilidad. 
Él la había apartado de su vida como si sus propios sentimientos no tuvieran importancia.

—Mi padre quería hablar del hombre con el que me casaría.

—¿De mí? —preguntó Jameson, con una encantadora inclinación de la cabeza, haciendo que su cabello cayera sobre su frente.

Ella suspiró. ¿Por qué le atraía todo de él?

—No, de usted no, como descubrí después. Mi padre quería que me casara con Roddy Dugan.

—¿Quién?

Maisie agitó la mano, despectivamente.

—Él no importa. Fue un malentendido. Para cuando me fui, mi padre nos había dado permiso... —Esto era humillante.

—Para que nos casáramos —concluyó él.

Ella asintió. Se miraron fijamente.

—Ojalá... —dijo Jameson, y se pasó una mano por el pelo, apartando la vista de ella, hacia el bonito jardín. Luego dejó el cigarro sobre una maceta de piedra.

—Lo sé —dijo ella.

Él emitió un sonido de exasperación.

—¿Qué sabe usted, señorita Maisie Darrow?

—Creo que desearía poder volver a amar como amaba a su esposa, pero es imposible. Ella era la mujer perfecta para usted, y nadie más, ciertamente, yo no lo soy, nunca podré estar a la altura de su perfección.

Mientras ella hablaba, él comenzó a sacudir la cabeza, luego cerró los ojos y gimió.

—Querida señora —dijo—, esta vez está muy equivocada.

—No lo entiendo.

—Ya veo que no. —Jameson miró al cielo y luego a ella—. Voy a ser franco, y quizá inapropiado, pero eso no me ha detenido nunca antes con usted, ¿verdad?

—No —murmuró ella, sintiéndose un poco nerviosa por lo que él pudiera decir. Esperaba que no fuera demasiado doloroso.

—Cuando estuve con Elizabeth, nuestra última semana —hizo una pausa—, cerré los ojos cuando le estaba haciendo el amor. ¿Sabe a quién vi?

Ella se tragó un grumo de emoción. Por supuesto que lo sabía. Incluso se preguntó si había estado pensando en Esmera cuando la besaba y tocaba en el salón de Maggie.

—A su esposa —dijo Maisie rotunda.

—No, que Dios me perdone. A usted.

Ella jadeó. Al hacerlo, su mirada se posó en su boca. Enseguida, él acortó la distancia entre ellos y la besó en los labios. Su beso no fue suave y tierno, no fue tentativo o gentil. Fue desesperado y lujurioso. Fue ardiente, y la dejó temblando de necesidad por él.

—La he echado mucho de menos —dijo él cuando se apartó, antes de reclamar su boca de nuevo.

Durante varios minutos, se besaron con las manos de él en la cintura de ella y luego en la espalda, recorriéndola mientras ella se aferraba a él. Maisie no quería que aquello terminara nunca.

Sin embargo, cuando lo hizo, en lugar de mirarla con amor, él se apartó con otro gemido.

—Deberían azotarme —dijo sin mirarla—. No puedo tratarla de esa manera.

Podría hacerlo, si la amara. Si pretendía convertirla en su esposa, ella le permitiría cualquier cosa.

Si solo la deseaba, ella no podía conformarse con eso, aunque él le ofreciera algún tipo de arreglo como el que tenía con lady Pepperton. No podía deshonrarse a sí misma ni a su madre de esa manera.

—¿Qué quiere? —le preguntó.

Una larga vacilación respondió a su pregunta. Maisie empezó a arrepentirse de haber preguntado.

—No quiero preocuparme por usted —le espetó Jameson—. No quiero sentirme responsable y no quiero tener miedo de perderla.

Ella frunció el ceño. Esas no eran las respuestas que esperaba.

¿Había sido ella la causante de que él la considerara indefensa y necesitada de su constante vigilancia?

—Aquel día fui al río con un solo remo a propósito para que pudiera rescatarme.

Él ladeó la cabeza.

—¿Qué?

—Solo tenía un remo.

—Eso es una locura —declaró Jameson—. Podría haberse ahogado.

—Oh, nunca tuve la intención de caer al agua. Realmente fue un accidente. Pero pensé que si solo me ayudaba desde el bote, ser mi salvador le sacaría de su melancolía. Fue útil, ¿no?

Su boca estaba ligeramente abierta.

—Es una mujer temeraria.

—No. —Ella negó con la cabeza—. De verdad, no lo soy. No trepo a los árboles como Eleanor ni hago correr a mi caballo más allá de un trote razonable. Aun así, mi plan pareció despertar algo demasiado protector en usted. No es responsable de mí, ni puede protegerme de todo. Simplemente, no puede.

—Estoy en agonía por eso —dijo él—. Si la dejo ir, tengo que preocuparme de que el insensible Roleston no sea capaz de mantenerla a salvo.

Ella levantó las manos.

—No está escuchando. Si esa es la única razón por la que no quiere dejarme ir, entonces no me quedaría con usted de todos modos. Le pregunté qué quería, lord Turner, y sin embargo solo me ha dicho lo que no quiere.

—Te quiero a ti —dijo él.

Maisie dio un paso atrás, impulsada por la rotundidad con que lo dijo. Entonces experimentó un momento de pura alegría.

Él la deseaba. Significara lo que significara, sonaba prometedor.

Sin embargo, al instante siguiente, él negó con la cabeza.

—Lo siento. Perdone mi debilidad. —Y dio un paso para volver al interior.

—¿Adónde va? —preguntó ella.

—A casa. En realidad, pronto me iré a Sheffield. Voy a vender mi casa de la ciudad. Una cosa espantosa, le deseo al próximo propietario que se divierta en ella más que yo.

—Jameson, espere —suplicó ella, sin importarle el patético tono suplicante de su voz.

—Cuando me haya marchado de Londres, le será más fácil terminar su Temporada, y tal vez incluso obtener un compromiso satisfactorio para su futuro —razonó él.

—Con el tonto —dijo ella con amargura.

Él asintió.

—Buenas noches, señorita Darrow.

Luego le dio la espalda y entró en la casa, y Maisie supo que no seguiría allí cuando ella regresase.

<hr>

No era la primera vez que Jameson se preguntaba cómo sería tener un padre con el que pudiera hablar de asuntos importantes, pero el suyo era egocéntrico e inútil. Ya había escuchado los consejos de Simon al respecto, y estaba de acuerdo con su primo hasta cierto punto.

Excepto en lo de ser capaz de dejar de lado su miedo.

Incluso estaba de acuerdo con Maisie, sabiendo que no podía protegerla todos los días de su vida.

Ese era el problema, y se agravaría monumentalmente si tenían hijos y él tenía que protegerlos también.

Por extraño que pareciera, incluso conocía la famosa opinión de Hobbes sobre el asunto. Puede que no hubiese leído mucho a Shakespeare, pero la biblioteca de su medio hermano, ahora suya, estaba llena de filósofos. Como decía Hobbes en su poema *Leviatán*, «la vida del hombre era solitaria, pobre, desagradable, bruta y corta». O podía serlo.

¿Pero tenía que ser así? Jameson nunca había pensado de esta forma hasta el accidente de tren de Esmera. Había asumido que podía controlar su vida, su destino y su felicidad. Hasta que le arrebataron a su mujer. Entonces se dio cuenta de que no tenía ningún control. Fue aterrador.

El agente inmobiliario de Chesterton's ya había encontrado un comprador interesado, así que Jameson podía hacer las maletas y asegurarse un buen saldo en su cuenta a final de mes.

Debería aprovechar mejor su casa mientras la tuviera. Para ello, se sentó fuera, en la parte trasera, con un vaso de whisky y pensó en lo mal que lo había pasado. Al segundo vaso, se dio cuenta de que el sonido que oía no era el patético gemido de su cabeza, sino algo real en su patio.

Aun así, le costó un momento de búsqueda en el crepúsculo antes de localizar su origen. Debajo de un arbusto, maullando de angustia, había un pequeño gato blanco y negro. Jameson dejó su vaso en el suelo, sin importarle demasiado si el felino le arañaba, metió la mano por debajo y agarró el suave pelaje y las afiladas garras.

Se trataba de un gatito. Nunca había sostenido uno, nunca había visto un animal tan pequeño de cerca.

Era casi como una ardilla, excepto por las marcas distintivas, como si llevara una pequeña máscara negra sobre su cara blanca y tuviera una capa negra sobre su espalda.

Sus ojos azules ni siquiera estaban muy abiertos, y supo que era muy joven. Tenía en sus brazos a un cachorrito.

En algún lugar cercano debería de haber sin duda una madre preocupada.

Llamó a sus sirvientes. La señora Williams cogió al gato y dijo que le daría leche de inmediato. Parecía el curso de acción correcto. El señor Wynn aceptó ayudar a buscar a la madre.

Desgraciadamente, después de media hora de búsqueda infructuosa en el jardín y luego en la parte delantera y lateral de la casa, además de en el callejón, al fin encontraron lo que Jameson no quería encontrar. Una gata muerta. Parecía haber sido atropellada por un carruaje, la prueba misma de la bruta y corta vida que había estado contemplando recientemente.

Suponía que era un hecho bastante común, pero le entristecía de igual modo. Y entonces, volvió a oír el sonido. ¡Dios mío, se multiplicó por cien!

—Señor Wynn, ¿estoy perdiendo la cordura, o usted también lo oye?

—Sí, milord, lo oigo.

—Maullidos en las cloacas —dijo Jameson.

El señor Wynn se limitó a asentir.

Jameson sabía que Maisie al menos habría sonreído ante su ocurrencia.

Enterrados en el heno, encontraron otros cinco gatitos blancos y negros.

—Muy bien, señor Wynn, devolvámoslos al hábil cuidado de la señora Williams.

—¿Milord? —dijo su mayordomo, sorprendido ante tal empresa.

—No pensaría que los iba a dejar ahí para que mueran, ¿verdad?

—No, milord —dijo el señor Wynn con un suspiro desproporcionado en relación con la simple tarea de llevar dos gatitos en sus manos. Jameson consiguió llevar tres.

Los ojos de la señora Williams se abrieron de par en par al ver a sus nuevos protegidos. Encontró una cesta para ellos, pero se dio cuenta de que no era lo bastante grande y buscó otra.

—¡Gracias! —exclamó—. Será mejor que duplique nuestro pedido de leche y aparte la nata para ellos.

El señor Wynn puso los ojos en blanco.

—Vamos, Winnie —se burló Jameson—. Nos vendrá bien tener algo que cuidar. Sin embargo, sé un buen compañero y coja un trapo para recoger esa gata muerta. No es algo que queramos dejar tirado ahí fuera, ¿verdad?

—No, milord.

—¿Dónde van a dormir? —preguntó la señora Williamson, aún tratando de darles leche con una cucharilla.

Jameson tuvo la tentación de ponerlos en la habitación del señor Wynn, pero solo en broma.

—Pueden quedarse en mi alcoba, yo dormiré en la de invitados.

Ella puso cara de asombro, pero más tarde, por la noche, cuando él lo comprobó, allí estaban los gatitos, retorciéndose en dos cestas. Todos tenían los ojos azules. Un gatito se cayó mientras él lo miraba. Entró y lo recogió, devolviéndolo junto a sus compañeros de camada.

Dudaba que todos sobrevivieran, pero podía darles una oportunidad de luchar.

Eso era todo lo que él o cualquiera podía esperar. Eso es lo que le habría dado a Esmera si hubiera estado a su lado. Esa oportunidad le fue robada por su negativa a esperar y viajar con él.

Ella había tomado su decisión. No solo la fecha del viaje, sino también el vagón y el asiento.

El azar, el destino y la elección.

Maisie amaría a estos gatitos; él lo sabía.

⁓ ❖ ⁓

Unos golpes en la puerta anunciaron una visita y Maisie se adelantó a su criado para abrirla.

—¡Jameson! —exclamó, y luego se dio cuenta de que había dicho su nombre de pila en voz alta—. Milord —corrigió.

—Estoy aquí para presentarle una nueva vida.

—Le ruego que me disculpe, no le entiendo.

Él sacó del bolsillo de su chaqueta un gatito blanco y negro y se lo mostró. Era adorable, parecía que llevaba una máscara y una chaqueta negra.

El corazón de Maisie se derritió de inmediato, y se lo arrebató como un niño hambriento cogería un dulce, y lo acunó contra su pecho.

—¿De dónde ha salido? ¿De quién es?

—De mi jardín. Lo único que ha crecido allí durante años, por lo que sé. Y es suyo, si lo acepta. Junto con esta. —Sacó otra gatita de su otro bolsillo—. Tengo cuatro más en casa.

—¡No! ¿Se los va a quedar todos?

—Creo que les gustará Sheffield. Es mucho menos probable que les atropelle un carruaje como a su madre.

Maisie jadeó.

—Lo siento mucho. —El gatito se había acomodado contra su calor y había cerrado los ojos, pero Jameson seguía sosteniendo al otro.

—Creo que le gustan más sus manos que su bolsillo —señaló ella mientras se frotaba la cara contra sus dedos—. ¿Va a entrar?

—Esperaba hacerlo, aunque tiene todo el derecho a cerrarme la puerta en las narices.

—No sea absurdo —dijo ella—. No me gusta el teatro.

—Es cierto, ese era más el estilo de mi esposa.

Maisie le miró con dureza. Era la primera cosa ligeramente crítica que había dicho sobre lady Turner. Además, él mismo la había sacado a colación, con naturalidad, y no parecía afligido.

Entró detrás de ella, y cuando pasaron al salón, Maisie dejó el gatito en el sofá. Por suerte, se quedó allí sin caerse.

—No tengo ni idea de cómo cuidarlo —confesó—. Mi madre tenía dos gatos cuando yo era pequeña, pero eran bastante salvajes y vivían sobre todo en la zona situada entre la cabaña de cerveza de mi padre y la puerta trasera de nuestra cocina.

—No importa, puedo tenerlos conmigo si quiere hasta que lleguemos a Sheffield. La señora Williams ha resultado ser una buena niñera.

Ella parpadeó. Algo no tenía sentido. Más de una cosa, en realidad.

—Lord Lindsey mencionó que iba a vender su casa. Supongo que lo ha hecho.

—¡Sí! —dijo él, pareciendo satisfecho—. Estaré encantado de cerrar la puerta.

Al fin, su criado asomó la cabeza en el salón para ver quién había llegado.

—¿Necesita a Rachel, señorita?

Tanto Ned como Caroline estaban fuera, pero a ella realmente no le preocupaba eso en este momento.

—No, estoy bien. Puede dejar la puerta abierta. —Eso debería bastar para que los sirvientes no hablaran. O no.

Cuando el sirviente se fue, Maisie le indicó a Jameson que tomara asiento.

—¿Tiene intención de mantener una residencia en Londres?

—No lo sé, para serle sincero. Aunque disfruto de una buena fiesta tanto como el que más, no me gustan demasiado el ruido y el humo.

Maisie estaba desconcertada.

—Pasó mucho tiempo fuera de Jonling Hall.

—Solo después de casarme. Mi mujer era muy aficionada a la ciudad.

De nuevo, había sacado a relucir a Esmera. Y de nuevo, parecía tranquilo, incluso sereno.

—¿Y usted, señorita Darrow? ¿Cuál es su predilección por la ciudad frente al campo? Una vez me dijo que Londres es la mejor ciudad del mundo.

Ella sintió que sus mejillas se calentaban.

—Puede que haya exagerado. Creo que tal vez lo sea, pero no he estado en muchos lugares. Supongo que soy más feliz en el campo. No como Eleanor, por supuesto, que quiere estar en medio de la naturaleza la mayor parte del tiempo. Pero me gusta el aire limpio y el espacio abierto, y la vida más relajada que hay allí.

—Si viviera lejos de todo esto, ¿estaría satisfecha? —Jameson señaló a su alrededor, como si la casa de los Darrow representara lo mejor de la ciudad.

Ella asintió.

—Confieso que, aunque me gustan los vestidos que se ven en Londres, no siempre admiro a las mujeres que los llevan.

Entonces, ella se dio cuenta de lo insultantes que podían ser sus palabras, en relación a la esposa de Jameson, y se mordió el labio.

Por suerte, él se limitó a sonreír.

—Uno de los reproches más elocuentes de la vanidad que he escuchado —dijo.

Ella se relajó.

—Yo también disfruto de una cena, como ha dicho, pero durante la Temporada, entre la constante necesidad de socializar y la falta de sustancia, los compromisos de la cena se convierten en una tarea. Por no hablar de que casi nadie sabe qué obra es cuál.

Él volvió a reírse, pero ella no se sintió insultada. Al fin y al cabo, él era de los que no distinguían su Hamlet de su Macbeth, así que si él no estaba molesto, ella desde luego tampoco.

Además, estaba increíblemente guapo cuando se reía. Era un hombre que debería hacerlo mucho más a menudo.

—Es bueno verle feliz —confesó ella.

—¿Por qué le cuesta tan poco esfuerzo que lo sea? —preguntó él.

Encogiéndose de hombros, Maisie esperó que sus mejillas no se pusieran más rojas.

—Señorita Darrow, ¿se casaría conmigo?

# Capítulo 30

Maisie quiso decir «bah» una vez más, fingir que estaba haciendo una de sus bromas y mandarlo a paseo.

Sin embargo, Jameson se puso muy serio de repente.

—Se va a Sheffield. —Maisie dijo lo primero que se le ocurrió.

—Esperaba que fuéramos juntos. ¿Cómo si no va a cuidar la señora Williams de su gatito y los demás?

Así que eso era lo que él había querido decir.

—Milord… —dijo ella.

—Me gustaría que no me llamara así. Antes dijo mi nombre. Sonaba bien. ¿Lo volverá a decir?

—Jameson —repitió ella, experimentando un pequeño escalofrío en su columna vertebral ante la intimidad de pronunciarlo en voz alta ante él.

—¿Puedo llamarla Maisie como lo hago en mis pensamientos?

Ella asintió. ¿Pensaba en ella?

—¿Cuándo se marcha?

—¿Cuándo quiere irse?

Ella suspiró.

—Esta conversación parece algo impropia. No estamos comprometidos formalmente ni no se han hecho anuncios...

—Nada de eso importa, ¿verdad? —Parecía que iba a decir algo más, tal vez incluso referirse a todas las cosas impropias que ya habían experimentado, pero Jameson esperó, mirándola a los ojos.

—No —dijo ella—. Supongo que no.

—Porque lo que realmente importa —insistió él—, es si me aceptará con mis profundos defectos.

Ella respiró con rapidez. Lo amaba y, por segunda vez, le estaba ofreciendo la oportunidad de vivir su vida con él.

—Podría aceptar sus defectos —admitió.

Por desgracia, ella seguía en conflicto. Se acercó y acarició a la pequeña criatura que dormía a su lado.

—¿Qué le preocupa? —preguntó Jameson después de un momento—. Para decir que sí a mi propuesta.

Maisie no sabía si podría ser lo bastante valiente como para exponerle su máxima vulnerabilidad. ¿Debía decirle que lo que más le preocupaba era cómo lo amaba?

—Sobre todo, que vuelva a pedírmelo tan precipitadamente como antes. —Era cierto que esta vez Ned no estaba forzando la situación. Pero Jameson se estaba comportando tan impetuosamente como ella temía que lo hiciera cualquier jugador, decidiendo apostar por un futuro con ella y esperando lo mejor—. Con poca base para querer casarse conmigo.

Casi había conseguido preguntarle si la amaba, o si imaginaba que podría llegar a amarla. Casi. ¿Cómo era que podía dejar que él la tocara de la manera más íntima, pero la discusión que más quería tener con él era tan difícil de abordar?

—Nunca me precipito —dijo Jameson con una encantadora sonrisa. —Luego se inclinó hacia delante, con los codos apoyados en las rodillas, como si estuviera a punto de comunicarle algo serio—. Está claro que la base de nuestro matrimonio sería la felicidad. Nunca me reí con lady Pepperton —confesó inesperadamente—. Con mi esposa sí me reía porque la encontraba divertida, aunque sabía que no intentaba serlo. Pero usted es la única mujer que se ríe conmigo. Mentí sobre nuestra idoneidad. Es perfecta. Me hace sumamente feliz, y me deleito cuando puedo darle aunque sea un atisbo de esa misma felicidad.

Maisie asintió. Parecían tener un sentido del humor afín.

—Cuando me pide que le cuente un chiste, siento que es un honor provocar su sonrisa y su encantadora risa —continuó él—. Déjeme intentarlo ahora.

—No tengo muchas ganas de reír en este momento. Esta es una discusión demasiado seria.

—De todos modos —dijo él—, ¿qué es más pesado, la media luna o la luna llena?

Sin pensarlo siquiera, ella le respondió.

—Estoy segura de que no tengo ni idea del peso de la luna.

—La media luna, por supuesto, porque la llena es el doble de ligera.

Ella lo meditó.

Jameson hizo una mueca de disgusto.

—Una buena adivinanza, pero no especialmente divertida, supongo. ¿Por qué el caballo come de una forma tan peculiar?

Ella negó con la cabeza. Jameson era la locura personificada.

—Porque come mejor sin el bocado —terminó.

—Sin bocado —repitió ella, y luego soltó una risita.

—Esa risa es suficiente por ahora, pero me gustaría verla doblada de risa.

—Debo recordarle, mi... Jameson, que me dio un revés frío y despiadado al romper nuestro compromiso como si estuviera cancelando la suscripción a un periódico. Es difícil volver a confiar en su palabra.

—Eso no es justo —dijo él—. Nunca dejaría de recibir el *London Times*.

Ella abrió la boca, pero no pudo pensar qué decir a esta réplica. Entonces se dio cuenta de que él estaba bromeando de nuevo.

—Ahora bien, el *Manchester Guardian* —añadió Jameson—, podría dejarlo con facilidad, pero usted es definitivamente del calibre del *Times*.

—Quizá no sea el momento de hacer tantas bromas —le dijo ella.

Él asintió.

—Me parece justo. Con toda seriedad, aunque pueda vivir temiendo por su seguridad el resto de mis días, cualquier momento que pase con usted es preferible al tiempo que viva con su ausencia.

Eso era sin duda serio y maravilloso.

—Un sentimiento encantador —le dijo ella—. Yo siento lo mismo, excepto por el terror. No deseo que sienta miedo, y menos a diario. Si nos casamos, ¿viajaré alguna vez en tren?

—Mientras lo haga conmigo.

—Mientras lo haga con usted —repitió ella, sintiendo que su espíritu se hundía un poco—. Y entonces, ¿podré montar a caballo y nadar en un río y estar junto a una hoguera?

—Sí, y hacer malabares con cuchillos afilados —añadió él con una sonrisa irónica.

Al menos, reconocía la ridiculez de sus exigencias inspiradas por el miedo.

—No voy a ser tratada como una niña —le dijo ella.

—La trataré como a una reina, con el mayor cuidado —prometió él.

Como lo amaba, Maisie podía vivir con sus restricciones y, con el tiempo, lo haría sentir lo bastante seguro como para relajarlas. Sin embargo, después de la facilidad con la que Jameson había renunciado a su compromiso la primera vez, Maisie ya no estaba dispuesta a casarse con un hombre que no la amara de corazón. Así de sencillo.

Después de la discusión con su padre, ya no deseaba ser la segunda opción de un hombre.

Tenía que preguntarle.

—¿Y qué hay de su corazón?

Su expresión se quedó en blanco al instante y sus emociones se apagaron. Jameson no quería que ella supiera la verdad.

Maisie decidió insistir.

—Sé que acepté casarme con usted una vez sin que ninguno de los dos declarara sus sentimientos, pero ya no estoy dispuesta a hacerlo de nuevo.

Había pensado esperar hasta la noche de bodas para decirle que lo amaba. ¿Pero no sería un momento de silencio horrible antes de consumar el matrimonio?

—Ya veo —dijo él—. Ya no está dispuesta.

En ese momento, el gatito que estaba sobre el regazo de Maisie se estiró y maulló, y luego volvió a dormirse.

—Les dieron de comer antes de que los trajera —le dijo él—. Pronto necesitarán volver a alimentarse.

Ella asintió con la cabeza, pero siguió mirándole fijamente, a la espera. ¿Podría él decir algo que le diera un mínimo de esperanza de ganar su amor en el futuro?

—Mi corazón —empezó a decir él, y luego se detuvo. Parecía estar apretando la mandíbula. Luego, con brusquedad, levantó la bola de pelo blanco y negro del regazo de Maisie, se puso de pie y la metió distraídamente en el gran bolsillo de su chaqueta—. Soy incapaz de decirle lo que quiere oír. Solo sé que siento un profundo sentimiento por usted. Espero que considere mi oferta. Debo irme.

Salió literalmente corriendo de la habitación, dejándola con un gatito y un terrible peso de decepción.

Maisie supuso que dependía enteramente de ella si podía casarse con este hombre, o con cualquiera, en estas circunstancias.

Jameson fue recibido en la casa de Simon y Jenny por su fiel mayordomo, el señor Binkley.

—¿Lord Lindsey está en casa?

—Sí, milord.

—Ojalá no me llamara así —murmuró Jameson—. Recuerde que ya me conocía antes de que lord Lindsey me diera el ridículo título de vizconde.

—Sí, milord.

—No he cambiado.

—No, milord.

—Entonces, ¿por qué?... No importa. ¿Dónde está?

—En su estudio del segundo piso, milord.

—Ahora lo hace para molestarme, ¿no es así, Binkley?

El hombre se encogió de hombros y le indicó a Jameson que subiera las escaleras.

Unos minutos después, estaba golpeando la puerta cerrada de Simon.

—Adelante. —Oyó la voz familiar de Simon y empujó la puerta para abrirla.

Su primo estaba sentado ante su escritorio, con papeles a un lado, libros de contabilidad al otro y periódicos esparcidos por ambos.

A Jameson no le importó lo ocupado que estaba.

—Necesito ayuda.

—Espero que no necesites un testigo para un duelo, lo que tendría que pensarme, ya que Jenny se opone a que haga esas estupideces. Pero si necesitas dinero para pagar una deuda, lo haré con gusto.

—Ninguna de las dos cosas. —Jameson se hundió en la silla frente al escritorio de Simon—. Necesito que me des un

puñetazo en la cara o que me dejes sin sentido o quizá... —
Oyó el maullido del gatito y lo sacó del bolsillo de su cha‐
queta, depositándolo sobre los papeles del escritorio de su
primo.

Simon lo miró fijamente, fascinado.

—¿Qué demonios?

—Es un gatito —le informó Jameson mientras la cria‐
tura se ponía en pie y empezaba a explorar el escritorio.

—Soy consciente de ello. ¿Debo preguntar por qué
guardas uno en el bolsillo?

—¡Malditos sean todos! Quería dejárselo a la señorita
Darrow. —Jameson sacó la mano y acarició al gatito por de‐
bajo de la barbilla. El gatito cerró los ojos y disfrutó de las
caricias.

—Bueno, eso lo explica todo —dijo Simon con des‐
gana—. Si se orina en mis papeles, no te lo agradeceré. Así
que fuiste a casa de Maisie y le regalaste un gatito y te lo tra‐
jiste de vuelta, y ahora quieres que te pegue. ¿Es así?

—No, le dejé uno. Quería dejarle dos, pero me distraje
y me fui a toda prisa. Ni siquiera me di cuenta de que lo había
guardado en el bolsillo.

Su primo suspiró y se frotó la frente.

—¿Por qué fuiste a verla y por qué te fuiste con prisas?

—Fui porque no puedo vivir sin ella, así que le pedí que
se casara conmigo. Otra vez.

—Y ella dijo que no, supongo, lo que hizo que huyeras.

Jameson negó con la cabeza.

Simon sonrió.

—Ella dijo que sí, después de la forma tan lamentable
en que la has tratado. Eres un hombre muy afortunado, sin

duda. Jenny temía que Maisie no volviera a dirigirte la palabra. Sobre todo porque está siendo cortejada por Roleston. Y tal vez por su hermano menor. E incluso fue vista cabalgando con tu antiguo cuñado. Un poco extraño, ahora que lo pienso. Pero Íñigo Maradona es considerado elegante hasta la saciedad, así que tal vez no sea tan extraño después de todo.

—¿Hay whisky aquí? —Jameson pensó que esa podría ser la respuesta a sus problemas.

—El brandy tendrá que ser suficiente. —Simon sacó una botella del cajón inferior de su escritorio, así como dos vasos. Se sirvió y le entregó uno a su primo sobre la cabeza del gatito.

—¿Supongo que no vamos a brindar por tu éxito romántico?

Jameson se encogió de hombros.

—La señorita Darrow quería saber si la quiero. Para decirlo claramente, me preguntó por mi corazón, y yo hui.

Jameson lo miró fijamente, desafiándolo a reírse. Por suerte, Simon no lo hizo.

—Ella tiene derecho a ser amada, ¿no crees? —le preguntó este—. Especialmente por el hombre que quiere ser su marido.

—No he admitido ni siquiera a mí mismo lo mucho que amo a Maisie. —Era demasiado aterrador volver a sentir ese amor. Y demasiado desleal—. O más bien, lo he hecho, pero no puedo reconocerlo realmente.

—Entonces es poco probable que ella lo sepa —señaló Simon—. Y si ella no cree que la ames de verdad, entonces siempre se sentirá en segundo lugar con respecto a Esmera.

Peor aún, dudará de tu lealtad y constancia. Ya rompiste el compromiso una vez. Sin duda, ella piensa que puedes volver a hacerlo por capricho.

—¡Le dije que ella era el *Times*, no el *Guardian*, maldita sea! No volveré a romper el compromiso con ella.

Simon sacudió la cabeza, consternado.

Jameson dio un sorbo del caro brandy francés.

—Entregué mi corazón a Esmera. Si ella siguiera viva, no pensaría en Maisie en absoluto. Esa es la verdad.

—Lo entiendo. Pero ella no está viva, y tu corazón ya no le sirve a Esmera.

—Lo sé. Y Maisie es todo en lo que puedo pensar. Excepto que prometí amar a Esmera para siempre. ¿Qué clase de hombre desecha ese amor? Ni siquiera sé cómo hacerlo. —Golpeó la mano en el escritorio y el gatito dio un salto antes de volver a juguetear con un lápiz—. Si ya no amo a Esmera, será como si ella no existiera, como si nunca hubiéramos estado casados. Sin embargo, soy su marido.

—No lo eres —dijo Simon en un tono suave que lo hacía aún más serio—. Te he dejado decirlo antes sin corregirte, pero no puedes ser su marido. Dejaste de ser su marido en el momento en que ella murió. No estás casado con un fantasma.

Jameson bebió un gran trago.

—Me siento culpable solo de pensar en decirle a Maisie lo que siento. Sí, ella tiene mi corazón, pero decírselo en voz alta, hacerlo saber abiertamente... me convierte en un canalla al dejar de amar a mi esposa muerta.

Llamaron a la puerta. Simon miró a Jameson para pedirle permiso para interrumpir su conversación privada y personal.

Jameson suspiró y asintió.

—Adelante —dijo Simon.

—Perdona que te moleste —dijo Jenny al entrar.

Los dos hombres se pusieron de pie a la vez. La esposa de Simon era la imagen de una salud resplandeciente, con un bonito rubor en sus mejillas.

—Oh, Jameson —dijo—, no sabía que estabas aquí. ¿Cómo te encuentras? Me alegro de volver a verte. ¿Te quedas a cenar?

Antes de que él pudiera responder, ella miró más allá de él hacia su marido y se fijó en el gatito.

La expresión que cruzó su rostro fue idéntica a la de Maisie.

—Oh —dijo mientras se inclinaba y recogía el bulto blanco y negro del escritorio y lo apretaba contra su amplio pecho—. Es un encanto.

El gatito maulló.

—Quizá no pueda respirar —bromeó Simon—. No lo aprietes hasta la muerte, amor.

Jenny se dejó caer en el asiento contiguo al que había dejado libre Jameson y, cuando este la miró, vio que tenía lágrimas en los ojos.

—¿Estás bien? —preguntó él, sintiéndose instantáneamente en alerta.

—Sí —dijo Jenny—. Por favor, siéntate.

—Está en la etapa del llanto —explicó Simon—. Continuará durante un tiempo. El otro día estuvo sollozando por unas nubes de color rosa.

—Así es —admitió Jenny, y luego se rio de sí misma—. Soy un desastre sentimental en este momento. Perdóname. ¿Por qué he entrado?

—También está en la etapa del olvido —añadió Simon, y marido y mujer se rieron.

A Jameson se le encogió el estómago. Lo deseaba. Lo deseaba desesperadamente y se dio cuenta, en un momento traicionero, de que nunca había tenido esta fácil camaradería con Esmera. Sin embargo, habían tenido muchas otras cosas, y no se arrepentía.

Pero esto también era muy agradable.

—Déjame pensar. —Jenny miró hacia la puerta y acarició al gatito antes de dejarlo sobre su regazo—. Oh, sí, ya lo recuerdo. Simon, amor, estuve examinando el libro de contabilidad de los viñedos, y creo que tenemos un problema. Creo que alguien está vendiendo barriles a escondidas. Sé que suena terrible pensar que uno de los nuestros haría tal cosa, pero tal vez esa persona necesita desesperadamente más dinero, no lo sé. —Ella apoyó las manos en su vientre mientras el gatito se estiraba y se frotaba las patas—. Lo único que puedo decir es que el inventario y las ventas no coinciden, y creo que deberíamos hacer un viaje allí lo antes posible.

Simon confiaba en su inteligente esposa para la contabilidad. Su asociación era realmente una cosa maravillosa.

Al instante, un escalofrío de temor recorrió a Jameson ante la devastación que experimentaría su primo si algo le sucedía a Jenny. Sin embargo, allí estaba ella con sus hijos, viniendo a Londres, viajando a sus propiedades.

Suspiró.

—Lo siento, Jameson. —Jenny se concentró en su rostro—. He interrumpido sin querer.

—No, ya me iba.

—No por mí. Por favor, el viñedo puede esperar. ¿Hay algo en lo que pueda ayudar, o es un asunto de hombres?

—Es un negocio de hombres y mujeres —le informó Simon—. Tal vez Jenny pueda ayudar mejor que yo —añadió levantando una ceja oscura.

Jameson supuso que no estaría de más decírselo.

Cuando explicó torpemente su dilema, su lealtad a Esmera, el haberle dado su amor eterno, su culpabilidad por sus sentimientos hacia Maisie, la frente de Jenny, que había estado frunciendo el ceño mientras él hablaba, se despejó de inmediato.

—Querido… —Se acercó y le tocó la mano, sobresaltándolo. Como el toque de una madre. Sus miradas se cruzaron y él cayó en la sabia profundidad de sus ojos. Fuera lo que fuera lo que ella le dijera, él lo creería y sabría que era la verdad.

Siempre y cuando no fuera una enrevesada y confusa cita de Shakespeare.

—Confieso que yo tuve casi el mismo problema.

—¿Qué? —preguntó Simon.

—Solo escucha —dijo ella a su marido—. Cuando llegó Lionel, el amor que sentí por él al nacer fue enorme, abrumador, tan satisfactorio… ¿Te acuerdas? —preguntó—. Hablábamos de ello todos los días. ¿Cómo podíamos ser tan afortunados? ¿Cómo podíamos querer tanto a nuestro hijo? Fue aterrador y hermoso.

—Lo recuerdo —coincidió Simon, en un tono muy emotivo.

Jameson casi sintió que se entrometía en su momento de intimidad, y no vio qué tenía que ver con él.

Sin embargo, ella se volvió hacia él una vez más.

—Entonces, volví a quedarme encinta. Estaba feliz, por supuesto, pero hacia el momento en que estaba lista para dar a luz, comencé a preocuparme, incluso a sentirme triste. ¿Cómo podría amar a este nuevo bebé como ya amaba a Lionel? ¿Cómo podría amarlos por igual? ¿Estaba traicionando a mi hijo? Él era el centro absoluto de nuestro mundo. ¿Cómo podría haber otro? Tantas preguntas y ninguna respuesta…

Jameson, al no haber tenido hijos y haber crecido como hijo único, nunca se había planteado estas preguntas.

—Entonces ocurrió algo mágico, que nunca esperé —dijo Jenny, sacudiendo la cabeza.

—Tuviste gemelos —dijo Jameson.

—Es cierto, pero eso no fue lo único mágico. En cuanto llegaron los nuevos bebés, como si solo bajaran volando del cielo en lugar de…, bueno, en fin, en cuanto los vi, mi amor se triplicó.

Ella cogió al gatito y le besó la suave cabeza antes de devolverlo a su regazo.

Jameson asintió y esperó. Jenny abrió los ojos con énfasis, unos bonitos ojos marrones, casi tan encantadores como los de Maisie.

Cuando ella no dijo nada más, Jameson sonrió y miró a Simon en busca de ayuda.

Su primo se rio.

—Yo sentí exactamente lo mismo, así que sé que es cierto.

Jameson se encogió de hombros.

—Me alegro por los dos.

Simon volvió a reír.

—No lo entiende, mi amor —le dijo Simon a su esposa—. Eres maravillosa con los números. Explícaselo mejor para que lo comprenda.

—¿No lo ves? —le preguntó Jenny a Jameson—. Nuestro amor no se redujo a la mitad para tener menos que darle a Lionel. ¡No disminuyó en absoluto! Se multiplicó. —Miró la botella de whisky y frunció el ceño por un momento, quizá dándose cuenta de que estaban bebiendo a primera hora del día—. Mira este licor. No es como coger la botella y tratar de verterlo de manera uniforme en tres vasos, o peor aún, crear tres porciones desiguales. —Ella le sonrió—. En cambio, de repente, teníamos tres botellas llenas de whisky.

Simon se rio a carcajadas de su analogía. Ella lo ignoró.

—Jameson, es la sensación más increíble. En lugar de que nuestros corazones estuvieran llenos una vez, estaban llenos de amor tres veces más. Deja que Maisie tenga todo tu corazón. No disminuirá ni un poco tu amor por Esmera. Solo tendrás aún más amor. Te lo prometo.

Jameson trató de creer que ella decía la verdad y sintió que la pinza del miedo que rodeaba su corazón se aflojaba un poco.

—Esta vez no me preocupa. —Jenny se acarició el estómago bajo el gatito—. Espero con impaciencia la próxima incorporación a nuestra familia y la multiplicación de nuestro amor.

—Incluso si tenemos trillizos —sugirió Simon.

Ella lo miró con dureza y luego sonrió dulcemente a Jameson.

—Te juro que la capacidad de mi corazón es cada vez mayor.

Tenía sentido. Solo que él nunca lo había pensado de una forma tan práctica, matemática y… mágica.

—Puedo amar a Maisie todo lo que quiera —les dijo—, y mantener a Esmera plenamente en mi corazón también.

Jenny asintió, y él le devolvió el gesto, sintiéndose ligero y feliz.

—Gracias —dijo—. ¿Os he dicho alguna vez lo mucho que me gusta formar parte de esta familia?

Levantándose de un salto, Jameson salió corriendo de la habitación.

# Capítulo 31

Maisie estaba montada a horcajadas en su caballo de tiro, no era la mejor bestia para montar de lado, pero era todo lo que tenía. Le había pedido a Caroline que cuidara de su nuevo gatito, le había dicho a Ned que se iba a montar, sola, y se marchó. Tenía horas antes del anochecer y sabía que lo mejor era ordenar sus pensamientos.

Por decirlo de algún modo, debía decidir con qué compromiso podía vivir. Sintiendo lo que sentía por Jameson, y tan feliz como se sentía con él, sabía que podía comprometerse mucho.

Detuvo su caballo en medio del puente de Battersea, observando los barcos que pasaban por debajo, y consideró su oferta. Una vida en Sheffield con un hombre que decía querer pasar todo el tiempo posible con ella. Realmente, era casi una declaración de amor.

Y ella luchaba consigo misma para saber si era suficiente.

Como si lo conjurara con sus cavilaciones, oyó la voz de Jameson.

—Maisie —la llamó por su nombre de pila, a pesar de que otros pasaban por allí.

Impropiedad y ruina a cada paso. Ella sonrió.

—Ned le dijo dónde estaba —adivinó ella mientras él se acercaba en su atractiva montura.

—Incluso si no lo hubiera hecho, habría adivinado que estaba aquí, atraída por el puente más desvencijado sobre el Támesis, solo para fastidiarme.

—No es así. Vengo aquí por las vistas. Pero no me apetecía mucho cruzar por culpa de las serpientes. Mire si me he vuelto precavida...

Él sacudió la cabeza.

—¿Me ha traído otro gatito? —le preguntó ella.

—No, de hecho, dejé uno con los Lindsey. Tendré que recogerlo. Por lo que sé, podría ser el mejor ratonero del grupo. Y podría echar de menos a sus hermanos.

A Maisie le gustaba ese sentimentalismo de él.

—De todos modos, ¿quiere salir de este puente infernal? —le exigió Jameson.

No si tenía algo importante que decirle. Era un lugar tan bueno como cualquier otro, y quizá más apropiado que la mayoría.

Antes, el gatito le había hecho cosquillas en el cerebro, otra cita pertinente de Shakespeare, y se alegró de que se lo recordara. Le pareció el comienzo perfecto para una discusión.

—¿Por qué está aquí? —preguntó—. «¿Acaso teme ser lo mismo en su propios actos y valor que en su deseo? ¿Quiere tener aquello que considera el ornamento de la vida y vivir como un cobarde en su propia estima, dejando que el "no me atrevo" se anteponga al "sí quiero", como el pobre gato del adagio?».

Jameson la miró sin comprender por un momento.

—Maldita sea… —murmuró al fin—. Tengo entendido que ha dicho algo sobre un gato. ¿Se trata del gatito que le regalé, o necesito que Roleston venga a traducirlo?

Ella suspiró.

—Lo siento. Es lady Macbeth, instando a su marido a hacer lo que dijo que haría y a actuar con valentía. Se refiere al famoso adagio del gato. ¿Lo conoce?

—Algo sobre no mojarse. Yo tampoco quiero, por lo que sería prudente salir de este decrépito puente antes de que nos caigamos al Támesis con nuestros caballos.

Maisie levantó la mano.

—El proverbial gato quiere comer pescado, pero tiene miedo de mojarse las patas. ¿Lo ve?

—Sí —dijo—. No tienen una caña como la señorita Eleanor.

Ella lo miró fijamente. Él le devolvió la mirada y el resto del mundo se desvaneció.

—Tengo que decirle algo. Es un nuevo pensamiento sobre mi corazón y Esmera —comenzó él.

Ella quiso llorar, recordando su discurso en Jonling Hall, cuando despotricó contra ella y su destino, cuando le dijo por primera vez que era un hombre que tenía la esposa perfecta.

—Sé que amaba a Esmera. Y la amaba con todo su corazón. Jameson, le quiero lo suficiente como para alegrarme de que haya tenido eso. Pero también la envidio. ¡Qué ridículo es para mí tener envidia de una mujer muerta! Pero eso es lo que he sentido, más de una vez. Porque ella disfrutó de su corazón sin límites, recibiéndolo todo, y yo nunca lo haré.

Jameson acercó su caballo al de ella y se giró para poder mirarla de frente.

—Me ama —repitió él con naturalidad—. ¿Me ama?

—Sí. —Ella le arrancó la palabra—. Pero he llegado a comprender, y aceptar, que nunca podrá...

—La amo, Maisie Darrow, con todo mi corazón. —Él hizo una pausa y pareció esperar algo. Entonces sus ojos se abrieron de par en par y se llevó las manos al pecho.

—¿Está bien? —le preguntó ella, pues él mostraba una expresión beatífica, atenuada por la conmoción.

—Estoy bien —respondió él—. Mi corazón se ha duplicado y he necesitado un momento para acostumbrarme.

¿Estaba bromeando? ¿Ella le había oído bien?

—¿Ha dicho que me ama? —preguntó ella.

—Lo he dicho.

Las lágrimas brotaron de los ojos de Maisie y de inmediato se deslizaron por sus mejillas.

—¿Es feliz? —preguntó él, sacando un pañuelo del bolsillo.

—Extremadamente —confesó ella, sacudiendo el pelaje del gato antes de secarse los ojos—. «¿De cuál de mis malas cualidades se enamoró primero?».

Él ladeó la cabeza.

—No se me ocurre ninguna, ni siquiera esa molesta costumbre de citar a Shakespeare. De hecho, la quiero más por ello. ¿De qué obra era eso?

—*Mucho ruido y pocas nueces.*

—Espero algún día poder identificarlas todas, si es paciente y las lee conmigo.

El corazón de Maisie se expandió. ¡Cómo le gustaría hacerlo! Ya podía imaginarse sentada en su salón de Sheffield, bajo el cuadro de paisajes, representando los papeles.

—Tengo una sorpresa para usted —dijo él.

—¿Es otro gato?

—No. —Jameson respiró hondo—. Sin embargo, en estos pensamientos que yo mismo casi desprecio, felizmente pienso en usted, y entonces mi estado... mi estado —vaciló, pareciendo preocupado, luego su frente se aclaró al recordar—. «Como la alondra al amanecer que surge de la tierra hosca, canta himnos en la puerta del cielo». —Asintió para sí mismo.

Ella también asintió, animada.

Jameson tomó aire y continuó.

—«Porque tu dulce amor recordado trae tal riqueza, que entonces desprecio cambiar mi estado con los reyes».

Le había robado por completo las palabras, dejándola muda. Además, ella sabía que su cara casi se partía con el tamaño de su sonrisa.

Maisie le dio una palmada a su caballo, cosa bastante imprudente, ya que el animal se estaba poniendo inquieto, y luego se inclinó hacia delante para besar a Jameson.

Él se inclinó para que ella no tuviera que caerse de la silla, y tomó su boca con la suya.

La montura de Jameson retrocedió de pronto y los separó de forma frustrante.

—Sé que solo es medio soneto, pero quería que supiera lo feliz que me hace —le dijo Jameson—. ¿Podemos bajar ya de este puente infernal?

———— ❖ ————

*Tres meses después...*

Como a ninguno de los dos les importaba en absoluto la aprobación de las altas esferas de la sociedad británica, ni tenían necesidad o deseo de impresionar a nadie o aplacar los cotilleos, estuvieron comprometidos durante apenas dos meses. Se casaron en Dumfries, en la iglesia de Greyfriars.

Su padre se jactaba, aunque sin alegría, de que prácticamente había pagado él mismo la nueva iglesia, ya que el edificio se financiaba con un impuesto sobre toda la cerveza que se fabricaba en la ciudad.

—Papá, se construyó en 1727 —señaló Maisie, delirantemente feliz el día de su boda—, ¡y ahora no tenéis ese impuesto!

—Da igual —dijo él, refunfuñando en nombre de sus compañeros cerveceros de más de un siglo antes.

En el almuerzo nupcial que siguió a la ceremonia, Fintan Darrow proporcionó a todos los invitados cerveza gratis, un nuevo brebaje llamado «Maisie Ale». Ned se preguntó en voz alta por qué su padre nunca había elaborado una cerveza con su nombre.

—Porque ninguno de mis clientes bebería un brebaje tan amargo.

Las mejillas de Ned se encendieron, y Maisie esperaba que su padre y su hermano trabajaran en su relación después de la fiesta.

El padre de Jameson y su segunda esposa estaban allí, con aspecto de haberse bebido ya una caja de Nedly amargo. Maisie rara vez había visto expresiones tan agrias. Además, incluso cuando Simon, con la ayuda de Jenny, intentó aplacar a su tío, el hombre parecía aún más adusto.

Al menos había venido a recibir cortésmente a la novia de su hijo. Sin embargo, a Maisie no le importaría no volver a encontrarse con él durante un tiempo.

—No se puede ayudar a lord James Devere —dijo Jameson refiriéndose a su padre—. Y yo, por mi parte, no perderé ni un momento más preocupándome por él. Tampoco se quedará con uno de nuestros gatitos.

Maisie y Jameson habían dejado Londres un par de semanas después del segundo anuncio de su compromiso. Maisie se fue a Dumfries y Jameson a Sheffield para preparar su casa para su nueva esposa, llevándose los seis gatos.

Para Maisie, a orillas del Nith, las semanas habían pasado volando entre cartas y la visita de Jameson para conocer al que sería su suegro.

Jameson y Fintan se llevaban bien, de lo que Maisie se alegraba enormemente. Su padre incluso dijo que visitaría Sheffield por fin, una vez que ella se hubiera establecido.

—Puede darles sus consejos a los cerveceros de Lindsey —ofreció Jameson, y Maisie vio la expresión de satisfacción de su padre.

Eleanor había declarado que sabía cómo iba a resultar todo esto desde el principio.

—Como en una de mis novelas románticas góticas. De la muerte y la desesperación, a una feliz boda en el campo.

Maisie pensó que se parecía más a una de las obras más felices de Shakespeare, pero no corrigió a su prima.

Incluso lord Roleston había enviado sus mejores deseos para ese día, junto con su sugerencia de recitar ardientemente el soneto ciento dieciséis sobre la inalterable firmeza del tiempo.

«El amor no se altera con sus breves horas y semanas, sino que lo soporta hasta el borde de la perdición, hará llorar a todos tus invitados. Mi pérdida es la ganancia de lord Turner. Estoy contento de que tenga el deseo de su corazón, y seguiré buscando un apego similar para mí», le escribió.

El día de su boda, todo fue perfecto, excepto porque su madre no estaba allí. Maisie la tuvo a su lado lo mejor que pudo llevando su colgante de amatista, que iba perfectamente con el vestido que Maggie la ayudó a elegir para ese día tan especial. Un color lavanda pálido con el encaje de aspecto más alegre.

«¿Cómo puede ser alegre un encaje?», le había preguntado Jameson a Maisie en una carta cuando ella había intentado describírselo a su prometido.

«No lo sé, pero lo es. Ya lo verás», le respondió ella.

En la iglesia, después de sus votos y delante de todos sus amigos y familiares, él la había tomado en sus brazos y la había besado. Al retirarse, le dijo:

—Tenías razón, como siempre. Es el encaje más feliz que he visto nunca.

Cuando terminó el almuerzo, Maisie y Jameson partieron en su viaje de bodas. Habían decidido hacer un recorrido por Europa, concentrándose en Italia, ya que muchas de las obras de Shakespeare tuvieron lugar allí, y ella quería visitar todas las ciudades. Especialmente Venecia.

Para ello, se embarcaron en un tren y emprendieron el largo viaje hacia el sur. De mutuo acuerdo, no discutieron sobre el viaje en tren ni dijeron nada importante al respecto. Solo planearon el itinerario y subieron al tren con los Lindsey, los Cambrey, los Blackwood, los Darrow y sus amigos despidiéndolos.

—Cuéntame un chiste —le pidió Maisie, como hacía al menos una vez cada hora.

—Se me acabará pronto el repertorio —protestó Jameson, pero obedeció obedientemente—. «Compadézcase de mí, señor, tengo una esposa y seis hijos, le dijo el mendigo al hombre rico. El caballero respondió: ¡Querido amigo! Acepta mi más sincera simpatía. Yo también la tengo».

Ella le frunció el ceño.

—Ese es tu peor chiste y no tiene la menor gracia.

Él se rio a carcajadas de su expresión. Luego le cogió la mano.

—Señora Turner, espero que tengamos al menos diez.

—Bueno —dijo ella, sintiendo el calor subir a sus mejillas—. Tal vez empecemos a intentarlo esta noche.

Y lo hicieron. En el mismo ferrocarril en el que había viajado con Rachel, Maisie viajaba ahora hacia el sur con su nuevo marido, en dirección a Londres, donde cambiarían de raíles para tomar el ferrocarril de Brighton, terminando en la costa a media mañana del día siguiente. Desde allí, tomarían un ferry a Dieppe, Francia.

Naturalmente, como pareja recién casada, el vizconde y la vizcondesa Turner de Sheffield, tenían uno de los pocos coches-cama del ferrocarril de Londres y Birmingham. Después de viajar todo el día, el revisor nocturno entró para bajar su estrecha, pero adecuada cama, mientras Maisie se escondía en el diminuto baño. Jameson ya la había ayudado con el frustrante número de botones y cierres de su vestido, y ella se quitó el resto de sus finas y suaves capas en el retrete.

Al salir, llevaba el pelo suelto y una bata de seda sin nada debajo. Jameson, de pie en el pequeño espacio que le quedaba, llevaba una sonrisa y sus calzoncillos de algodón.

—Oh —dijo ella, y su corazón se aceleró al ver tanta piel desnuda.

Su cuerpo varonil era suyo por completo, con sus brazos musculosos, capaces de dar un buen golpe, y un amplio pecho, sobre el que ella ya había tenido el placer de apoyar la cabeza, aunque no antes sin su camisa.

Ahora, pudo ver la capa de pelo rizado entre sus pezones y levantó la mano hacia él involuntariamente.

—Dados los límites del carruaje, llegué a la conclusión de que era mejor desvestirse mientras hubiera espacio para hacerlo.

—Muy considerado —lo elogió ella, totalmente distraída por sus piernas de sólida constitución, con muslos y pantorrillas bien definidos. Estuvo a punto de decirle que se diera la vuelta, pero lo pensó mejor. Al fin y al cabo, no estaba evaluando la carne de un caballo.

Sin embargo, era su marido para disfrutar de él y amarlo. Ella sabía que tenía una sonrisa tonta y empalagosa en la cara.

—¿Maisie?
—Sí.
—¿Puedo quitarte la bata?
Ella tragó, con la boca repentinamente seca.
—Sí. —Ella era su esposa, y él podía hacer lo que quisiera—. Por favor. Hazlo. Me gustaría, quiero decir.
Entonces, nerviosa, sin esperar, comenzó a desatarse el cinturón.
Él se acercó y terminó lo que sus manos temblorosas habían empezado.
—¿Recuerdas el sofá de Maggie? —murmuró él contra su sien.
—Mmm...
—Será como eso, pero mejor —le prometió Jameson.
Ella se relajó. Aquello había sido bastante espectacular, y estaba deseando que todo fuera mejor.
Su bata se deslizó hasta el suelo, pero él no la avergonzó mirando su desnudez. Al contrario, la cogió de las manos y tiró de ella hacia la cama con él.
—He anhelado este momento —confesó, mientras de alguna manera su pecho golpeaba contra su brazo.
Ella soltó una risita.
—Eres todo curvas y suavidad —continuó él—, y tienes la piel más cremosa que he visto nunca. —Las yemas de los dedos le rozaron los hombros, y ella se estremeció.
—¿Tienes frío?
—No.
Él paseó sus dedos por sus pechos, pronunciando palabras de amor y admiración. Su hábil boca, su lengua e incluso

sus dientes, pronto se unieron al trabajo de sus manos, hasta que toda ella se llenó de deseo.

—Jameson —susurró Maisie, mientras él atraía uno de sus pezones entre sus labios y lo chupaba—. Estoy palpitando por todas partes. Sobre todo entre las piernas, donde me has tocado antes. Es casi doloroso, pero delicioso.

De inmediato, Jameson acarició la piel de su cintura antes de bajar por el ombligo hasta sus rizos. Deslizó un dedo entre sus suaves pliegues y ella jadeó.

—Estás muy mojada —le dijo.

—Sí —dijo ella, queriendo ya gemir ante su hábil toque—. Lo he estado todo el día, cada vez que me imaginaba esta noche.

Él volvió a reclamar su boca, tirando de su labio inferior mientras sus dedos se deslizaban entre sus piernas.

—Es la pasión —dijo él, acariciando su resbaladiza humedad.

Maisie intentó tener un pensamiento racional, pero solo se le ocurrieron dos palabras.

—Es amor —suspiró contra su boca.

—Sí —asintió él mientras se burlaba de su cuerpo hasta que, entre sus caderas, se tensó como un resorte. Y entonces, cuando su tacto fue más rápido sobre el núcleo de su deseo, y su lengua imitó sus dedos, ella encontró su liberación.

Al cabo de unos instantes, cuando Maisie recordó dónde estaba, en un tren que se dirigía a toda velocidad hacia el sur, suspiró. Ya era mejor que la primera vez.

—¿Quieres tocarme? —preguntó Jameson, con la voz tensa.

Ella recordó lo que le habían contado sus primas mayores y lo que había leído por su cuenta, y supo que su marido necesitaba encontrar su propia liberación y que lo haría, si todo iba bien, dentro de ella. Incluso podrían crear una nueva vida esa noche.

Deseando más que nada complacerlo, lo empujó sobre su espalda. Explorándolo como había deseado hacerlo, acarició ligeramente su piel. El vello de su torso era mucho más suave de lo que había imaginado. Luego siguió el contorno de sus costillas y observó cómo su cuerpo se estrechaba, pero no se ensanchaba en las caderas como el suyo.

Y entonces, le quitó los calzoncillos y dejó que su miembro quedara libre.

—Eres magnífico —murmuró ella, mirando su cara, pero el brazo de él estaba sobre sus ojos, con la cabeza inclinada hacia atrás.

Una gota de líquido afloró el extremo de su virilidad. Su propia pasión líquida, una gota de amor. Increíble. Podría tener miedo si no estuviera todavía tan eufórica por lo que él acababa de darle.

Sin vacilar, Maisie agarró su eje rígido, y él gimió. Estuvo a punto de soltarlo antes de reconocerlo como un sonido de placer.

Con Jameson dejándola explorar libremente, jugó con su cuerpo, tocándolo, acariciándolo, incluso apretando las pequeñas bolsas entre sus...

De repente, se encontró de espaldas y con su nuevo marido encima de ella. Él le separó las piernas y se metió entre ellas.

—¿Está lista, señora Turner? —le preguntó.

—Sí. —Su voz sonó como un chillido, pero asintió enfáticamente con la cabeza.

Apoyándose en uno de sus antebrazos, Jameson utilizó la otra mano para ajustar su miembro en su abertura y entonces... entró en ella.

Se sintió extraño y desconcertante. Además, sus movimientos la sacaron de la neblina en la que se encontraba desde hacía un rato.

—Relájate —murmuró él.

Ella lo intentó, pero su cuerpo seguía abriéndose para él, y entonces, una punzada de dolor, más bien una sensación de ardor, la hizo jadear y luego le robó el aliento.

—Eso es lo peor —dijo él, deteniéndose.

—Está bien. —Ella le creyó, aunque se sintió un poco menos entusiasmada, hasta que él continuó.

Volvió a acercar su boca a la de ella y la besó mientras seguía deslizándose lentamente, entrando y saliendo.

A su cuerpo le resultaba mucho más difícil llegar al punto de placer que ya había sentido dos veces al contacto de él, pero entonces, maravillosamente, incluso mientras la besaba y la penetraba, él deslizó su mano entre ellos y tocó su núcleo.

Maisie sabía que no haría falta mucho más que eso. Con su cuerpo saboreando el millar de sensaciones, estaba completamente cautivada por su forma de hacer el amor, hasta que su liberación la sorprendió de forma repentina e inesperada, sumiéndola en el mismo éxtasis que había sentido antes.

Esta vez, sin embargo, no estaba sola. Apenas unos segundos después de que sus músculos se hubieran tensado y liberado, sintió que Jameson empujaba más rápido, más fuerte, y entonces él también se tensó antes de derramar su semilla profundamente dentro de ella.

~❖~

A la luz del amanecer, el tren avanzaba a toda velocidad y Jameson había renunciado a determinar con exactitud dónde se encontraban. Solo sabía que tenía entre sus brazos a la mujer de la que estaba locamente enamorado.

Estaban comenzando una nueva vida juntos, algo que le había parecido imposible hacía apenas unos meses, sumido como estaba en la miseria. Maisie le hacía feliz, y hacerla feliz a ella era aún mejor.

Ella se removió y él la besó de inmediato, sabiendo que no perdería ni un minuto de tiempo. Eso era algo que la muerte de Esmera le había enseñado, y casi se había perdido la lección. Casi había perdido a Maisie.

—¿Dónde estoy? —preguntó ella, sonando adormilada.

—Con tu marido. Dios sabe dónde exactamente.

Ella soltó una risita.

—Cuéntame un chiste.

—No —la regañó—. Es demasiado temprano. Vuelve a dormir.

—Bésame —exigió ella, sonando completamente despierta—. ¿O también es demasiado temprano para eso?

Él sonrió. La giró en sus brazos y se puso de costado, enfrentándose el uno al otro. Entonces, lentamente, a fondo, la besó.

—Mmm… —suspiró Maisie cuando la mano de él recorrió su brazo y su cadera antes de volver a acariciar su

~ 487 ~

pecho. Cuando le hizo rodar el pezón entre el dedo y el pulgar, su suspiro se convirtió en un gemido, lista y dispuesta.

Él pasó su lengua por el borde de sus labios. Ella los separó y él saqueó su dulce boca hasta que ella arqueó su cuerpo contra el suyo. Al fin, ella se retiró.

—«Tienes un hechizo en tus labios» —murmuró.

Él se detuvo.

—¿De qué obra es?

—*Enrique V* —respondió ella, y le agarró la cara entre las manos, atrayendo su cabeza hacia abajo para besarlo de nuevo.

Jameson decidió que le iba a gustar esta vida con su Maisie y su Shakespeare en ella. Mucho.

# Épilogo



*1852, Jonling Hall, Sheffield, Inglaterra*

Maisie se rio tanto que temió tener que cambiarse de calzones. En cualquier caso, estornudó té por la nariz y tuvo un ataque de tos. Hamlet había aparecido de repente sobre el brazo del sofá y emboscado a Macbeth, que cayó del borde directamente sobre Portia, que caminaba por debajo. Los dos últimos gatitos se esponjaron hasta alcanzar casi el doble de su tamaño antes de salir al galope.

Macbeth trepó por la cortina más cercana, llegando a la cima donde se aferró, con los ojos desorbitados. Portia corrió en círculos antes de desaparecer bajo el sofá.

—Travieso, Hamlet —regañó Maisie al gatito, que ahora estaba sentado inocentemente sobre el cojín, lamiéndose las patas.

Maisie cruzó hacia las ventanas para rescatar a Macbeth, un gato nervioso, desenganchando sus garras de las cortinas. Lo acarició un momento y lo dejó en el suelo.

—Ve a jugar —ordenó.

Romeo, Julieta y Puck estaban en otra parte, seguramente bajo los grandes pies del señor Wynn, recibiendo golosinas de la cocinera o en el jardín de rosas.

Para Maisie, ya era hora de subir. Llevaba toda la mañana posponiéndolo, aunque la tarea había sido idea suya.

Dos meses antes habían regresado de su luna de miel, una bonita palabra que Maisie lamentaba no volver a utilizar. Quizá ella y Jameson pudieran hacer otro viaje dentro de unos años y darle un nombre diferente. Tal vez una «luna de vino» o una «luna de pan caliente».

Mmm…, pan caliente. Tal vez hubiera tiempo para un tentempié antes de subir las escaleras.

«Deja de demorarte», murmuró para sí. «En la demora no está la abundancia». En silencio, añadió: «Noche de Reyes», porque su curioso marido siempre le preguntaba el origen de sus citas.

Al subir las escaleras, pasando junto al alegre papel pintado nuevo, se animó. Cuando ella y Jameson estaban de viaje de novios, la señora Williams y el señor Wynn se habían ocupado de refrescar la casa, como lo llamaba el ama de llaves. Sin embargo, habían dejado cualquier cambio de pintura y papel pintado, alfombras y mobiliario, a la nueva señora. Maisie había entrado en su nuevo hogar, limpio y reluciente, cansada de sus viajes, pero deseosa de hacer suya Jonling Hall.

Con el permiso y la aprobación de Jameson, por supuesto. Estaba encantado de tener su casa redecorada, ya que todo estaba igual desde que su hermanastro, Tobías, vivía allí.

Maisie sabía que la casa no era del agrado de Esmera y que esta tampoco había cambiado ni un mueble.

Nada podría haber complacido más a Maisie.

No había cambiado demasiadas cosas: pintura nueva, cortinas y una bonita alfombra en el salón, así como un nuevo sofá, por si Jameson y Esmera se habían portado en él como ella y él lo habían hecho en el de Maggie. El cuadro de un paisaje permaneció sobre la chimenea. El comedor recibió un papel pintado moderno, y el hueco de la escalera también.

Su dormitorio, a pesar de que contenía los muebles de Tobías Devere, les gustaba a los dos. Con nuevo papel pintado y cortinas, ella estaba muy contenta con la habitación en la que hacían el amor y dormían.

No quería su propio dormitorio. A propósito, Maisie había puesto sus cosas en el de él y ya nunca lo abandonó. Incluso su colección de obras de teatro estaba en la estantería de su habitación, a pesar de que él le había ofrecido una estantería en el estudio. Ella prefería tener sus libros cerca.

También tenía mucho espacio en la casa para estar sola cuando lo deseaba, para leer o coser y, a menudo, para escribir cartas, y durante gran parte del año, podía disfrutar de los jardines. A los gatitos les gustaban casi tanto como a Maisie, y allí tendrían una vida mucho mejor y más larga que en Londres.

La señora Williams seguía encantada con sus seis peludos, aunque los gatitos querían excesivamente al señor Wynn, siguiéndole dentro y fuera de la casa.

Con el personal y los gatos instalados, Maisie y Jameson se comprometieron a no ir a Londres en todo el año siguiente, a no ser que les invitaran a una boda o un funeral.

Por fin, ese mismo día, Maisie iba a ocuparse del «dormitorio de Esmera». Con la bendición de su marido.

«El marido de ambas», como Maisie supuso que podía llamarlo.

En cualquier caso, se recordó a sí misma con los dedos agarrando el pomo de la puerta, que esta era solo una habitación como cualquier otra. De hecho, era la habitación en la que Esmera había pasado la mayor parte de su tiempo. Sin embargo, dado que la difunta lady Turner detestaba tanto el campo, Maisie se preguntó si en realidad ella había pasado más días y noches en la residencia de Jonling Hall que Esmera durante su breve matrimonio.

Lentamente, empujó la puerta para abrirla. La bisagra crujió. Tendría que acordarse de pedirle al señor Wynn que la engrasara. La habitación, en sí, no era espeluznante ni polvorienta o sensiblera. Era hermosa como lo había sido Esmera. La señora Williams se había asegurado de que las criadas la limpiaran a fondo y la mantuvieran ventilada.

Maisie olfateó el aire. Olía a agua de azahar, como toda la ropa de cama y las toallas de Jonling Hall. Como ya no había cama en la habitación, el aroma debía de estar en las cortinas y la alfombra limpia. Maravilloso.

A Jameson no le había importado que pidiera dejar el dormitorio de Esmera para el final. Maisie había querido redecorar el resto de la casa para que la disfrutaran. También era consciente de la impresión desfavorable que habría causado el hecho de que ella llegara a casa después de su viaje y se dispusiera a hacer desaparecer el rastro de su anterior esposa.

Sin embargo, como gesto de consideración hacia Maisie, Jameson hizo retirar la cama con dosel en la que había dormido Esmera y la envió lejos mientras ellos estaban en Europa.

Al abrir el enorme armario, los vestidos con el perfume de Esmera la recibieron en una gama de colores saturados. La señora Williams llegaría en cualquier momento para ayudarla a empaquetarlos.

Cuando tocó la seda roja y el satén dorado, Maisie decidió enviarlos a una organización benéfica en Londres, pues dudaba que alguien pudiera llevar esos vestidos en el campo. Incluso los vestidos de día de Esmera saldrían de Sheffield. Maisie no quería que Jameson se encontrara de repente con uno de los vestidos de su difunta esposa en la panadería local y recibiera una desagradable impresión si lo reconocía. Cerró el armario.

Sin la cama, solo había una pequeña mesa de lectura y dos sillas, el armario, un baúl y una cómoda. Después de los vestidos, ella y la señora Williams echarían un vistazo superficial al baúl, pero Maisie ya había dispuesto su envío a Íñigo Maradona para que este se lo diera a sus padres. Miró el cepillo para el pelo y el espejo de plata, y decidió que los pondría también en el baúl.

Al oír pasos en las escaleras, supuso que se trataba de la señora Williams, hasta que reconoció las pisadas de unas botas.

Maisie se giró en cuanto Jameson entró, y sintió el mismo placer cada vez que veía a su marido. No se trataba solo de su bello rostro. Era el espíritu alegre de sus ojos cuando la miraba, la forma en que su boca ya empezaba a curvarse en una sonrisa.

—Saludos, esposa —dijo él, que aún no se había cansado de saludarla como tal—. La señora Williams subirá en breve.

—¿Has venido de mensajero? —se burló Maisie.

—Utilizaría cualquier excusa por trivial que fuera para verte. Además, no sabía si esta tarea te resultaría difícil. Me ofrezco a hacerme cargo.

—Y yo supuse que sería difícil para ti, así que estoy encantada de hacerlo.

Él miró a su alrededor.

—Sinceramente, la habitación no me afecta, excepto por el uso que se le dará a continuación. Eso me emociona enormemente.

Tras el reciente descubrimiento de Maisie, había caído en la cuenta del mejor propósito para esta bonita y soleada habitación. Todavía podía recordar el alivio que sintió cuando Jameson aceptó.

—Jenny me habló del mejor fabricante de cunas del condado de Yorkshire y ya le he escrito. Me encantaría ir a su tienda.

La cogió en brazos.

—Entonces lo haremos esta semana.

—Y creo que también pondremos unas cortinas y una alfombra de color más claro. Jenny también me dijo que Simon nos va a regalar una mecedora para las largas noches de insomnio con el pequeño. —Maisie se dio una palmadita en el vientre, ligeramente abultado—. Así que no necesitamos comprar una.

—Creo que solo está tratando de asustarnos —dijo Jameson.

Entonces la besó sin preámbulos. Para ella, sus besos repentinos eran los mejores. Junto con los besos largos y prolongados que anunciaban su noche de amor. Junto con los besos que le daba por todo el cuerpo cuando estaban desnudos, y los besos matutinos antes de salir de la cama.

Ella suspiró.

—¿Un suspiro feliz, o tengo que inventar un chiste?

Romeo y Puck entraron corriendo de pronto persiguiéndose el uno al otro, y luego se detuvieron, quizá al darse cuenta de que estaban en una habitación cuya puerta solía estar cerrada para ellos.

—Estoy muy contenta —confesó ella—. Pero siempre lista para una broma.

—Un hombre preguntó: «¿Cómo has salido de esa discusión con tu mujer? Muy bien, dijo el otro. Como siempre, me disculpé por tener razón».

—No tiene gracia —protestó ella.

Él le apartó un rizo de la frente.

—¿Qué tal este? Un hombre dijo: «He descubierto cómo manejar a mi mujer. ¿Cómo?, preguntó el otro, a punto de casarse. Siempre la dejo salirse con la suya. Una esposa feliz es el único tipo de esposa que hay que tener».

Ella se echó hacia atrás.

—Eso no es una broma.

—No, pero es de sentido común. Siempre quiero hacerte feliz.

—Entonces, deja las bromas sobre las esposas. No me interesan.

Él se rio de su tono.

—Déjame intentarlo de nuevo. ¿Por qué una mujer a la moda es como un ama de casa ahorrativa?

Ella comenzó a sonreír.

—¿Por qué?

—Porque hace un gran alboroto por una pequeña cintura[10].

Maisie resopló ante su juego de palabras, y luego se tapó la boca ante el ruido poco femenino. Él apartó su mano y la besó de nuevo.

Cuando se retiró, la señora Williams estaba en la puerta, sosteniendo grandes sacos de arpillera para guardar los vestidos. No deseaba que su marido fuera testigo de ello.

—Vete ahora, y déjame seguir con esto. Tengo que crear una guardería.

Jameson se dirigió a la puerta, saludó con la cabeza a la señora Williams, que entró en la habitación, y luego miró hacia atrás. Su mirada se cruzó momentáneamente con la de Maisie.

—Hazme saber si necesitas ayuda. «Mi corazón está siempre a tu servicio».

Al salir, Maisie se quedó mirando la puerta donde su maravilloso marido acababa de citar a Shakespeare.

—Timón de Atenas —le dijo él mientras bajaba las escaleras, con una risa encantada en su voz.

---

[10] Juego de palabras. En inglés, «cintura» y «gasto» son sinónimas.

En ese momento, Maisie deseó tener una niña. La llamaría Marion, le enseñaría a leer y escribir, y le daría la alegría y el consuelo eternos que le había dado su madre a ella.

Y, por supuesto, harían juntos jalea de flor de cardo.

# Índice

# Siguiente libro de la serie

**La tragedia convierte a un vizconde afable y autoindulgente en lord Vengativo. Un hombre consumido por un propósito singular: ¡dar caza a un asesino despiadado!**

*¿Podría sucederle algo peor?*
El afable pícaro lord Owen Burnley nunca imaginó que se vería obligado a hacer justicia con sus propias manos, hasta que su familia se desmorona. Buscando venganza en el corazón de Londres, casi confunde la inocencia con la culpa.

*¿Puede un alhelí domesticar al hombre más enojado de Inglaterra?*
Se sabe que lady Adelia Smythe es mansa y apacible, y pasa desapercibida en todos los salones y bailes de Londres. Sin embargo, cuando se enfrenta al vengativo vizconde, ¿cómo podría soñar que su corazón terminaría anhelando por él?

*Un hombre alimentado por una ira justa. . .*
Owen no puede imaginar tener espacio para una emoción más comedida, y menos aún para un amor tan fuerte y feroz como el que comienza a sentir. Aun así, no sabe si lady Adelia es su mejor aliada o un enemigo sorprendentemente inesperado, cuando confiesa la terrible verdad, ¿Lord Vengativo elegirá su odio o su corazón?

# Más Libros de La Autora

**Desde la exuberante campiña inglesa hasta la resplandeciente sociedad del Londres victoriano, lord Desesperado pensó que había dejado lo peor en la jungla birmana. ¡Pero estaba equivocado!**

*¿Cómo puede un hombre abrazar su derecho de nacimiento cuando no puede salir de su dormitorio?*
Lord Simon Devere regresa de la guerra de Birmania, perseguido por recuerdos vívidos e incapaz de reconocer los sueños de la realidad.

*¿Cómo puede una joven inteligente mantener a su familia después de que su padre muere endeudado?*
Jenny Blackwood está decidida a no dejar que su madre y sus hermanas sucumban a un destino cruel. Con el pretexto de ser un contable, pronto adquiere un cliente inesperado.

*Un aristócrata dañado y un peligro disfrazado. . .*
Con las arcas de la propiedad misteriosamente menguando,

Jenny va donde otros temen pisar, a la habitación oscura del inestable conde. Un peligro aún mayor les aguarda a ambos, ¡pero la mayor amenaza para Jenny puede ser el mismísimo lord Desesperado!

**Era un hombre privilegiado e inmensamente elegible, hasta que un accidente de carruaje lo arroja a la calle adoquinada. Tras el accidente, el conde despierta como lord Herido. ¿Qué podría empeorar?**

*De todas las damas de Londres, ¿por qué esta le hace sentir cosquillas?*
Lord John Angsley no puede mantenerse alejado de la señorita Blackwood. Pero está claro desde el principio que ella es demasiado voluble para ser una buena esposa, especialmente con pretendientes rivales que aparecen a cada paso.

*¿Qué tiene de malo querer besar a algunos hombres guapos?*
Margaret Blackwood sabe que el conde tiene talentos de sobra. Ella ha decidido que él es su hombre, si solo unos pocos asuntos menores no se interponen en su camino, como sus dos escayolas, una ceja a medio perder y una "otra" mujer prácticamente perfecta.

*Dependencia del opio y una red de mentiras...*
Cuando Maggie descubre la dependencia al opio del conde, puede que tenga que admitir la derrota y regresar a los salones de baile de Mayfair y sus muchos admiradores. ¿Escogerá

lord Herido el maravilloso alivio del láudano o la impredeci-
ble pasión de la deslumbrante Miss Blackwood?

~ 506 ~

**Combinando su amargo resentimiento, el suave sabor de la ginebra y el cariño por las mujeres, si lord Vil cree que comprende la traición, ¡todavía no ha visto nada!**

*¿Por qué un hombre encantador aceptaría un epíteto tan terrible?*
Lord Michael Alder siempre se ha portado bien. Entonces la traición destroza su carácter caballeroso. ¡Que así sea! Si el *bon ton* lo considera un pícaro, también puede deshacerse de la pesada y aburrida apariencia de decencia y decoro. ¡Que comience la decadencia!

*¿Cómo pudo cometer un error tan espantoso?*
Adorándolo desde lejos, Ada Kathryn está encantada de encontrarse con el apuesto vizconde en el jardín a oscuras. Minutos después, su inocencia hecha jirones, espera que el noble lord Alder haga lo honorable. En cambio, observa cómo el señor más vil de Londres se aleja.

*Una mujer agraviada. Un hombre impenitente.*
Tras pasar cada noche de juerga con mujeres que abarcan desde las más humildes a las más aristócratas, Michael saluda cada día con un estómago y una disposición agria. Hasta que

una mujer deseable llega a Londres, sin una pizca de familiaridad, ni de venganza. Para cuando lord Vil se dé cuenta de que tiene corazón, ¿será demasiado tarde para salvarlo?

***Nota del autor:** algunos lectores han encontrado desconcertante el primer encuentro entre Michael y Ada. Fue escrito como un encuentro consensuado con Ada ignorando el acto, pero sin ser forzada. Si es sensible a este tipo de escena, omita el final del Capítulo Uno. Gracias.*

**Un magnífico Marqués en lo más alto de la sociedad de Londres, ve cómo su mundo se viene abajo en un solo instante devastador… ¡y emerge lord Oscuridad!**

*¿Puede la vida ir a peor?*
Lord Christopher Westing, heredero de un ducado, es un verdadero dios para las mujeres que lo persiguen. Además, su futuro ocupa un lugar destacado en el Parlamento. Aún mejor, se da cuenta de que la única mujer para él ha estado allí todo el tiempo. ¡Y luego todo se desvanece!

*¿La perderá tan pronto después de haberla encontrado?*
Lady Jane Chatley entrega su corazón después de una noche extraordinaria que lo cambia todo. Con mucho gusto pertenecería a lord Westing, si tan solo pudiera librarse de su futuro arreglado y lúgubre.

*Un accidente inimaginable y una vida hecha jirones…*
Aterradoramente, la disposición alegre de Christopher y su amor por la vida desaparecen tan rápidamente como la luz en sus ojos. Con lord Oscuridad alejando a todos y los propios problemas de Jane cada vez más graves, ¿Cómo le hará

creer en lo que ya no puede ver, antes de que sea demasiado tarde para los dos?

# *Una propuesta intrigante*

*Un chantaje insidioso, la amenaza de una ejecución hipotecaria y un compromiso falso, ¡todo en una semana!*
Elise Malloy hará cualquier cosa para proteger a su bien educada familia de Boston, ¡incluso casarse con un extraño! Frente a una deuda abrumadora y amenazada por el hombre en el que confiaba, ella lucha para salvar su casa de la ruina y a su querido hermano de la desgracia.

*¡Qué desastre!*
Hace tiempo el banquero Michael Bradley hizo lo impensable. Humilló a la mujer que admiraba. Ahora, él solo quiere hacer las paces ayudándola a salir de una situación difícil y contarle las verdaderas intenciones de su corazón.

*Una vieja venganza que saldar.*
Cuando Michael ve que un hombre sin escrúpulos quiere destruir a la familia Malloy, y atrapar a Elise en un matrimonio sin amor, hace lo impensable para ayudarles.

*Pero, ¿puede Michael convencer a Elise de que acepte su propia Propuesta intrigante?*

# *Una situación inapropiada*

**Una situación inadecuada te transporta al emocionante, y a veces peligroso, Beacon Hill. El corazón del brillante Boston victoriano.**

*Una misión con un final que no esperaban.*
Cuando el abogado de Boston Reed Malloy, viajó en tren para llegar a una ciudad polvorienta de Colorado, no pensó con encontrarse con el rechazo de la señorita Charlotte Sanborn. Una mujer que usa su independencia como una armadura, oculta su identidad detrás de su seudónimo y se niega rotundamente a criar a sus primos huérfanos.

*¿Cómo se atreve este hombre a entrar a su casa y esperar que reorganice su vida?*
Charlotte no arriesgará más su corazón, no después de tener que criar sola a su hermano y verlo marchar. Entonces, ¿por qué estos niños y este apuesto hombre despiertan un anhelo por algo más en su minuciosa vida?

*Algo lo cambia todo...*
Tras descubrir que su corazón puede llegar a mar, Charlotte decide arriesgarse y entregarse a ese hombre. Hasta que una noche ante ellos aparece una mujer que lo cambiará todo.

*Secretos y mentiras saldrán a la luz, sin que Reed y Charlotte puedan escapar de una situación inadecuada.*

# *Una tentación irresistible*

*Sophie Malloy, huye de un problema para meterse en otro devastadoramente sexy.*

Tras verse obligada a dejar Boston, se encuentra cubierta de tierra y tendida a los pies de un hombre con una sonrisa que la exaspera y la llena de deseo. Aún así, no está dispuesta a olvidar su sueño de llegar a la bulliciosa y brillante bahía de San Francisco.

*Riley Dalcourt se sorprende ante la atracción que siente ante esta desconocida.*

Una belleza de temperamento dulce que llega a su vida de forma inesperada, trastocándolo todo. Pero su vida ya está planificada hasta el más mínimo detalle. Incluso ya ha elegido a la mujer con la que se supone que debe casarse.

*¿Es este un verdadero amor por el que vale la pena luchar o simplemente una tentación irresistible?*

# PARTE III: SERIE CORAZONES DESAFIANTES
## *Una atracción ineludible*

*De todos los vagones, ¡tenía que estar en este!*

Thaddeus Sanborn siempre ha amado a Eliza hasta el momento en que aceptó casarse con su mejor amigo y le destrozó el corazón. Él se dirigía al oeste para reclamar su fortuna y ella era la última persona que espera encontrar en el tren, huyendo de un jugador que pretendía matarla.

*Ella jugó con el hombre equivocado.*

Después de un año vagando sin rumbo para intentar olvidar sus abrasadores besos, Eliza Prentice, con cara de ángel y lengua afilada, se topó con algo que no esperaba. Una jugada de póquer hizo que su vida corriera peligro, y el destino quiso que volvieran a encontrarse.

*Todo o nada, demasiado en juego!*

Trenes de vapor, caballos veloces e incluso un elegante barco fluvial mantienen a esta pareja en movimiento, mientras intentan evadir a hombres peligrosos y mujeres sin remordimientos.

*Toda una aventura para Eliza y Thaddeus que además tendrán que luchar en contra de sus sentimientos y de un pasado que cada vez parece más cercano.*

PARTE IV: SERIE CORAZONES DESAFIANTES
# Un engaño inconcebible

*Ella lo había amado y lo había perdido, ¿o no?*
Tras casarse en secreto, el destino quiso que perdiera de forma repentina al hombre de sus sueños. Ahora, la alegre chica de la sociedad bostoniana Rose Malloy, promete no volver a amar. Sumida en la tristeza y la soledad, conocerá a un hombre especial dispuesto a capturar su frágil corazón.

*¿Qué puede hacer él para hacerla sonreír de nuevo?*
William Woodsom fue testigo de cómo la brillante mujer que había deslumbrado a la élite de Boston se retiró de la vida pública, y como la luz se apagó de sus ojos. Decidido a volver a hacerla sonreír, estará dispuesto a todo, menos a ocupar el segundo lugar en su corazón.

*Una bendición o una maldición…*
Cuando el pasado resurge, trayendo mentiras, conspiración y asesinato, Rose descubre que su mundo se desmorona por segunda vez en su joven vida. Guardar secretos ya no es un juego.

*¿Puede Rose evitar más angustias, no solo para ella sino para el hombre que ama, o su futuro será destruido por un engaño inconcebible?*

# *Una redención apasionada*

*Una mujer hecha a sí misma, Josephine Holland no responde ante nadie.*

Como propietaria de un exitoso salón y burdel, Jo mantiene a las mujeres fuera de las calles. A diferencia de sus chicas, ella no necesita ni quiere ningún hombre. Es decir, hasta que conoce a Jameson Carter, perversamente atractivo e intrigante.

*Jameson Carter juega para ganar.*

Desde lo alto de su bullicioso barco fluvial, Jameson gobierna lo que ve, y tiene la vista puesta en una dama deliciosa. Sus probabilidades de ganar el afecto de Jo van en su contra, hasta que una sucesión de eventos pone en peligro, no solo a su corazón, sino sus vidas.

*Un enemigo desconocido lleno de rencor y con un gatillo fácil.*

Con sus vidas en peligro, Jameson espera superar las abservidades y conseguir el premio. ¿Puede Jo interpretar a Lady Luck y salvarlos a ambos o el destino ha lanzado los dados contra ellos?

*Descúbrelo en Una Redención Apasionada.*

# Información sobre la autora

Autora de éxitos de ventas en *USA Today* Sydney Jane Baily escribe novelas románticas históricas ambientadas en la Inglaterra victoriana y de la Regencia. Ella cree en historias de felices para siempre con personajes atractivos y atención a los detalles de la época.

Nacida y criada en California, ahora vive en Nueva Inglaterra con su familia.

En su sitio web, SydneyJaneBaily.com, puede obtener más información sobre sus libros, leer su blog, suscribirse a su boletín (y obtener un libro gratis) y ponerse en contacto con ella. Le encanta escuchar a sus lectores.